善き王子のための裏切りのフーガ

KATAOKA
片岡

ILLUSTRATION みずかねりょう

C O N T E N T S

「ルカ・レジオン——レジオン家の子息と聞いているが、お前が新しい俺の侍者か」

スワルド王の第五王子シセと初めて謁見した日のことを、ルカは鮮明に覚えている。

シセの私室に通された時、身分の高くないルカはあらゆるものに圧倒された。

壁は一面象牙色の漆喰で、複雑かつ繊細な細工を施したタイルが埋められている。高い天井からは橙色の硝子に黄金を糸のように絡めたシャンデリアが、幾つも掛かっている。床には手織りで紋様を刻んだであろう豪華な絨毯が敷き詰められ、部屋の角には金の大きな壺が大理石板の棚の上に飾られている。

この部屋はシセの居室で、隣には応接室や寝室があると聞いている。他にいくつ部屋があるのか解らないが、豪華絢爛さはたとえ湯あみのための部屋でも変わらないだろう。もしかしたら、バスタブも金なのかもしれない。そう思えるほどに、家具や調度品の端々にいたるまで金の細工が施されている。

これからルカが仕える主人シセが座る椅子も、やはり黄金だった。ワイン色のベルベットの座面以外は、すべて金でできている。背もたれや肘掛にまで細かな草花の彫り物が施されており、一体この椅子一脚にどれだけの時間と金が使われたのか、ルカには想像もつかない。

だが最もルカの目を惹いたのは、シセその人だった。

シセは豪華な部屋にも王子という位にもそぐわない、何とも平凡な格好をしている。

　王宮の門を潜ってから、ルカはこの宮殿で暮らす王の愛人や招かれた貴族を見た。その誰もが過剰な装飾をした服を纏（まと）っており、女は宝石や金細工のアクセサリーを首から下げ、男も絹の上等な服を着て、指や腕に大きな宝石を付けている。

　だが、シセはそうではない。

　金の糸の刺繍（ししゅう）はあるが、薄茶色のシンプルなマオカラーの太腿（ふともも）が隠れる程度のシャツ。それに焦げ茶色のゆったりとしたパンツ。まるで修行僧なのかというほどに、着飾るための装飾品がない。

　代わりに目を惹くのは、整った顔と銀色の髪だった。

　王族の一般謁見など長く行われていないため、一般市民は彼らの顔を知ることはない。ルカも例外ではなく、王でさえ数年前に一度見た程度だ。ルカはこの謁見で初めてシセを見たが、シセは恐ろしいほどに綺麗な顔をしていた。

　肌が白い。太陽が降り注ぐ「砂の街」とも呼ばれるこの国では、珍しい部類だ。瞳がやや赤みを帯びた灰色に見えるのは、この部屋の橙色の灯りのせいかもしれない。

　シセは黄金の椅子に着座し、足を組み口元に手を置き、まるで品定めをするように跪（ひざまず）くルカを見下ろしている。

　噂通り、高慢そうな男だった。以前から、ルカが伝え聞いていたイメージの通りである。

　シセの悪評を、ルカは当人と会う前から多く聞いていた。

齢はルカより二つ下の二十八。

利己的な男で、侍者が一月と保たず次々に辞めていく。

王と娼婦との間にできた子で、学がなく素行も悪い。

夜な夜な遊び歩き、王宮の侍女と寝ている。

侍者が部屋を片づけようとして、少し机のものに触れただけで激怒し殴る。

食事を運んでも気に食わなければ癇癪を起こしてひっくり返し、挙げ句の果てには些細なことで容赦無くクビを切るなど、シセの悪行は枚挙に暇がない。

それに噂に頼らずとも、民衆から巻き上げた税で華美で贅沢な暮らしをする王族に、まともな人間がいるとも思えない。黄金の椅子に座る姿からも、シセの性根の悪さが滲み出ている。

（こんな男に俺は仕えるのか）

この先の多難を想像し、ルカは内心でため息をつく。だが己に課せられた重い役割を考えれば、そのようなことは言っていられない。

「まだ何の足掛かりも掴めんのか」

一ヶ月ぶりに王宮を出て自宅に戻るなり、ルカは義父、ヤハド・ジャラシュに怒鳴（どな）られた。ただでさえ強面（こわもて）の義父の顔が更に厳つくなっているのは、ルカの仕事の成果が芳（かんば）しくないためだろう。

「ヤハドさん、まだルカも王宮に入ってひと月だ。そう叱り付けなくても」

通された応接室には、義父の他にも「仲間」がいた。皆一様に興奮するヤハドを宥めようとしたが、ヤハドは許さなかった。

「もうひと月だ。それなのに、侍者としてもまともに仕事ができていないなど」

ヤハドは無意味にその場を一周し、頭を抱える。

「話にならん。ルカ、お前は自分が侍者に選ばれたことがどれだけ重大なことなのか、ちゃんと理解しているのか。確かにお前を選んだのは、見目の問題が大きいが」

王族の侍者は、侯爵家以上の身分の者から選ばれる。大抵は王官が自分の身内を推薦し、優秀な頭脳や武力より身分が優先されて決まる。怪しい者を王宮に入れないためであり、主な業務は生活補助で、高度な能力を要求されないためでもある。ヤハドの言う通り、ルカが侍者に選ばれたのは「レジオン家の人間に偽装できるから」という理由に過ぎない。

レジオン家は古くから王家に仕え、王族に縁が深い。王都アラスから南に下った場所に城を構えており、領主として近くの土地を治めている。初代王の頃に公爵の地位を授かり、長く軍事や財務の職を任されている。それほど王家からの信頼が厚く、望めば王への謁見も簡単に許される立場にある。

レジオンの人間の特徴は、褐色の肌に黒く長い髪、高い身長と立派な体格である。

ルカはその条件に合致したため、レジオン公の末弟の子として王宮に上がる要員となった。

「いいか、お前に全てが掛かってるんだ。どんなに銃器を揃えても、あの王宮の壁を越えられなければ王の首を取ることはできん。我々が王宮に進入できる経路を、何としてもお前が確保するんだ」

悲痛な声でヤハドが言う通り、確かにこの「作戦」はルカの働きに全てが掛かっている。ルカもそれを認識しているからこそ、良い報告を義父にできないことが心苦しい。ルカが成果を上げられなければ、義父の立場も悪くなる。

「次に戻る時には、必ず良い報告を約束します」

「ああ、しっかり頼んだぞ」

ヤハドに両肩を叩かれ、ルカは期待に応える意を込めて頭を下げ応接室を出る。

王宮で寝食するルカにとって、ひと月ぶりの自宅だった。毎日の気が滅入(めい)るような仕事から解放されて、家庭の温かい空気にほっとする。それでも素直に気を緩めることができないのは、良い土産話(みやげばなし)が何もないためだった。

噂の通りシセは身勝手で、王族の人間らしく人を人として見ていないきらいがある。

シセに仕えて一ヶ月経った今も、シセはルカをまともに見ようとしない。

侍者なのだから身の回りの世話をさせてしかるべきなのに、シセはルカが部屋に入ることも認めない。つい数日前にも、ルカは少しでもシセとの距離を詰めようと——もちろん本心からではなく、ヤハドに言い渡された仕事を完遂するためだ——シセの部屋を訪ねたが、シセの態度は変わらなかった。

「何かお手伝いできることはありませんか？」

他の王族が侍者にさせているような、服を着せるだの宝飾品で着飾らせるだのという世話をシセは好まない。それなら茶でも淹れようかと提案したが、あっさりと拒絶された。

「それより、本を探してきてくれないか」

「本ですか」

「作者の名前は思い出せないんだが、戦記物だ。イサルドという脇役の軍師が出ている本なんだが、探しても見つけられなくてな」

「お言葉ですが——」

ルカはまたかという苦い思いを押し殺し、丁寧に頭を下げる。

「それだけの情報で御所望の書物を探すのは、些か難しいかと」

「それ以外に、何も覚えていないんだ」

「せめて、主人公の名前や国の名前だけでも覚えていませんか」

「解らないな」

「それでは、すぐにお届けするのは難しいかと」

「別に急いでない」

踵（きびす）を返しベッドへと向かうシセに、ルカは苛立ちを覚える。

「それに、無理に探してこいと言うつもりもない。他に頼む仕事がないから、折角用をこなしてくれるのならと頼んでみただけだ。だから部屋に下がっていても構わないし、時間を掛けて本を探してもどちらでもいい。お前に任せる」

シセは興味がなさげに、背を向け横になる。

随分いい加減で、意味不明な指示だった。だが、今に始まったことではない。ルカがシセの侍者になってからというもの、シセは「あの紅茶の茶葉を探してこい」「あの布を探してこい」と本当にあるのかどうかも解らない探索を毎日ルカに命じる。

それでいて、いざ探し物を届けてもシセの興味は薄い。

「よく見つけたな」

まるで実在していたことを驚くようにシセは目を丸くし、しかしその直後には「もう用は済んだ」とルカを部屋から追い出す。

部屋で待っていればまだいい方で、ルカが戻った時にはもう部屋にいないことが大半だ。

シセは気が付けば供の一人も付けず、ふらりと姿を消している。ルカはシセと同じフロアで寝泊りをしているが、深夜になって廊下から扉の開閉音が聞こえることが度々ある。貴族はよく侍女たちと「夜遊び」をしていると聞くから、シセも同様に王宮内で戯（たわむ）れに興じているのかもしれない。

　本当に、シセには顔以外にいいところがなかった。

　確かに、顔は驚くほどに整っていた。所作も美しく、記憶にある国王のまるまる太った容姿を思えば、よくこの造形が生まれてきたと感心する。

　だが振る舞いは王族らしく、周囲の人間のことなど気にも留めない。気まぐれで人を振り回し、思い付きで侍者をクビにする。目的を考えるとクビだけは避けなければならないが、こう毎日進展のない日々を送っていると、流石（さすが）に気が滅入りそうになる。

　だが、弱音を吐いている場合ではない。自分が重要な役目に選ばれた以上、何を犠牲にしてでも、ルカは目的を果たさなければならない。

（それが、義父（とう）さんへの恩返しになる）

　階段を上り、久方ぶりの自室へ向かう。ひと月とは言え豪華絢爛な装飾を見慣れてしまうと、義父の家が質素なものに思える。

　とは言えヤハドの家、ジャラシュ家は貧しいわけではない。王都アラスの中では比較的裕福な方で、だからこそ二十年以上前に、幼かったルカを買うことができたはずである。

だが、ルカは奴隷商人から買われたわけではない。ルカの両親が生活苦を理由に姉以外の長男のルカと妹を売り、ヤハドがルカを買った。人身売買は、此処(ここ)十数年で珍しくなくなった。それだけ国民が貧しくなっているということだろう。買い手が見つかればいい方で、見つからなければ一家で飢え死ぬか、子供を捨てるかの選択肢しかない。

その点、買い手が見つかったルカは幸運だった。身体が丈夫で、かつひと目で実の息子ではないと解る容姿。それがヤハドの求めた条件で、ルカがぴたりと合致していたのである。ヤハドはルカを息子の世話係――と言っても実質的に遊び相手だった――として買ったに過ぎず、特別な情を持っていたわけではない。だがのちに彼は実子同様にルカを扱い、教育を施してくれた。

それはひとえに、ヤハドの実子ネスタのお陰だろう。

ネスタは歳が四つ離れた、ルカの義弟である。幼い頃は何をするにも一緒で、ネスタも両親以上にルカに懐(なつ)いていた。そういう背景があったせいだろう。

「どうしてルカは家で仕事をして、僕だけ学校に行くの？」

ネスタは学校に行くようになった頃、そんな疑問を両親に向けた。ルカは買われた身である以上、勉学の機会が与えられることはない。だがネスタは諦めず両親に訴え続け、やがてヤハドは了承し、ルカはジャラシュの養子として迎え入れられた。

ネスタには、感謝してもしきれない。ネスタは本当の兄のようにルカを尊敬し、慕ってくれた。ネスタが十五の時に母親が亡くなったことも、よりルカを特別な家族として想うきっかけになったのだろう。

その親愛は、今も変わらない。

「兄貴！」

ルカが自室に入ろうとしたところで、義弟が追いかけてきてルカを止めた。

ネスタは十五を過ぎた頃から急に成長し、ルカと同じほどの長身になった。だが肌の色はルカより白く、髪もルカとは異なり赤茶色である。目つきは鋭いが強面というわけではなく、どちらかと言うと生真面目（きまじめ）さが滲み出ている。

「久しぶりだ」

抱擁（ほうよう）を求めたネスタに思わず頬と気が緩んで、ルカは応えるようにネスタの背を叩く。

「兄貴が今日戻るって聞いて、俺も戻ってきたんだ」

「お前も外に出ていたのか」

「俺は、ギルザの市まで布の買い付けだ。いい異国の布が入った。高く卸（おろ）せる」

「すっかり、親父殿の役割を奪ったな」

「いや、俺はあまり交渉が上手（うま）くない。本当は親父がやった方がいいんだろうが、親父はアッチの方で忙しいからな。暫（しばら）くは、下手な交渉でも俺がやるさ」

ネスタは肩を竦（すく）め、ルカに自室に来いと手招きする。

「今日は泊まっていけるんだろ？」

部屋に酒を用意してある、とネスタはグラスを傾ける仕草で誘う。酒など飲んでいる場合かとルカは迷ったが、ネスタに強請られ頷いた。

ネスタの部屋は、ルカの部屋より少し広い。窓は外側から木製の戸が閉められるようになっており、強い風に煽られ砂が舞うこの街ではよくある作りである。灯りはランタンだけで、薄暗い。だが酒を飲むには十分だろう。ルカが部屋の隅の椅子を引き寄せて座ると、ネスタは自分のベッドに座った。

「で、どうなんだ？　例の王子の侍者役は」

二つのグラスに琥珀色の酒を注ぎ、ネスタはひとつルカに渡す。

「成果が芳しくない、って親父が言ってたが」

「そうだな」

ルカは酒を一口飲んだが、あまり味がしなかった。とても、酒を楽しめる気分ではない。先ほど、義父と「反王政勢力組織」の面々に話をしたばかりだった。だがネスタは詳細を聞いていないのだろう。改めて義弟に自分の無能さを話さなければならないと思うと、気が重くなる。

反王政勢力。

そんな現在の王政に異を唱える組織が、いつの頃からか存在している。王族を滅して新しい国を作ることを目的とし、主に平民が集まってできたものだった。

ルカやネスタの住まうこの王国は、二百年以上スワルド土家が治めている。

領土を争った隣国との戦争集結の後、初代スワルド王がこの土地に王都を作った。勝利の象徴として高台に宮殿を築き、隣国からの脅威を防ぐため王宮と城下町を強固な壁で囲った。それが、首都アラスである。

初代王は、立派な人物だった。凄まじい政治力と求心力で、戦争で朽ちた国を立て直した。だが世襲制で新しい王が跡を継ぐたびに、王政は腐敗した。王家は贅の限りを尽くすようになり、莫大な税金を民に課した。民は当然苦しんだが、王家は見向きもしない。

反王政組織の成立には、そういう背景がある。ルカが組織のことを知ったのは二十歳を過ぎた頃だったが、組織の存在を聞いても驚かなかった。

ルカ自身、王政に対して不満があったのである。

そもそもルカが子供の頃に売られたのも、家に金がなかったためだ。税に苦しんだために家族は離散し、両親は死に、妹に至っては生死すら解らない。

思い返せばネスタの母が病で死んだのも、やはり王族のせいだった。当時、街には病が流行っていた。にもかかわらず、王家は何もしなかった。病が王宮にまで及ぶことを恐れたのか市民を見捨て、救護院の設立や患者の隔離すらしなかった。町は疫病患者で溢れ、同時に死体も溢れた。当然病の広がりは加速し、多くの人間が死んだ。

それだけでも不届き千万なのに、病が収まった頃、王は重い税を民に課した。病による人口減に比例した税収減を、補おうとしたのだろう。民は反発したが王族の浪費は変わらず、税に苦しんだ民はまた命を落とした。そんなことを繰り返していれば、反王政を唱える者が出ない方がおかしい。

ヤハドもルカもネスタも、その組織の一端を担っている。特にルカの役割は重要で、王宮に入り「壁」を越える方法を見つけなくてはならない。

泰平の世が続き兵力が弱まっている今、王家にとって壁の重要さは増している。初代王が築いた絶対不落の壁は高さ十メートル程の鉄と石の強大なもので、銃や大砲を用いても簡単に落とせるものではない。つまり銃器を集めても壁を乗り越える方法を見つけなければ、王を殺すことはできないのである。

王宮内に住まえる王族の侍者になるために、「レジオン」の偽名まで用意された。

レジオンを名乗ったのは家柄だけでなく、レジオン公が組織に協力的なことも大きな理由だった。レジオン公は、近いうちに王政が倒れると睨んでいたらしい。王政瓦解後の地位と引き換えに、組織に全面的な協力を約束した。

ルカがシセに仕えている事情は、それほどに重い。そんな任を背負っている以上、ルカは成果が得られぬまま家で酒を飲んでいる場合ではない。

「けどもう一ヶ月、兄貴はシセに仕えてるんだろ？」

ルカは自分の不甲斐なさを恥じているが、ネスタは批判的ではない。

「俺は、自信持っていいと思うぜ？」

「そうは言うが、シセとの接触がほとんどないんだ。何か探るにしても、勝手に王宮の中をうろつくわけにもいかない。何とかあの王子に取り入らないと、本当に王宮にいるだけになる。一ヶ月もあったのに……親父殿の怒りは尤もだ」

「そう焦るなって」

焦りと不安で早口になったせいか、ネスタは机にグラスを置いてルカを宥める。

「上手くいってないって言ったって、あんなクソ王子と上手くやれる奴なんてそもそもいないだろ？　だからこそ、次から次に侍者が替わってるんだ。そんな中、兄貴はよくやってるよ」

ネスタの日頃からのルカへの評価の高さはありがたいが、素直に喜ぶことができない。

「兄貴は気負いすぎだ」

「解ってる。だがこのままじゃ、親父さんの面目が丸潰れだ。本当はのんびり家で酒を飲んでる場合じゃない。早く、この状況を打開しないと――」

「兄貴」

ネスタは苦笑して、ルカの肩に手を置く。

「本当に、気負いすぎだ。親父だって、立場上強く言わなきゃならないからそうしてるだけだ。本当は、兄貴に危険な仕事を任せるのが不安だって言ってたよ。俺も親父も、兄貴がこうして元気に家に戻ってこれただけで十分だ。それに兄貴に万一何かあったら、兄貴の姉さんにも顔向けできなくなる。だから頼むよ」

困った表情を作るネスタに、ルカは自分がそれほど深刻な顔をしていたのかと慌てる。

「一ヶ月。兄貴はシセにクビにされずに此処まで来たんだ。ひと月ともたずに辞めていく奴だっている。でも兄貴はできた。兄貴の仕事は、むしろ此処からだ」

王宮にいる時は、何とかシセに気に入られなければと必死だった。潜入者だとばれて殺されるより、目的を果たせぬまま時間が過ぎる恐怖の方が強かった。だがただ急いていても、何も変わらない。確かに、大事なのは此処からだろう。

「そう……かもしれないな。ネスタ、ありがとう」

自宅に帰ってきてから初めて、ルカは心から息をつくことができた。

ネスタの存在と言葉が、今のルカには心強い。

「お前のおかげで、少し気が楽になった」

「大袈裟(おおげさ)だな」

ネスタは明るく笑い、机に置いていたグラスを再び持つ。

「この悩みも苦労も、いずれ報われる。必ず、俺たちがこの国を変える。王を殺して、王族貴族を殺して、この悪政を終わらせる。この国の未来のために。そうだろ?」

ネスタに促され、ルカは手にしていたグラスを掲げる。

「だから、今日は素直に俺に愚痴ってくれよ。王宮じゃ、クソ王子って思っても口にはできないだろ？」

ルカがグラスを止めたままでいると、ネスタが楽しげにグラスを当てて鳴らす。

「それに、兄貴の王宮での生活も気になるしな。兄貴がシセに膝をついて『王子様』とか言うのか？　想像しただけで笑える」

だから話を聞かせろと言うネスタに、ルカは頬を緩める。

「ああ、そうだな。もう何から話すべきか」

おそらく、ネスタには想像もつかないことばかりだろう。無駄に豪華絢爛な王宮の装飾。馬鹿馬鹿しいまでに着飾った貴族。それにうんざりするようなシセの態度。

ルカの話は尽きることなく、ランタンの蝋燭はあっという間に短くなった。

＊＊＊

翌日、ルカは太陽が高くなる前に王宮に戻ることにした。

本来のルカの住まい、ジャラシュの家から王宮までは然程遠くない。そもそも王都は囲む壁を一周しても三〇キロメートルにも満たない大きさで、王宮には歩いても辿り着ける。

家を出ると、ルカは荷馬車に乗せてもらい西へ向かった。ルカの自宅のある王都の北東部は、高所得者の居住地域である。比較的裕福な、日々の暮らしに苦しむことのない層が暮らしている。

対して西側は、貧しい人間が多かった。北部にある王宮から遠くなればなるほど貧しさが増し、街並みが汚れ、建物も古びたものが増える。さらに南に下れば監獄塔や孤児院があり、乞食の住まいとなっている空き家もある。

ルカは王都の中心あたりで、乗っていた荷馬車を降りた。

東よりやや雑多な雰囲気になるが、それなりに賑わっている。石畳の道の両脇には白煉瓦(れんが)でできた建物が並び、赤や緑など、原色のとりどりの日除け布が軒(のき)から伸びている。

ルカは近くの店で干し肉を買い、ついでガザニアの花を買った。ガザニアは向日葵(ひまわり)のような形状だが、花弁は黄色に赤が混じっており、先端はやや尖っている。

通りをひとつ折れ細い道に入ると、小さな飲食店が並んでいる。洗濯物のロープが左右の建物から伸び、二つの家庭の衣類が吊るされている。

五分ほど細い道を歩き、ルカは角地にある酒場の前で止まった。店は閉まっており、入り口には準備中を示す札が下がっている。ルカは店の裏側の勝手口に回ると、買った肉と花を置いた。

店主は、ルカの実姉サフィアの亭主である。サフィアとは子供の頃に生き別れていたが、ルカが成人する少し前、姉が店主と結婚し、共にこの店で働いていることを知った。

　ルカが売られた後も姉は家に残ったが、妹は別の人間に買い取られ、両親は病で死んだ。妹の生死が不明な今、ルカにとってサフィアは唯一の肉親で、たまにこうして店を訪ねている。

　だが夜に店を開ける都合上、この時間、姉夫婦は二階の住居で眠っているだろう。義父や反王政組織の手伝いをするようになってから夜に来る時間がなくなり、長く姉の顔を見ていない。それでもこうしてガザニアの花と共に差し入れを残せば、姉はルカだと気づいて手紙をくれる。シセに仕えている以上、頻繁には街に戻れない。この仕事が片づくまでは、姉には会えないだろう。


　店をあとにし、ルカは王宮に戻った。壁を越え中に入ると、両側から噴水がふき上がる白い石畳の道が続く。

　この国は、乾きの国である。粘土はいくらでも採取できるが水は貴重で、これだけ水を使った庭園はそれだけで贅なものになる。

　王都の近くには池や川がなく、水は遠くの川から引いている。王都の地下には水路が張り巡らされており、街全体に水を供給している。迷路のようなそれが楽しく、子供の頃、ルカはネスタと共に地下水路で遊んだ。水の干上がり方やネズミの走る方向を頼りに、秘密の地図を作って二人で探検した。ずぶ濡れになって帰り義父に怒られたことも、今は懐かしい。

噴水の通りを歩き続けると、正面はカシール宮、王が住まう宮殿になる。ルカは入ったことはないが、王と第一王妃、それに二人の息子も暮らしている。

ルカは正面には向かわず、途中で道を左に折れた。左の通路を抜けるとカシール宮よりやや小さいアルシダ宮があり、第二王妃とその子たちが暮らしている。

シセの部屋は、アルシダ宮から南に回廊を渡ったエミル宮にある。三つの宮殿の中では最も小さい、三階建ての宮殿である。シセの母親は三番目の王妃だったが、既に病死。シセの妹も隣国の豪商に嫁ぎ、エミル宮で暮らすのは、シセと侍者だけだ。

だが、豪華さは他の宮殿と変わらなかった。

エミル宮の天井は、恐ろしく高い。敷き詰められたタイルは一見真っ白だが、一枚一枚に細かな幾何学の文様が描かれている。柱には漆喰細工が施されており、蔦のように天井まで続いている。

エントランスを抜け、ルカは最上階の三階まで螺旋階段を上った。三階の部屋は全てシセが利用しており、一番奥にある部屋をルカが利用している。

「ただいま戻りました」

シセの居室の前で立ち止まり、ルカは戻った報告をする。だが、中から返事がない。

「いらっしゃらないのですか？」

扉は、木製である。中にいれば、聞こえていないということはないだろう。

（また、出歩いているのか）

だとしても、不思議ではない。仕事があるわけでもないのに何処で何をしているのか、シセは気が付けば部屋から姿を消している。だがこの日は予想外に、中から扉が開いた。

「戻ったのか」

シセは、いつものラフな格好でルカを出迎える。一応襟元に銀糸の刺繍が施されているが、遠目には下町の市民と変わらない。それに主人なのだから「入れ」と椅子に踏ん反り返って命令すればいいのに、シセは自ら扉を開けて出迎える。

こういうところが少し変わっていて、少し不思議だった。

シセは高慢で、侍者など人としてすら見ていないきらいがある。まともな仕事もさせなければ、近付くことも許さない。その点は、王族なのだからそんなものだろう。

だがこうして自ら扉を開けたり、部屋に積まれた本を自分で片づけたりする点、それに裕福な平民に毛が生えた程度の服装も聞き及んでいた王族貴族とは違う。

（生まれのせいなんだろうか）

シセの父親は現在の王だが、母親はルカより卑しい娼婦である。母親に教養がなかったせいなのか、シセ自身がまともな教育を受けていないのか。豪華なものに囲まれながらも、シセには平民染みたところがある。

「帰りが早かったな」

声を掛けられ、考えを巡らせていたルカははっとした。

「さして仕事もないいんだ。もっとゆっくりしてくればいいだろうに。そんなにこの王宮が好きなのか？」

「そういうわけではありませんが」

踵を返し部屋の中に戻るシセを、ルカは追いかける。今日は、部屋に入ることを許してくれるらしい。シセから話し掛けてきたのだから、距離を詰めるにはいい機会だろう。

「シセ様には他に侍者もいませんし、お一人では何かと不自由ではないかと思い」

「お前には、俺が不自由に見えるのか？」

シセを気遣うアピールをしたつもりだったが、当のシセは不思議そうに首を傾げている。

「不自由ではありませんか？」

「不自由は不自由だが」

肩を竦めるシセは、少し笑っている。

「それは、お前がいるかいないかで変わるものじゃない。それにお前には、さして重要な仕事を与えているつもりはないいんだが」

（そんなことは解ってる）

ルカは苛立ちを覚える。不自由なら、それらしい仕事を言い渡せばいい。喉まで出掛かった不満を、ルカはぐっと飲み込む。

「あの」

仕事を与える気がないのなら、その理由を確かめ今の関係を改善しなければならない。

「俺は、何か不敬なことをしたでしょうか」

椅子に座ったシセを追いかけ、ルカは食い下がる。

「何かお気に召さないことがあるのなら、改めます。はっきり仰ってください」

「気に食わないこと？」

「シセ様は、俺を遠ざけているでしょう。つまり、俺の仕事に不満があるのではないかと」

シセは不思議そうな顔こそすれ、怒っている様子はない。どうやら、ルカの問いに機嫌を損ねはしなかったようだ。

「俺は父よりシセ様をお助けするよう命じられ、王宮に参りました。それなのにシセ様のお役に立てないのでは、存在価値がありません。それにシセ様は頻繁にお一人で出歩かれているようですが、何かあっては俺の首が飛びます。ご不満があるのなら改めます。もう少し、俺にシセ様のお世話をさせていただけないでしょうか」

シセの前に跪き、必死に訴える。するとシセはルカが王宮に来てから初めて、ルカに興味を示したようだった。

「お前は、俺に本当に仕えたいのか」

「もちろんです」

随分、変な質問をする。

王子の侍者の職に就いて、実は仕えたくないなどと言う無礼は許されないだろう。あるいは頻繁に侍者が替わっていたのは、それほどまでにシセを嫌悪し職務を放棄する人間しかいなかったのか。

「なるほど」

ルカが思案していると、シセはぱちぱちと瞬きをしてルカの顔を覗き込んだ。

「お前は変わってるな」

「は？」

変わっているのは、シセの方じゃないのか。

ルカは思わず素の声を出してしまったが、シセは気にしていないようだった。

「お前が思いつめても気の毒だから、一応伝えておくが。お前の仕事には、まったく不満はない。むしろ、あまりにできすぎて面倒だと思っていたところだ。よく、俺の意味のない仕事をこなしていたな」

「意味が、なかったんですか？」

「あると思っていたのか？」

「いえ……正直なところあまり」

「それなら良かった。実は俺も何を頼んだのかすら覚えてないが、どうでもいい仕事をお前が真面目にこなしてくるから、どうしたものかと思ってたところだ」

あまりにも勝手な言い分を披露するシセに、ルカは茫然(ぼうぜん)としてしまう。

「察しの通り、俺はお前を遠ざけてる。俺の周りをうろうろされても面倒だから、部屋から追い出す仕事ばかり与えていた。そのうち面倒になって音を上げると思っていたが、お前がそれほど変わった侍者だとは思わなかった。悪いことをしたな」

「変わった侍者と言いますが」

ルカはまったく納得できない。

「特に、俺が変わっているとは思えないのですが」

むしろ王子の侍者としてあるべき姿を考え、控えめに、機嫌を損ねないよう、完璧に仕事をこなそうとした。王族として変わっているのはシセの方だと思うが、シセはルカの主張など一顧(いっこ)だにしない。

「そんなわけないだろう。普通の侍者は、少なくとも俺に尽くしたりはしない」

シセは目を細め、椅子から立ち上がる。

「普通の侍者は、大抵私欲があって俺のもとに来る。例えば王や有力者の目に留まって地位や権力を得たいとか、金を得たいとかかな。だが俺に仕えていたところで、その野心を満たすのは難しい。王子とは言え継承順も最下位な上、卑しい娼婦の息子だ。取り入るのなら、今なら第二王妃が一番出世の近道だろう。まぁ、そんなことは大抵の人間は解っているが、あそこは倍率が高い。そのせいで、どいつもこいつもとりあえず王宮に上がるために俺のところに来るが、俺はそんな奴に仕事をさせるつもりはないし、相手もはなから俺なんかに仕える気はない。大抵すぐに嫌になって辞めていく。そんなこんなで退職とクビを繰り返すんだ。新任が来たところで、いちいち相手にするだけ無駄だろう。お前もそういう連中の一人だと思っていたが、お前の関心は出世より、お父上とお家のことか」

「そういうわけでは――」

「あるいは、もっと別の目的か」

突然、初めて会った時と同じ品定めをするような視線を向けられ、ルカの心臓が大きく音を鳴らす。だが、シセに他意はないのだろう。それ以上追求せず、ふっと笑う。

「冗談だ」

柔らかく目を細め、シセは口元を緩める。

「レジオンの家は、古くから王族に仕えている家柄だ。王に会おうと思えば、レジオン公なら何の障壁もない。王族との繋がりなど、お前にとっては今更か」

シセはルカの前まで歩いてくると、膝を折りルカの前に座る。

「その割に俺なんかに仕えることになって、気の毒なことだが」

ルカは、はっとして頭を下げた。主人より頭を上にするなど、侍者には許されない。

「俺は、自分を気の毒などとは――」

「そういうところが、変わっていると言ってるんだ。今時、お前のような奴は珍しい。いずれにしても、これからのお前の仕事には少し配慮する。顔を上げろ」

シセの声に従うと、初めて見たときと同じ美しい顔があった。

だが、何処か雰囲気が違う。シセが微笑んだ表情を、初めて見たせいかもしれない。

「お前の名前は、ルカだったか」

「はい」

あまり間近で見ていることが許されない気がして、ルカは再び頭を下げる。

「ルカ・レジオンです」

「そうか。ルカ、顔を上げてくれ。過剰な敬意は疲れる」

シセに従い、ルカは再び顔を上げる。

ルカと目を合わせるためなのか、シセは目に掛かる前髪を右手の指先で掻き上げた。

「邪険にして悪かった。これからは、素直にお前に世話を頼もう。それに実のところ生活には困っていないが、話し相手には困っていたところだ。丁度いい」

「話し相手、ですか」

「母が死んで妹も嫁いで、以来まともな人間と話す機会がなくてな。お前は久しぶりのまともな人間だ」

だから丁度いい、とシセは柔らかく笑う。その表情は、ルカの知る王子と別人に見えた。

それから、ルカはまともな仕事を与えられるようになった。食事を配膳し、クローゼットの中を整え、ティータイムには茶を淹れる。

これまでシセは近くにルカがいることを好まなかったが、部屋に入ることも許すようになった。ルカが部屋のものを触っても嫌な顔をしないし、食事を運べば「ありがとう」と食べる。ルカの努力は、此処にきて漸く実ったことになる。

シセが出かける時にも、付き添いを許されるようになった。

昼の間、シセが何処で何をしているのかと思っていたが、ひとり王宮を出て教会に行っていたらしい。古くから信仰されている国教は政治利用されることが多く、王族は教会に多額の寄附を行っている。その繋がりを考えると、シセが教会に行くのは不思議ではない。

だが、シセはやはり変わっていた。シセが向かったのは他の王族の通う豪華絢爛な大聖堂ではなく、王宮を出た先の裏通りにある小さな教会だった。王子の顔を知る人間がいないとは言え、昼間に一人で街中をうろついていた事実にルカはぎょっとする。

「セルミネ大聖堂では駄目なのですか？」

セルミネ大聖堂は、王都の象徴とも言うべき建物である。王宮に隣接しており、訪ねるならこちらの方が安全だし、何より大きく美しい。青く丸い屋根が特徴的で、中には金の細工を施した燭台が並べられ、中央には大理石でできた神像が祀られている。

だがシセが訪ねた教会は、欠けた石でできたおんぼろ教会である。神に祈るなら大聖堂に行ってくれた方が、ルカも安心できる。

が、シセは頷かない。

「あの教会には、俺以外の王族も訪ねる。他にも知っている顔が多い。だから行かない。俺も会いたくないし、向こうも会いたくないだろう」

「ですが、お一人で街を歩くなど危険です」

「危険なものか。現に、今までだって無事に帰ってきただろう。危険と言うなら、俺にとっては王族や貴族がたむろする教会の方がずっと危険だ」

「どうしてです？　大聖堂であれば、衛兵もいるはずです」

「まぁ、色々ある」

肩を竦めただけで、シセはそれ以上の説明をしない。ルカはシセと「適切な距離を保てる侍者」にはなったが、シセは相変わらずルカとの間に一線を引いている。

教会に行かない日は、シセは王宮内の東にある庭園に向かう。

「母が王から与えられた庭園だ」

だから他の人間が入ってくることはないと、シセは説明した。

シセは、他人との接触を避けているきらいがある。コミュニケーションが下手というわけではなさそうだが、シセが誰かと話をしているところをルカは見たことがない。

シセが他の人間と接しなければ、ルカも他人と交流することがない。情報収集という意味では、ルカには不都合になる。

だが、ルカは諦めなかった。

昼間のシセは王宮の人間と会っていないが、ルカは「夜のシセ」を知らない。今も夜は変わらずルカを寄せ付けず、シセは一人ふらりと部屋を出ていく。流石に、夜間に一人で教会や庭園には行かないだろう。気晴らしなら昼間にできるし、一人になりたいなら部屋にいればいい。少なくとも誰かと会っているだろうと、ルカは踏んでいる。

それも頑なにルカの同行を拒絶するくらいだから、それなりに知られたくない人物なのだろう。もし何処ぞの貴族の女と酒を飲み情を交わしているのなら、ルカもお近付きになっておいた方が都合がいい。

「今夜もお出かけになるんですか」

ルカは今一歩、シセの懐（ふところ）に踏み込むことにした。以前のような「厄介者」であったら無理だろうが、今なら「シセの身を守るため」と強く訴えれば拒絶されない気がする。

「王宮の中に危険があるとは言いませんが、それでもこう頻繁に夜に出歩かれるのは心配です。お供をさせて頂くか、せめて行き先を教えてください。何かあった時、シセ様をお捜しする手段がなくなります」

「面倒なことを言い出したな」

シセは読んでいた本から顔を上げ、苦い表情をする。

「まぁ、確かに何かあればお前の責任か。俺は別に、お前のせいにするつもりはないが」

「一体、何処に行かれているんです？」

シセは拒絶こそしないが、やはり歯切れが悪い。

「それほど、俺に知られては困る場所なのでしょうか」

「そうだな……」

シセは唇に手を当て、思案する。

「正直なところ、知られたくはない。が、お前に後をつけられるよりは連れて行った方が良さそうだ」

よし、とルカは胸の内で拳を握った。

シセは、ルカの忠誠を信用している。これまで意味のない仕事にも誠実に取り組んでいたことが、此処に来て功を奏した。

気が進まなそうにしながらも付き添いを許可するということは、シセもそこまで疚しい場所に向かうわけではないのだろう。悪くても貴族の乱交パーティ、もしかしたら、ただ王宮の人間と酒を飲んでいるだけなのかもしれない。いずれにしても酒は人の気を緩めるし、シセ以外の人間と親しくなる好機だ。

「ただし条件がある」

ルカが勝手に思案していると、シセは思考を遮るようにルカの前まで来た。まさかまた無理難題を押し付けてくるのではと、ルカは身構える。

「何でしょうか」

「服を着替えて来い。もう少し地味な……そうだな、庭仕事ができそうな服がいい」

意外な条件に、ルカは頭の中に疑問符を浮かべる。だが思ったより簡単な条件だし、シセがしろと言うのなら、まずは従うしかない。


ルカは地味な服に着替えた。王宮に仕える前に着用していた麻のシンプルなシャツで、庭師と言っても違和感がないものである。

シセの部屋に戻ると、シセもいつもと違う格好になっていた。

「本当に、何処に行くんです?」

思わず目を見開く。シセの格好は王族とは思えなかった。ルカが着ているような麻のチュニックで、胸元が大きく開いており、ボタンも装飾もない。

「庭だ」

シセは付いてくるよう視線だけで促し、手ぶらのまま部屋を出る。

陽が沈み、外は既に暗かった。王宮内にはいくつもランプや灯篭(とうろう)があるため、真っ暗闇というわけではない。

「庭というのは、お母上の庭園ですか？」

「そうだ。昼間に手入れをすると陽差しがきついだろう。手入れをするなら夜の方がいい」

ルカは少し落胆した。

闇夜に庭師が働いているとは思えないが、もしシセが会う相手が庭師だとしたら、期待外れもいいところである。庭師と親しくなったところで、ルカにメリットはない。

静かな白い石の廊下を歩くシセに、ルカは続く。

途中、使用人や衛兵とすれ違ったが、シセは見向きもしなかった。こういう「下位の人間に興味がない」ところが、実に王族らしい。

しかしどれだけ尊大な態度を取ったところで、シセが王になることはないだろう。所詮王位の継承順位は五番目で、王族の中では最下位である。王は遊び好きの割に子が少ないが、四人も兄がいるのだから流石にシセに順が廻ることはない。それが解っているからなのか、使用人たちの態度も何処か素っ気ない。

だが、シセが王位を継ぐか否かなど関係なかった。目の前を颯爽(さっそう)と歩く王子は、遠くないうちに死ぬ。ルカが仲間を王宮に引き入れることさえできれば、王族は皆処刑される。

シセに、個人的な恨みはない。ふた月ほど共に過ごしてみても、驚くような悪事を働くこともなければ、無意味な癇癪を起こすこともない。だが今まで王族がしてきた悪行を考えれば、処刑は当然だと思う。

やがて、二人は庭園に着いた。

入り口には、赤茶色の煉瓦で作られたアーチがある。アーチから続く塀が庭を囲っており、塀を伝った緑の葉が庭の壁紙代わりになっている。

昼間、ルカは何度かここに付き添ってきたことがある。まるで異国のような庭園で、石畳の両脇には等間隔に噴水があり、横を流れる人工の細い小川に一本の弧を描くように水を飛ばしている。小川の隣には白と黄色の花が一面に咲いており、ところどころに橙色の花を付けた低木が植えられていて美しい。

だが夜になると、その様相は大きく変わる。ほとんど灯りもなく足下すらおぼつかず、とても手入れができるような状況ではない。

「この庭を、今から手入れされるんですか?」

「ひとまず、灯りを入れる。ランタンがあるだろう。手伝ってくれ」

楽しげなシセの言葉に従い、火を用意する。多少視界は開けたが、とても庭仕事ができるとは思えない。

「この明るさでは、視界が悪く危ないと思いますが」

剪定(せんてい)をするにしても肥料を撒(ま)くにしても、どう考えても昼間の方が効率がいい。

「シセ様はいつも、こんな暗闇の中で一人で庭の手入れをしていたのですか？」

「そう思うのか？」

「あまり、庭の手入れが好きそうには見えませんが」

「失礼な奴だな。まぁ確かに、俺は別に草木に水をやるのは好きじゃない。人がいないという意味で、この庭園を好んではいるが」

シセはくすくすと笑うが、ルカはまったく笑えない。それなら、一体何をするために庭になど来たのか。そもそも、庭仕事ができる服を着ろと言ったのはシセである。

「では、何をするんです？」

「ついて来い」

口角を上げたシセに、ルカは眉を寄せる。だが説明がない以上、ルカは従うしかない。緑のアイビーが這う壁伝いに歩き、シセは庭の奥へ向かう。そのアイビーが一際生い茂った場所で、シセは急に立ち止まった。

「どうされたんです……？」

疑問を向けると、シセは「シッ」と人差し指を口元にあて、少しだけ振り返る。それから何重にも重なるアイビーの葉を掻き分けた。

ルカは驚いた。生い茂る葉の裏に、隠されていたようにまた煉瓦のアーチがある。

「一応言っておくが、誰にも言うなよ。この場所だけは誰にも知られたくなくて、必死に草に水をやって、害虫を駆除したんだ。どうだ？　外からじゃこんなものがあるとは思わないだろう」

シセは葉を避けてアーチを潜ると、その先に続く暗い通路へと進む。

一体、何処に繋がっているのか。

ルカが緊張気味にシセに続くと、大きな鉄の扉が目に飛び込んできた。古そうではあるが、錆び付いているわけでも蔦が這っているわけでもない。つまり、今も使われているのだろう。左右に開く二枚扉で、中央には鍵穴がある。

「これは一体、何の扉なんです？」

シセは、ルカの疑問に答えない。代わりに懐から輪のついた鉄の鍵を取り出すと、くるくると回して見せた。

「外に出る扉だ」

「外……？」

シセは、鍵を鍵穴に挿す。がちゃりと、音が響いた。静かな空間にその音は大きく感じられたが、広大な庭と王宮の中では些細な音でしかないだろう。シセは鍵を引き抜くと、ギィと音を立てて扉を開く。

「どうだ？」

得意げに振り返ったシセに、ルカは息を呑んだ。

信じられなかった。本当に、言葉の通り王宮の「外」の風景が扉の奥に広がっている。暗闇の中に、チラチラと小さな灯りが見える。光が集中している場所は、飲食地区だろう。この高さから見下ろすのは初めてだが、光の様子だけで見慣れた王都の街並みだと一目で解る。

興奮で、言葉を失った。まさにルカが探していた王宮の壁を越える道が、目の前にある。

「この扉は、昔は庭の手入れの荷を入れるために使っていたんだ」

茫然とするルカに、シセは説明する。

「だが母が死んでからは、そういうこともなくなってな。暫くは衛兵が門番をしていたが、今は封鎖されて誰も使ってない。鍵も、俺しか持っていない。この庭園は俺以外に立ち入る人間はいないし、扉の存在も皆忘れてる」

「その扉の鍵を、どうやって手に入れたんです？」

ルカは興奮を必死に抑え、落ち着いた声で尋ねる。

「封鎖されて、本来誰も使ってはならない扉でしょう。それなのに、どうして」

「まぁ、それなりに苦労してだ」

シセは苦い顔をして、それ以上の説明はしなかった。

外に出て扉の鍵を閉めると、シセは石の階段を下り始めた。シセから鍵を奪いたい衝動を抑え、ルカも続く。階段は壁に伝って続き、なだらかなカーブを描いて城下町まで続いている。だが城の周りは木が生い茂っているため、街から見上げても階段があるとは気づかないだろう。

やがて、二人は王宮の敷地を出た。

早くこの事実を仲間に伝えたかったが、今はその時ではない。付き従うと言った以上、まずはシセのお守りをしなければならない。

「何処に行くんです？」

有益な情報は得られたが、シセが何故街に降りてきたのかは解らないままである。

「こんな、夜の街……東側は西よりましとは言え、決して治安がいいとは言えません。スリも多いと聞きますし」

「スられるようなものは持ってない」

「そういう問題では……」

「お前は酒を飲んで騒いで、忘れたいと思うような嫌なことはないのか？」

「はい？」

「俺はある」

まるで仕事上がりの労働者のような質問をするシセに、ルカは戸惑う。そもそも質問の意図も理解できなかったが、しかしすぐに理解することとなった。

シセが暗い裏通りを抜け立ち止まったのは、一軒の酒場である。中からは煌々と灯りが漏れており、酒を飲んだ男たちの声と楽器の音が聞こえる。陽気な横笛の音とバイオリンの音、それに拍手の音が、外まで鳴り響いている。

「此処で、酒を呑むんですか」

ルカには理解しがたい。酒を飲むだけなら王宮で好きなだけ飲めるし、街まで降りてくる必要はない。

「そういえば、お前金は持っているのか？」

シセは振り返り、ふと思い出したように質問を返す。

「王宮と違って、此処での飲食は金が要る」

「それは流石に知っていますが――いえ、持っていません。まさか、こんな場所に来るとは思っていなかったので」

「だろうな」

シセは肩を竦めて呆れ顔を作ったが、ルカには疑問がある。自分より、シセの方がよほど金を持っていそうにない。

「あの、シセ様はお金を持っているんですか？」

そもそも金という概念すらあるのか疑問だったが、シセは口角を上げた。

「持ってないが、俺は顔パスだ」

「顔パス？」

「まぁ、色々ある。だから今日は俺が奢ってやる。お前もしっかり酒でも飲んで、酔って面倒なことは忘れろ」

「それは、ありがとうございます」

「その代わり、その『様』はやめろ。それに敬語もだ」

何故王子に酒を奢られることになっているのか、そもそもシセが何故顔パスなのか。ルカには何もかもが解らない。だがシセが入るというのだから、目的も意図も不明ながらもルカはついて行く必要がある。

「はい、解りました」

「いやお前、俺の話を聞いてたのか？　やめろと言っただろう」

「そ、そうは言いますが、そう簡単には」

「融通の利かない奴だな」

眉を寄せ、面倒臭そうにシセは首元を掻く。ため息をひとつついて、「まあいい」とシセは酒場の扉を開けた。

途端に、中から音が溢れてくる。ルカも街の酒場はいくつも知っているが、これほど賑やかな店は来たことがない。店内には楽器の音が大きく響き、人の声を掻き消している。

(何なんだ、此処は)

シセから少し離れた場所で店内を見渡していると、音楽を裂くような大声がカウンターから響いた。

「よぉ、シセ！　来たな！」

思わずびくりと震えたのは、声を掛けられたシセではなくルカである。

本名を名乗っていることが、信じられなかった。まさか、顔パスと言ったのは王子だと身分を明かしているからなのか。

冗談だろうと眉を寄せそうになったルカの考えを、しかしカウンター席の客が否定する。

「シセ、今日も仕事の帰りなのか？」

「ああ、ようやく御婦人に解放してもらった。給金がいいから我慢しているが、お仕え仕事も楽じゃない」

「何だ何だ、使用人でも美丈夫は仕事が増えて大変だなぁ」

シセは、身分を使用人としているらしい。店主にも客にも覚えられ、親しみを込めて声を掛けられるほどにこの店に馴染んでいる。

いくら市民に王子の顔が知られていないとは言え、ルカには理解しがたかった。夜の街に繰り出し市民と酒を飲む意図も、まったく解せず茫然としてしまう。

そんなルカを、シセはすっと目を細め振り返った。だが止まっていたのは一瞬である。

「そういえば、今日は客を連れてきたんだ」

シセに腕を取られ、ルカは慌てながらも店主の前まで引っ張っていかれる。

「仕事で知り合った男だ。酒の飲み方を知らないと言うから、今日は飲ませに来た」

「へぇ、シセに連れがいるなんて珍しいな」

「連れってほどじゃない。が、今日は俺の奢りで飲ませてやってくれ」

シセはひらりとルカに手を振ると、カウンターに金を置くでもなく店の奥に進む。だが、店主はシセの要望を受け入れた。

「何を飲む？　兄ちゃん、好きなだけ飲みな」

大声で尋ねられ、ルカは無難に「隣と同じものを」と返す。

出されたのは、麦酒だった。ごくりと、泡ごと麦酒を流し込む。だがシセのことが気になって、あまり味はしなかった。

シセは楽しげに店内の客と話をしながら、店の奥へと進んでいく。普段王宮で侍女や衛兵に視線もくれず歩くシセからは、想像もつかなかった。男に肩を組まれても頭をぐしゃりと撫でられても気にせず愉快そうに男たちと話す姿は、何処にでもいる気さくな男で王子ではない。

だが、驚きはそこで終わらなかった。店の奥には一段高くなった舞台のような場所があり、その上で二人の男が笛とバイオリンを演奏している。その二人の男がおもむろにシセの手を引くと、舞台に引き上げたのである。

流石にルカは慌て、立ち上がった。だが、立ったのはルカだけではなかった。舞台の前にいた男たちも立ち上がり、歓声を上げる。

舞台上の男はシセから手を離すと、演奏を再開した。

瞬間、流れる音が変わった。バイオリンの男は一段音を上げ、滑らかで艶やかな音楽を奏で始める。近くにいた客の男が、何処から取り出したのかタンバリンを叩き始めた。店の中は一層賑やかになりながらも、何処か雰囲気が変わる。

ルカが呆気にとられていると、シセは静かに右手を上に伸ばし、腰を揺らし始めた。

同時に周囲の客たちの手拍子が始まる。

シセは、小さな舞台の上でステップを踏む。バイオリンの音に合わせて跳ね、くるりと回転し、客の視線を釘付けにしている。腕の動きが軟体動物なのではというほどに滑らかで、水の中を泳いでいるようだった。それでいて腰の動きは激しく、ステップを踏む足は力強い。床を踏むたびにドンと強い音が鳴り、しかし首は柔らかく動き、指先はまるで別の生き物のように空気を撫でている。

麻の服が激しく揺れ、胸元が開いた。

演奏はまだ続いているが、楽章が変わったのか、ゆっくりした曲調になる。

笛の音が止んだ。同時に、タンバリンと拍手も止む。代わりにとばかりに客は薄汚れた白いテーブルクロスを投げ、シセはそれを受け取った。布の対角線を背中から回して両手で持ち、踊り続けるシセにルカは囚われ動けなくなる。

シセは、美しい。この小さな薄汚い店で、雑な音楽と決して上品とは言えない客の中、シセだけが輝いている。王宮の中では見せたことのない笑みを浮かべ、客を誘うような視線を作っている。

まるで、別人だった。物語から出てきた踊り子のように、シセはあまりに不釣り合いな場所で美しく舞っている。

やがて、音楽はクライマックスに入った。再び笛が鳴り、タンバリンが鳴る。周囲の客は手拍子を取り、それに合わせてシセは髪を乱しながらくるりと舞う。激しいバイオリンの音が鳴り止むと、同時にシセは手にしていたテーブルクロスを投げた。

歓声が沸く。きらりと宙を舞ったのは硬貨で、シセと音楽隊に向けたチップだった。

シセは硬貨をそのままに、舞台から跳び下りる。近くにいた馴染みらしき客がシセに麦酒を差し出し、シセは素直に受け取った。硬貨を拾わなかったのは、そのまま店主に渡すためだろう。ルカはそこで漸く、シセが「顔パス」と言っていた意味を知った。

だがルカは、長くはシセに視線を向けていられなかった。

「あれ？　お前、ルカか？」

二つ隣の席にいた、見覚えのある男に声を掛けられたのである。

「ああ、やっぱりルカだよな？　俺だよ、ケベックだ。昔、西の酒場によく来てくれてただろ？　『イゴール』の店主だよ」

まずい、とルカは焦った。

ケベックと名乗った茶色い髪と髭の男のことを、ルカは覚えている。以前仕事で西地区に荷を運ぶことが多かった頃、立ち寄った酒場の店主だった。

こうなることを、想像すべきだった。ルカはこの街の人間である。知り合いに会う可能性はゼロではない。「レジオン」の身分なら下町に知り合いなどいるはずがないため、シセに知られるのは都合が悪い。

だがケベックはそんなことは知らないし、気にしない。

「こう景気が悪いと店が立ち行かなくてな。店を畳んで、今は大工の手伝いをしてんだ」

「そうなのか」

「そういや、お前の姉さんは元気なのか？　あのあたりは最近、ほんとに景気が悪くて畳む店も多い。たまには顔出してやれよ。きっと喜ぶぜ？」

「ああ、そうだな」

早く話を切り上げたくて、ルカは適当に相槌を打って席を立つ。シセを見るとこちらに視線をくれることもなく酒を飲んでいて、ルカは安心した。

シセが立ち上がる気配がないため、ルカは近くの客に声を掛けた。先ほどまで、踊るシセに歓声を上げていた男である。他の人間と話していれば、ケベックも追いかけてはこないだろう。

「彼は、いつも店に来ているのか？」

「ん？　彼？」

ルカの声に反応して、男は振り返る。

「シセだ。店に馴染みがあるようだが」

「ああ、シセか。いつもって程じゃねぇが、たまに来ちゃあ、ああやって踊って酒飲んで帰るんだよ。この店は楽器やら歌やらやる連中は結構いるが、踊りをやる奴はあんまり見ねぇからな。俺も何度かしか見たことはねぇが、大したもんだよ」

「そうなのか」

シセが自室を抜け出すのは、たまにという頻度ではない。毎回この店に来ているわけではなく、別の場所に行く日もあるのかもしれない。

シセのことが解らなかった。

王族に、ろくな人間はいない。それはルカだけでなく、恐らく民衆の大半が思っていることだろう。今も、それが間違っているとは思わない。だが王族のシセは、今こうして平民たちに紛れ愛されている。

それに何より、シセが平民相手に友人のように接していることが信じられなかった。王宮ではあれほど人を避け他人に興味なさげに暮らしているのに、此処では何処の誰とも解らぬ者と親しげに話している。

変わった王子だとは思っていた。

だが「変わっている」の方向性が、ルカの想像の斜め上をいっている。

それから暫く、ルカは酒を飲んだ。元々、酒に弱い方ではない。それはシセも同じようで、結構な量を飲んでいるように見えたが酔ってはいなかった。

夜中になる前に、シセは店を出た。

出る直前、「また来いよ」と店主の声が聞こえた。シセは軽く手を上げ、挨拶を返す。ルカも続いて店を出て扉を閉めると、再び二人だけの空間になった。

「驚いただろう」

少し笑うシセの表情が、王宮を出た時より柔らいでいる。

「この店は俺が初めて王宮を出た時、右も左も解らないままに立ち寄った店だ」

暗闇の中、シセはちらりと明るい店の方を見る。

「あの時も、今日と同じように賑やかだった。その音と光に惹かれるように、この店に入った。一銭の金も持ってなかった俺を、あの店主は快く迎えてくれたよ。酒代の代わりに何か芸をしろと言われて、踊った。それが始まりだ。今は投げてもらったチップで飲ませて貰ってる。まぁ思うところはあるだろうが、秘密にしておいてくれると助かる」

「勿論です」

まるで子供がいたずらを黙っていてくれと言っているようで、シセが幼く見えた。

「誰にも言いません」

「そうか、ありがとう。お前なら、そう言ってくれる気がしたんだ。だから連れてきた」

安堵したように微笑み来た道を戻るシセに、ルカも続く。

少し、胸が痛んだ。

無邪気に信頼を向けるこの王子を、ルカは裏切ることになる。

シセは、ルカを信用している。何がそうさせているのかと思っていたが、シセが言っていた通り、まともな人間が近くにいなかったせいだろう。王宮で話し相手がいないシセにとって、あの酒場の人間は特別で、彼らに近いルカも特別なのかもしれない。

だが酒場の人間はシセの味方でも、ルカはそうではない。正確には彼らも、シセが王族の人間だと知ればきっと態度を変える。シセが王族として処刑される日には歓喜の声を上げ、「騙された」と罵り絞首台に石を投げる。

想像すると、ぞっとした。

（違う、騙しているのは俺だ）

些細な秘密を守ると約束しただけで礼を言った、柔らかいシセの表情が頭に浮かぶ。

今まで、シセを「悪しき王族」としてしか見ていなかった。シセを一人の人間として見るより前に、王族という先入観があった。だが今日、酒場で見たシセや礼を言ったシセが、彼の本質のような気がする。

王宮では見せない表情で舞うシセの姿を、しかしルカはすぐに打ち消した。

ルカの仕事は、シセの人間性を見極めることではない。シセに教えられた抜け道を仲間に伝えることであり、シセの持つ鍵を手に入れることである。このままシセの信頼を利用し、本来の仕事をするのが正しい選択だろう。

静かな闇を裂くように、ホーッと遠くから低い梟の声が響く。ふと前を見ると、シセがのんびりと前を歩いている。暗闇の中で、シセの銀色の髪だけが妙に輝いて見えた。

＊＊＊

王宮に戻り、ルカと部屋の前で「おやすみ」と挨拶をして別れたのち。

シセは自室のベッドに転がったが、すぐに眠りにつくことができなかった。いつもは酒場から戻ると気分良くベッドに沈み、気がついたら眠りに落ちている。だがこの日は頭が冴え、胸の鼓動が激しい。

眠りを妨げているのは、ルカに対する疑問である。

ルカは、他の侍者と違うとは思っていた。態度は誠実で何かと気が利いて、古くから王家に仕えているレジオン家の人間は、これほどまで違うものかと驚いた。

だが、やはりルカはおかしい。

（あれは、本当にレジオンの人間なのか……？）

踊り終えて男たちと酒を飲んだ際、シセは親しげにルカに話しかける男を見た。男がいやに大きな声で話していたせいで、ルカの反応はともかく男の声は聞こえた。踊るシセを見たルカがどんな反応をするかと目を向けただけだったが、思わぬルカの人間関係を知ることになった。普通、貴族が下町の人間と親しく酒を飲んだりはしないだろう。

王族のシセが町で酒を飲んでいるのだから、ルカが身分を偽っていると言い切るつもりはない。ルカは今まで見てきた侍者とは一風変わっているし、身分差を気にしない貴族と言われればそのような気もする。レジオン家のような良家で育つほど、苦労がなかったせいで心が寛大になるという説もある。

それに少なくとも、ルカはシセに危害を加える様子はない。仕事ぶりは良好で、むしろいなければ不便な存在にすらなっている。

（まぁ、害があるわけでもないか）

仮にルカが身分を偽って今の職に就いていたとしても、今のところ問題は起こっていない。

一旦、シセはこの件を保留にすることにした。

翌日、シセはルカと顔を合わせても、疑問を表に出さなかった。

「知り合いがいたのか」とも尋ねない。ルカはシセが気づいたことに気づいていないだろうし、ルカが話さないということは、隠したい事実なのだろう。

それを直接尋ねるほど、シセは馬鹿ではない。

そもそも、何の下心もなく自分に近付く人間など存在しない。その目的がルカの場合出世ではないというだけで、他に目的があったとしても不思議ではない。

結局、シセは今すぐルカの正体を探ることを諦めた。というより、シセが想像できる範囲などたかが知れている。しばらく泳がせて、目的を探る方が無難だろう。

「教会に行く」

翌日。昼を過ぎてから、シセは教会に向かった。

ついてこいと言わなくても、ルカは当たり前のように付き添ってくる。

教会は、王都の西側に位置している。シセは週に一、二度訪ねており、その際には王宮の西にある裏門を利用をする。

門を出た先は、人気のない寂れた通りである。浮浪者が少なからずいるが、門の近くであれば衛兵が追い払ってくれるため危険はない。とは言え、西は東に比べて治安が悪い。それに、此処数年で一気に貧困層が増えている気がする。

シセが向かうのは、その西地区の教会である。王都が完成した頃に建てられた古い教会で、しかし金がなく修繕ができないため、石でできた外壁は所々が欠けている。

「では、俺はこちらでお待ちしています」

教会の門までたどり着くと、ルカは立ち止まった。

いつもルカを同行させるのは教会の近くまでで、中までの付き添いは許してない。本当は中に入りたいようだが、シセが頑なに拒絶しているためルカは従っている。

だがこの日、シセはルカに同行を許可することにした。

「お前も中まで来るか？」

シセが先に門を潜り振り返ると、ルカは驚いていた。一度もそんな声を掛けたことがないのだから、当然だろう。

「よろしいのですか？」

「お前も、教会で祈ることの一つ二つはあるだろう。それに、今日は日差しが強い。待つにしても中の方がいい」

適当な理由を付けると、ルカはすぐに従った。

教会は、二つの建物を連結して構成されている。ひとつは正面にある礼拝堂で、もうひとつは礼拝堂から廊下で続く二階建ての建物。後者は聖職者や身寄りのない子供の住居になっており、六歳から十五歳のおよそ二十名の子供を神父が育てている。

シセはルカと連れ立ち、教会の扉を開けた。

正面奥に、祭壇がある。中央に道を作るように木製の長椅子が並べられ、左右の壁には懺悔室が並んでいる。祭壇には神を写した木彫りの像があるが、雨漏りのせいかところどころに染みを作っている。

シセは、慣れた足取りで中央の身廊を歩く。背後にルカの戸惑うような足音を聞いていると、遠くでパタンと扉が開く音がした。

「シセさま！」

同時に、可愛らしい少女の声が響く。

少女の名はアイシスで、齢はこの孤児院で最年少の六歳である。アイシスは長い髪をふわふわと揺らしながら、一目散にシセに駆け寄ってくる。

「また来てくれたのね！」

アイシスは、シセに飛びかかるように抱きついた。

背後にいるルカが慌てたが、止めはしなかった。不敬ではあっても、流石にこのような少女が何かしでかすとは思わなかったのだろう。

「昨日、またきれいな石を見つけたの。今日もわたしの宝箱を見に来てくれる？」

「これアイシス、やめなさい」

だが、ルカの代わりにアイシスを止める人間がいた。先ほどアイシスが出てきた扉から遅れて出てきた、ランヴィル神父である。

ランヴィルはこの教会に長く勤める神父で、しかし神に仕える時間より子供の面倒を見

る時間の方が長い。既に老齢だが元の体格がいいため、シセと身長はあまり変わらない。

「そんなことをしては失礼だよ」

「だって……」

「だってではない。シセ様、いつもながら失礼を」

「いえ、構いません」

シセはアイシスの頭を撫でてから、少し引き離す。ランヴィルはシセが王子だと知っているが、子供達には明かしていない。だが仮に王子だと知っても、子供の態度などさして変わらないだろう。

「妹がこのくらいの時も、似たようなものでした」

「広いお心に感謝いたします」

ランヴィルは頭を下げてから、背後にいるルカに視線を送る。

「今日は、お連れの方がいらっしゃるのですね」

いつもはいない人間がいたことに、驚いたのだろう。

「そちらは？」

「ああ、私の侍者のルカ・レジオンです」

振り返って、シセはルカを紹介する。

「流石、長く王族に尽くしているレジオン家の者です。とても優秀で、重宝しております」

「おお、そうでしたか。ルカ様、ランヴィルです。この教会で神父をしております」

ランヴィルの礼に合わせて、ルカも頭を下げる。

「普段は外で待たせているのですが、この日差しでしょう。倒れても困ると思い連れてきたのですが、礼拝堂で待たせても良いでしょうか」

「もちろんです」

ランヴィルは快諾する。

「何もない古びた教会ですが、どうかお寛ぎください」

「助かります」

「では、シセ様はこちらへ」

ランヴィルは先ほどアイシスと共に出てきた奥の扉を片手で示し、シセを招く。シセはアイシスの手を握り素直に従おうとしたが、ルカが止めた。

「シセ様」

焦って追いかけてきたルカを、シセは振り返る。

「どちらに行かれるのです？　この建物を出るのでしたら、俺も同行を」

言うと思った通りの台詞に、シセは説明するか否かを考える。どちらにしても面倒になる気がしたが、シセが結論を出す前にアイシスが口を開いた。

「シセ様は、お勉強を教えてくださるんだよ」

「勉強?」

「そう、あとはご本を読んでくれたり……この前もね、空飛ぶ絨毯のお話を読んでくれて、文字を教えてくれてねぇ。わたしも名前が書けるようになったんだから。ええと……」

アイシスは、自分の掌に指先で文字を書いている。

「勉強を教える……?」

ルカは一生懸命文字を書くアイシスからシセに視線を移し、ぽかんと口を開ける。

「シセ様が、ですか?」

「あー……」

だから、言いたくなかった。ルカの反応は、想定通りだった。隠すほどのことではないが、知られるのはどうにも擽ったい。

「お前いま、世間のことを何も知らない無知な王子が、何を教えるんだと思っただろう」

「そんなことは思っていません」

「まぁ、いいんだ。事実だからな」

人に何かを教えられるほど立派な人間だとは、シセ自身も思っていない。

「自分でもあまり柄ではないと思うが……まぁ、知られたら同じだ。お前が子供嫌いじゃないなら、ついて来ても構わないが」

どうする、とシセが尋ねると、ルカは口を開けたまま頷いた。

それから、ランヴィル神父と共に教会の奥に向かった。

奥には教会の一室を使った子供が学べる教室のような場所がある。

部屋の中には、背丈も肌の色もさまざまな子供がいた。皆、齢が十に満たないくらいで、それを超えた子は教会の仕事を手伝っているためいない。

シセが中に入ると、十数人の子供たちが駆け寄ってきた。

「シセさま！」

「お待ちしてました！」

歓迎の声を受けながら、シセは部屋の奥に向かう。シセが教えているのは、文字の読み書きだけである。立派な学問などではないが、自分の名前すら書けない子供が多くいる中、そんなことでも皆喜んでくれる。

子供たちに手を引かれながら、ふとルカがいることを思い出した。

「ルカ。お前は少し、そこらへんに座って待っていてくれ」

「そこらへん……あの、構いませんが、シセ様は教師をなさるんですか？」

「教師は大袈裟だ。絵を描いてスペルを教えるくらいだからな。お前にもできるだろう、手伝うか？」

「いえ……俺はそういった経験はありませんので」

「頭の固い奴だな」

呆れて、シセは肩を竦めて見せる。

「絵を描いてスペルを書くだけだと言っただろう」

「絵、ですか」

「相手は子供なんだ。その方が解りやすい。まぁ絵心がないなら無理にとは言わないが、お前がその図体でどんな絵を描くのかは少し興味がある」

ルカが必死に歪な絵を描く姿を想像するとおかしくて、シセは笑ってしまう。だが、ルカはすぐに手伝うと言った。

一時間ほど子供たちに文字を教え、時間が来るとランヴィルが子供たちを外に出した。陽が高いうちに外で遊ばせた方が夜静かなのだと、ランヴィルは以前言っていた。

今日は、天気がいい。教会の中庭には、太陽の光がさんさんと降り注いでいる。シセには眩しいが、子供達にとっては良い日和(ひより)だろう。

シセは中庭の小さなベンチに腰掛け、子供たちの走る姿を眺める。

「いつまで隣に突っ立ってるんだ。威圧感があるから、隣にいるなら座ってくれ」

隣で立ち続けるルカが鬱陶(うっとう)しくて、シセは座るよう促した。ルカは仕事に真面目で手抜きをしないが、こういうところがたまに疲れる。

ルカは、恐縮しながらも横に座った。王宮では、王族の隣に座れる人間は王族だけだから、遠慮したのだろう。微妙な距離を、シセとの間に開けている。

暫くすると、ランヴィルがグラスに茶を淹れて現れた。赤いグラスには冷たい茶と生のスペアミントが入っており、暑い日には丁度いい。

「いつも教会を訪ねていたのは、このためだったんですか」

グラスの中身で喉を潤してから、シセはルカを見た。

身長が高く体格のいいルカを、やや見上げる形になる。

「驚きました。まさか、身寄りのない子供を相手に勉強を教えているとは」

「思わなかったし、思ったより上手かったし人気者だったか？」

「ええ、そうですね」

苦い表情で頷くルカが、少しおかしい。

「まぁ、妥当な感想だな。俺は世間では品行の悪い馬鹿な王子だろうし、王宮では厄介者だ。それに元々、子供が好きなわけでもない。ああ懐かれると、多少の情は湧くがな」

「それなら、どうしてこのようなことをしているのです？」

ルカは、尤もな疑問を向ける。

「このようなこと、王族の人間がする仕事ではないでしょう」

「そうだな。別に、俺も自主的にしているわけじゃない。これは、母の影響だ」

「母上……というのは、亡くなられた母上ですか」

「俺の母親のことは知っているか？」

知っているだろう、という前提でシセはちらりとルカを見る。

「とても、美しい方だったということくらいしか」

「変な嘘をつくな」

表情から嘘が漏れていて、シセは苦笑してしまう。

「俺の母は、卑しい娼婦だった。好色な父王は、月に一度の教会での礼拝参列の折に母を見つけたそうだ。自分の母を褒め称えるわけじゃないが、母は美しい女だった。その美貌が、王の目に適ったんだろう。すぐに王宮に上げられた」

シセは、グラスに残る茶を一口飲む。

「王宮には、既に多くの王の女がいたそうだ。女がいることは今でも変わらないが、王は子種が弱いのか、あまり子宝に恵まれない。そんな中、母は俺と妹を産んだ。当然、母の地位は随分と上がったよ。だが母は自分が誰より身分が低く、無知で疎まれていると知ってた。だから俺たちには勉強をしろと言って、基礎科目に飽き足らず王に頼んで植物学や占星術の家庭教師まで付けさせた。お陰で子供の頃は外を駆け回るより、机の前にいる時間の方が長かった。美貌も地位も、大きな武器になる。だが、武器は多ければ多い方がいい。それが母の信念で、だからこそ教会の身寄りのない子供にも学ぶ機会を与えようとした。今の俺と同じようにな。俺が教会に通っているのはそういう理由だが、それなりに続けていても、自分でも似合わないとは思うよ」

見れば、ルカは不思議そうな顔をしている。ルカにとっては、想像もしていなかった話なのだろう。

「どうした？　俺が思いのほか真面目な男で驚いたのか？」

「いえ……」

ルカは焦って首を横に振る。

「驚いたのは事実ですが……それよりも、シセ様のお母上のお言葉が身に染みたのです」

「母の言葉が？」

ただの雑談程度のつもりだったのに、ルカは妙に真面目な顔をしている。

「お母様は、とても頭の良い方だったのですね」

「母のことを良く言う人間を、俺は父王以外に知らない。やはりお前は変わっているな」

「ですが、お母上のお言葉はきっと事実です」

神妙な面持ちをするルカが、一体話の何処に引っかかったのかシセには解らない。

「学がなければ、まともな生活はできません。文字の読み書きすらできず、学ぶ機会すらなく、仕事に就くことができない人間もいるでしょう。俺の身近なところにも、そういう少年がいました」

「お前の近くに？　良家の子息の近くに、そんな人間がいるのか？」

「使用人代わりに、買われてきた子供がいたんです。使用人に任せるまでもない仕事をさせるために、子供を買うのは良くあることです。彼は身分が低く、学もなく、言われたことしかできない子供でした。ですがたまたま家の子供に気に入られ、家族として迎え入れられ、学ぶ機会を与えられたんです。彼は今、立派な大人になって働いています。ですがそういう機会がなければ、彼の人生は別のものになっていたでしょう。それは、俺とて同じです。父に何不自由ない生活を与えられ家族に支えられてきたからこそ、今こうしてシセ様の前にいます」

シセは、ゆるく目を細める。

意外な話が出てきた。与えられるものを当たり前に享受(きょうじゅ)していればもう少し傲慢(ごうまん)になっても良さそうなものだが、ルカは身分に胡座をかくタイプの人間ではないらしい。

「家族か」

この図体とこの歳の男の口から出る言葉にしては、随分甘い言葉だと思う。だがルカの何かを懐かしむような瞳から家族への想いが伝わってきて、それがシセには意外で、少し羨ましい。

「俺が、もう随分前に失ったものだ」

「え……？」

ルカは、不思議そうに瞬きをする。

「ですがシセ様には父王も、腹違いとは言えご兄弟もいらっしゃるでしょう」

「あれは家族じゃない。同じ王宮に住んでいる、ただの他人だ」

兄も父も、家族などと思ったことは一度もない。シセが家族と思えたのは、死んだ母と同じ腹から生まれてきた妹だけである。

「母は死んだし、妹は嫁に行かせてそれきり、忘れた頃に手紙が来るだけだ。嫁ぎ先の隣国の豪商は美しい妹を気に入っていたから、悪い扱いはされていないはずだが」

「シセ様の妹君でしたら、さぞ美しいことでしょう」

「そうだな、妹も美しかった。少し、あそこで遊んでるアイシスに似てたよ。いや、顔は全く似てはいないんだが、あんな場所で生まれ育ったのに、俺のように捻くれていなかったし、誰にでも愛情を振り撒く可愛い妹だった」

もしかしたら知らぬ間に、アイシスに妹を重ねていたのかもしれない。

中庭を駆け回るアイシスは、年上の少年とボールを蹴り合っている。負けず嫌いなのか、ボールを取られれば必死に追いかける。妹にはそういう強気なところはなかったが、いつも一生懸命で、笑顔が絶えなかったところがやはり似ていると思う。

「お前には、妹はいないのか？」

シセは、アイシスからルカに視線を戻す。

「お前は面倒見が良さそうだ。兄弟がいるとすれば、上の兄姉より下の弟妹のような印象があるが」

「はい、弟がいます」

ルカは、走り回る少年を眺めている。シセと同じように、何か思いを馳(は)せているのかもしれない。

「少し年は離れていますが、いい弟です」

いつになく、ルカの瞳が優しいものになっている気がする。その瞳を向けられる家族が羨ましくて、シセはルカから目を逸らした。

「そうか。家族はいい、大切にしてやるといい」

シセは立ち上がったが、子供たちは目もくれずに駆け回っている。

「愛する人間も愛してくれる人間もいないと、俺のように捻くれる」

「そんな、シセ様が捻くれているということは――」

「そろそろ戻るか」

否定しようとしたルカの言葉を、シセは遮った。いちいち気を遣われて自分を持ち上げる言葉を聞くのが、今は面倒臭い。

ルカが立ち上がると、中庭にいた子供たちが視線を向けてきた。ルカは背が高い。シセより目を引いたのだろう。

シセが少し手を上げると、アイシスが大きく手を振った。

視線でルカに指示をすると、ルカは心得たようにシセの後ろにつく。元来た道を戻り、礼拝堂を抜けて教会の扉口へと向かう。だが外に出たところで、シセは立ち止まった。

「悪いが、少し此処で待っていてくれるか」

シセは、まだ教会に用がある。というよりそれこそが本来の目的で、そのためにルカを教会まで連れてきたのだ。ルカに悟られないよう、シセは自然な態度を装う。

「用事をひとつ忘れてた。すぐに戻る」

「解りました」

頭を下げたルカを残して、シセは再び教会の中に戻る。

「ランヴィル神父」

声を大きく張ると、礼拝堂の高い天井に響く。ランヴィルが、すぐに奥の部屋から顔を出した。

「シセ様、どうかされましたか。何か、お忘れのことでも」

「はい、懺悔がしたいのです」

シセは、頭を下げた。

ランヴィルは心得たように、「こちらへ」とシセを懺悔室に案内する。

壁際に設置された木造の懺悔室は、上部に花が彫られただけの質素なものである。ランヴィルが中に入ったのを確認して、シセは部屋の前に掛けられた赤い布を潜った。

膝をつき、格子（こうし）状の窓のついた仕切りの前で待っていると奥の扉が開く。

神のいつくしみを、罪の告白を、などと神父は言わない。ランヴィルは、シセが呼び止めた理由を理解している。そもそもシセは一度も懺悔などしたことがないし、こうして懺悔をランヴィルに乞う時は、何かしら頼みがある時だとランヴィルは知っている。

「シセ様、どうされましたか」

「調べてほしいことがあるのです」

懺悔室の中ではあったが、念のためシセは声を潜める。

「私でお手伝いできることでしたら、お伺いしましょう」

「先ほど俺の後ろにいた、ルカという侍者のことです」

鉄の窓越しに、ランヴィルの目が少し細められる。

「普段、シセ様が侍者を伴うことなどないので驚きましたが、彼に何かございましたか？」

「側に付けていて不快なこともないもので、最近はよく連れています。今まで私の周りにはいなかったタイプの優秀な男で、重宝しているのです」

「それなら、良うございました。いつもお一人でいらっしゃいますから、いくら王宮の近くとは言え心配しておりました」

「ありがとうございます。ただ、あの男の名が本当にレジオンで信頼に足る人間なのかというと、怪しくはあるのですが」

ランヴィルの目蓋が、ぴくりと動く。

「先日街に下りた時に、知り合いと話している姿を見かけました。見ての通り真面目で良い侍者ではあるのですが、レジオン家の人間にしては些か平民に対して好意的すぎる気もします。一緒にいた男は、お世辞にも身分が高くは見えませんでした。ということは余程の変わり者か、身分を偽っているかのどちらかです」

それに、ルカは嘘をついている。

酒場でルカは「姉」の話を振られていた。それなのに今日のルカの話に姉の存在はなく、言っていることに齟齬（そご）がある。

「兄たちのこともあります。調べていただけませんか」

「わかりました」

シセは、自分が持っているすべての情報をランヴィルに伝えた。

すぐに懺悔室を出ると、ランヴィルに挨拶はせず、そのまま教会の扉口へと向かった。

「待たせたな」

「何をされていたのです？」

ルカは首を傾げる。

「祈りを捧げていたのですか？」

「懺悔だ」

シセは、話しながら歩き出す。

「誰しもあるだろう。自分の行いを悔いたい、悪事や秘密を告白したいと思うことが。お前にはないのか？」

立ち止まって、シセは振り返る。

「そういう、悪事や秘密が」

「神への祈りは捧げたいと思いますが、俺は悔い改めるようなことは」

「それは羨ましいな」

シセは、そこで会話を終わらせた。まだ陽は高く、歩くだけで体力を消耗する。だからというわけではないが、部屋までの帰路は終始無言になった。

＊＊＊

この日の仕事を終え、自室に戻ったルカはベッドに転がった。

ぼんやり天井を眺めると、美しい細工が目に入る。花と蔦を象(かたど)った漆喰細工が天井一面に広がり、ランプの炎がちらちらと光と影を作っている。

シセは、今も夜になると時々部屋を抜け出している。恐らく庭園に行っているか、あるいは街の酒場に繰り出しているのだろう。だが、ルカは付き添いをしていない。ルカは知り合いに出くわすリスクがあるし、シセも「夜は一人がいい」と同行を好まない。双方のメリットを考えると、夜は共にいない方がいい。

それでも、シセと過ごす時間は随分と増えた。その時間が増えれば増えるほど、ルカの中で自分でも整理のつかない感情が育っていく。

（シセは、俺たちが想像していたような人間じゃないんじゃないのか……？）

仲間やネスタから聞き及んでいたような、理不尽で傲慢な振る舞いがあるわけではない。怒鳴り散らすこともないし、食事をひっくり返すこともない。王族とは思えない振る舞いがあるのは事実だが、それは母親が娼婦だからという理由ではなく、シセ本来の自由さや優しさから来ている気がする。

孤児院の子供たちは、心からシセを慕っていた。子供ならではの無礼な振る舞いをしても、シセは気にしない。子供が好きな方ではないと言いながら根気良く話に付き合い、王宮では見せることのない笑顔を向けている。

まるで、別人だった。

王宮の中にいるシセと王宮の外にいるシセが、同じ人物とは思えない。王宮内のシセは表情がなく無愛想で、衛兵や侍女には見向きもしない。それなのに酒場の汚らしい男や孤児院の子供には笑みを向け、古びた教会の神父には敬意を示している。

（王宮が、好きではないんだろうか）

唯一愛していたらしき母親と妹は、もう王宮にいない。侍者も、ルカが来るまではまともな人間がいなかったと言っていた。信頼できる人間も、話す相手もいない。そんな王宮に、シセは興味も執着もないのかもしれない。

翌日、ルカは二ヶ月ぶりに暇を貰った。ルカが、唯一王宮を出て家に帰れる機会である。

「たまには家族とゆっくりしてくるといい」

数日帰らなくてもいいと言うシセに、ルカは一日で戻ると言った。寂しそうな顔をされたわけでも寂しいと言われたわけでもないが、何となくシセを独りにしたくなかった。

この日、ルカは報告のため、義弟ネスタと会う約束をしている。自宅に戻るとネスタの置き手紙があり、待ち合わせ場所の記載があった。

『28番の店で待つ』

ネスタの筆跡で書かれたその文章は、一見、意味不明なものである。

だが、ルカには解った。店の名前でも番地でもない28という数字は、ネスタとの間だけで通じる暗号である。これは地下水路の分岐点に振られている管理番号で、子供の頃、ネスタと作った「秘密地図」に書き込んだ数字でもあった。地下に書かれた水路の番号の場所に地上の店を重ね合わせ、隠す必要もないのに店を番号で呼んだ。今もこうして数字で店を呼ぶことがあり、書かれた数字に懐かしさが込み上げる。

待ち合わせの場所は、西地区の賑やかな酒場だった。あまりルカが行かない場所だし、声が掻き消されるので人に聞かれたくない話をするには丁度いい。

「兄貴！　久しぶりだな」

店の隅の席で待っていると、ネスタが手を上げてやってきた。

「思ったより、兄貴が元気そうで安心した」

両腕を広げたネスタを、ルカは立ち上がって受け止める。

席に着くと店員に声をかけ、麦酒を二つ頼む。すぐに運ばれてきたそれを掲げると、グラスを合わせて飲んだ。ネスタは美味そうにごくごくと喉を鳴らしたが、ルカは一口でテーブルに置く。

「で、最近はどうなんだ？」

ネスタはグラスをドンとテーブルに置くと、身を乗り出す。

「我儘王子のお付きにうんざりして、仕事を投げ出したりしてないだろうな？」

「いや……」

揶揄うように笑うネスタに、ルカは曖昧に返す。

以前は、ルカもシセの悪口に笑っていた。だが今は素直に、ネスタに同調できない。

「前にお前に相談してからは、王子とも上手くやってるよ。それにもしかしたら、王宮に繋がる隠し通路の場所が解るかもしれない」

「本当か?!」

ネスタは自分の声の大きさに驚いて、慌てて小声になる。

「悪い……それにしても凄いな、兄貴は」

「いや、まだほんの足掛かり程度だ。詳しいことはまだ」

何となく、嘘をついた。

シセの持つ鍵の入手こそできていないとは言え、抜け道の存在を伝えるくらいはすべきである。抜け道と鍵の存在を知れば、仲間は協力してくれるだろう。シセを待ち伏せて殺し、鍵を奪うこともできる。本来の目的を果たすには一番近道になるし、ルカも必死にシセの鍵を探さずに済む。

だが、ルカは躊躇(ためら)った。

シセが楽しげに酒を飲んでいた姿や、子供たちに向けていた柔らかい笑みが頭を過る。そのシセが夜の街で襲われ死んで動かなくなることを想像すると、腹の底からゾッとした。

「まぁ、そんなに焦る必要はないさ」

言葉数が少なくなったルカが、申し訳なさそうに見えたのだろう。ネスタは明るくフォローする。

「俺たちの方も、まだ準備段階だ。兄貴も焦らず、身の安全を第一に考えてくれ」

「あ、ああ」

「仲間にいい報告ができて、俺も助かる。こういう話があると、士気が上がるんだ」

ネスタはグラスの麦酒を一気に飲み、追加で酒を注文する。

だが、ルカは酒が進まなかった。誰より信頼している義弟に嘘をついている罪悪感が、酒を飲む手を止めている。それを、疲れと受け取ったのだろう。

「兄貴……？」

心配そうな顔で、ネスタはルカの顔を覗き込む。

「やっぱり、疲れてるのか？　無理しないでくれ。ずっとあんな王子と一緒なんだ。シセはずいぶん素行も悪いんだろう。疲れるのは当たり前だ」

そうじゃない、と喉まで出掛かった言葉を、ルカは飲み込む。

「シセはそういう男じゃない。本当は俺たちが想像したような人間じゃない」

そんなことをネスタに伝えたところで、ネスタは戸惑うだけだろう。そもそも、信じてくれるかすら怪しい。

（それに、想像したような人間じゃなかったら、何なんだ）

どうなるわけでもない。シセがどんな人間だろうが、ルカを信じ懐こうが、ルカは結局はシセを裏切ることになる。

「本当に、疲れているわけじゃない。すべて順調だ」

ネスタを安心させたくて、ルカは笑みを作る。

「シセともうまくやってる。次にお前と会う時には、いい報告ができるはずだ」

「良かった。この革命がうまくいっても、兄貴が無事じゃなきゃ意味がないからな」

ネスタはほっと顔を綻ばせ、机の上のルカの手に自分のものを重ねて強く握る。

「いい報告より、自分をまず大事にしてくれ。これでも、いつも兄貴を心配してるんだ」

「ああ、わかってる。お前も気を付けろよ」

「もちろんだ」

ネスタの気遣いは嬉しい。心から心配してくれていることが、伝わってくる。

だからこそ、ルカは苦しかった。一番自分を思ってくれている人間なのに、一番大切にしなければならない相手なのに、ルカは軽率に裏切り行為をしてしまっている。


結局、ルカは抜け道のことを伝えられないまま、翌日陽が高くなる前に王宮に戻った。

この日の天気は快晴で、雲が少なく空が真っ青で美しい。

気温は高いが、湿度は高くない。教会で子供たちが走り回るにも、いい気候だろう。

ルカがシセの住まうエミル宮の螺旋階段を上っていると、上から下りてくる足音が聞こえた。恐らくシセだろう。メイドや下男は、大きな音を立てて歩くことはない。

「戻ったのか」

軽快な足音が止まると同時に現れた人影は、想像通りの人間だった。シセはルカから五段ほど開けて立ち止まる。教会で見たような明るい表情をしていて、ルカはほっとした。

「はい、遅くなりました」

「もっとゆっくりしてくればいいだろうに。お前がいなくても、俺は困らない」

「そう仰られると、少し寂しいのですが」

思ったままのことを口にすると、シセはおかしそうにふふっと笑う。

「そうか、それは悪かった。じゃあ、言い方を変えておこう。困りはしないが、俺も話し相手がいなくて寂しかった」

「そう、取って付けたように仰られても」

返しながらも、やはり自分を話し相手として認めてくれていることが嬉しかった。

「嘘じゃない、本当だ」

シセは楽しげに再び階段を下り始め、ルカの横を通り抜けた。ルカは方向転換をして、そのままシセの後ろに続く。

「庭に行く。いい天気だろう」

庭園には深夜に行くこともあるが、ほぼ暗闇で庭を楽しむことはできない。だがこの日差しの下であれば、その美しさを十分に堪能することができる。

「茶をするのにも丁度いい」

「では、ご一緒します」

シセは返事をしなかったが、拒絶もしなかった。何かとルカを遠ざけていたのが、遠い昔のことのようである。

やがて、庭園に着いた。煉瓦の門を潜り、庭園の奥へと足を進める。相変わらず人影はなく、だからこそ落ち着いていて雰囲気がいい。両脇で噴水が高く弧を描く道を、のんびりと歩く。色とりどりの花弁に飛んだ滴が太陽を受けて光り、庭をよりいっそう輝かせている。

「ルカ、茶にしよう」

庭の奥にある白い石でできた東屋まで、シセはゆっくりと歩く。古代寺院の形を模して造られたそこには、大理石を埋め込んだテーブルと椅子がある。近くには煉瓦を積み上げて作った小さな竈(かまど)があり、シセが子供の頃、母親がよく王に茶を振る舞っていたそうだ。

(子供の頃の話だと言っていたが)

シセが王と会っているところを、ルカは見たことがない。王が興味があったのは母親だけで、シセには無関心だったという。王からの呼び出しがないのはそのためだろう。

ルカは火を入れ、近くで水を汲んで薬缶(やかん)を火にかける。湯が沸くまでにポットの準備をしようと思ったが、気が付けばシセが済ませていた。

ルカは焦ったが、シセは気にしていない。

「茶くらい、俺にも淹れられる。今日は俺が振る舞ってやろうか」

「そのようなこと、王子にさせるわけには――」

「別にいいだろう。王族だが、俺は下っ端だ。それに、お前より俺が淹れる方が美味い」

「そうなんですか？」

「前から思っていたが、お前の茶は渋みがある」

「そういうことは、早く仰ってください」

「そのうち改善すると思っていたんだが、お前、普段からあまりいい茶を飲んでいないんじゃないのか？」

　だから気づかないのではと問われ、ルカは慌てた。茶など、自分や義弟が淹れたものを飲むくらいしか機会がない。いい家に生まれれば、使用人の淹れた美味い茶を飲むことがあるのだろう。だが、ルカにはそういう機会がない。

「確かに、王族の方と同じような茶葉を飲むことはありませんが」

　苦し紛れの言い訳だったが、シセは「それはそうだな」とすぐに納得した。

　シセは注ぎ口の長い金製のポットを手に取り、二つのカップに茶を注ぐ。ガラス製の、持ち手や表面に金の細工が施された豪華すぎるそれも、ルカはすっかり見慣れた。

　シセは近くの茂みからミントを毟(むし)り、指先で擦り潰してカップの中に入れる。

「飲め」

「ありがとうございます」

ルカにカップを渡し、シセは自分の茶に口を付ける。

「美味い」

シセが自画自賛する茶をルカも一口飲むと、口の中にミントの爽やかな香りが立ち、次いでほのかな柑橘（かんきつ）の香で満たされる。口の中から喉に茶を流し込んでもなお香りが鼻に抜け、喉を爽やかに潤してくれる。

「美味しいです」

「そうだろう」

シセは満足げに笑う。

「お前が来る前は、庭に侍者を入れることはなかった。茶が飲みたければ、必然的に自分で淹れる必要がある。繰り返していれば上手くもなる」

「そういえば俺がシセ様に雑用を言い渡されていた頃、茶葉を探してこいと仰っていましたが。あれは、この庭に置くためのものだったんですか？」

「そうだ。俺が厨房まで取りに行くわけにはいかないだろう。別に、全部が全部無意味なことを頼んでたわけじゃない」

何処か言い訳がましく言うシセが、少しおかしい。

庭園は、静かである。だが時々鳥の声が聞こえ、花には黒と紫の羽をした蝶が止まっている。噴水は相変わらず水を高くまで上げ、太陽の光を受けてきらきらと光っている。

「前から気になっていたんだが」

ルカが庭園の光景に見惚れていると、不意にシセに声を掛けられた。

「何でしょうか」

「お前は、なぜ俺の侍者になった？」

シセはカップを置き、ルカをじっと見て足を組む。

「レジオンの家が、王族に忠を誓っているのは知っている。だが流石に何の意味もなく、息子を俺の侍者になどしないだろう。俺と繋がりを持ったところで、レジオン家が得られるメリットはほぼない」

シセは肘掛に肘を置き、顔の前で両手の指先を合わせる。

「それなのに、どうして」

「俺がシセ様にお仕えすることになったのは、父からの命によるものですが」

ルカは、焦らない。当初から用意していた「設定」が頭に入っている。

「シセ様の侍者は、長く定着しないと聞いていました。シセ様を心配して、父は俺をシセ様のもとに送ったのでしょう。ですから、どうしてかと言われれば父の命令だからですね」

「成程」

「ですがそれはそれとして、今は父が俺をこの仕事に就けてくれたことに感謝しています」

「感謝……？」

やや驚いた表情でシセはカップを下ろし、ルカを見る。

設定には、ない言葉だった。だがこれが、今のルカの本心である。

「正直なところ、初めはあまり気が進みませんでした。初めの頃のシセ様の態度は、お世辞にも良いものとは言えませんでしたし。侍者が次々辞めていくのも、シセ様に問題があるのだと思っていました。ですが今はシセ様にお仕えすることができて、良かったと思います。貴方（あなた）のことを誤解したままでいずに済みました」

「誤解？　何の話だ」

「シセ様は、素行の悪い利己的で傲慢な王子だと。そう誤解していました。確かに、シセ様は他の王族の方とは少し違うようです。ですが、それは悪い意味ではありません。俺は、王宮を出ている時のシセ様の方が好きです」

シセはいつになく大きく目を見開いて、ぱちぱちと瞬きをする。だがすぐに小さく息を吸うと、少し困ったように、恥ずかしそうに笑った。

「そうか」

だが茶を一口飲んで、カップを置く頃にはいつもの顔に戻っている。

シセは無言で、庭園を眺めた。風が少し吹き、銀色の髪を揺らす。

ルカは、シセから視線が外せなかった。シセは美しい。母が大層な美人だったと言うから、その血を受け継いでいるのだろう。だが、ただの美しさだけではない。

どうしてあれほどの悪評が立つのかと不思議なほどに、シセという人間には魅力がある。だが、魅力に気づく人間も、もちろんいるのだろう。王宮の外には、シセを好ましく思っている人間が――シセが王子だと知らないからだとしても――少なからずいる。王族という、娼婦の息子という悪い噂や肩書が、以前ルカがそうだったようにシセの人間像を歪めている。

自分だけが、シセを知っている。そして自分だけが、シセの側にいることを許されている。それが特別な秘密のようでルカは嬉しくて、勿体なくて、同時に複雑な想いがする。

（俺が偽物だと知ったら、シセはどうするだろう）

シセがどんな人間だろうが、ルカの目的と仕事は変わらない。鍵を見つければルカは王宮を去り、いずれシセを殺す側に回る。その時、シセの穏やかな表情が歪むかと思うと、素直に仕事の成功を喜べない気がする。

「そろそろ戻るか」

暫くして、シセは立ち上がった。

ルカは急いで茶器を片づけ、シセに従って元来た道を戻っていく。

まだ、陽は高い。回廊には行きとは違った角度から陽が差し込み、床の白が方々の壁へと光を反射している。その光の回廊で突然、シセが足を止めた。

中央から一歩下がり、回廊の端に寄る。それから、軽く頭を下げた。

ルカもシセに倣って、端に寄り頭を下げる。シセが頭を下げるくらいなのだから、シセより身分の高い相手が通るのだろう。であれば相手は限られると視線だけを上げると、男が中央を歩いてくる。男は、四人の侍者を連れていた。

ルカの見たことがない男だ。だが一目で、王族だと解った。

金色の柔らかい髪に、茶色い瞳。シセと異なり、男は見事なまでの金の糸で織られた服を纏い、宝石を腕にも指にもこれでもかと付けている。誰が何処から見てもこの国の王子だと認知できる。

確か、シセの上には腹違いの兄が四人いる。

上から順に第一王妃の息子のドーマ、次に第二王妃の息子のアルマ。あとはそれぞれの王妃が交互に産み、エクリド、イルードと続いている。だがドーマは病に伏せって長いと聞くから、少なくとも歩いてくる男は第一王子ではない。

このいかにもな王族が何者なのか。その疑問はしかし、すぐに解決することになった。

「アルマ兄上」

男がシセの前で立ち止まり、シセが一層頭を深く下げて名を呼んだためである。

「失礼しました。兄上がお通りになるお時間とは知らず、失礼を――」

「また新しい侍者か?」

シセはまだ続けようとしたが、アルマの嘲笑に遮られた。

「お前が供を連れているのは珍しいな。初めて見る男だ。お気に入りなのか？」

「三月ほど前より、私についてくれています。良い侍者です」

「そうか。だがまだ日が浅いのなら、王宮の知らぬことも多いだろう。教えてやらねばならないのではないか？」

アルマはおもむろに手を上げると、嵌(は)めていた大きな宝石のついた指輪を床に落とす。

カラン、と音がした。

床には、アルマの落とした指輪が転がっている。何故わざと落としたのか。アルマの意図が、ルカには解らない。

「どうした？」

ルカが呆気にとられていると、アルマの低い声が響く。

「侍者の前では、俺に膝を折ることもできないのか？」

「そのようなことはございません」

シセは頭を下げたまま、アルマの前に膝を折る。ルカはシセに床に手をつかせてはならないと代わりに駆け寄ろうとしたが、ルカが動く前に事態は変わった。

「誰が手で拾えと言った！」

アルマが、跪くシセの肩を蹴り上げる。体勢を崩したシセは倒れそうになり、しかし既(すん)でのところで留まった。

「口で拾え。犬のように、這いつくばって」

「わかりました」

ルカは、息を呑む。

シセはひとつの躊躇いもなく、床に口づける。赤い唇で指輪を咥え、膝をついたまま上を向き、本当に犬のように口で指輪を差し出す。

「シセ、お前の侍者が驚いてる。気の毒じゃないか。何の説明もしてないのか？」

アルマが尋ねるが、シセは口に指輪を咥えているために何も返せない。

無言のまま指輪を差し出すシセの肩に、アルマはつまらなさそうに足を置いた。

「お前のような汚らしい者の口で拾ったものなど、もう要らん」

シセはアルマに蹴られるまま、床にその身体を倒される。

「折角だ、指輪はお前の侍者にでもやったらどうだ？　いい退職金代わりになるだろう。お前のような人間の侍者になったことを、多少なりとも喜べる」

アルマは再び足を上げ、今度はシセの頭を踏み付けようとする。

流石に、ルカはそのまま控えていられなかった。

「王子、お戯れが過ぎます。このような場所でお控えを――」

「やめろルカ！」

シセの前に出て庇おうとしたルカを、しかし止める声がある。

声の主は、シセである。シセは床に転がったまま、それでも必死に叫びルカを止める。

理解できなかった。生まれた年と母親が違うとは言え、同じ王子である。それなのに何故此処までされるのか、そしてシセが言いなりになっているのか、ルカには解らない。

「下がれ。アルマ兄上は、次期王位継承者だ。お前のような一介の侍者が口答えをしていい相手じゃない」

だが、シセが必死だということだけは理解できた。

ですが、と喉まで出掛かった言葉を、ルカは飲み込む。

「ルカ、下がれ。命令だ」

「アッハハ」

シセの声に愉快げに反応したのは、アルマである。

「下賤な王子には、下賤な侍者か。いや、これはびっくりだ。涙ぐましい主従愛だな」

ケラケラと、アルマは心底楽しげに笑っている。だが突然笑みを消すと、足を一歩進め、シセを通り過ぎたところで振り返った。

「確かにお前の侍者の言う通り、このような場所で戯れが過ぎた。場所を変えた方がいいな。今夜、イルードの部屋へ来い」

「解りました」

シセは、まだ顔を上げない。床に這いつくばったまま、アルマの足音が聞こえなくなるのを待っている。だが、ルカはいつまでもそのままでいられなかった。

「シセ様……！」

ルカはシセの肩を抱き、身体を起こしてやる。

「大丈夫ですか」

「大騒ぎをするな」

慌てるルカとは対照的に、シセは落ち着いている。顔は汚れているが、怪我はなさそうである。

「よくある光景だ。お前が騒がなければ、誰も気にしない」

「何を言って――」

とても、気にせずにいられるような光景ではない。

ルカは反論しようとして、しかし言葉が出てこなかった。

周囲を見れば、人がいないわけではない。使用人や衛兵たちは騒ぎが耳に入っているはずなのに、皆何事もなかったかのように仕事をし、視線を寄越す者もいない。

「おいルカ」

ルカが呆然としていると、シセはルカに体重を預けるようにして立ち上がる。ルカも立ち上がり、シセの身なりを簡単に整える。

「申し訳ありません。俺は、何もできず――」

「そんなことはいい」

シセは、大きくため息をつく。

「それより、お前の首の皮が繋がっていて良かった」

「は……？」

「お前が変わり者でも俺は気にしないが、あんなことをしていると本当に殺されるぞ」

ルカは眉を寄せる。

此処は、王宮内である。いくら王子とは言え、王宮内でそう簡単に人が殺せるはずもない。だが、ルカの想像は簡単に否定された。

「あの男は、半年前にも使用人の首を刎ねてる。此処を真っ直ぐ行った、突き当たりの廊下でな。それに――」

シセは続けようとして、言葉を止める。

「いや、此処でする話じゃないな。部屋に戻ろう」

何事もなかったかのように、シセは足を進める。ルカは、付き従うしかなかった。

＊　＊　＊

「アルマの通る時間には、気を付けているつもりだったんだが。驚いただろう。悪かった」

寝室に戻るなり、シセはベッドに座り込んだ。

ルカは着替えを用意すると言ったが、シセは断った。床に付き汚れているだろうと思ったが、シセはこの程度のことは気にしないと言う。もう仕事はしなくていいと言い、代わりにベッドの前の椅子に座るよう促した。

「あれは、どういうことなのですか」

謝罪をしたきり何も言わないシセに、ルカは自ら問いかける。

「アルマ王子は、俺の記憶では第二王子だったはずです。次期王位継承者は、病弱とは言えドーマ王子なのでは」

「確かに、第一王位継承者はドーマだ」

深く息をついて、シセは少し重たそうに口を開く。

「だが、それは二年前までのことだ。もう、ドーマが後を継ぐのは無理だろうな」

「無理？」

シセの言う意味が、ルカには解らない。

「どうしてです？　それほどに、ドーマ王子の病は重いのですか？」

「重い。もう、意識を取り戻すこともないだろう。まぁ、原因は病ではなく毒だがな」

思わず眉間のしわを深くするルカに、シセは足を組んでから話を続ける。

「アルマとイルード、その母親のダナが、ドーマに毒を盛った。アルマは、二番目の王位継承者だ。ドーマがいなくなれば、第一継承権がアルマに移る」

「それはそうですが、だからと言って毒を盛るなど——」

「するんだ、奴らは」

簡単にできることなのか、許されることなのか。

言おうとしたルカの声を、シセは先に否定する。

「だから、俺も手出しも抵抗もできずにいる」

「シセ様も毒殺される可能性があるから、ですか」

「そうじゃない」

ゆっくりと瞬きをするシセの声は、いつになく落ち着いている。

「俺が奴らに抵抗しないのは、妹を人質に取られているからだ」

「妹君を……ですが、妹君は隣国の豪商に嫁いだと——」

「ああ、そうだ。もうこの王宮にはいない。だがそうだとしても」

シセは身体を前に倒し、唇の前で両手の指先を合わせる。

「やると言ったら、あいつらはやるだろう。何処にどれだけ、奴らの協力者がいるのかは解らない。だが相当数いるはずだ。何せ、ドーマを人知れず植物状態にできるくらいだ。隣国の女の一人や二人、誘拐も毒殺もできる。もちろん俺のこともな。それでも奴らが俺を殺さないのは、俺への優しさじゃない。俺を支配下に置ける確証があるからだ」

「妹君を、人質にしているから」

「そうだ。それに、俺の王位継承順位は最下位だ。生かしておいても、アルマが王位に就くことに変わりはない。殺してあらぬ疑いを掛けられるくらいなら、生かして利用した方がいい」

「利用、というのは」

「俺は、奴らのオモチャなんだ」

シセは、少し目を細める。

「言いなりになる、都合のいいオモチャ。確かに使用人を嬲るよりは、位の高い人間を相手にした方が楽しそうだ。奴らのあの行為に、意味なんてない。ただの娯楽だ。嬲るのも、陥れるのも、犯すのも殺すのもただの趣味だ。暇な奴らだろう」

シセは自嘲気味に笑うが、ルカは想像もしていなかった事実に言葉を返せない。

「この王宮の連中は皆、上から下、使用人に至るまで、実質的に王宮を支配してるのが奴らだと知ってる。だから、誰も奴らには逆らわない。何を見ても、見て見ぬふりをする。俺の侍者たちも同じだった。前にも言っただろう。俺の侍者になりたがるのは、王家に取り入りたいという野心のある奴が大半だ。そういう奴は、俺ではなくアルマ達に付く。そうじゃない奴は、恐れをなして逃げていく」

「だから、シセ様の侍者はすぐに辞めていたんですか」

「誰だって自分の命は惜しい。だからお前が今すぐ王宮を立ち去ると言っても、俺はお前を咎めない。むしろ身の安全のためには、王宮を出た方がいいだろう」

「そのようなこと――」

淡々と退職を促すシセに、ルカは思わず立ち上がる。庭の鍵が手に入らなくなるからではない。こんな事実を知って、シセを独り残して王宮を立ち去るなどルカにはできない。

「俺はそのようなことで、シセ様のもとを離れたりしません」

「ああ、お前は父親の命令で来たんだったな」

「父は関係ありません」

主人を見下ろしていたことにはっとして、ルカはシセの前に膝をつく。

「そんな実情を知って、シセ様を一人になどできません。もちろん、俺にできることなどたかが知れているでしょう。ですが何かあったら、俺を頼ってください」

どの口が言うのか、という思いはある。どんなに頼られようが気に入られようが、ルカは本当の意味でシセの味方にはなり得ない。

だが、頼ってほしいというのも本心である。今、こんなふうに不器用に笑うシセを、独りにしたくない。その想いが、少しでもシセに伝わったのかもしれない。

「そうか」

シセが、僅かに表情を緩めた。

「いろんな人間が俺に仕えてきたが、俺を庇おうとした人間はお前が初めてだ。だから、少し嬉しかった」

シセは寝具から立ち上がると、膝を折りルカの前に座る。

「ありがとう」

少し恥ずかしそうに、シセは微笑む。

ルカは安心した。笑顔を向けてくれることが嬉しくて、微笑むシセが愛しくて、思わず抱きしめそうになる。だが、ルカは手を止めた。己の本来の立場を考えれば、到底許されることではない。

じくりと、胸に痛みを覚える。だがその痛みに、ルカは気づかないふりをした。

＊　＊　＊

アルマとの一件以降。

ルカの日常は変わらなかったが、シセの日常も変わらなかった。流石に庭園からは足が遠のくかと思ったら、シセは今も庭園か教会を訪れ、夜は部屋を留守にしている。

だが今までのように、王宮内なら安全という状況ではない。ルカはシセの身を案じ夜も供をすると言ったが、シセは承諾しなかった。

「お前がいると楽しく酒が飲めない」

一人で酒場に行く方がいいと、シセはルカを追いやるように手を振る。唯一、シセがルカに命じたのは寝具と風呂を整えておくことくらいで、あとは自室に戻れと言う。

ルカは指示に従ったが、心配なことに変わりはない。一度、ルカはシセの部屋で帰りを待ったことがある。だがシセはいつになく強い口調で叱咤し、ルカを睨み付けた。

「誰がいつまでもいていいと言った。出て行け」

ありがとう、とルカに柔らかい笑みを向けたシセは何処に行ったのか。

明らかに、シセの様子はおかしい。何か理由があって自分を遠ざけているのだと、ルカも流石に解る。

だが、ルカはそれ以上追求しなかった。ルカがシセに言えないことがあるように、シセにも恐らく言えないことがある。他人なのだから秘密があるのは自然だし、その秘密を無理に暴こうとしてシセの機嫌を損ね、王宮から追い出されるわけにもいかない。

見ている限り、シセに外傷はない。ということはあれから兄とは会っていないのかもしれず、ルカの懸念は杞憂なのかもしれない。

それにシセが留守にする時間が増えるのは、ルカにとって都合が良かった。

ルカには、シセに仕える以外にも仕事がある。シセの持つ「鍵」を見つけ、盗み、仲間に届ける。シセとの関係がどれほど親密になろうが、ルカの本来の仕事は変わっていない。

その仕事を成し遂げるには、シセの不在は好機である。

ルカは、シセの部屋を漁(あさ)った。

風呂場の棚や衣類の棚を調べ、普段見ることのないベッドの下にも手を伸ばした。隠し扉や床下の収納がないかと探ってみたが、それらしいものはない。

肌身離さず持っているのかと思ったが、可能性は低い気がする。鉄の鍵はそれなりの重さがあるし、常に持っていれば落とすこともある。毎日側にいても一度も見たことがないし、先日アルマに蹴り倒された時も金属音すら聞こえなかった。

そこでふと、ルカは先日の「事件」のことを考えた。

あの時、アルマは「イルードの部屋に来い」と言った。イルードはアルマの弟で第四王子にあたるが、何故アルマは自分の部屋ではなく、弟の部屋にシセを呼んだのか。

シセはアルマに命令された時、何の疑問も持たない様子で了承の返事をしていた。アルマに呼び出されイルードの部屋に行くことは、シセにとって珍しくないということになる。

シセはあれ以来、二人の兄の話をしていない。シセがイルードの部屋を訪ねたのは知っているが、何があったのかは知らされていない。

考えてみれば、あの日も外傷はなかった。翌日のシセは、いつもと何も変わらなかった。だが様子がおかしくなったのはあの一件からで、何もなかったはずはない。そして外傷がないからと言って、アルマとイルードとの接触がない証拠にはならない。

その不安は、的中した。

普段、シセが部屋に戻る様子は、目にせずとも足音で解る。隣の部屋で耳を欹てていれば扉の開閉音が聞こえるし、シセは深夜二時を越える前には、必ず自室に戻っている。

だがこの日、シセは部屋に戻らなかった。

足音を聞き漏らしたのかと思い、ルカは自室を出てシセの部屋の前まで来た。

念のため扉を叩き、そっと開ける。もし戻って眠っているならそれでいい。

「お戻りになっていますか？」

だが、シセの姿はなかった。

シセは街に繰り出しても、深夜には必ず戻る。それなのにまだ戻っていないということは、通常ではないことが起こっている可能性が高い。

ルカは扉を閉め、階段を降りた。

シセがいるとすれば、庭園である。鍵のないルカは庭園から先に行くことはできないが、少なくとも庭園でシセを待つことはできる。ただ部屋で待つより、少しはましだろう。

急ぎ足で、ルカは月明かりのない廊下を歩く。だが庭園にたどり着く前に、ルカは足を止めた。回廊の隅に、ふと大きな塊を見つけたのである。

初め、ルカはそれが何か解らなかった。もう少し明るければ、遠くからでも視認できただろう。だが塊がシセだと気づいたのは、その距離があと数歩になってからだった。

「シセ様！」

焦り駆け寄るが、シセは床に膝をついたまま立ち上がらない。顔も上げず、下を向いたままである。

「シセ様、どうされたのです。一体何が……」

無礼を承知で、ルカはシセの肩を抱く。まずは身体を支え、立てるのであれば部屋まで連れて行かなければならない。

またアルマなのかと思ったが、シセは痛みを訴える様子はない。ただ身体に力が入らないようで、くたりと体重をルカに預けている。どうにも、尋常ではない。

「どうされたのです。何か、毒でも盛られて――」

その可能性が、一番高いと思った。だが、シセは否定した。

「薬物だ。が、死ぬようなものじゃない」

シセの呼吸は、酷く荒い。それに熱を持っているようで、肩を抱く手からは過剰に体温を感じる。何より、見ればシセの衣服は乱れており、いつもはきれいに留められている襟元の留め金が外れている。

「アルマ様ですか」

「話せば長くなる」

シセは簡単に襟を右手で寄せ、反対の手でルカの服を握る。

「ひとまず、今は部屋に戻りたい。悪いが、部屋まで連れて行ってくれ」

「勿論です」

「お前が来てくれて助かった」

ルカは、力の入らないシセを両手で抱き上げる。想像したより、シセは軽かった。呼吸は荒く、苦しそうに目を細め、シャツの胸元を握り締めている。

いつもより慎重に暗闇を歩いていると、ふと人の気配を感じた。見ると、松明の下に衛兵が二人いる。だが衛兵たちは微動だにせず、こちらに目を向けることもない。

(人がいたのか)

この状況で、何故シセを放置できるのか。理解し難く、ルカは苦い表情になる。


ルカは部屋にシセを運び入れると、ベッドに下ろした。

いつも、風呂と寝具だけはシセが不在の間に整えている。だが今は、とても風呂に入れる状態ではない。ルカは水差しを取ってくると、グラスをシセに差し出す。だがシセは水を受け取らず、俯せて強くシーツを握り締めた。

「出て行ってくれ」

到底、ルカは納得できない。

「そのような状態で、何を仰っているんですか。今すぐ、医者を呼んだ方が——」

「やめろ！」

シセはシーツに両手をつき、支えるようにして顔を上げる。

「やめろ。人を、呼ぶな」

「ですが――」

「騒ぐほどのことじゃない」

先日と同じ台詞を、シセは吐く。

「やはり、アルマ様なのですね。ですが、一体何を――」

「触るな！」

様子を確かめようと少し手を伸ばしただけなのに、シセはルカの手を撥ね除けた。

ルカは驚いた。ここまで興奮し、拒絶するシセは初めてである。

だが、驚いたのはそれだけではなかった。シセの息が、酷く熱い。それに胸元の服を握る手が震えていて、頬は熱のためか赤く染まっている。灰色の瞳には涙を多分に浮かべており、部屋のランプの光を受けて橙色に光っている。

「シセ様……？」

「大したことはない。ただ馬鹿みたいな量の媚薬を盛られて、犯されていただけだ。あの二人の王子にな」

想像もしていなかった言葉に、ルカは息を呑む。

　だが、言われてみれば納得ができた。シセの症状は病や毒物に犯されているというよりは、火照っているだけだ。抱き上げた時も身体は熱かったし、手足の指先を強く丸めていた。強制的な快楽に耐えていたのだとしたら、納得がいく。

「言っただろう。俺は兄たちの玩具(おもちゃ)だと」

　驚いて声が出てこないルカに、シセは自嘲の笑みを浮かべる。

「言葉の通りの意味だ。もう、五年も続いてる。別に珍しいことじゃない」

「五年……?」

「昔は妹が、この役割を担っていた」

　シセは、苦しそうに目を細める。

「気づいたのは、半年も経ってからのことだった。もっと早くに気づいてやれば、あんなことには……妹は、従わなければ俺を王宮から追い出すと脅されていたそうだ」

「一体、何のために」

「今と同じだ。ただの、娯楽。暇なんだ。きっと、奴らは本当に追い出すつもりなんてなかった。美しい妹を言いなりにして、犯したかっただけだ。だから、一刻も早く妹を王宮の外に出す必要があった。俺は父王に懇願して、漸く妹を国から出すことに成功した」

「だから、今はシセ様が彼らの言いなりになっていると言うのですか」

「従わなければ、妹の結婚を破談にすると言った。その時に奴らの要求を飲んで以来、ずっとこれだ。殺してやろうと、何度も思った。毒を盛ってやろうと、手元に取り寄せたことだってある。だが俺が行動を起こす前に、奴らはドーマに毒を盛った。俺が毒を取り寄せたことを知ってのことかどうか……それは解らない。だが以来、抵抗はしてない」

シセは言い切ると、くたりと寝具に身体を沈めた。つい先ほどまで、動くこともできず蹲って（うずくま）いたのである。部屋に戻ってからは気力で身体を支え、声を出していたのだろう。

「はぁ……」

震える声で、シセは艶っぽい吐息を漏らす。

切なそうに目を細めるシセが、痛ましい。アルマとイルードのしたことを思うと、憎しみが込み上げる。だが、近くにいながら何もできなかった自身への怒りの方が大きかった。

こんな状況になっても、シセは泣き言を漏らさない。ルカはシセの信頼を得たつもりでいたが、シセは本質的なところではルカを受け入れていないのだろう。シセにとってルカは良き話し相手であり、父親に言われてやってきたそこそこ優秀な侍者でしかない。これほどシセの近くにいるのに、誰よりシセの孤独と不自由さを知っているのに、ルカはシセの支えになることすらできていない。

ルカはそれが悔しく、無能な自分に憤りを覚える。

だが、憤りを感じる自分が不思議だった。

一体、いつからこれほどシセを想うようになったのか。ルカには解らない。本来ルカにとって、シセは利用するだけの存在でしかない。鍵を奪えさえすれば、シセがどうなろうと関係はないはずである。

それなのに気が付けば、シセはルカにとって特別な存在になっている。

きっとシセに初めて笑顔を向けられたその時から、ずっとシセに惹かれていたのだろう。だが微笑むシセが愛しいと思いながらも、それ以上の関係を求めなかった。いずれ殺すことになるのだからと、無意識に感情に蓋をしていた。

それが己の取るべき行動で正解だったと、ルカは今でも思っている。

それでも今は、ただシセを抱きしめたい。

「ルカ」

暫く、無言でいたせいだろう。シセに声を掛けられ、ルカははっとした。

「もう、説明はいいだろう。早く出て行け」

苦しそうに吐息を漏らしているのに、シセはひたすらルカの退去を命じる。

「いつものことだ、放っておけば治る。これ以上、お前に間抜けな姿を見られたくない」

ふっと笑ってシセは目を閉じ、ルカとの会話を終わらせようとする。

だが、ルカは従えなかった。今此処でルカが部屋を出ていけば、きっと何も変わらない。シセは明日の朝にはケロリといつもの平静な表情を見せ、誰に弱音を吐くこともなく、また兄のもとに通い続けることになる。

これ以上、シセにそんなことを続けさせたくはない。

「お言葉ですが、出ていくことはできません」

はっきりと、ルカは拒絶する。シセは驚き、不安そうにルカを見上げた。

「何……？」

「こんな状態のシセ様を、お一人になどできません。お側にいさせてください」

「ルカ、お前の言葉は嬉しいが、俺は――」

「俺が側にいたいと言っているのは、侍者としての義務からではありません」

そっとシセの頬に指先で触れると、熱い体温が伝わってくる。

「この言葉が、正しいのかどうか……俺は一人の人間として、シセ様をお慕いしています。だから、お側にいさせていただきたいのです。この言葉の意味が、伝わっていますか？」

「ルカ……？」

「もっと早くに、ちゃんとお伝えすべきでした。そうすれば、シセ様をこんな目に遭わせずに済んだかもしれないのに」

頬をなぞると、シセはぴくりと身体を震わせた。大きく見開いた目で、じっとルカを見る。

「お前、何を――」

「シセ様を大切にしたいんです」

シセは、困惑の表情で固まっている。これ以上、言葉で伝えるのは無理だろう。ルカは本能のままに、シセに口づけた。

一瞬、シセは驚いて目を見開いた。だが、すぐに目を閉じた。甘くシセの唇を噛んでから、舌を押し入れる。シセの頬を支えながら甘い唾液を絡めたが、シセは拒絶しなかった。シセはおずおずと舌を差し出し、細く声を漏らす。

「んぅ……っ」

空気を求める声に、ルカは唇を離した。起き上がると、シセは先程より落ち着いている。

「驚いた」

横になったまま、シセは然程驚いた顔もせずに言う。もしかしたら、もうそんな気力も残っていないのかもしれない。

「お前はいい侍者だが、何処か他人行儀で距離のある奴だと思ってたんだ。責任感は強そうだが、その責務にしか興味がないものだと。だから意外だが、お前の気持ちは嬉しい」

「シセ様、俺は――」

「だが」

苦しげに笑って、シセは熱い吐息と共に口を開く。

「この通り、兄に蹂躙(じゅうりん)された身体だ。それに俺は犯された経験しかないからお前が気持ち良くなれないかもしれないし、お前が嫌な思いをするだけかもしれない。そんなお前を見るのは、正直こわい」

微笑みすら作って言うシセに、苦い思いがする。

「馬鹿なことを」

これ以上、そんな寂しい台詞を言わせたくなかった。

ルカは再びシセに口づけ、言葉を止めさせる。

ベッドに乗り上げ、既に乱れていた服を脱がせにかかる。シャツのボタンを外し、兄たちに傷つけられていないかを確認する。パンツを脱がせ下着を下ろすと、現れた光景にルカは顔を歪めた。

シセの性器の根本に、ぐるぐると紐が巻かれている。薬で勃起させられたそれが射精できないようにするためだ。兄たちの部屋を追い出される時にも、解くことを許されなかったのだろう。シセはルカが立ち去ったあと、一人で処理をするつもりだったのかもしれない。

痛ましいシセの性器に、ルカはそっと触れる。シセは解りやすく、身体をひくつかせた。

「ン……っ」

「少し、我慢してください。すぐに取ります」

ナイフを取りに行くより、手で解いた方が早そうだ。外すことを考慮していない固い結び目を、ルカは爪の先でかりかりと引っ掻く。

ろう。

「はっ、アァ……」

紐を外し終える頃には、シセの顔は先ほどより赤くなっていた。羞恥のせいもあるだろうが、薬で快楽を押し上げられ、にもかかわらず長く射精できなかった苦しみもあるのだろう。

ルカはひとまず、シセを楽にしてやることにした。不安そうなシセを安心させるためにもう一度口づけて、鎖骨を甘く噛みながら片手で性器を擦る。

「んうっ、あっ、はあぁ……っ」

シセは膝を折り曲げ開脚し、足の指先を丸めながら喘ぐ。だが声を必死に押し殺そうとして、口元に手を当て塞いでいる。それが苦しそうで、ルカは片手でシセの腕を取り口元から剥がした。手を握りながら胸元に吸い付くと、シセは甘く喘ぐ。

「んああっ、あっ、んああ……っ」

ルカは舌の腹で乳首を押しつぶすようにしてから、吸い上げ、勃ち上がったそれを甘く噛む。前歯で噛み引っ張るようにしてやると、シセは背を反らした。

もうすぐ、射精しそうなことが伝わってくる。だがルカはそのまま手淫を続けず、手を離した。突然のことに、シセは不安そうにルカを見上げる。ルカは安心させるために臍のあたりにキスをして、下肢への愛撫を続けた。

柔らかい太腿を撫で、摩り、キスで跡を残しながらやがてシセの性器へと向かう。薄い、髪と同じ色の茂みの中で、シセの性器は勃起していた。先走りを溢し絶頂を求めるそれを、ルカは唾液を絡めて咥える。

「んあぁっ」

　まさか、口淫をされるとは思っていなかったのだろう。明らかに焦るシセを、しかしルカは強く押さえ込む。暴れる足を両手で掴み、舌と唇でシセの性器を昂ぶらせた。と言っても、もうシセのそれは限界である。痛々しく残る跡を、口で清めたかったにすぎない。

　唇で愛撫し強く吸い上げると、シセは射精した。

　ルカは、口の中でそれを受け止める。シセが驚いた表情で涙目のままルカを見上げていたため、ルカは舌に残った精液を見せ付けるようにしてから飲み込んだ。

「お前……」

「まだ、身体が熱いでしょう。続きをします」

　しっとりと息をするシセの太腿を撫で、汗ばんだ膝の裏に指を這わす。肌に触れているだけなのに、敏感になっているせいかシセは足の指を丸めて身体を跳ねさせる。

　白い太腿に吸い付き、赤い跡を残した。汗で塩辛い足を舐め徐々に股間へ唇を移すと、シセの後孔が濡れている。ルカがその事実に気づくと、シセは視線を逸らした。

「シセ様……？」

「見ないでくれ。汚い」

シセが苦い表情をしたのは、兄たちの残滓を見られ軽蔑されるのを恐れたせいらしい。

ルカは兄に腹を立てども、シセを軽蔑したりはしない。早く中のものを掻き出したくて、閉じようとするシセの足を無理矢理開かせた。

「確かに、汚れていますね」

「ぁあ……っ」

ルカはシセの顔をじっと見ながら、後孔に指先で触れる。

「だから、まずは中のものを出しましょう」

シセの反応も返答も、ルカは待たなかった。指を後孔に挿入すると、どろりとした液体が漏れる。柔らかい中から溢れ出るそれが忌々しく、ルカはすぐに指を二本に増やした。

「はうっ、ンぅっ、ア……ッ」

苦痛なく、内壁で快楽を拾っているシセにルカは安心した。中に出された他人の精液を綺麗に出し切ると、ルカは一度指を引き抜いた。物足りなそうにひくつく後孔から視線を上げると、シセの性器が再び勃ち上がっている。

そこに、視線を留めたせいだろう。

「……すまない」

シセが顔を赤くして謝罪したため、ルカは這い上がって再びシセにキスをした。

「どうして謝るんです？」

「こんな、みっともない姿――」

「みっともなくありません。綺麗で、可愛いですよ」

濡れて赤くなった唇を、甘く噛む。

「俺の手で気持ち良くなってくれる、シセ様が可愛い。それに、早く俺のもので気持ち良くなってほしいです」

ルカは腰を落とし、まだ脱いでもいないパンツ越しに股間を擦り付ける。

シセが、目を見開いた。ルカの性器が硬く大きくなっていることに驚いたのだろう。

「俺に、欲情するんだな」

ルカはもう一度シセにキスをしてから、膝立ちになって衣服を脱ぐ。

「酷いことをされたばかりのシセ様に欲情するのは、不謹慎だとは思いましたが」

ボタンを外しシャツを落とすと、次いでパンツを下ろした。下着と一緒に脱いでベッドの下に落とし、赤黒く勃起した性器をシセに見せ付ける。シセは一瞬驚いたようだったが、すぐに柔らかい表情に変わった。

「好きな相手が自分の手でこんな風に乱れて、欲情しない男はいません」

ルカは一度シセの額にキスをしてから、再びシセの後孔に指を挿入した。今度は中のものを掻き出すためではなく、シセの中を緩め、快楽を得られるようにするためである。

指を動かし柔らかく濡れた内壁を擦ると、シセは身体をくねらせ快楽に耐える。

「んうっ、ああっ」

何度も柔い肉を指先でなぞっていると、徐々にシセの快楽を得られる場所がわかってくる。ルカはやがて指を引き抜くと、足を担ぎ上げた。

片手でシセの太腿を持ち、反対の手で己の性器を軽く擦る。既にシセの痴態に勃起していて、十分に挿入できる。

無言のまま、ルカは性器をシセの後孔に挿入した。

「はぁ、あ……っ、おっき……」

ゆっくりと先端を埋めると、くちゅりと音がする。

シセを痛め付けないよう時間をかけて奥まで挿入すると、シセは苦しそうに、しかし気持ちよさそうに呼吸を荒くする。

ルカはシセの性器に手を添えると、ゆるく擦りながら腰を動かし始めた。ゆっくりと引き抜き、少し強く奥まで押し込む。シセの後孔は挿入と同時にきゅうと締まり、ルカの性器を高めていく。少し腰の動きを早くすると、シセは強くシーツを握って快楽に喘ぐ。

その手が寂しそうで、ルカはシセの手を握った。体重と共にシーツに押し付け、前のめりになりながら抽送を繰り返す。

「はぁっ、んあっ、あああっ、」

徐々に、動きを早くした。喘ぐと同時に収縮するシセの中が、気持ちいい。シセの性器

は腹に付くほどに反り返り、先走りが腹を汚している。

ルカは強くシセの性器を擦りながら、自らも腰を動かした。乱れるシセに、ルカはまた性器を大きくする。シセは少し苦しそうにしながらも、甘い声で喘ぎ続けている。

やがて、ルカは小刻みに腰を揺らすと、シセの中に射精した。放たれた精液に感じたのか、シセはびくりと身体を跳ねさせ、薄くなった精液を自らの胸に掛ける。

くたりと身体の力をなくし、シセは四肢を投げ出す。

ルカが性器をずるりと引き抜けば、身体はまた反応する。だが、体力的には限界だろう。これ以上は、快楽よりも苦痛が強くなる。

「シセ様」

汗で額に張り付いた髪を、はらってやる。笑顔が愛しいと思ったが、くたりと力の抜けた姿も愛おしい。シセが自分の手の中に収まっていることが、不思議に思える。

「少し落ち着いたのなら、このまま眠った方がいいでしょう。その、俺が出したものは、シセ様が眠っている間に俺が何とか……」

「眠っている間に、掻き出すのか？」

「それは――」

「風呂に入りたい」

指一本すら動かすのが億劫だろうに、シセは小さく笑う。

「連れて行ってくれ」

「勿論です」

ルカはベッドを下りると、力の入らないシセを抱き上げる。

「溺れないように、一緒に入ります。よろしいですか？」

「ああ」

シセは頷くなり、ルカに頭を預けて目を閉じた。

風呂に運び、予め入れておいた湯の中に共に入る。汚れた身体を洗い、湯の中で後孔の中のものを掻き出すと、シセはぴくりと反応した。

「ん……っ」

だが、あとはもう動かない。気が付くと、シセはルカの腕の中で眠っていた。

どうやって身体を拭い、ベッドまで運ぶか。

それだけが心配だったが、静かに眠りについたシセに、ルカは心底安堵した。

＊　＊　＊

翌朝、シセが柔らかいベッドの上で目を覚ますと、ルカの姿はなかった。

部屋中を見回してみても、いつもと変わらぬ静かな朝で、独りの朝だった。身体のだるさはあるが、不快感はない。

（手を、握られていた気がしたが）

昨夜のことを、少し思い出す。

初めに浮かんだのは、覆いかぶさりシセを求めるルカだった。だが身体が熱くなってしまいそうで、きゅっと毛布を握りすぐにその姿を打ち消す。

次いで、「一人の人間として慕っている」と言ったルカを思い出した。側にいたいと言って優しくキスをしてくれた、ルカの大きな手の感触を覚えている。誰かに求められたのも大切にされたのも、シセは初めてだった。それが嬉しくて心地良くて、頭に描いた記憶にすら満たされる思いがする。

だが、当のルカが部屋にいない。眠っている間も温かい体温に包まれている気がしたが、隣のシーツは冷たく、ルカが眠っていた形跡はない。

静かで冷たい無機質な現実に、シセは小さく息をつく。

ルカは、驚くほど従順な侍者である。シセを抱いたことにも甘い言葉にも意味はなく、仕事の一環としてシセを介抱しただけだとしても不思議ではない。であれば、朝を待たずに姿を消すのは当然だろう。

（後悔しているのかもしれないな）

そうでなければいいと思いながら、シセは静かに目を閉じる。昨夜より楽になっているのに、昨夜より疲れてしまった。どうせルカも、暫く部屋には来ないだろう。それなら、もう一眠りしてしまってもいい気がする。

「シセ様」

ルカの声が聞こえたのは、シセが目を閉じて間もない頃のことである。

「シセ様、目を覚まされましたか」

部屋にいたことに驚いて、シセは慌てて目を開ける。もぞりと動いて視線を送ると、どうやらルカは隣の部屋にいたらしい。

「お前、いたのか」

「当たり前でしょう」

ルカは心外だとばかりにシセの前まで来ると、頬に手を添えて額にキスをする。

「身体は大丈夫ですか？　薬の影響は……」

「いや、もう大丈夫だ」

「良かった」

ゆっくりと起き上がると、ルカはシセの乱れた髪を軽く直し、唇に触れるだけのキスをする。

シセは驚いた。淡い一夜の夢だと思っていたものは、どうやら現実だったらしい。

「何を驚いた顔をされているんです？」

唇を離してから、ルカは不思議そうに首を傾げる。

「昨夜のことが、記憶にありませんか？」

「いや……」

先ほどまでは寂しく感じていたのに、今はルカの視線を正面から受けるのが恥ずかしい。

「覚えてはいる。ただ現実味がなくて、夢だったんじゃないかと曖昧になっていただけだ。お前の姿も見えなかったしな」

「悲観的ですね」

ルカは苦笑して、シセの横に座る。

「気にされているようなので一応、ちゃんとお伝えしておきますが、昨夜はあのまま、貴方のベッドで一緒に寝たんです。此処に運んだ時には、シセ様は意識がなかったので覚えていないかもしれませんが。本当はシセ様が目覚めるまで隣にいるはずだったのですが、明け方にシセ様が俺を蹴落としそうになったので、先に起きることにしたんです」

「何？」

「思いのほか、寝相が悪くて驚きました」

想像もしていなかったことを真顔で言うルカに、シセは思わず眉を寄せる。

「俺がお前を？」

「ええ。昨夜はあんなに脱力されていたのに、元気なものだと」

「俺の寝相はそんなに悪くない」

「そんなこと解らないでしょう。誰か、シセ様が寝ている姿を見た人がいるんですか？」

いないだろうと自信ありげに言うルカに、若干腹が立つ。

「とにかく、そういうことです。ですから、そんな寂しそうな顔をしないでください」

「寂しそうな顔なんかしてない」

まさか顔に出ていたのかと焦ったが、焦る気持ちすらも表に出ている気がしてシセは頬を熱くする。

「いい加減なことを言うな」

「いえ、させてしまったのは俺ですね」

「お前は、人の話を――」

シセは口を開いたが、言い切る前にルカがキスをしてくる。唇に触れるだけで離れていったが、シセは流石に言葉が続かなかった。

「昨夜言ったことは、嘘ではありません。シセ様を大切にしたいと思っていますし、愛しいと思っています。こうして言葉にして安心するのなら何度でもお伝えします。だからそんな顔をしないでください。強がりもいいですが、俺は笑っている顔の方が好きです」

ルカはシセの頬を取り、今度は深く口づける。

シセは、目を閉じた。言いたいことも不安も、他にもあった気がする。だがルカの唇が気持ち良くて、何より頬を支えている大きな手に安心して、どうでも良くなってしまう。

やがてルカは唇を離し額に軽く口づけると、ベッドから立ち上がり隣室へと向かう。

「朝食を受け取っています。いつもよりゆっくりお休みになられていたので、スープが冷めていますが。すぐにこちらに運びます」

「一方的なんだな」

勝手に告白して話を終わらせようとしたルカを、シセは引き止めた。

「俺の返事を聞かないのか」

「もちろん、お言葉を頂けるに越したことはありませんが」

ルカは足を止め、困ったように笑って振り返る。

「シセ様は言葉より表情が雄弁ですから。言葉がなくても、シセ様の言いたいことは何となく解ります。お仕えしたばかりの頃は、何を考えているのか正直まったくわかりませんでしたが。これだけ近くにいれば流石に」

シセは思わず、自分の頬に手を当てた。

それほど、自分が表情豊かだと思ったことがない。それにルカに対する寂しさや不安がただ漏れていたことが、どうにも恥ずかしい。返事が必要ないほどに好意が顔に出ていると言うが、一体自分はどんな顔をしていたのか。

「嫌なやつだ」

シセは視線を逸らし、ベッドから下りる。ルカの告白で安心したからなのか、揶揄う言葉に腹が立ったからなのか、気が付けば腹が減っている。

「食事は運ばなくていい。着替えたら俺が行く」

「解りました」

「お前もまだなら、自分の分も準備しろ。まさか察しのいいお前が、自分は別の部屋でとは言わないだろうな」

「勿論です」

ルカはおかしそうに笑う。

「すぐに準備をします」

嫌味すらも笑われた気がして、シセは裸のままずかずかとクローゼットまで歩く。いつもの白い軽めの服を羽織り隣室に行くと、もう二人分の食事が並んでいた。

「これからのことですが」

食事を終え一息ついたところで、ルカが茶を淹れた。最近は、ルカの茶もましになっている。とはいえ未だに自分で淹れた方が美味いが、ルカの渋みのある茶にもすっかり慣れた。

「これ以上、貴方を兄君のところへ行かせたくありません。何か手を考えましょう」

「もう十分考えた」

金をあしらったオレンジ色のカップから茶を一口飲み、シセはため息をつく。シセとて、考えうることはもう既にやっている。

「考えてもどうにもならないから、今こうなってる」

「ですが、一人の知恵よりは二人の知恵の方が良案も浮かぶはずです」

「そうかもな」

　とても名案が出てくるとは思えず、シセは適当に相槌を打つ。

「じゃあ、オマエの意見を聞こうか」

「例えば、仮病を使うのはどうでしょうか」

「仮病？」

　ルカの提案は、あまりに安易で陳腐なものだった。そんなことは既に試しているし、何なら本当に具合が悪くて部屋に篭っていたのに、アルマの使いに無理矢理部屋から引き摺り出されたことすらある。仮病など無駄に兄の機嫌を損ね、加虐心を煽るだけである。

「なるほど名案だ。だが残念なことに、兄は病の人間を気遣う人間じゃない」

「ええ、そうでしょう。ですが疫病となれば、話は別です。自らに害が及ぶ可能性のあると判れば、〝玩具〟を部屋に持ち込んだりはしないでしょう」

　ルカの言うことにも、一理ある。確かに兄は、リスクを冒してまでシセを呼び付けないだろう。だが只の風邪を装うのと疫病を装うのでは、随分難易度が違う。

「俺に、天然痘のふりでもしろと言うのか。随分ハードルの高い演技の要求だな」

「子供の頃、汁に触れると発疹のようなものができる植物がありました」

現実味がないと揶揄したつもりだったが、ルカは大真面目な表情で続ける。

「水のある日陰によく生えている植物で、赤い汁を出すんです。触れると皮膚が爛れたように見えるのですが、痛みもありませんし、水で洗えば数日で色も落ちます。跡も残りません。暗がりで見れば、それらしく見えるでしょう」

「そんな子供騙しが通用するとは思えない」

「何もできず、シセ様を部屋から送り出すよりはずっとましです」

シセは黙る。

正直なところ、シセはルカと関係を持っても、兄のもとに行く日常は変わらないと思っていた。ルカがそれを望もうが望まなかろうが、妹を盾に取られている以上、シセに選択肢はない。兄に犯されているという事実をルカが受け入れられなければ、この関係は刹那のものとして終わっても仕方ないと思っていた。

だがルカがこれほど必死に引き留めるのだから、シセも応えなければならない。

「解った、お前の案を採用しよう」

その日のうちに、ルカは名も知らないという件の植物を採取してきた。大きな布に包み運んできたのは、何処にでもありそうな小さな葉植物である。

「まずは、俺の手で試しましょう」

ルカは茎を折ると陶器の皿に載せ、パンをのばす麺棒ですり潰す。白い陶器は、たちまち赤くなった。緑の茎から何故赤い汁が出るのか不思議だが、潰せば潰すほど汁が出る。

絵筆に汁を染み込ませ、ルカは左手の甲から肘の下あたりまで無造作に汁を塗った。汁の色で、ルカの肌は赤くなる。だがそれ以上の変化はなく、病のようには見えない。

「そんなに早く効果は出ませんよ」

シセが凝視していたからだろう。何かを言う前に、ルカは説明した。

ルカが処置をして三十分ほどが経過した頃、言葉の通り効果は表れた。ルカの腕に、ぶつぶつが出始めたのである。天然痘の発疹とはやはり見た目が異なるが、汁を塗ったところだけが赤く腫れて不気味である。

「多少、それらしく見えるでしょう」

ルカはふくらんだ赤い肌に、反対の手の指先で触れる。

「それに、呼び出されるのは夜です。包帯でも巻いて暗がりの中で見れば、素人目には疫病に見えます」

「だいぶグロテスクだが、痛みはないのか?」

「まったく。気になるのなら、触ってみてください」

ルカは、腫れた左手を差し出してくる。

「見た目は痛々しいな」

ルカの腕に触れると、少し熱を持っている気がする。だがルカは平然としていて、本当に見た目だけの問題のようだった。

「では、同じようにシセ様の肌にも施しましょう」

ルカは残してあった植物を手にすると、再び陶器の中ですり潰す。先ほどよりも多くの量を作ると、ルカは再び汁を絵筆に染み込ませた。

「服を脱いでください」

ルカに言われるまま、シセは服を脱ぎ落とす。何も纏わずルカの前に立ったが、あまり恥ずかしさはなかった。しかし、少しの恐怖がある。

「大丈夫ですよ」

見透かしたように、ルカは筆を持ったまま鎖骨にキスをする。

ルカが、筆を滑らせ始めた。手の甲から肘までを濡らし、首元から胸元までも汁を塗る。肩、二の腕、脇腹あたりを濡らし、最後にルカは顔に筆を運んだ。

「本当に元に戻るんだろうな」

ルカが顔に筆を走らせる前に、確認したかった。ルカの左腕は、なかなかにグロテスクである。それと同じものが自分の顔にできると思うと、ぞっとする。

「戻らなくても、俺が責任を取ります」

「責任？　一介の侍者のお前が、どう責任を取ってくれるんだ。醜くなった王子のもとに嫁いでくれるのか？」

「たとえ醜くなっても、俺はずっとシセ様をお慕いしますよ」

「おい、戻らない前提みたいな話になってるぞ」

「戻ります。戻りますし、戻らなくてもシセ様を想う気持ちは変わらないと言っているんです」

ルカの回答は、余計な一言があるせいで今ひとつ信憑性が薄い。だがシセが返事をする前に、ルカは左頬の下に筆を二箇所ほど置いた。

「顔には、あまり多く付けないでおきます。腕にそれだけあれば十分でしょうし、その美しい顔が汚れるのは、戻ると分かっていても些か」

褒められた嬉しさとルカの正直な言葉のおかしさに、シセは思わず笑ってしまう。

「褒めてくれて光栄だ。そんなに俺の顔が好きか」

「好きですよ」

ルカは、額に触れるだけのキスをした。

塗り終わると、ルカは茶を淹れた。茶を飲んでいると徐々に肌が赤くなり、少し熱を覚える。ふと腕を見ると、シセの肌にはルカと同じ赤い膨みができていた。

「三日ほどで、中に溜まった水分が引いていきます。完全に元の状態に戻るには、もう少し時間が掛かるでしょうが」

「三日もこのままなのか。不気味だな」

ルカに言われた通り、痛みは全くない。だがこの状態を見れば、確かに兄も恐れをなして逃げていく気がする。


「アルマ様とイルード様がお呼びです」

兄たちの使いが部屋を訪れたのは、翌日の夜のことである。普段はシセから出向いているが、訪問がないため焦れた兄が寄越したのだろう。

ベッドで本を読んでいたシセは、本を閉じ布団の中に潜った。

「今開けます」

代わりにルカが扉に向かい、兄の使いの対応をする。ルカは、スカーフで口元を隠している。疫病患者の看護をしているていで、自らの発疹にも態とらしく包帯を巻いている。シセの腕にも、包帯を巻いた。それも薄めた魚の血を染み込ませ、さも発疹が割れて体液が染み出し異臭を放っているかのような演出をしている。

「申し訳ないのですが」

扉を開けるなり、ルカはしかめ面を作った。

「シセ様は、病に伏せっておられる」

「病……？」

「一昨日の夜からなのですが」

ルカはちらりとシセのベッドの方を見て示すが、当然、使いの者は納得しない。

「それでは困る。お連れしろと言われているのだ」

以前もベッドから引き摺り出された経験があるシセにとって、想定内の反応だった。

ルカも動じず、「では」と男をシセのベッドまで案内する。部屋にはランプの灯りしかなく、薄暗い。顔色を悪く見せるための、良い演出をしている。

「このように」

とルカは、包帯の隙間から発疹が覗くシセの腕を持つ。

「身体中に、発疹が」

「な、なんだこれは」

「初めは、腕のあたりだけだったのですが、翌日には首元から顔にかけても広がりまして。医師にも見せたのですが、原因が解らないとのことで」

ルカはおもむろに、自分の左腕も男に差し出す。

「とにかく、発疹に触れぬようにと言われ気を付けてはいたのですが、看病をしているうちに私も」

男はルカの腕を見るなり、「ヒッ」と声を上げて後ずさる。

「シセ様は行くと聞かなかったのですが、とても、お伺いできる状態ではありません。貴方も部屋を出ましたら、すぐに身を清めた方が良いでしょう」

「そ、その旨を伝える」

男は慌てて踵を返すと、扉を閉めもせず部屋を飛び出していく。ルカはゆっくり扉まで歩き、開け放たれたままのそれを閉めた。

そのあまりに完璧な演技がおかしくて、シセはくすくすと笑ってしまう。

「何がおかしいんです？」

「いや、とんでもなく嘘がうまくて、驚いていただけだ」

ベッドまで戻ってきたルカは、不思議そうにしている。嘘をついている感覚すらないのかもしれない。

「いい役者になれるぞ」

シセは笑いながらも、ルカを褒める。だが当のルカは、あまりいい顔をしなかった。

こうして、ひとまずルカの企みは成功した。

あまりに物事が簡単に進んで驚いたが、兄も自分の命は惜しいだろうし、こんなものだろう。兄にとって件の行為は戯れに過ぎず、執着を持つようなものではない。

久しぶりに兄のことを気にせず、のんびり部屋で過ごした。外に出られないため読書の一日も悪くないと思ったが、暇そうに見えたのか、ルカが部屋にチェス盤を持ってきた。今まで相手がなく嗜(たしな)んだことがなかったが、やってみると悪くない。だがシセが一勝してはルカが一勝を繰り返したため、ルカが手を抜いてシセを勝たせている気がして面白くなかった。

例の植物汁を塗って、五日が過ぎている。二人の発疹は、徐々に薄くなった。多少赤みや腫れの跡は残っているが、ルカの話では時間が経てば治るらしい。

ルカは一足早く、「軽症だったので回復した」ことにした。重症ということにしているシセが外に出られない以上、ルカが外に出なくては生活がままならない。

ルカはシセの代わりに、教会にも赴(おもむ)いた。暫くシセが顔を出していないことを、神父や子供たちが心配しているだろう。状況を伝えるためにルカを向かわせると、ルカは小さな花冠を土産に帰ってきた。

「アイシスから預かっています」

シセが病だと説明すると、アイシスが教会の庭に咲く花で作ってくれたらしい。白い小さな花冠を頭に載せられ、シセは嬉しくなる。

だが、ルカの土産はそれだけではなかった。

「少し、街にも出てきたんです。それでこれを」

ルカの手には、小さな布の袋がある。やや距離を保ったまま差し出すルカは、何処か歯切れが悪く、いつもと雰囲気が違う。

「何だ？　渡しにくいものでも入っているのか？」

シセはルカの手から袋を取ると、緊張しながら中を見る。良からぬものが入っているのではと身構えてしまったが、中にあったのはいくつもの色石を繋いだブレスレットだった。石は球体や矢尻型など大小様々で、色は濃淡の違いはあれど全て赤い。

「一国の王子に、贈るものではないと思ったのですが」

掌に載せてまじまじと見ていると、ルカは言いにくそうに口を開く。

「シセ様に、似合うと思ったんです」

シセは、驚いた。確かに、一国の王子にこのようなものを贈る人間はいないだろう。それにルカが下町の娘が着けるようなアクセサリーを選んでいる姿も、想像ができない。

「踊り子が着けていそうだな」

「以前、一度シセ様が下町の酒場に行かれたことがあったでしょう。その時にシセ様が踊っていた姿が、未だに脳裏に焼きついていて」

珍しく、ルカは恥ずかしげに言葉を濁す。

「きっとこれを付けて舞うシセ様は、美しいだろうと思ったんです。それで、ついそんなものを」

「そんなことを覚えていたのか」

ルカが酒場に同行したのは、一度きりである。あの頃、ルカは今ほどシセに近い立場ではなかったし、さぞ驚いたことだろう。

「てっきり、お前は呆れているものだと」

「そんなことはありません」

ルカは、シセとの距離を一歩詰める。

「純粋に、美しいと思ったんです。思えば、俺はあの時からシセ様に心を奪われていたのかもしれません」

「そんなに褒められるほどのものじゃないが」

ルカの告白は嬉しいが、正面から言われるとどうにも気恥ずかしい。

シセは、手にしていたブレスレットを腕に通した。既製品でサイズの調節はできないが、ぴたりとシセの手首に嵌まる。腕を揺らすと、石がぶつかって音がシャラリと鳴った。

「そんな安物を王子がつけていては、また王宮の者たちから奇異の目で見られますね」

「今更だ」

シセは、指先で揺れる石に触れる。

他人の目など、どうでも良かった。どんな安物でも、ルカが自分のために選んでくれたものならそれだけで嬉しい。思い返せば、「献上品」ではない贈り物をされたのは初めててのような気がする。

「ありがとう、大切にする」

シセはブレスレットに軽く口づけると、ルカに背を向けた。近くの椅子に掛けてあった白いストールを取り、ベッドの前に立つ。ストールは長方形で、金糸で刺繍が施されている。シセは両手でストールの角を持つと、背に回した。

「踊りは子供の頃、母に習ったんだ」

部屋に、音はない。そのせいで、ブレスレットの石が鳴る小さな音ですらよく響く。

「父王が部屋を訪ねてきた時、母はよく踊っていた。踊り終えると俺は部屋を追い出され、独りベッドで眠った。今なら何故追い出されていたのか理解できるが、子供心に、踊れるようになれば父王が自分に目を向けてくれるのではないかと思ったんだ。だから、母に踊りを習った。勉強より楽しかったしな」

「王は、シセ様を愛さなかったのですか？」

「どうだろうな」

右手を大きく上げ、首を反らして一回転する。

「愛していないとか、憎んでいるとか、そういうことではないんだろう。ただ、母にしか興味がなかった。それでもさほど寂しいと思わなかったのは、母が愛してくれたからだ。母は美しくて、優しい女だった。父王がご執心だったのも肯ける」

「シセ様も、優しくて美しい人ですよ」

取って付けたような台詞に笑ってしまうが、嫌な気分ではない。

「そう突っ立っていないで、座ったらどうだ？」

ルカを椅子に座らせ、その前でシセは舞った。部屋は酒場より広く、自由に動くことができる。手を大きく広げて回転し、ちらりと見るとルカはじっとシセを見ていた。いつもより、少し目が大きく開いている。穴が空きそうだとおかしかったが、夢中になるルカを見るのは気分がいい。

かつて母に執心だった、王を思い出した。王も、似たような表情をしていた。手を叩くでもなく褒める言葉を発するでもなく、ただじっと母を見ていた。まるで何かに囚われたような表情が印象深く、今のルカはそれに似ている。

小さくステップを踏み、手にしていたストールをルカに投げる。ふわりと孤を描いたストールの先端がルカの手元に落ちると、シセは反対の先端を取って手繰り寄せるようにルカに歩み寄った。

目の前まで来ると、座ったままのルカに腕を取られる。そのまま引き寄せられ、キスをした。先ほどまで踊っていたせいで、少し息が苦しい。だが掴まれた腕や唇からルカの興奮が伝わってきて、求められるままにキスに応じてしまう。

「スワルド王と同じように」

絡めた舌から唾液の糸を引き、唇を離してルカは口を開く。

「俺も、踊り終えたシセ様を抱きたいです」

「気分は国王か」

「従僕ですよ」

ルカに腰を抱かれ、シセはルカの膝に乗り上げる。もう一度キスをして、舌を絡めた。

唇を離すとルカはシセを抱いたまま立ち上がり、その足でベッドに向かった。

＊　＊　＊

謎の疫病発症から二週間が過ぎ、シセは徐々に回復したことになった。ずっと部屋に閉じこもっているわけにもいかない。

「治ったら、また兄上が呼び付けるのでは」

ルカは懸念していたが、シセはそうは思わなかった。

兄たちは、ただ人を玩具にして遊びたいだけである。蹂躙することで充足感を得る以外に意味はない。たとえ完治しても、彼らの中から疫病を恐れる気持ちは消えないだろう。であれば部屋に呼ばれる可能性は低いだろうし、万一呼び付けられても、また植物の汁を塗ればいい。

シセは、少しずつ外に出るようになった。ただし、頭からストールを被っている。顔に残った瘢痕を隠している体裁だったが、実際は痕など何も残っていない。ただ人に見られた時のことを考え、ルカは赤葡萄の汁をシセの頬に付けた。

顔を隠し、シセは教会に向かう。後ろに付き従うルカ以外、シセに近付く人間はいない。遠目にシセを見て、眉を寄せひそひそと話すのみである。

シセは、先日ルカから貰ったブレスレットを腕に着けている。いかにも安物のそれが、王宮の人間からしたら異様に見えたのだろう。

「病の回復を祈願したまじないの腕輪をしている」

まことしやかに使用人たちが囁くのが、シセはおかしかった。

まるで化け物を見るような目を向けられても、シセは何も感じない。王宮の人間がシセを遠巻きにするのはいつものことだし、今はルカがいる。

隣に誰かがいることが、誰かに大切にされることが、これほど幸福だとは思わなかった。独りに慣れたつもりだったし、他人に頼って生きることなどないはずだった。自ら命を断とうと思ったことはないが、長生きしたところで楽しい人生があると思ったこともない。

だが今は、この時間が長く続けばいいと感じている。

呑気すぎるのかもしれない。ルカと関係を持ち親密になった今も、ルカの正体は明らかになっていない。おそらく、レジオンの人間ではないのだろう。ルカは仕事のできる男だが、こまごまとした所作から育ちの良さは窺えない。レジオンの人間であれば、玩具のようなアクセサリーを王子に贈ることもないはずである。

だがシセにとって、それは些細な問題だった。

自分に近付く人間で、下心のない人間などいない。だからルカにも何か理由があって、身分を偽っていたとしても構わない。

この日神父から話を聞くまで、シセは本気でそう思っていた。

「シセ様、ご病気は大丈夫なの？」

久しぶりに教会に行くと、アイシスがシセを見るなり駆け寄ってきた。ランヴィルには仮病だと伝えてあったが、アイシスは本当に病気だと思っている。本気で心配そうにしている姿が、どうにも申し訳ない。

「大丈夫だ、もう何ともないよ。アイシスがくれた花冠が効いたのかな」

「良かったぁ」

アイシスはシセの服にしわが寄るのも気にせず、ぎゅうと抱きつく。その時に、目敏く見つけたのだろう。「すてきだわ」とシセの左手首にはまるブレスレットを手にとって興味深げに眺めている。

ランヴィルが「これこれ」と注意するが、アイシスは聞かない。シセとしては構わないから、好きにアイシスに触らせた。

「じゃあ、久しぶりに本でも読もうか」

シセは、アイシスの手を引く。だが、それを止める声があった。

「シセ様、お待ちください。少しお話が」

追いかけてきたのは、ランヴィルである。

ちらりと、ほんの一瞬だけランヴィルがルカを見る。恐らく、ルカは気づかなかっただろう。だがシセはランヴィルの用件を察した。

「解りました。ルカ、先にアイシスを連れて行っていてくれるか？」

「わかりました」

ルカは頭を下げて、シセの代わりにアイシスの手を取る。アイシスは、喜んでルカの手を握る。ルカは何度も教会に足を運んでいるし、誰にでも懐くアイシスはルカのことも気に入っている。

二人が礼拝堂を出て行くのを待って、シセはランヴィルと共に祭壇の前に移動した。

礼拝堂には、他に人がいない。ただ神像と天使の羽根を付けた聖人の彫刻だけが、高い天井の近くから二人を見下ろしている。

「例の、ご依頼いただいていた調査の件です」

声を潜め、更に用心してランヴィルはシセの耳の近くで話す。無意識に、シセはぴくりと目蓋を動かした。

「お手数をお掛けしました、どうでしたか？」

「ご察しの通り、彼はレジオン家の人間ではありません」

　そこまでは、シセの想像の通りである。

「彼の本当の名は、ルカ・ジャラシュ。ヤハド・ジャラシュの養子です」

「ジャラシュ……聞いたことのない名です」

「はい。私も知らず、調べさせたのですが」

　ランヴィルは言い付らいのか、一呼吸置いた。

「ヤハドは、反王政勢力を束ねている者の一人です。現在の王政に不満を持つ者たちを集め、違法に国外から銃器の輸入もしています」

「何……？」

「彼らの活動は秘密裏に行われ、本来なら私などが知ることはなかったでしょう。それが私の耳にまで届いたのは、それだけ彼らの動きが大きくなっているということです。そして彼がレジオンの名を名乗れたということは」

「レジオン家が、その組織に加担しているということか」

「レジオンは、古くから王家に仕えている家です。それなのに彼らに加担しているのは、レジオン公は王政の瓦解に賭けたのでしょう」

「それに、協力の対価として新政権でのポストを約束された」

「恐らく。そしてシセ様が懸念されているあの侍者は、王宮に潜り込むための要員。彼はシセ様を殺すことを目的に王宮に入り込んだのではないでしょう。此処からは私の想像ですが、王宮を陥落させるには、壁への対処は避けて通れません。内部から味方を引き入れるために、王宮に留まっているのではないでしょうか」

ランヴィルの言葉にシセは目を細める。

「成る程」

それは、ランヴィルの想像でしかない。だがルカが身分を偽った反王政勢力の人間だという事実の下では、それなりに説得力がある。

ルカの目的が「王宮に仲間を引き入れること」であるのなら、ルカはシセを殺す必要はない。シセに気に入られ、なるべく長く王宮に滞在することこそ重要になる。であれば、ルカの今までの行動にも説明がつく。

だが、シセの考えはそこで終わらなかった。

本当に仲間を引き入れることが目的なら、ルカの目的の半分は達成されている。

庭園から城下に続く門。

シセが酒場に行くために使う封鎖された門の存在を、ルカは知っている。衛兵もおらず、鍵がひとつあるだけで、ルカは難なく仲間を大量に王宮に送り込むことができる。

「シセ様？」

しばらく、無言でいたせいだろう。ランヴィルが心配そうにシセの顔を覗き込む。

意識して、シセは表情を和らげた。まずはこの調査を請け負ってくれたランヴィルに、礼を言わなければならない。

「ランヴィル神父。無理な調査をしてくださって、ありがとうございました。これでルカが何故私に仕えているのか、理解できました」

「これから、シセ様はどうされるのです？」

ランヴィルは、まだ不安そうな表情をしている。

「彼をこのまま、お側に置くことはできないでしょう」

「いえ、特に何もしません」

シセは、努めて笑顔を作る。

「ひとまず、正体が解っただけで十分です」

「ですが――」

「ランヴィル神父も、これでこの件は終わりにしてください。あとは私がどうにかします」

恐らく神父は、「どうにかとは言いますが」と返したかっただろう。だがシセが言えば、ランヴィルもこれ以上は続けない。

話は終わった。二人で何事もなかったかのように、ルカとアイシスが待つ奥の部屋へ向かう。アイシスはシセを見つけるなり、また飛び付いてきた。

「何をお話しされていたんです？」

アイシスを追うように、ルカもやってくる。

思ったより平常心でいられるものだと、シセは自分に感心した。元々、ルカに対して疑惑を持っていたからかもしれない。あるいは今のシセの中にある感情が、驚きではなく寂しさだからなのかもしれない。

「ああ、懺悔をしていたんだ」

「懺悔？」

「此処の用事が終わった後にしていたら、お前を待たせてしまうだろう。だから神父が気遣ってくれたんだ。お前は懺悔するようなことはないようだからな」

「どういう意味です？」

「前に、そう言っていた」

覚えていないのか、とシセは笑ってルカの肩を叩き、子供たちの席へと向かう。

ルカも、すぐにシセの後を追った。子供たちにいつも通り読み書きを教える。子供たちは、随分ルカに懐いている。だがルカがこの教会を訪れるのは、これが最後になるだろう。


その日の夜。

シセが湯浴みを終え寝室に戻ると、ルカは椅子に座り本を読んでいた。

此処最近、ルカはシセの部屋にいることが多い。侍者としてこの王宮に入っているルカには、あまり娯楽がない。シセの部屋にある本を読むのが、唯一娯楽らしい娯楽である。

部屋は、明るい。至る場所にランプがあり、室内をオレンジ色に照らしている。炎が揺れるたびに細かく彫られた壁の装飾の影が形を変え、まるで生き物のように見える。

「どうかされましたか？」

シセがルカの前に立つと、ルカは驚いたように顔を上げる。

「随分、本に執心なんだと思ってな」

シセが下着ひとつ身に付けないまま、大きなタオルを頭から被っているのを、ルカは珍しく思ったらしい。

「俺がいるのに、読書の方が楽しいのか？」

「そんなことはありませんよ」

ルカは少し笑って、本を丸いサイドテーブルに置く。

「まさか、そんな煽情（せんじょう）的な格好で風呂から出てこられるとは思っていなかったもので、気づかず失礼しました」

腰を抱き寄せられ、シセは強請るように口づける。

ルカは、すぐに応えてくれた。舌を絡め、何度も唇に吸い付き、シセの頭を支えるようにキスを続ける。

「今日はまた、どうしたのです?」

唇を離すと、ルカは少しおかしそうに首を傾げる。

「シセ様からこうして誘われるのは嬉しいですが、突然なので驚きました」

「だめなのか?」

シセは首を傾げる。

確かに、シセは自分からルカを誘ったことはない。恥じらいもあったし、はしたない気がした。誘うのはいつもルカで、求められるのが嬉しくて、抱かれている間はせめてもと強くルカを求めた。

だが求めるのも求められるのも、これが最後になる。であれば、恥じらいも意味はない。

「今日はそういう気分なんだ。お前は、その気にならないか?」

「まさか」

ルカはシセの腰を抱え、抱き寄せて微笑む。

「シセ様がその気だと言うのなら、俺がその気にならないわけがありません」

ルカはシセを抱き上げて、ベッドに向かう。ゆっくり下ろすとルカはシセに覆い被さり、指先を絡めながらキスをした。

ルカは、優しい。

今まで何度も身体を重ねて、一度も乱暴にされたことはない。何か大切なガラス細工でも扱うようにシセを抱き、それでいて獣のように腰を振ってシセを求める。

この日も、ルカはいつもと変わらない。変わったのは自分だと、シセは解っている。

（シセ様か）

恐らくルカは、シセに対して敬意など持ち合わせていない。反王政勢力の人間なら、王族に対して少なからず恨み辛みがあるはずである。

すべてが、演技なのだろう。ルカは兄の使いが部屋に来た時にも、見事すぎる演技をしてのけた。

（鍵を手に入れるための戯れだな）

ルカにとって、この行為にそれ以上の意味はない。

それが少し寂しかったが、どうせ束の間の寂寥だと思った。

ルカが鍵を手に入れ組織の企みが成功すれば、王族は皆殺しにされる。例外なく、シセも殺されるだろう。その日は、恐らくもう遠くない。

（処刑台に立つ俺を見て、この男は少しでも悲しむんだろうか）

そうだったらいいと思いながら、そうはならない気がした。きっと、ルカは処刑台すら眺めない。馬鹿な王子がいたと、笑い話程度にはなるのかもしれない。

「シセ様……？」

ルカの下で考え事をしていたことが、漏れていたのだろう。シセの額にキスし頬に続けようとしたルカが、動きを止めじっとシセを見下ろす。この男は、シセの僅かな表情の変化によく気づく。

ご苦労なことだった。本当に真面目で、仕事のできる男だと可笑しくなった。シセは微笑んで、甘えるようにルカに抱き付く。

「そのまま続けてくれ」

シセはルカの顔を引き寄せ、触れるだけのキスをする。

どんなに甘えても強請っても、ルカが自分を拒絶しないという自信が今のシセにはある。今までそうしてきたように、目的のためならルカは何でもするに違いない。

「お前に触れられると、きもちいい」

それなら利用してやるだけだと、シセはルカを強く抱きしめる。

「本当に、どうされたのです……?」

「早くお前がほしいんだ」

ルカの耳元で、シセは囁く。

「だめか……?」

ぴたりと肌を付けルカの股間を刺激すると、ルカは眉間にしわを寄せて服を脱ぎ捨てた。上半身だけ裸になり、シセの腕を引いてベッドに押し倒す。

「あまり煽らないでください」

噛み付くようなキスをされ、シセは必死に応える。

いつもより激しい愛撫に、シセの腰をがしりと掴んで勃起した性器を打ち付ける。獣のマーキングのようにルカは執拗にシセの肌に赤い跡を残し、シセは喘いだ。

喘ぎながら細く目を開けると、ルカが汗を滲ませて必死の表情で腰を振っている。快楽に眉を寄せる表情を見て、一応ルカも気持ちいいのだと解り安心した。

その日、シセは何度もルカを求めた。ルカの心が偽物だと解っていても、やはり離れがたい。どうせ最後ならと恥じらいもなくキスを強請ると、ルカはシセの唇を甘く噛み、何度も口づけた。

求めれば、ルカは応えてくれる。それが本当の意味でシセのためではないことは解っていたが、鍵のためだけではなく、せめて性欲からであればいいと思った。

＊　＊　＊

翌朝シセが目を覚ますと、既にルカはベッドにはいなかった。

代わりにルカのいた場所には綺麗なタオルが置いてあり、その横にはローブが置いてある。シセより早く目を覚まし、用意をしたのだろう。

身体が、ひどく重い。自ら強請ったことではあるが、気を失うまで抱かれることが、これほど負担になるとは思わなかった。

それでも、シセは起き上がる。その僅かな音が聞こえたのか、すぐにルカが現れた。

「大丈夫ですか」

ルカは心底心配そうな表情で、ベッドに駆け寄ってくる。

「申し訳ありません。昨夜は――」

「いいんだ」

話が長くなりそうな気がして、シセは掌でルカの言葉を制する。

「やれと言ったのは、俺だ。それに身体はだるいが、起き上がれないほどじゃない」

シセがベッドから足を下ろすと、ルカは身体を支える。

「風呂を用意しています。入られたら食事をとって、またお休みになってください」

「大袈裟だな、病人じゃない」

シセはルカを軽くあしらって、一人浴室に向かう。

身体はだるいが、今日は寝込んでいる場合ではない。風呂を出て身なりを整えたら、シセは出かけなければならない。

「お一人で行かれるのですか?」

風呂を出た後、食事も取らずに外出する旨を告げると、ルカは驚いた。今まで何処に行くにも付き添っていたから、一人で出かけると言ったのが意外だったのだろう。

「まだその……お疲れでしょう。お出かけになるのなら、俺もご一緒します」

「いや、大した用事じゃないから不要だ」

この日、シセはルカを連れて行くつもりはなかった。

「教会に行くだけだ。昨日、アイシスに宝箱を見せてもらう約束をしたからな」

「宝箱、ですか」

「菓子が入ってるような、小さな木箱だ。それを宝箱代わりにしてる。子供らしくガラクタばかりなんだが、たまに見て褒めてやらないと、アイシスが不貞腐れる。お前と一緒に行くようになってから、あまり相手をしてやれなかったんだ。だから、今日は一人で行く」

最近、シセは教会を訪れても長居しない。アイシスはその度に、つまらなそうにしていた。ルカもその顔を覚えていたのだろう。

「そういうことでしたら……」

仕方がないとルカは納得し、素直にシセを見送る。

「戻りは夕方になる」

シセはひとり、部屋を出た。ルカに伝えた理由の半分は本当で、半分は嘘だった。アイシスの宝箱を見せてもらうというのは本当だが、シセの目的は別にある。

「シセ様、どうなさったのです?」

教会を訪ねると、ランヴィルが慌ててシセを出迎えた。二日続けて教会に来ることはなかったし、何より昨日の今日である。今後の相談にでも来たとでも思ったのだろう。

「何か、またご依頼のことでも……」

「いいえ、今日はアイシスに用があって来たのです」

「アイシスですか?」

意外だったのかランヴィルは首を傾げたが、すぐに快くアイシスを呼びに行ってくれた。

「シセ様！　本当に来てくれたのね！」

アイシスが、ぱたぱたと走り礼拝堂にやってくる。

「昨日、次に来た時には宝箱を見せてもらう約束をしただろう。でもルカが一緒だと大事な宝物を見られてしまうから、こっそり来たんだ」

「ふふっ、うれしい！」

アイシスに手を握られ、シセは礼拝堂の奥の孤児が暮らす棟へと向かう。

ランヴィルは止めなかった。ただ不思議そうな、何処か不安そうな表情を滲ませている。

シセは、アイシスの部屋まで来た。時々こうして、シセはアイシスの「宝箱」を見るために部屋を訪問する。それはアイシスを喜ばせるためであり、自身の目的のためでもある。

アイシスは、ベッドの下から小さな箱を取り出した。何の変哲もない、鍵すらも付いていない木の箱。いかにも子供が遊びで作った宝箱だから、誰も関心を寄せない。

事実、箱の中は石ころばかりだった。アイシスの宝物は庭で拾った「普通より少し綺麗な石」で、同世代の子供から見ても魅力的なものではない。

だがひとつだけ、宝物らしいものがあった。

鉄でできた、シセの掌からはみ出る程の大きな鍵。しかしアイシスは鍵には目もくれず、新しく拾ったという石をシセに自慢する。

「前より、大きなものを拾ったの」

可愛らしい自慢を、シセはアイシスと一緒にしゃがみ込んで聞く。

拾った石をいちいち丁寧に説明するアイシスは、楽しげだった。笑顔で石を掲げるアイシスを見ていると、思わず顔がほころぶ。

「シセ様」

アイシスがシセに視線を向けたのは、石の紹介を五つほど終えてからだった。

「今日は、シセ様の宝物を持っていく？」

アイシスは首を傾げる。

「それとも、宝箱にしまっておく？」

「そうだね。今日は持っていくよ」

シセは箱の中から、大きな輪に通された鍵を持ち上げる。

ずしりと重いそれが何の鍵なのかを、アイシスは知らない。それでもシセが「自分の宝物も入れて欲しい」と頼むと、アイシスは快く箱を間借りさせてくれた。もう随分長く、アイシスの宝箱には世話になっている。

「いつも預かってくれてありがとう。アイシスみたいな宝箱があればいいんだけど、俺は持っていないから。とても助かるよ」

「わたしの宝箱を使いたかったら、いつでも言って！　何でも入れてあげる」

「ありがとう」

シセがアイシスの頭を撫でると、アイシスは嬉しそうに笑う。

シセは鍵を手にして立ち上がると、右手に輪を引っ掛けた。ついで左の手首に手を伸ばすと、嵌められているブレスレットを外す。

赤い石のついた、安物のブレスレット。金銭的には何の価値もないものだが、ルカから受け取った時は本当に嬉しかった。だが、もうシセには必要ない。

シセはアイシスの手を取ると、外したそれを掌に載せてやった。

「シセ様、これはどうするの？」

「アイシスにあげるよ。昨日見た時、気になってただろう？」

「いいの？」

「鍵を預かってくれてるお礼だ。その代わり、大切にするって約束してくれるかな？」

「うん！　もちろん！」

アイシスはパァと表情を明るくし、ブレスレットを両手で掲げる。アイシスの細い手首に飾るには、大きすぎるだろう。アイシスもそう思ったのか、すぐに着けず宝箱に仕舞う。

「大切にする！　ちゃんと宝箱にしまう！」

「ありがとう」

シセは再び笑顔を作り、アイシスの頭を撫でる。

アイシスに会うのも、これが最後になる。シセはアイシスを他の子供達がいる部屋まで送り、再びランヴィルのいる礼拝堂まで戻ってきた。

「ランヴィル神父」

声を掛けると、ランヴィルは変わらず不安そうな表情で駆け寄ってくる。

「シセ様、昨日はゆっくりお話する時間が取れませんでした。改めて今後のことを――」

「それはもういいのです」

ランヴィルが何を言おうとしたのか、シセには解る。

ルカの処遇をどうするのか、知ったことを誰にどう伝えるのか、相談しようとしたのだろう。確かに王家を守るためには行動を起こすべきだが、シセにそのつもりはない。

「ご心配には及びません。後のことは、私が対処します」

「ですが――」

「ランヴィル神父。今日はアイシスに用もあったのですが、貴方にご挨拶するために来たのです」

　ランヴィルは、いよいよ眉を寄せる。

「長く、貴方にはお世話になりました。王宮と正教会が腐敗している中、貴方がいてくれたことが私にとっての救いでした。感謝しています」

「シセ様。まるで、死に別れるようなお言葉です」

「そう簡単には死にません。ですが、ランヴィル神父とお会いできるのはこれが最後になるでしょう」

　ランヴィルは、もう何も返さない。

　シセはランヴィルに近付くと抱擁し、耳元に口を近付ける。

「もし本当に王宮が落ちれば、街は暫く混乱するはずです。混乱に乗じて賊が湧く可能性もありますし、何より反王政勢力は、王族貴族だけでなく優遇されている聖職者にも矛先を向ける可能性があります。どうか、ランヴィル神父もお気を付けください」

　シセはそれだけ伝えると、教会を後にした。

「シセ様！」

　ランヴィルが、シセを追いかけてくる。だがシセが振り返らずにいると、ランヴィルも諦めたようだった。

外に出ると、陽がさんさんと降り注いでいる。ルカに伝えた帰りの時刻には、まだ早い。だが、シセは部屋に戻ることにした。そもそもルカに言った予定は初めから嘘で、ルカを油断させるために伝えたに過ぎない。シセが夕方まで不在になる。そう知れば、ルカはその間に「目的のもの」を探しているに違いない。

元来た道を歩きエミル宮まで戻ると、シセは静かに螺旋階段を上った。足音を立てないように細心の注意を払い、気配を消して部屋まで向かう。

寝室の扉の前で、シセは立ち止まった。これから現実に向き合わなければならないと思うと、緊張する。長い、夢を見ていた気がする。夢がいつまでも続けばいいとは思うが、夢である以上いつかは覚めなければならない。

シセは深く息をついてから、扉を開いた。だが、ルカの姿はない。ベッドもソファもシセが部屋を出た時のままで、シーツを整えてもいない。

それでも、ルカが部屋にいないとは思わなかった。シセは声を出さずに、足音を消して部屋の奥に進む。

隣室には、衣類や日用品を収めている棚がある。その部屋を覗き込むと、果たしてルカはいた。ルカは引き出しを三つほど開き、中を探っている。そんなに覗き込んでも隠し棚などないのに、ルカは棚の奥に頭を突っ込んで仕掛けを探す。その光景がどうにも間抜けでおかしくて、少し緊張が溶けた。

「探し物か？」

静かな部屋で、シセはルカに呼びかける。

ガタガタと響いていた音が、ぴたりと止まった。ルカが棚から、ゆっくりと顔を出す。

「シセ様……」

ルカは目を丸くして、じっとシセを見る。だが思いのほか落ち着いており、慌てて何かを隠すようなことはしなかった。

「今日は、お戻りは夕方になると仰っていたのでは？」

「ああ、その予定ではあったんだが」

シセは入り口の扉の枠に寄り掛かったまま、じっとルカを見る。

「お前を驚かせたくて、早く戻ってきたんだ」

「驚かせたくて……？」

「ああ、驚いただろう？」

笑みを作って問いかけるが、ルカは目を細めるだけで焦る様子はない。

「それは、どういう意味です？」

「そのままの意味だ。ルカ・ジャラシュ、お前が探しているのはこれだろう？」

懐にしまっていた鍵を取り出し、シセは人差し指でくるりと回して見せる。

流石に、ルカの顔色が変わった。驚きと動揺。それが瞳に表れていて、ランヴィルの調べが正しかったことを証明している。

「お前が今まで何度俺の部屋を漁ったのかは知らないが、俺の部屋をくまなく探しても、鍵は見つからない。普段は教会に隠してるんだ。立派な宝箱を持っている友人がいるんでね。俺の宝物も預かってもらってる」

「アイシス……」

ルカが、はっとしたように呟く。

部屋には、沈黙が流れる。だが、長くは続かなかった。

「いつから、気づいていたんです？」

「つい先日のことだ」

漸く疑惑を肯定するような発言が出てきて、シセは気が楽になった。

「だが、そうだな。実はだいぶ前から怪しいとは思ってた。言っただろう。俺に仕えたい人間なんて、何らかの野心がある奴しかない。そういう奴は俺に興味なんてないし、踏み台くらいにしか思ってない。面倒な王子に尽くそうなんて思わないし、優しくしようとも思わない。それがお前はどうだ、怪しまない方がおかしいだろう」

調査不足だとシセは鼻で笑い、小さく息をついてルカの前まで歩く。

「だが、今更お前を恨んだりはしない。俺には恨むべき人間が他にいるからな」

本心だった。

別に、ルカを恨もうとは思わない。ルカが兄から庇おうとしてくれた時は嬉しかったし、抱かれた時は幸福だった。すべて鍵を手に入れるための演技だったと言われれば寂しさはあるが、ルカと過ごした時間はこれまでにない程に充足していた。騙された自分を不甲斐なく思っても、ルカを恨む理由はない。

シセは手にしていた鍵をルカに差し出した。だがルカが手を伸ばしてこないため、シセは仕方なくルカの手を取り、アイシスにしたように鍵を握らせる。

「ぼんやりするな。お前に必要なものだろう」

「シセ様、これは――」

「これで主従ごっこは終わりだな。お前にとって、俺は『様』を付けるような相手じゃない」

これ以上、ルカに演技をさせたくなかった。無意味なごっこ遊びは虚しさしか生まない。

「お前たちにとって、俺は馬鹿で素行の悪い娼婦の産んだ王子だ。お前が俺のもとに来たのは、俺が王族の中で一番取り入りやすかったから。俺に近付く人間は、多くない。一人の時間が多ければ自由が利くし、危険も少なくなる。孤独な王子に優しくしておけば、気に入られて側に置いてもらえる。だからせいぜい優しくしておけと、レジオン公に教えて貰ったのか？」

「違う！　俺は――」

「いいんだ」

ルカの言い訳を、聞くつもりはない。

「お前の言い訳が聞きたくて、鍵を渡したわけじゃない。お前の探し物はそれなんだろう？　だから、それはお前にやる。優しくしてくれた礼だ。どうせ、碌なことをして手に入れたものじゃない」

「どういう意味です？」

「その鍵は、俺が門番の男に身体を売って手に入れたものだ」

眉を寄せるルカの悲愴な表情が、本心から出たものなのか、演技なのか。シセには解らないが、もうどちらでもいい。

「初めは、一晩寝たら翌日の夜に外に出してもらう約束をした。俺が誘惑したんだ。兄が何度も犯すくらい具合がいいなら、他の奴にも通じるだろうと。何度も何度も繰り返して、この鍵を手に入れるまでにどれだけ掛かったか。思い出すのも億劫だが、それでも逃げる場所が欲しかった」

娼婦の息子らしいことをすると、ルカは軽蔑するかもしれない。それが、少し辛かった。同時にこの状況でまだそんな思考になる自分が、ひどく滑稽に思える。

「だから、鍵はもういいんだ。その代わり二つだけ頼みを聞いてほしい」

「頼み……？」

「鍵の対価だ。そのくらいは望んでもいいだろう」

シセはルカが鍵を握ったのを確認して、ルカから距離を取る。扉の前まで戻ると、シセは睨み付けるようにルカを振り返った。

「兄を殺せ」

ルカを睨もうと思ったわけではない。だが漸く、本当に兄を殺すことができるのだと思うと、無意識に視線が鋭くなる。

「お前たちは、王族を皆殺しにするんだろう。それはいい。王族は、それだけのことをしてきた。恨まれ殺されて当然だ。お前たちがどんな国を望んでどんな国を作ろうとしているのかは知らないが、それも好きにすればいい。だが、あの二人を絶対に取り逃すな。殺してくれ。できるだけ、残虐な方法で。俺にはついぞできなかったことだ」

ルカは拒否しない。シセは、それを受諾と捉えた。

「もう一つは、何なんです……？」

「ランヴィル神父だ」

この二つ目の願いも叶えてくれるのなら、シセにはもう未練はない。

「世の中には利権に眼の眩んだ、汚職に塗れた聖職者も多くいる。聖職者の中には、民衆の恨みを多く買っている者もいるだろう。だがランヴィル神父はいい神父だ。長く、俺の支えだった。あの教会には子供たちもいる。助けてやってほしい」

「もちろん、子供を殺すつもりなんてない。神父もだ」

「そうか、それなら良かった」

シセは、ほっと息を吐く。

「じゃあ、これでお前の仕事は仕舞いだな」

シセは妙に開放的な気持ちになって、表情を緩め、ルカに向かって両腕を広げる。

不思議と部屋に入る前より、ずっと気分が落ち着いていた。ルカがいなくなれば、また
シセは元の生活に戻る。哀傷がないわけではないが、どうせすぐに処刑台に送られる。悲
しみも長くは続かないだろう。

「世話になったなルカ。お前は今までで、一番いい侍者だった。本当だ」

「シセ様、俺は――」

「暇を言い渡す。ルカ、お前はクビだ」

「シセ様、待ってください！」

ひらりと手を振って、シセは寝室へ向かおうとする。だが、ルカがそれを止めた。

「俺は、確かにレジオンの人間ではありません」

何をそんなに焦っているのか、ルカがシセを追いかけてきて腕を掴む。

「シセ様の言う通り、俺は役割を担ってシセ様の侍者になりました。貴方に対する敬意な
ど何もなかった。面倒な役を任されたと、早く目的を果たしてこんな王宮を出たいと思っ

ていました。ですがシセ様と過ごすうちに、俺は本当に――」

「ルカ」

ルカの声は、鬼気迫るものがある。だがシセはこれ以上、ルカの話を聞くつもりはない。

「言っただろう、お前はクビだ。これ以上部屋で騒ぐなら、衛兵を呼ぶ。王都陥落を企む曲者だと、お前を突き出す。それはお前も困るだろう。だから素直に鍵を持って出て行け」

一刻も早く、ルカを追い出したかった。これ以上ルカの言葉に惑わされて、惨めな思いをしたくない。

＊　＊　＊

騙していたことの言い訳をさせてほしい。

その願いを聞き入れられることなく、ルカは王宮を去ることになった。

伝えたいことは、山のようにある。言い訳しなければならないことも、謝罪しなければならないこともある。シセを騙していたことは事実だが、傷つけたかったわけではない。大切にしたいと言ったのは本音だし、シセとの穏やかな時間がいつまでも続けばいいと思っていた。

だが己の考えがあまりに呑気なことも、そんな日がいつまでも続かないこともルカは知っていた。シセを裏切らなければ家族を裏切ることになることも、家族を裏切らなければシセを裏切ることになることも、シセの手を取った時から解っていた。

そしてルカが家族を裏切れない以上、シセとは別れる日が来る。

それはシセの死を意味する。

解っていたが、ではどうするかという解が見つけられないまま、唐突に最悪の結末を迎えることになっただけである。


「よくやってくれた」

複雑な想いのまま義父のもとに戻ると、義父はこれでもかというほどに喜び、何度もルカを抱きしめた。

「お前は、最高の息子だ。危険も多かっただろう。お前が成果を上げてくれたことも嬉しいが、何より無事に返ってきてくれて良かった」

涙すら浮かべる義父を見て、ルカは苦笑した。これほど喜ぶ義父を、見たことがない。

だからこれで良かったのだと、ルカは自分に言い聞かせる。

義父が漸くルカを放すと、今度はネスタがやってきた。

「本当に無事で良かった」

まるで長く離れていた恋人のように、ネスタはルカを抱きしめる。嬉しいが少し大袈裟で、ルカはまた笑った。

二人との再会を喜んだのち、義父はルカを仲間に紹介した。義父が「息子だ」と誇らしげに話すと、仲間は握手を求めルカを称える。

「ルカ君が戻ったのは、いいタイミングだったよ。我々も十分な武器を調達できたところだ。あとは裏門から入る連中と正面からの連中に分けて――」

仲間の男は、これからの作戦について細かに説明する。要するにルカの持ってきた鍵で庭園から密かに部隊を侵入させ、王宮を制圧するというものらしい。その一斉突入部隊にはルカの義弟も入っているのだと、別の男が教えてくれた。

「王宮の中の構造は覚えているか？」

地図を描いてほしいと言われ、ルカは近いうちに準備すると返した。王宮の中を知る人間は、ルカしかいない。仲間たちはルカが仕事を成し遂げた今もなお、ルカに高い期待を寄せている。

ルカへの質問は絶えなかったが、それを義父が止めた。

「疲れているだろう。今夜はゆっくり休め」

義父はルカをただの駒としてではなく、本当の息子のように扱ってくれる。ルカは義父の優しさに頭を下げ、言葉に甘えることにした。血の繋がりはない父と弟ではあるが、ルカにとっては大切な家族である。家族が嬉しそうにしていると、ルカも嬉しい。

だが歓心の裏に、何とも拭い難い後悔がある。

シセに人を呼ぶと脅された時、ルカは立ち去る選択肢しか選べなかった。だが無理矢理にでもシセを説得し、王宮から連れ出せばどうなっていただろう。仲間が納得するとは思えないが、王宮に一人残してくるより安心できたかもしれない。

作戦通りなら、王族は一人残らず殺すことになる。シセの要望の通りアルマとイルードは死ぬが、当然シセも死ぬ。

それだけは、避けなければならなかった。仮に彼の身分を地に落としたとしても、命だけは助けなければならない。

だが、具体的な手段があるわけでもない。

ルカは部屋に戻って思案することにした。

階段を上っていたところで、声を掛けられた。振り返るとネスタが、手に酒を持って立っている。以前同様、久しぶりの再会を酒で祝おうと思ったのだろう。

「随分、疲れた顔してるな」

「まぁ、随分長くあんな王子と一緒にいたんだ。疲れて当然か」

ルカは、言葉を返すことができなかった。

ネスタは、誤解している。ネスタだけでなく、仲間たちは皆誤解している。確かに、王宮では、ろくでもない人間を何人も見た。シセの兄はクズを絵に描いたような人間だったし、その母親も己の息子のために王子に毒を盛る外道だった。それこそルカやネスタ、義父が描いていた王族の姿の通りである。

だが、シセは違う。

娼婦の子という理由で虐げられてきただけで、シセは利発で優しい。決して、王族という理由だけで処刑されていい人間ではない。だがその事実を知る者はいない。であれば、ルカが説いて聞かせる以外に方法がない。

「ネスタ、話がある」

義弟が信じてくれるのか、正直なところ解らない。だが幼いころから兄弟として育ったネスタが信じないのなら、他の誰も信じないだろうことはルカにも解る。

「大事な話なんだ。聞いてくれるか?」

祈るような気持ちでルカは、ゆっくりと言葉を繋ぐ。

「どうしたんだよ、改まって」

ルカの深刻な声に驚いたのだろう。ネスタはおどけて肩を竦める。

「もちろん、話くらい聞くさ。それに話すために酒も持ってきたんだ。丁度いい」

「いや、酒はいらない」

とても酔って話すようなことではないし、酔って話を聞いてほしくもない。

その想いが伝わったのだろう。ネスタはそこで、初めて真面目な表情になった。

ルカの部屋に入って椅子に座る。ルカの言葉に従って、ネスタは近くのテーブルにボトルを開けずに置いた。

「どうしたんだよ、親父に言いにくいことなのか？」

ネスタは、少し緊張しているようだった。ルカの張り詰めた空気が伝わったのか、声は明るいものの表情から不安が漏れている。その不安を長引かせるのが申し訳なく、ルカは単刀直入に伝えることにした。

「シセのことだ」

ぴくりと、ネスタの眉が動く。

「シセ……？」

「ああ」

「あの、兄貴に見事に騙されたバカ王子か。それで、その王子が何なんだ？」

「シセの命を助けたい」

ネスタの目と口が、同時にゆっくりと開く。

想定通りの反応だった。

「俺が持ち帰ってきた、あの鍵。あれは、俺が王宮で探し当てたわけじゃない。シセが俺に持たせたものだ。あの鍵を俺に渡せば自分がどうなるか解った上で、シセはそうした。親父も仲間も喜んでいるところ悪いが、それが事実だ」

「兄貴？　何言ってるんだ？」

ネスタの顔が強張っているのが解ったが、ルカは続ける。

「ネスタ、聞いてくれ。シセは、俺たちが想像していたような王族じゃない。誰よりもまともで、真面目で優しい人間だ。他の王族とは違う。シセは俺が反王政側の人間だと知っていて、それでも俺に鍵を渡したんだ。衛兵に突き出して、殺すことだってできた。でもそうしなかった。俺はシセに恩がある。だから助けてほしい」

「ま、待ってくれ」

ネスタは、焦って席を立ち上がる。

「兄貴が、何を言っているのか……」

動揺に視線を揺らし、ネスタはゆるく首を横に振る。

「そもそも、シセが鍵を渡す理由なんてないだろ？　自分が殺されるって解ってて……」

ネスタの言う通りだが、ルカには理由が解るような気がした。

ルカが王宮に入るまで、シセの生活はとても豊かなものとは言えなかった。衣食住に困ることはないが、それだけである。使用人にすら虐げられ、兄に犯され、恐らく生きる楽しみなどなかった。ルカに裏切られまた同じ生活に戻ると知ったシセが、生に執着するとは思えない。シセは己の死を受け入れる前提で、ルカに鍵を渡している。

「シセと長くいすぎて、情が移ったんだろ？　兄貴は優しいから……」

「そうじゃない」

ルカは立ち上がり、乾いた笑みを浮かべるネスタに訴える。

「同情じゃない。それに俺は冷静だし、混乱しているわけじゃない。真剣なんだ。頼む、彼の命だけは助けてくれ。王族として生かしてくれと言ってるんじゃない。命だけでいいんだ、処遇は国外追放でも何でもいい」

言い終わる頃には、ネスタの顔から笑みが消えていた。

しばらく、沈黙が流れた。無言のままだったが、ネスタから動揺がだだ漏れている。長い沈黙ののち、ネスタは深い息と共に口を開いた。

「兄貴、本気なんだな」

ネスタの声は、震えている。

ルカは無言のまま、視線だけでネスタに訴える。ネスタは、それで十分なようだった。

「解った。俺が何とかする」

ネスタは片手でルカを抱き、強く背中を叩く。

「本当か……？」

「ああ、俺が仲間を説得する。だから、この話は俺に預からせてくれ。こういう話は、仲間が敏感になる。俺が折を見て仲間に伝える。それでいいよな？」

「勿論だ」

湧き上がる興奮に、ルカは吐く息を震わせる。

「ありがとう、お前に相談して良かった」

「何言ってんだ。兄貴の頼みだ、どうにかするよ」

「ネスタ……！」

張り詰めていた糸が切れて、ルカは頬を緩めてネスタを抱きしめる。家に戻って、初めて心から笑えた気がした。

「ありがとう、本当に」

シセが生きていれば、まずはそれでいい。

生きていれば、その先はどうにでもなる。王子の地位を失い遠くの農村に追いやられたとしても、生きていればまた会うことができる。そして今度こそ、シセの手を離さず側にいる。

時間が掛かっても、そうすればきっと上手くいく。

ルカはそう思ったが、しかし次にルカがシセの姿を見ることになったのは、それから七日後の監獄塔の地下室だった。強固な鉄の檻に閉じ込められ、みすぼらしい麻の服を纏い、ろくな食事も与えられていない。

「処刑は七日後だ。まずは手足を斧で切り落として、泣き叫ぶ声をしっかり聞いてから首を落とす」

監獄塔の前でルカにそう説明した仲間は、卑しい笑みを浮かべていた。

＊　＊　＊

ルカの帰還から一週間後。

王宮は陥落した。シセの「抜け道」を利用した部隊が中から正門を開けると、反王政軍は一気に王宮に雪崩れ込み、大きな難もなく王宮を制圧した。

反王政軍の勢力は、ルカが知らぬ間に想像以上に膨らんでいた。それに、強い気力がある。単に王政に対する不満があるのか、あるいはある程度の金を積んだのか。ルカには解らないが、いずれにしても守る気があるのかも解らぬのんびり王宮にいた兵では、太刀打ちできるはずもない。別の街から王都に駆け付けた兵隊の方が、まだましだっただろう。

中に入った反王政軍はほとんど一方的に兵を蹴散らし、王族を捕らえた。同時に国のあちこちで仲間が決起し、主たる貴族も同様に捕らえられた。

革命において、処刑は派手にやるに限る。民衆の恨みが高まり一体感が生まれ、士気も高まる。反王政軍は処刑対象者を王都の監獄塔に運び、処刑の準備を進めた。

捕らえた王族は八名。王、二人の王妃、五人の王子。それに王族と親交を深くしていた貴族や王の愛人たちを含めると、二十九名に及ぶ。これから他の街からも運ばれてくることを考えれば、処刑者はもっと増える。

これらの者たちの、処分をしなければならない。それに新しいリーダーを立てて民衆を取り纏めなくてはならない。反王政軍は第一の目標「王都を制す」を達成したに過ぎず、まだすべきことが山のようにある。

ネスタも義父も、殆ど家に帰っていなかった。大した仕事がないのは、ルカだけである。大仕事は既に終わったのだからと、暇を与えられていた。

だが、ルカはとても落ち着いてはいられなかった。

シセが、監獄塔に捕らえられている。王都の南西に位置する罪人のための牢は、今や王族や貴族を処刑するまでの留置所である。

「話が違う！」

所在が不明だったネスタを必死に探し出し、ルカはネスタの胸ぐらを掴んだ。

ネスタを見つけたのは、東地区にある酒場である。相当量の酒を飲んだのか、ネスタの顔は赤い。酒場には仲間もいたから、祝杯でも上げていたのだろう。

だがルカは構わずネスタを引き摺り出し、裏路地の壁に押さえ付けた。

顔は赤いが、ネスタの意識ははっきりしていて、抵抗もしなかった。

「兄貴……」

ネスタは眉を寄せ、視線を逸らす。まるで後ろめたいことがあると言わんばかりで、ル力は無意識にネスタを掴む手の力を強くする。

「お前は、任せろと言った」

ネスタは何も返さない。

「だから、俺はお前を信じた。何も、今の王子の地位をそのままにしろとは言ってない。生かしてくれればそれでいいと言ったんだ。今すぐ、処刑を進めている奴と話をさせろ。親父は見つからないし、お前じゃ話にならない。話のできる奴を出せ」

「兄貴」

興奮に声が大きくなるルカを、ネスタは静かに止める。

胸ぐらを掴まれたままでも、ネスタは怯まない。向ける視線も声も、静かである。

「頼む。冷静になって、目を覚ましてくれ」

「目を覚ます？　俺は、いつだって覚めてる。冷静だ」

「兄貴は優しいから。シセと長くい過ぎたせいで、同情してるだけだ。今はそうやって、あいつが可哀想だって思うかもしれない。でも、あいつは王族だ。殺さなきゃならない」

「同情じゃない。お前は何も知らないから――」

「ああ、知らない。でも仮にあの王子が本当にいい奴で、兄貴が本気だったとしても」

ネスタは息を荒げ、胸ぐらを掴むルカの手に自分のものを重ねる。

「あの王子を助けるなんて、できない。できるはずない。考えてくれ。そんな提案して、誰が納得するんだ？　誰も納得しない。あいつは王族に肩入れした貴族ですらない。本物の王族だ。そんな奴、処刑を免れると思うか？」

ネスタはルカの手を振り払い、ルカの胸を拳で叩く。

「無理だ、絶対に。王族は一人残らず見せしめに処刑して、そこで初めて王政を終わりにできる。もし仮に、俺たちに反抗する連中が出てきてみろ。そいつは生き残った王子を担ぎ上げて、俺たちを潰そうとする」

「そんな仮の話、したって意味がない。ああなればこうなればなんて仮説は、きりがないだろう。シセを殺していい理由にはならない」

「兄貴、聞いてくれ」

ネスタは両手を広げ、大声で訴える。

「俺は、兄貴に英雄であってほしいんだ。兄貴がいなかったら、俺たちの作戦は成功しなかった。兄貴は凄い、英雄だよ。みんな兄貴に感謝してる。だから、そのままでいてくれ。頼む、目を覚ましてくれよ！」

ルカは黙った。

ネスタの言っていることは、頭では理解できる。確かにこの気運の中で「シセを生かしてくれ」などと言い出したら、正気を疑われる。誰も納得しないし、馬鹿を言うなと責めるだろう。それが解っていたからネスタは引き受けたふりをして、ルカの頼みをなかったことにした。

それがネスタなりの思いやりで気遣いだと、理解はできる。無茶なことを言った兄を庇おうとしてくれたことに、感謝もしている。

だが、納得はできなかった。

「兄貴！」

ルカは無言のまま、ネスタに背を向ける。

ネスタは、追ってこなかった。これ以上、話すことはないだろう。互いに主張を続けていても、平行線だと解っている。ネスタを責め無理矢理行動を起こさせたとしても、ネスタの立場を悪くするだけである。

酒場からは、賑やかな声が聞こえている。その声すら聞きたくなくて、ルカは酒場から早く遠ざかりたかった。空を見ると、雲が半分月を隠している。その月明かりが街を照らし、監獄塔を黒く浮き上がらせていた。

王が処刑されたのは、それから二日後のことである。

ルカが仲間から聞いていたような「手足を斧で落として首を刎(は)ねる」というやり方ではなかった。街の中心に絞首台を作り、太い縄で首を吊るしただけである。

だが監獄塔から処刑台への道のりでは、荷車に乗せられ民衆から石を投げ付けられていた。首吊り台にたどり着く頃には、頭からひどく流血していた。

王の処刑の翌日、第一王妃と二人の息子が同時に処刑された。

処刑の方法は同じで、やはり市中を引き回した上での絞首だった。それにこの日は三人の処刑に留まらず、王家に近しい貴族も一緒に処刑された。後ろが詰まっているからだろう。三日目には王族との繋がりで多額の利益を得ていた貴族が処刑され、広場には一際大きな歓声が上がった。

ルカが監獄塔に向かったのは、その日の夜のことである。

街は、賑わっている。反王政軍は王の死を喜び、貴族の処刑を祝し、あちこちの酒場で酒を呷っている。もちろん、上の人間は酒を飲まずにこれからのことを考えているのだろう。王を殺すことはできても国のあちこちで戦いは続いているし、本当の国の立て直しはこれからである。

だが寄せ集めの兵隊にとって、そんなことは関係ない。今は王を殺すことができたという事実を、酒と共に祝う方が重要なのだ。

それは、監獄塔の見張りにしても同じだった。塔に背を預けて酒を飲む者だけでなく、槍を持った者ですら酒臭い。

「よぉ、めでたい日にシケたツラしてんなぁ」

ルカに肩を組んできた張番の男は特に酷かった。自分がいてもいなくても変わらないと思っているのか、酷く酔っ払っている。事実、変わらないだろう。監獄塔の地下には、更に別の見張りがいる。この男が酔い潰れ眠ったところで、大事には至らない。

ルカは男を軽くあしらって、監獄塔に入った。中に入るとすぐに螺旋階段があり、階上と地下に続いている。

ルカは、地下に下りた。貴族は上の階に、王族は地下の階に収監されている。だが王族同士が会話できないよう房を離しており、シセが入れられている房から兄達の房まではかなり距離がある。

階段を下りてすぐのところに、見張りの男がいた。真面目そうな男で、ルカの姿を見るなりきりりっと睨み付け近寄ってくる。

「シセに話がある」

ルカは視線と顎で、背後にある牢を指した。

「話？　一体、何の話だ」

「俺はシセの侍者をしていた者だ……と言えば伝わるか？」

男は瞬時に「あっ」と反応した。ネスタが言っていた通りルカは「英雄」で、当人が知らぬ間に随分名が知れ渡っている。

「長い付き合いだったんだ。処刑される前に、言いたい恨み辛みもある」

男は、ルカを止めなかった。慌てて腰から鍵を取り出すと、牢に続く扉を開ける。

一人で行かせてくれと男に頼み、ルカは奥へと足を進めた。

塔の中は暗い。地下で外の光が一切入らないこともあるが、灯りの数が少ない。心許ない蝋燭の光の間を抜けると、やがてシセの牢の前まで来た。

牢の中は、真っ暗である。ルカは近くにあった燭台を手に取り、中を照らす。見るとシセは麻の薄汚いシャツに、サイズの合わないだぼだぼのパンツを穿かされていた。壁に背を預けて座っており、膝に置いた腕に頭を埋めぴくりとも動かない。

地下の空間は、静かだ。遠くでシセの兄と思しき男の啜り泣く声がしたが、ルカはチラリと視線を向けるに留めた。

シセは、兄の声にも反応しない。ルカの足音も聞こえていただろうに、顔を上げようともしない。

「シセ様」

敬称を付けたのは、無意識だった。だがその一言で、シセはルカだと気づいたのだろう。

「様、は要らないと言っただろう」

シセが、ゆっくり顔を上げる。

シセの表情は、いつもと変わらなかった。このような地下牢に閉じ込められ疲れ果てているはずなのに、疲労の色はない。赤と灰色が混じった瞳が真っ直ぐにルカを見て、少し笑っている。

「お前の仲間が聞いたら、裏切り者だと思うぞ」

シセは顔を上げたものの、その場から動こうとしない。

「何しに来た」

ルカを見上げ、シセは小首を傾げる。

「作戦の成功を祝って、お前も酒でも飲んだらどうだ？」

「ランヴィル神父を逃した」

ルカはできるだけ檻に近付き、声を抑える。人払いしているとは言え、この地下には見張りの男もいるし、シセの兄もいる。

「その、報告に来た。子供たちも安全な場所に避難させてる。だから、安心してほしい」

「そうか。ありがとう」

王宮で見たシセと、何も変わらなかった。もうすぐ自分が死ぬと解っているのに、子供達のことでも思い浮かべたのか、ひどく穏やかである。この状況を悲観している様子がまったくなく、それがルカには恐ろしい。

「父王や王妃が、この地下牢から連れて行かれるのを見た」

シセは立ち上がり、潜めた声で会話を再開させる。

「絞首台まで、荷車で市中を引き回すと言っていた。父王は元々立派な王ではなかったが、最後の姿はかつてないほどに見苦しかった。この地下から引きずり出すのに、お前たちの仲間も苦労していた。まだ王妃の方が毅然としていた」

　ルカは、王の最期を思い出す。

　市中を引き回される王は、初めこそ暴れていた。助けてくれと叫び抵抗し、石を投げられても喚き続けていた。だが絞首台に近付く頃には、その気力も奪われていた。震えて小便を垂らしながら絞首台まで引きずられ、最期は言葉を発することもなく首を吊られた。

　シセはこれから、同じ道を辿ることになる。

「ルカ」

　シセの最期を想像してぞくりと震えたルカは、シセの声で我に返った。

　気が付けば、シセは格子越しに目の前に立っている。

「何……でしょうか」

「来たついでで申し訳ないんだが、もうひとつ頼まれてくれないか？」

「頼み？　もちろん、俺にできることなら」

　思わず、ルカは前のめりになる。

　本当に、何でもするつもりだった。自分がまだシセのためにできることがあるのなら、できる限りのことをしたい。

　だが、シセの願いは簡単なものではなかった。

「俺を殺してくれないか？」

「は……？」

「お前にしか頼めない」

シセの表情も声も、普段と何も変わらない。

「処刑台まで引きずられて、石を投げられて首を吊られる。兄がされるなら見ものだが、自分がされるのは痛そうだ。だから気が向いたら、お前が此処で殺してくれないか？」

ルカは言葉を失った。風呂の準備をしてくれ、と言うのと同じ口調でシセは自分を殺せと言う。

殺せるかと言えば、ルカはシセを殺すことができる。格子の間から少し腕を入れて、首を絞め続ければシセは死ぬ。それだけで、シセの望みは叶うだろう。

だが自らシセを殺(あや)めるなど、絞首台に運ぶよりも想像ができない。

「悪い、無茶なことを言ったな」

考えがまとまらず、無言でいたせいだろう。

シセは一人完結し、肩を竦める。

「そう真に受けるな。そんなこと、誰も納得しない。処刑は派手にやるに限る。だが石を投げられるのは、どうにも痛そうでな。楽に死ねるならと言ってみたが、そう簡単な話でもないだろう。まぁ俺の順番になった頃には、民衆も投げ飽きてくれているといいんだが」

シセはルカに背を向けると、元いた場所に戻っていく。先ほど同様床に座り込み、ルカを見上げる。

「最後に、お前と話ができて良かった。王宮も退屈だったが、此処も話し相手がいなくて退屈でな。久しぶりにまともな人間と話ができた。此処にいると嫌でも兄たちのうめき声が聞こえてきて、気が滅入る」

シセが笑い、そこで話は終わった。

シセは、死を覚悟している。

これ以上、ルカは掛ける言葉が見つからなかった。シセにひらひらと手を振られ、無言のまま塔を出る。此処に留まっても、ルカがシセのためにできることは何もない。

月の出ていない夜の街を、ルカは一人歩く。

街は、かつてない程に賑わっている。それは正常な賑わいではない。王政の終わりを喜ぶ者、処刑を楽しむ者、意味が解らずただ騒ぐ者。それぞれがこの狂気に似た雰囲気を、酒と共に呷っている。

（本当に、これでいいのか）

ルカは、自問する。だが、答えなど解っていた。

良いはずはない。そんなことは、とうにルカも解っている。

義父たちが間違っているとは、今も思わない。義父やネメタが良き国を作ろうと心から思っていることは、近くにいたルカは誰より知っている。二人を、ルカは助けたかった。

それが今までの恩返しになると信じていたし、家族も姉も自分も、誰もが幸せになる方法だと思っていた。

今でもそれは変わらない。それでも、シセを見殺しにすることがルカにはできない。

「俺を殺してくれないか？　お前にしか頼めない」

ふと、シセの言葉を思い出す。

相談相手どころか、話す相手すらもシセにはいない。シセにはもうずっと頼る相手も、支えてくれる人間もいなかった。だから誰にも弱みを見せず、ルカにもなかなか頼ろうとしなかった。

そのシセが、自分に頼み事をしている。

（そうだ、シセには俺しかいない）

ルカを王宮から追い出しても、死を覚悟していても、今なおシセはルカを唯一の人間として見てくれている。

そんなシセを、これ以上一人にすることはできない。

ルカは覚悟を決めると、目的地に向かって歩き始めた。向かう先は、実姉サフィアが夫と営む酒場である。

「あらルカ、どうしたの」

以前干し肉を届けた店の裏の扉から、ルカはサフィアを訪ねた。

サフィアの姿を見たのは、実に半年以上ぶりである。シセのもとにいたためだが、今は互いに別の家族がいるということもある。ルカに義父と義弟がいるように、サフィアには夫がいる。

中から扉を開けて現れたサフィアは、以前と何も変わっていなかった。バンダナを巻いてポニーテールを揺らし、笑顔でルカを迎えてくれる。黄色いエプロンが赤いソースで汚れており、洗ったばかりなのか手が濡れている。

「久しぶりね、ルカ」

手を広げ、サフィアは自分より頭ひとつ分大きなルカを抱きしめる。

「たまには、表のお店から入ってくればいいのに。いつも裏口からなんだもの。主人も顔を見せたら喜ぶわ、今からでもどう？」

御馳走すると言うサフィアに、ルカは首を振る。

「いや、長居するつもりはないんだ」

「そうなの？　忙しいのね」

しかしサフィアはルカの手を引いて中に引き入れた。

「とにかく、中に入りなさい。最近、この辺りも治安が良くないの。暴漢もひったくりも多くて。酔っ払いは前からだけど、それでも前より酔い方が酷いわ」

サフィアにつられ外を見ると、道端で酔い潰れ、声を上げている男がいる。耳を澄ませば「次の処刑は誰だ」と話す声も聞こえ、彼らもまた異様な空気に呑まれた連中だと解る。

「街が、大変なことになってるわね」

ルカが家の中に入ると、部屋の奥、酒場の方から客たちの声がした。サフィアの夫が忙しそうに注文を受けているから、サフィアも早く店に戻してやらなければならない。

「昨日も、二つ隣の家具屋さんが暴漢に押し入られていたの。うちは主人がいるからいいけど、あそこはお婆さん一人だったから……政治のことはよく解らないけど、不安だわ。王様が殺されて、これから先どうなるのかしら。確かにいい王様ではなかったけれど、いなくなっても不安なものね」

サフィアは頬に手を当て、眉を下げる。

「心配しなくていい、大丈夫だ」

恐らくルカは、そう言うべきだろう。今行われているのは正義の行為で、王がいなくなった今、国は正しい方向に導かれ人々の生活は良くなる。

だが、ルカはその一言が言えなかった。

すべてがあまりに不確定で、安心しろと言うのは無責任すぎる。それに今後サフィアが何か困難に陥っても、ルカは恐らく助けることができない。

「貴方は大丈夫なの……？」

サフィアは心配そうに、ルカの頬に手を寄せる。

触れた掌から、サフィアの心情が伝わってくる。自分より貧しく苦しい生活をしているのに、ずっと離れて暮らしているのに、サフィアはいつもルカを気遣ってくれた。ルカも、いつも姉のことを気にしていた。だから時折、ガザニアの花と共に差し入れを裏口に置いた。顔を合わせない交流でも、互いの健勝を知ることができるだけで十分だった。

だが今日を境に、ルカはもう姉に花を贈ることはできなくなるだろう。

「ルカ、貴方も疲れた顔をしているわ。どうか無理をしないで」

「姉さん」

息をつき、呼吸を整えてからルカはサフィアを見る。

「なぁに？」

「俺は、街を出ようと思ってる。今日はそれを伝えに立ち寄ったんだ」

「え……？」

サフィアの目が、大きく見開かれる。

「街を出る……？」

「ああ」

「それは、いつ？　ヤハドさんやネスタも一緒なの？」

「いや……」

ルカは言葉を濁す。詳細を伝えるべきではないだろう。ルカがこれからする行動は、罪になる。サフィアにそれを伝えてしまえば、サフィアが共犯者の疑いを掛けられる可能性がある。もし身内だからと問い詰められた時に、サフィアの立場を悪くしたくない。

「詳しいことは言えない。だが、明日にでも出るつもりだ。そうしたらもう、二度とこの街には戻れないかもしれない」

「戻れないなんて——そんな」

サフィアは焦り、きゅっと握った手を震わせる。

「あまりにも急だわ」

「ああ、急に決めたことなんだ。だから……すまない。街はこの状況だ。姉さんを残していくのは忍びない。でも行かなきゃならない。何も言えないことを許してほしい」

「ルカ」

サフィアは首を横に振る。

だが、それ以上サフィアは何も言わなかった。「さようなら」とも言わなかった。ただ眉を寄せ、無言のままルカを抱きしめる。事情は解らずとも、何かを察してくれたのかもしれない。

ルカが監獄塔に向かったのは、その翌日の夜のことである。この日は王の侍者と愛人たちが、絞首台に登った。愛人だった女に罪があるかと言われれば、恐らくない。だが民衆は「贅の限りを尽くしていた」という理由で女たちを殺した。

一人殺されるたびに、街に新しい狂気が生まれている。歓喜し暴徒化する者まで現れ、政権を得た反王政軍はその取り締まりもしなければならなかった。

街は、日々混沌の色を増している。それは誰にとっても本意とするところではないが、大きな波のように止まらない。

だが、ルカはその混乱に感謝した。

姉のことは心配だったが、今のルカにとっては都合がいい。大きな荷物を抱えたルカでも目立たないし、武器を手にしていても気に留める人間はいない。

監獄塔に行くと、先日とは異なる警備の男が立っていた。見たところ酒に酔っている風もなく、少し面倒そうだ。ルカは、地下にいる鍵守りの友人を装うことにした。

「下で番をしてるサムの友人だ。差し入れを持って来た」

名前は適当だったが、逃亡のために用意した食料をちらつかせると、男は意外にもあっさり通してくれた。

中に入り階段を下りると、地下には鍵を守っている男がいる。ルカは荷物を下ろし、慎重に様子を窺った。ルカは、全身黒い服に身を包んでいる。夜の闇に紛れるために、刺繍すらも黒で入ったその服を選んだ。

気づかれないように見張りの男に近付くと、背後から男の首を絞める。

男は「ぐっ」と声を漏らしながら目を見開き、必死に抵抗する。だがルカは力で男をねじ伏せ、頚動脈洞(けいどうみゃくどう)を絞めた。

殺すつもりはない。だが、しばらくは眠ってもらう必要がある。

男はやがて、がくりと崩れ落ちた。念のため男の脈を確認してから、ルカは男の腰回りを漁る。先日見た時、見張りの男は腰に鍵を引っ掛けていた。ルカはすぐに鉄製のそれを見つけると、真っ直ぐにシセの牢へと向かう。

ここまでは、順調だった。行き当たりばったりだが、計画を練る時間がなかったのだ。


牢の前まで来て、ルカは足を止めた。シセは、相変わらず座り込んで顔を伏せている。

ルカは声を掛けなかった。のんびり話をしている場合ではない。今はとにかく鍵を開け、シセをこの地下から連れ出さなければならない。

奪った鍵輪には、いくつもの鍵がぶら下っている。どの鍵がはまるのか解らず、ルカはかたっぱしから錠穴に挿し込んだ。

ガチャガチャと、静かな地下に金属音が鳴る。その音が、流石に気になったのだろう。牢の中で膝に顔を埋めていたシセが、ゆっくりと顔を上げた。

視線を感じたが、ルカは手を止めなかった。七つ目の鍵を試し、未だ鍵が開かないことに苛立ちを覚える。

「ルカ」

シセの声が聞こえたのは、九つ目の鍵を挿してからである。

まだ、鍵は開かない。だが、ルカには反応する余裕がない。

「どうした？　気が変わって、俺を殺す気になったのか？」

シセは座り込んだまま、呑気に首を傾げている。ルカはちらりと視線を送ると、すぐに鍵を試す作業に戻った。

「どうしたルカ？」

「少し黙っていてくれ」

ガチャリと錠が開く音がしたのは、十二番目の鍵を挿してからである。鍵はあと二つしか残っておらず、随分運が悪かった。

ルカはちらりと背後を見て、見張りの男が気絶しているのを確認し牢に入る。

「ルカ？」

シセは、まだ事態を理解していない。

「何をしてる？　まさか、深夜に処刑はしないだろう。それとも、地下で俺の時間の感覚が狂っているのか――」

「シセ、お前を連れて逃げる」

放っておけば、シセはいつまでも喋り続けそうである。ルカは無理矢理会話を終わらせたが、シセは直接的な言葉を聞いてもなお、ルカの行動を理解していなかった。

「逃げる……？」

まだ床に座ったまま、シセは眉を寄せる。

「気でも狂ったか」

嘲笑を浮かべ、シセは背を壁に預けて腕を組む。

「どうやって逃げる？　隣の国までひとっ飛びできる、魔法の絨毯でも手に入れたか？」

「残念ながら手に入ってない」

「そうか、それなら空飛ぶ馬か。気づかず悪かった」

「シセ！　冗談じゃない、逃げるんだ！」

「何のために」

未だ立ち上がろうとすらしないシセは笑みを消し、真剣な表情でルカを見る。

「お前にとって、何のメリットもないはずだ。俺を逃して、誰かがお前に金でも払うのか？　もし一生遊んで暮らせる金を約束されていたとしても、リスクが大きい。が、どうせそんな奴はいない。お前が俺を逃す理由はない」

「理由ならある」

ルカはシセの目の前まで来て、膝をつく。

「お前を殺したくない、生きてほしいからだ」

「ルカ。俺に同情しているのなら、そんなものは不要だ」

これほど真剣に伝えているのに、シセは取り合わない。

「鍵の礼がしたいのなら、お前はもう役割を果たしてる。感情的に行動を起こすと、取り返しのつかないことになる。少し頭を冷やせ」

「お前は、義弟(おとうと)と同じことを言うんだな」

「何……？」

「同情なんかじゃない。感情的にもなってない。そんな理由で、この檻の鍵を開けるわけないだろう！」

声を大きくしたせいか、シセが黙る。

痛いほどの沈黙が、地下を支配する。シセの表情が、少し変わった。息を呑み微動だにしないまま、真剣な表情でルカを見る。隠し通路の鍵を受け取って以来、初めてシセがまともに話を聞く態勢になった気がした。

その時間を、無駄にしたくない。

「俺は、確かにお前のことを騙していた。お前がろくな人間だと思っていなかったし、お前に本気で仕えるつもりだってなかった。いつまでこんな仕事を続けるのかと、うんざりしたことだってある。だがお前を見て、一緒に過ごしているうちに……本当に、お前のことが好きになったんだ。お前を守りたいと思ったし、大切にしたいと思った。そんなことを思える立場じゃないと解っていてもだ。本当はあんな形で、お前を裏切りたくなんかなかった。もっといい方法を探したかった。だがそれが叶わなくてこうなってしまった以上、もう他に方法がない。俺と逃げてくれ。このままお前を見殺しにして処刑台に送れば、俺は一生後悔する」

がしりと、ルカはシセの肩を掴む。

「もう一度だけ、俺を信じてくれ。生きてくれ、俺のために」

シセは、沈黙したままである。

シセが何を考えているのか解らず、不安だった。信じられないと言われれば、ルカには言い訳のしようがない。拒絶されればシセを殴り気を失わせて担ぐしかないが、できればそんな手段は取りたくない。

だが、ルカの不安は杞憂に終わった。

「お前は、本当に変わっているな」

シセが、無表情のまま口を開く。

「お前は演技が上手すぎる。だからお前の言葉が本心なのかどうか、よく解らない」

「シセ、俺は――」

「だが正直なところ、どちらでもいいんだ」

灰色の目が、まっすぐにルカを見る。

「別に嘘でも良かった……というと、少し語弊があるな。お前の正体を知ったときは、流石に傷ついた」

シセは、肩を竦めて苦く笑った。

「だが、どちらでもいいというのは本当だ。俺が見てきた真実は、必ずしもいいものばかりじゃなかった。時と場合によっては、偽物の方が優しくて居心地がいいこともあるだろう。例えば、お前がそうだった」

深く息を吐き、シセはゆっくりと瞬きをする。

「だから、偽物でもいい」

シセが、ルカに向かって手を伸ばす。

ルカは強く、シセの手を握った。今シセをこの牢から連れ出すには、その言葉と手だけで十分である。

「夜のうちに王都を抜ける」

外の見張りが交代のタイミングを見計らい、監獄塔を出た。出る直前に、荷物から大判のスカーフを引っ張り出してシセに被せた。青と緑を混ぜたようなそれが、シセの汚れた顔と衣服を覆う。

今夜は、月も出ていない。しばらくの間、闇に紛れるくらいはできるだろう。

「夜に王都を抜けるのは賛成だが、どうやって抜ける？」

顔を隠したシセと横並びに歩いていると、シセがちらりとルカを見る。

「今は王都の門にも、見張りがいないのか？」

「いや」

この街の唯一の出入り口は、今も検問をしている。それに街を歩き続ければ、ルカを見知った人間にも出会（でくわ）すだろう。正攻法で街を出るのは、あまり現実的ではない。

「俺はやっぱり、空飛ぶ絨毯が必要だと思うんだが」

シセが軽口を叩けることに、ルカは少し安心した。

「地下を抜ける」

「地下？」

「王宮まで、地下から水を引いているだろう。この王都の地下には、巨大な水路が張り巡らされている。水路を辿れば、王都を抜けて川まで辿り着ける」

「だが、地下は迷路のようになっているだろう」

確かに水路は巨大迷路のようになっていて、安易に足を踏み入れれば迷子になる。

「それに灯りもない。誰かに見つかることはないかもしれないが、そもそも出られない確率の方が高いんじゃないのか？」

「その心配はない」

ルカはシセの腕を引いて通りを右に折れる。

「地下の水路は、大体把握してる。今はあちこちが封鎖されて点検口しか入ることができないが、昔は地下に下りられる場所がたくさんあったんだ。立ち入りは禁止されてたが、子供の頃は遊び場にしてた。王宮に繋がる通路は鉄柵で封鎖されてるが、王都の外に出るための通路は知ってる」

説明すると、シセはそれ以上の質問をやめた。シセには、城下の知識がない。潔く、ルカに任せようと思ったのだろう。

やがて地下水路の点検口の一つにたどり着くと、ルカは地面にある鉄の扉を開いた。昼間のうちに点検口をいくつか確認して、鍵を壊してある。

真っ暗闇の地下に、まずはシセを先に下ろす。ついで周囲を確認しながらルカも続き、用意しておいたランタンで地下を照らした。

「暗いな」

「足元にだけ気を付けてくれ。道は解る」

地下の道は、細い。基本的に水路が中央に走っているため、人が歩く幅は一人分しかない。ルカが照らしながら前を歩き、間を開けずにシセに付いてこさせる。少しでも離れれば視界が悪くなるし、はぐれたら本当に迷子になる。

ルカは十歩進むたびに、後ろを振り返った。

暗くて、あまりシセの表情は見えない。だが珍しく、不安そうな顔をしている気がした。

真っ暗闇を二十分ほど歩くと、やがて少し広い通路に出る。水路は街の中心に向かうほど細く複雑になり、遠ざかるほど単純で広くなる。つまり広い道は、街の中心部から遠ざかったことを意味している。次の通路を折れれば、王都を囲む塀に行き当たる。

「あと少しだ」

ルカが振り返り、シセに手を伸ばしたその時である。

シセの手を取り引き寄せたところで、ルカは遠くに灯りを見た。

この暗闇に包まれた地下で、本来存在するはずないものである。まだ距離はあるが、光は小さく揺れ動いている。誰かが手に持っている証拠だろう。

「ルカ？　どうした？」

遠くを凝視したまま動かないルカに、シセが尋ねる。

だが、ルカはシセを抱き寄せることしかできなかった。シセを腕の中に収め、懐に忍ばせていたピストルに手を伸ばす。

灯りは、一つである。それはこの状況では朗報と言えるが、しかし確実に、ルカたちの方向に近付いている。

（見つかったのか）

ルカは焦った。

相手が、何者なのか解らない。此処で捕まるわけにはいかないが、撒くことも難しい。この地下で灯りもなしに進むのは、自殺行為である。だが灯りを付けていればどれだけ逃げても、必ず追い付かれてしまう。

（殺すしかないのか）

灯りがひとつの内に仕留めれば、これ以上追手が増えることはないかもしれない。だが地下に銃声が響けば、仲間を引き寄せてしまう可能性もある。

迷いながらも、ルカは撃鉄を起こしたピストルを光に向ける。光の先から声が響いたのは、その瞬間である。

「兄貴！」

声は、まだ遠い。だがその声の主が誰なのかくらい、その言葉が「兄貴」ではなかったとしてもルカには解る。

「兄貴、そこから動くな」

ルカはピストルを下ろし、腕の中のシセを離し一歩後ろに下がらせる。念のため、振り返って背後を確認した。だが前方から来るもの以外に、光はない。ということは、ネスタはひとりでルカを追ってきたことになる。

ネスタには、何も伝えていなかった。だが一度シセのことで言い合いになっているし、ずっと気にしていたのかもしれない。

「兄貴」

再び声が聞こえた時には、互いの持つランタンで顔が解る距離になっている。

「追ってきたのか」

「兄貴、自分が何をしてるか解ってるのか？」

一定の距離を保ったまま、ネスタは眉を寄せルカを問い詰める。

「裏切りだ。許されることじゃない」

「解ってる」

「解ってないだろ」

「解ってる。解ってやっているんだ。頼む、見逃してくれ」

「何も解ってない！　もう二度と、この街に戻れないんだぞ！」

勢いに任せネスタが一歩前に踏み出したせいで、手にしていたランタンが揺れた。ゆらゆら揺れるそれに、地下が揺れているような錯覚を覚える。

ルカは、何も言わなかった。ネスタの怒りは理解できる。ネスタが持つ感情が怒りだけではないことも、勿論理解できる。

「この街には、兄貴の大切な姉さんだっているだろ。親父はあんなに、兄貴が戻ってきたことを喜んでた。兄貴を誇りに思ってるんだよ。俺だって兄貴が誇りだ。兄貴がいなくなったら、親父も姉さんも悲しむ。もちろん俺もだ」

ネスタの声は悲痛になり、眉間に刻む皺はどんどん深くなる。

「頼む兄貴、戻ってきてくれ。今なら俺が何とかする。そいつの命と引き換えに、兄貴の処遇はどうにかできる。だから行くな」

できれば、義弟の願いを聞き入れたい。もちろん義父も姉も悲しませたくない。だがルカはもう、シセの手を取ると決めている。

「すまない」

ネスタと揉み合いになれば、ネスタをねじ伏せ、それでも前に進まなければならない。

ルカは無言のままネスタに背を向け、シセの手を引いて水路を歩き出した。

「兄貴！」

ネスタの大きな声が、背後から水路に響き渡る。

だが、ルカは反応しなかった。別れの挨拶すらまともにできないことが、辛くないわけではない。だが留まっても振り返っても、何かが変わるわけでもない。このまま、これが最後の別れになるだろう。

ルカはそう思っていたが、しかし進めようとした足を止めた。シセがルカを引き止めるように、握る手を強く引いたのである。

止まれ。

そう言われている気がした。

促されるままに振り返ると、ネスタはその場から動いていない。

「明日には追いかける」

ネスタは瞬きもせず、じっとルカを見る。

「そいつの兄貴たちを、絞首台に連れて行く。あいつらの処刑が終わったら、次はそいつだ。運命は変えられない。兄貴が何処まで逃げてもだ」

ランタンが、ネスタの顔を照らしている。光は赤いのに、ひどく青い顔をしている。

「すぐに追いつく。そうなれば、結局そいつは死ぬ」

「解ってる」

このまま行っていい、とはネスタは言わなかった。

だが、同義のことを言われている気がした。

「ありがとう」

ルカが返せたのは、その一言だけである。あとはネスタに背を向けると、再びシセの手を引いて歩き出した。

＊　＊　＊

王都の壁は、目と鼻の先である。

「目的地は、隣国の都市リングヘルムだ。首都から遠くもないし、静かで落ち着いてる。程よく田舎で、住むにはいい環境だ」

ルカは、地面に木の棒で地図を描く。

「今、越えてきた村がこのあたりだ。このまま西に進むともう一つ村があるが、そこから北に向かうと隣国との国境に出る。が、そこは使わない。山脈が険しいし、獣が多い。国境を越える近道にはなるが、この装備で山越えして街まで向かうのは難しいだろう。だから、そのまま西に向かう」

ルカは丸で描いた村の更に西に、大きなバツを描く。

「此処に、少し大きな街がある。その先の山間にある国境門に行くには此処を通る必要があるから、ひとまず目指すのはこの街だ」

水路を使い予定通り王都を抜けて、二人は大きな川のほとりに辿り着いた。王都からはずいぶん離れており、これほど遠くまで水路が続いていたことをルカは初めて知った。

水辺で休憩して、シセを着替えさせる。事前に調達していた、薄い朱色のシャツと白いパンツである。シセは地下牢で薄汚い麻の服を着せられていた。着替えの服も素材は麻だが、囚人服よりはずっといい。

「着心地がいいな」

「馬鹿を言うな」

シセは気にせず着替えていたが、王族が着るような素材ではない。お世辞にも着心地がいいとは言えないはずだったが、シセは妙に楽しそうだった。

荷を整え身なりを整えてから、二人は村を二つ越えた。

一つ目の村で食料を調達し、ついでに馬を盗んだ。このまま徒歩で隣国まで向かうのは、現実的ではない。明日には追いかけると言ったネスタの言葉が本当なら、一刻も早く王都から遠ざからねばならない。

大きな岩があり人目につかない場所を選んで、野宿をした。宿に泊まるには、王都から近すぎる。

辺りは見渡す限り、白と橙、それに紫の小さな花が敷き詰められている。唯一ある大木に馬の手綱を結び付けると、馬は美味そうに花と草を食べた。

「今日は疲れただろう」

古い倒木に座り込むシセに、掛けてやるブランケットすらもない。気候的に寒くないのが救いだが、灯りもランタン一つで心許ない。

「ゆっくり休めるような場所じゃなくて申し訳ないが、少しでも休んでくれ。明日はまた歩くことになる」

少しでも安心させようと、ルカは座ったままシセの頬に手を添え、唇を寄せる。

だが唇を甘く噛もうとして、その直前で止めた。目を閉じていたシセは、ゆっくりと目蓋を上げる。

「どうした？」

シセが何度か瞬きをして、まつ毛が目の前で揺れる。

「そこで止めるのか？　空気を読まない奴だな」

「シセ」

ルカはシセから手を離し、横に座り直す。

「お前は俺の手を取った時、『偽物でもいい』と言っていたが」

あの時は時間の都合上仕方なかったが、今もシセの意思をはっきり聞いていない。

「もし本当に俺が今も嘘をついていると思っているのなら、そうじゃないと、誤解を解いてからにしたい。俺が言うのも何だが、いつまでも曖昧な関係でいたくない」

こうなってしまったのは、ルカのせいだろう。ルカのせいでシセを不安にさせ、寂しい思いをさせた。だからこそ、もう同じことを繰り返したくない。

だが当のシセは、それほど深刻に受け止めていないようである。

「お前は本当に真面目だな」

シセは吹き出し、心底おかしそうに笑った。

「今でもお前の演技は、立派なものだったと思ってる。舞台に立てば、いい役者になれたかもな。だが弟とあんな別れ方をしてまで、お前が演技を続けるとは流石に思わない。お前が嘘をつけたとしても、弟の方は得意そうには見えなかった」

「あいつは――」

「嫌な別れ方をさせたな」

シセは手を伸ばし、ルカの頬に手を添える。

「いい弟だ。お前に少し似ている」

「ネスタとは、血の繋がりはない」

「でも、お前に似てる。俺を殺したかったようだが、根は悪いやつじゃなさそうだ」

シセは言い終えるなり、ルカの唇に自分のそれを寄せる。

「誤解を解いたらしたかったんだろう？」

キスは、触れるだけの短いものだった。ルカは驚いたが、シセはそれが面白いのかまた笑っている。思わず、ルカも顔を綻ばせた。

だが、ルカがしたかったキスはそんなものではない。ルカはシセの頬に手を添え、唇を甘く噛み舌を差し入れた。シセは、素直に応える。そのままシセを抱くように地面に押し倒すと、敷き詰められていた花の花弁が舞った。

花の匂いに包まれながら、何度もキスをする。

「ルカ、くすぐったい」

花が頬に当たるのか、シセは手を伸ばして抱き起こすよう促してくる。ルカが素直に抱き寄せると、シセの髪にはちらほらと花弁が付いていた。橙色と紫の小さな花びらがシセの銀の髪に映えて可愛らしいが、そのままにしておくわけにもいかずルカは花を払う。だがシセはじっとせず、ルカに体重を預けて抱きついた。

「シセ、花が髪に絡まる。動くな」

「その方がいいな」

シセはくすりと笑って、不思議なことを言う。

「何の話だ？」

「その、呼び方だ。『様』はない方がいいし、敬語もない方がいい。侍者を気取るお前も悪くなかったが、あれは少し疲れた。だからその方がいい」

確かに、いつのまにかシセへの敬語が取れている。元々裏で「シセ」と呼んでいたせいもあるだろうが、牢から連れ出すのに必死で、そんなことに気が回らなかった。

「もっと、名前を呼んでくれないか」

シセは少し顔を上げ、上目遣いにルカを見る。

「お前に名前を呼ばれるのが好きなんだ」

「シセ」

ルカはシセの要望に応えながら、額にキスをした。

「これからも、何度でも呼んでやる」

鼻の頭に吸い付き、甘く噛んで唇にも吸い付く。

「シセ、好きだ」

気持ちよさそうにキスを受けるシセに応えるように、ルカは深く口づける。滑る舌を絡め、とろけるような甘い唾液を交換する。何度も繰り返していたが、シセが少し苦しそうにしたため、ルカは漸く唇を離した。

「シセ、愛してる」

一呼吸置いて、ルカは再びキスの続きをする。だが、シセがそれを両手で止めた。

「ちょっと待て」

そういう雰囲気だったのに、どうして止められたのかルカには解らない。

「何なんだ」

「そういう恥ずかしい言葉は言わなくていい」

見れば、シセの顔は赤くなっている。敬語で話さないのは良くて、キスも良くてセックスもいいのに、情愛をストレートに伝える言葉は恥ずかしくて駄目らしい。

「シセも変わってるな」

思わず、ルカは笑った。

「普通、此処は顔を赤くして喜ぶところだ」

「普通じゃなくて悪かったな」

「悪いとは言ってない。シセが普通の人間で普通の王子なら、こんなに好きになってない」

ルカはシセの腰を抱いて喉元にキスをする。

「だから、そう拗ねないでくれ」

「拗ねてない。お前の思い上がりだ」

「そうか?」

「そうだ、この不敬者め」

シセは王子らしく、人を小馬鹿にしたところがたまにある。だがそれが可愛らしいと思えるほどに、今はシセがたまらなく愛おしい。

陽が沈み空が真っ暗になると、二人は倒れた木を枕に地面に横になった。

今日一日、色々なことがあった。疲れているはずなのに、興奮と不安があるせいかすぐに眠ることができない。

シセと横並びに満天の星を眺めながら、これから先のことを考える。

計画的に、街を出たわけではない。逃げる先を決めてはいるが、逃げた先のことは考えていなかった。

「シセは、何かしたいことはないのか?」

星から目を逸らし、ちらりとシセに視線を向ける。

「したいこと？」

「ずっと、王宮で窮屈な暮らしをしていただろう」

夜目に慣れてきて、星の明かりで僅かながらもシセの表情が見える。

「折角外に出たんだ。何か、したいことはないのか？」

「したいことか」

シセは空を眺めたまま、小さく息をつく。

「あまり、考えたことはないな。機会があれば妹の顔を見たいとは思うが、この状況ではそう簡単にはいかないだろう。そもそも王宮の外に出る日が来るとは思っていなかったし、長生きするつもりもなかったんだ。解らないな」

「長生きするつもりがない？」

「あんな王宮の中にいて、長生きしたいなんて思うと思うか？」

シセは自嘲ぎみに笑う。

「実のところ、処刑自体に恐怖はなかった。漸く兄が死ぬと思ったら、気分が晴れたくらいだ」

「おい、シセ」

「勝手に悪い方に想像するな。今はそうは思ってない」

少し笑って視線を向けてきたシセに、ルカは安心する。

「そうか。それなら、これからはせいぜい長生きすることを考えてくれ」

「長生きか」

シセは腕を頭の後ろで組み、空を見る。

「王宮の外で生きることを、あまり考えてなかったんだ。長生きするなら、これから先何をして生きるかな」

シセの声色は軽く、何処か楽しそうである。

「お前は俺と生きて、何をしたい？」

シセは、ちらりとルカを見る。

「何か、お前がしたいことはないのか？　俺は当面思いつかないから、お前のやりたいことに付き合うのも悪くないと思ってるんだが」

「そうだな。昔は、義父の仕事を継いだ義弟の手伝いをしようと思っていたが」

ルカ自身も、王都の外に出ることなど考えていなかった。義父とネスタに恩を返したいと思ってはいたが、あとはいつか独立しなければと思っていたくらいで、具体的に将来を考えたことはない。

「例えば、酒場を営むというのはどうだ？」

だが幸せの一つの形を考えた時、ふと姉の姿が思い浮かぶ。姉は貧しくともいつも笑顔で、夫と暮らすことが幸せだと語っていた。

「俺の実姉は、王都の西地区で酒場をしているんだ。以前、お前が通っていた酒場よりは小さなものだが。それでもそれなりに賑わっていて、姉は旦那と二人で楽しそうに店を切り盛りしてたよ。そうだな……シセと二人で酒場を営むなら、俺が飯を作って、シセが踊る。そういう役割分担がいいかもしれない」

「お前が料理？」

「ああ」

「料理なんてできるのか」

「義父の家には女手がなかったからな。俺が作ることもあった」

「そうなのか」

意外だ、とシセはまじまじとルカを見る。

「成程。俺はお前のことをあまり知らないな」

「それはお互い様だ」

ルカは、ふっと笑う。

「お互い、嘘も多かった。だがこれから知っていけばいい。時間はいくらでもある」

空に星が流れた。いくつも流れる星の数を数えていると、やがて眠気に襲われ、どちらからともなく眠りについた。

＊　＊　＊

翌朝。

シセが目を覚ますと、既にルカは起きていた。

頭にスカーフが掛けられている。日差しを遮るためにルカが掛けてくれたのだろう。お陰様で、随分呑気に寝入ってしまった。

のそりと起き上がると、相変わらず白やオレンジの花が絨毯代わりとばかりに敷き詰められている。これがピクニックであれば、実に気持ちいいことだろう。

だがシセは花を愛でるためではなく、逃げるために此処にいる。遠くに見える道には、人も獣もいない。時間は解らないが、陽の高さからしてまだ早朝だろう。

「早いな」

「前から俺の方が早く起きていただろう」

ルカは近くの倒木に座って、手元で何かを作っていた。だがシセが起きたことを確認すると、手を止めシセのもとまで来た。

「もう少し寝ていても良かったが」

「いや、もう目が覚めた」

「そうか？　今日は、途中で馬を捨てて歩く。疲れるだろうから、もう少し休んでいて構わないが」

ルカは昨日と同様、落ちている枝を拾うと、地面に図を描き始める。

「王都が此処、現在地が此処だ。此処からまっすぐ西に向かうと、途中、北と西に分岐する道がある。北の方が国境が近いから、追手がいるならそちらにも多少流れるだろう」

「国境まで、あとどのくらいなんだ？」

シセも同じように枝を拾い、現在地と言われた点からルカの示す国境まで線を引く。

「この地図だと、まだ四分の一も進んでないだろう。このままずっと歩き続けるのは、流石に危険なんじゃないのか？」

「ああ、だから今日中にこの中間地点にあるアルカジという街まで行く」

ルカは枝先で、丸を描いて示す。

「治安の悪い街だが、入り組んでいて一度入ってしまえば簡単には見つからない。いずれにしても、国境に向かうにはこの街を抜ける必要があるから丁度いい。ちなみに、この街に入る前に馬を放す。そこからしばらくは歩きだな」

「馬を放す必要があるのか？」

「ああ。どうせ盗まれるだろうからな」

ルカは肩を竦める。

「そのくらい、治安が悪いんだ。王都から遠ざかれば治安が悪くなるのは当然だが、アルカジは隣国との国境にも海にもそれなりに近い。行商人が立ち寄ることが多いせいで、金目のものを狙った窃盗団が出るんだ。余所者は、ただでさえ目を付けられやすい。だから、目立たないに越したことはない」

「成程」

「シセも、もう少し見目を悪くした方がいいかもしれないな」

「見目を？　どうして」

「顔が整いすぎていて目立つ」

ルカは枝を投げて立ち上がると、シセの頭をぐしゃりと撫でて乱した。シセがぼさぼさになった頭を振って元に戻していると、その間にルカは何かを取りに行った。

戻ってきたルカの手元を見ると、小さな花の輪がある。

「何だそれは？」

ルカが立っているため、丁度シセの視線の高さに花がある。よく見ると、先ほどシセが目覚めた際にルカが手にしていたものだった。

「花……？」

「ああ、オモチャみたいなものなんだが」

ルカは苦笑して腰を落とすと、シセの左腕を取る。

「ブレスレットだ。俺が渡したものは、王宮が襲われた時に失くしたんだろう？　仕方がないとは言え、少し寂しくてな」

だから地面に咲く小さな花をつなぎ合わせ、シセのために腕輪を作ったと言う。ルカは花の茎と茎を丁寧に繋ぎ、シセの手首に大きさを合わせる。

「落ち着いたら、ちゃんとしたものを贈ろう。それまでの代わりだと思ってくれ。その花が枯れるまでには、国境を越える」

ブレスレットをアイシスに託したあの日、自分の腕に再び腕輪が嵌まる日が来るとは思っていなかった。手放した時は寂しい気持ちになったが、その寂しさすらも死と共に消え去るものだと信じていた。

それなのに今、またルカから贈られたものが腕に嵌まっている。

「嬉しい、ありがとう」

花輪の嵌まった左手首を、シセは右手で取ってまじまじと見る。

「今度は大切にする」

「すぐに枯れる花だ。大切にするようなものじゃないが」

「実は前にお前から貰ったものは、アイシスにあげたんだ」

「アイシスに……？」

想像していなかったのだろう、ルカは目を丸くする。

「そう、だったのか。確かに、ああいうものが欲しい年頃なのかもしれないが」

「というのもあるが、彼女なら大切にしてくれるだろう。絞首台まで俺が肌身離さずということも考えたが、誰かに壊されるくらいなら、大切にしてくれる人間に託そうと思ったんだ。勝手に手放してすまないな」

「いや」

ルカはシセの左手を取り、甲にキスをする。

「それなら仕方ない。確かに、アイシスなら大切にしてくれる」

右手の指先で、シセは花輪を撫でる。可愛らしい贈り物が嬉しくて、少し申し訳なかった。

ルカは、いつもシセの心の隙間を埋める優しい言葉や、贈り物をくれる。その優しさに救われてきたが、シセからは何も返すことができていない。

「お前には、いつも与えられてばかりだ」

「与える与えない、という関係じゃないだろう」

「そうだとしても」

ルカに、何度も救われてきた。だが、救われるだけの立場でいたいわけではない。

「いつか自分で稼いだ金で、お前に贈り物を返したい。与えられてばかりは癪だからな」

「そうか」

ルカはおかしそうに笑って立ち上がる。

「それなら、楽しみにしておこう」

徐々に、陽が高くなる。そろそろ、足を進めなくてはならない。

それから更に西に進むと予定通り馬を放ち、そこからは荒野を歩いた。

王都からは、随分遠ざかっている。通ったのは小さな村ばかりで、治安がどうこうということはない。だが、目に見えて貧しかった。

「できるだけ顔を出すなよ」

陽が落ちアルカジの街に入る時になって、ルカはシセに顔を隠すよう促した。

シセは従った。風と土に晒され汚れてきた青緑のスカーフを頭から掛け、できるだけ表情が見えないようにする。

スカーフの間から街を見ると、「治安が悪い」と言われた通り異様な雰囲気があった。

廃れているというわけではない。建物は石造りの立派なものだし、中からは灯りが漏れている。酒場は王都と同じように賑わっているし、夜にもかかわらず子供から老人まで人通りが多い。

だが根本的に、王都とは違っていた。路上に座り込み物乞いをする老人もいれば、窃盗を働く子供もいる。裏通りで見かけた娼婦は汚いドレスを纏い、濃い化粧を擦り付けるように男を誘っている。中には少年少女の姿もあり、シセは思わず顔を歪めた。

「何度か、取引の付き添いでこの街に来たことがある」

横並びに歩いていると、ルカが周囲の店々に視線を向けたまま口を開く。

「その時より、ずっと空気が悪い。この街は、余所者から金を毟ることを生業にしてる連中が多いんだ。あそこにいる娼婦も、たぶん元々はこの街の人間じゃない。攫われてきたのか、街で取っ捕まったのか……とにかく、俺から離れるなよ」

シセがちらりと周囲の店に視線を向けていると、どん、何かにぶつかる。慌ててぶつかったものに視線を向けると、子供が抱きついていた。

「どうしたんだ？」

シセはできる限り、優しい声を掛ける。だが返事を待たずに、ルカが子供を引き剥がした。

「近寄るな、散れ！」

威嚇するように服を掴んで投げ飛ばすと、子供は慌てて走り去った。

「ルカ、子供だぞ」

「スリだ」

ルカはさり気なく、懐に入れている金を確認する。

「ああやって一人の子供が抱きついている間に、別の子供が金を盗む。そういう教育をされてるんだ。教育したのが親なのか、窃盗団のボスなのかは解らないが」

逃げて行った子供を目で追うと、今度は中年の男に抱きついている。同じように男も子供を剥がしていたが、繰り返しているということは、何分の一かの確率で成功することもあるのだろう。

「シセ、宿に行く前に食事にしようか」

ルカは立ち止まり、小さな食堂を指で指す。

「ずっと、干し肉と乾いたパンだった。温かいスープでも貰おう」

ルカに手を引かれて、シセは頷いた。

店の中に入ると、外ほどの異様な空気はなかった。王都で見た酒場とさして変わらず、カウンター席が五つとテーブル席が六つの普通の食堂である。

店員に案内され、二人は奥の席に通される。

注文は、ルカが適当にした。メニューを見たが、シセには馴染みがない。ルカの注文がどんなものなのか解らなかったが、出てきた食事はそれなりに美味かった。

ひよこ豆のペーストに、鶏レバーとペッパーを混ぜてペーストにしたもの。タマネギ、ピーマン、挽肉を数種類のスパイスで炒めたもの。羊肉を、練り胡麻とトマトソースで煮込んだもの。それらを薄く柔らかいパンに挟んで食べる。スープは野菜だけを煮込んだシンプルなもので、塩胡椒とクミンの味が濃くさっぱりしている。

久しぶりのまともな食事だった。温かい食事は、やはりほっとする。それが、表に出ていたからかもしれない。

「少し、これで元気になってくれるといいが」

ルカが手を伸ばし、シセの口元に付いていたソースを拭う。

「今日はゆっくり寝て、明日の朝にはこの街を発とう。馬を買って走らせれば、国境までは二日と掛からない」

自分も疲れているだろうに、ルカは疲労を表に出さない。それが申し訳なくて、シセは努めて明るい表情を作る。だが、長くは続かなかった。

「昨日、また王都で王子が処刑されたらしい」

後ろの席で、客が大声で話している。酔っているのだろう。一緒にいる男は「おお」と声を上げ笑った。

「これで、王族も終わりだ。新しい時代の幕開けってわけだな」

「何、どうせこの街は何も変わりゃしねぇよ。お前だって同じだろ？　王が死のうが山が噴火しようが、どうせこの街で酒を飲むだけだ」

「ははっ、違いねぇ」

男たちは馬鹿笑いして、店の主人に酒の追加注文をする。

「アルマとイルードが死んだのか」

シセはルカの方を向いたまま、目を細めて声の方に視線を送る。

あれほど兄の死を望んでいたのに、いざ聞いてみると然程の感動はない。

「これで、残る王族は俺だけだ。お前の弟たちは、何がなんでも俺を見つけて殺す必要があるだろう。俺を処刑して、初めて本当の意味で王政が終わる」

「ああ、そうだな。だがそうはさせない」

ルカは席を立った。続いてシセも立ち上がると、店を出ると気づいた店主が片づけに来たため、ルカは少しばかりのチップを渡す。機嫌よく金を受け取った店主に、ルカはついでに馬が買える場所を尋ねた。街のことは、よく解らない。効率よく明日の朝に街を発つには、情報が必要だ。

ルカは店主に礼を言って、店を出る。

その足で、宿に向かった。一軒目に入った宿があまりに高額の提示をしてきたため、ルカは三軒ほど別の宿を回った。

漸く見つけた宿に入ると、部屋はとても二人用の部屋には見えないほど狭かった。ベッドは木製のシングルのものが一つだけで、毛布も驚くほどに薄い。シーツは擦り切れており、使い潰された状態である。

埃っぽかったため、シセは窓を開けた。

二階のこの部屋には、小さいが窓がある。街を見下ろすと夜遅いにもかかわらず子供が走っており、老人が路上に座り込んでいる。一方で大きな鞄を抱えた立派な身なりの男もおり、様々な人間が入り混じっているのが解る。

「もう寝よう」

ルカは荷物をサイドテーブルに置き、シセをベッドに招く。

この部屋には、風呂などという便利なものはない。本当に眠るだけの箱である。

シセは窓を閉めると、ルカのもとに向かった。薄い布団に固いベッドではあるが、野宿よりはずっといい。ベッドは狭いが、ルカに抱かれていれば狭いと感じない。

長旅の疲れと、もうすぐ旅が終わるという安心感。それに心地いいルカの体温が眠りを誘う。先に眠ったであろうルカの寝息を子守唄に、シセも深い眠りに落ちた。

だがシセが次に目を覚ましたのは、朝ではなかった。目を開けたのは、ガン、と重い音が響いたためである。瞬時に目を開けたが、何の音なのかは解らなかった。如何せん、部屋には灯りがない。

だがまさか、直後に窓が割れ人が押し入ってくるとは思っていなかった。

「シセ！」

最初の音で、目は覚めていたのだろう。ルカはシセの手を引きベッドから下りると、ピストルを片手にシセを背に庇う。

追手の可能性を考えた。だが追手なら亭主に頼んで宿を改めれば済むことで、これほど手荒な真似をする必要はない。

目の慣れと外光もあり、相手の影が見えてくる。相手は一人。このまま壁伝いに部屋から逃げた方がいい気もするが、逃げた先に彼らの仲間が待ち構えていないとも限らない。どうすべきか。相手は何者なのか。シセは思案したが、答えを出す前に男の声が部屋に響いた。

「馬を買う金を持ってるんだってなァ！」

ドスの利いた男の声から、相手が金目的の賊だと解る。しっかり視認できたわけではないが、男の手元できらりと光ったのは、恐らくナイフだろう。男は手元で、それをくるくると回している。

昨夜、食堂でルカは馬が買える場所を店主に尋ねた。それを聞いていた人間なのか、あるいは店主が誰かに漏らしたのか。理由は解らないが金を奪われるわけにはいかないし、刃を向けてくる以上交戦するしかない。

ルカも同じことを考えたのだろう。

「シセ、動くなよ」

ルカはピストルの撃鉄を起こし照準を窓付近の男に定めると、発砲した。激しい音と共に弾は男に当たったが、腕を掠めた程度である。だが男が怯むには十分だったようで、痛みに蹲る男にルカは駆け寄り首を横から蹴り付けた。

「ぐあっ」

呻き声を上げて男は床に転がる。ルカは男の腹を蹴り上げ立ち上がれないことを確認してから、もう一人の男にピストルを向ける。だが男がシセに襲い掛かろうとしたため、ルカはシセに当たることを恐れたのか発砲をやめた。

それに銃は遠くからの射撃には便利だが、撃鉄を上げる作業を考えると接近戦には向かない。ルカは銃を捨て、男に殴りかかった。男の手がシセに届く既のところで服を引っ張ると、ルカは男を転倒させる。暴れる男を床に押さえ付け、ナイフを持った手を押さえ付けた。

ルカは必死に腕を解こうとする男の首を絞める。

だが、そのまま賊を無力化することはできなかった。窓際で倒れていた男が起き上がり、背後からルカに斬りかかろうとしたのである。

「ルカ！」

叫ぶと同時に、シセは近くに置いてあったランタンを投げ付ける。ランタンは男の頭に直撃したが、相手を気絶させるほどの威力はなかった。

「ってェ……くそっ」

どれだけ丈夫なのか、男はよろめきながらまた起き上がる。

ルカが一人を相手にしている以上、この男はシセが対処しなければならない。シセは外からの薄明かりしかない中、ルカが投げ出したピストルを探した。だが考えることは相手も同じだったようで、男は床を這うように手を滑らせ、目的のものを探している。

その姿に、シセだけでなくルカも気を取られたのだろう。

「バカめ」

ルカに押さえられていた男は一瞬で形勢を逆転させ、落ちていたナイフを拾ってルカの腕を目掛け突き出す。

「俺らはテメェらより夜目が利くんだよ！」

男が叫ぶと同時に、ぴゅっと血が飛んだ。

「……っ」

「ルカ！」

ルカの呻く声が聞こえ、シセは斬り付けた男に飛び掛かった。だが男はベッドに飛び乗って躱し勢いをつけて跳ね下りると、テーブルにあったルカの荷を掴んだ。

「おい、いつまでやってんだ！　金は奪った、ずらかるぞ！」

這いつくばっていたもう一人が慌てて床から起き上がる。その際目的のものを見つけたようで、ガチャンと鳴る撃鉄の音の直後に、部屋に発砲音が響いた。

シセは咄嗟に顔を背けた。同時にルカの大きな体に抱かれ床に押し倒される。直後に弾に削られた壁の破片が、上からぱらぱらと落ちてきた。

「あばよ！」

男たちは捨て台詞を吐き、窓から闇夜に消える。暫く、人が屋根を走る音が響いていたが、すぐに部屋は静まり返った。荷をすべて盗られてしまったが、もう夜盗が何処に逃げたのかは解らない。

だがその心配より、シセには対処すべきことがあった。ルカは、男に斬られている。

「ルカ、大丈夫なのか」

未だ覆いかぶさったままのルカを、シセは力を入れて起こす。掴んだルカの右腕は、血で滑（ぬめ）っていた。想像したより、傷が深い。

「酷い怪我だ」

「大したことはない」

ルカは腕を押さえ、立ち上がろうとする。

「出血はあるが、押さえていれば止まる傷だ。それより、お前に怪我は――」

ないのか、とルカは言おうとしたのだろう。

だが、その先の言葉は続かなかった。ルカは急に体勢を崩すと、シセの方に倒れ込む。

「ルカ……？」

シセは重いルカを支え、何とかベッドに運ぶ。だがルカの身体は着座の体勢を保てず、ごろりと転がった。力が、まるで入っていない。

「おい、ルカ！」

どうにも、様子がおかしい。とても、ナイフで負傷をしただけとは思えない。

（毒なのか……？）

ルカの腕に触れてみても、よく解らない。部屋は暗く、助けてくれる人間もいない。

敷かれたシーツをびりりと破き、傷口を押さえ、腕を縛った。シセが階下に駆け下り宿の亭主を呼んできたのは、それから間も無くしてのことである。

＊　＊　＊

「毒でしょうな」

ルカの容態がおかしいことを伝え、医者を呼んでもらってすぐ。

老齢の医者は、特に驚いた風もなく言った。

「そういう夜盗が、増えておるんです。最近はこちらも身構えて、スリやら強盗やらに気を付けるようになっているでしょう。だから彼らも安全で確実な手段を取るようになっているというか、いやはや、物騒なものです」

「熱は下がるんでしょうか」

ルカは、高熱に侵されている。ベッドに横になった時はそれほどでもなかったが、シセが医者を呼んで戻ってくると、顔をしかめひどく魘されていた。

高熱のせいか、ルカの意識は朦朧としている。シセはルカの額の汗を拭き、ひとまず腕と熱の治療を医者に頼む。

「このまま高熱が続いては、体力が奪われるばかりです」

「まぁ、そうでしょうな」

シセの不安に反し、医師は随分のんびりしている。

「ただこれという解毒薬はないので、熱どうこうは本人の体力次第ですな」

にべもなく言う老医師に、シセは眉を寄せる。

「体力、ですか。それはその通りですが、解熱剤のようなものはないでしょうか。傷のこともあります。少しでも熱を下げたいのです」

「そうですなぁ。ご所望なら、一応出してはおきましょう」

医師はごそごそと、鞄から茶色い紙の包みを取り出す。

「ああ、ちなみに解熱薬は少々高くなりますが、よろしいですかな？」

医師は包みをベッドに置くと、いやらしい表情で右手を差し出してくる。

シセは苦い思いがした。金を奪われたばかりで、手持ちがない。しかし今のルカの状態を考えると、高額であろうと薬を貰わないという選択はできない。

「金は、用意ができ次第お渡しします。夜盗に襲われ、荷を盗まれてしまったのです」

「それは気の毒なことです。が、私も生活がかかっていますからなぁ。今日の治療代と一緒にお待ちしていますよ」

医師はそれだけ言うと、鞄を持って部屋を出ていく。

シセは無言で見送り、医師を呼んでくれた宿の亭主は深々と頭を下げた。

主人が用意した水差しからグラスに水を移し、口に含むとルカに口づける。ごくりと水を飲んだことを確認し、シセは包み紙をルカの口元に添え粉状の薬を流し込み、再び水を飲ませた。

恐らく、薬草を潰したものなのだろう。緑と茶の細かい葉が混じっている。だがそれが本当に薬草なのか、ただの落ち葉を擦り潰したものなのかは解らない。あの医者の態度からして、あまり効果は期待できない気がする。

「うちの宿に、旅医者の宿泊客でもいれば良かったんですけどねぇ」

と部屋に戻ってきた宿の主人は、頭を掻いて苦笑いする。

「この街には、あれ以上いい医者がいないもんで。私も病気にならないよう必死ですよ。そりゃもう、薬代を毟り取られちまいますから」

眉を寄せて笑う亭主が、良い人間とは思えない。何せ、自分の宿の部屋から銃声がしても、呼びに行くまで顔すら出さなかった男である。だが、今のシセはこの男に頼るしかない。

「連れが回復するまで、こちらの宿を借りても良いでしょうか」

シセは頭を下げる。

「とても、動かせる状態ではありません。また、医者をお願いするかもしれませんし。金は、出来次第お支払いします」

「ええ、いいですよいいですよ」

神妙な面持ちのシセに、亭主は晴れやかに笑い首を縦に振る。

「そんなまさか、夜盗に襲われて気の毒なお客さんを追い出したりなんかできませんからね。そこはもう安心してください。お金だったね、困ったらこの街にはいくらでもお仕事がありますからね。お客さんならきっとすぐに稼げますよ」

何処か含みを持たせた言い方をする亭主に引っ掛かる。

客の不幸を喜ぶかのように笑う亭主が不快だったが、シセは頭を下げるしかなかった。


とにかく、金がいる。

今のシセは、無一文である。隣国まで逃亡するにも、日々の宿代と医師への借金を返すにも、いずれにしても金が必要になる。

だがルカが毒に倒れた翌日は、シセは仕事を探すことができなかった。意識のないルカを一人にするわけにはいかなかったのである。

ルカの意識が戻ったのは、翌日の昼になってからだった。薬が効いたのか、単に毒が薄れてきたのかは解らない。熱はまだ高かったが、それでもシセはほっとした。

「意識が戻ったか」

シセは、額に載せた濡れタオルを絞り直してやる。

「このまま、目を覚まさないかと思った」

「シセ……」

ルカは、うっすらと目を開けぼんやりしている。だが急にはっとして目を見開くと、毛布を剥がし起き上がった。

「ルカ！」

とてもではないが、起き上がれる状態ではない。ルカはすぐに体勢を崩し、頭を押さえて動けなくなる。

「寝てろ。まだ熱が酷い」

「俺は――」

「毒だ」

恐らく、ルカは事態を把握していない。

「賊の持っていた刃物に、毒が塗られていた。何の毒なのかは解らないが、そのせいで熱が下がらない。いや、別の原因の可能性もあるかもしれないが……」

医者が信用できず、正直なところよく解らない。

「いずれにしても、お前が回復するまでは動かない。宿の主人にも了承を得た」

「そんなわけにいくか」

ルカは、再び無理矢理起き上がろうとする。

「こんなところに、長く留まるわけには――」

「ルカ」

ルカの言い分は解るが、シセは了承することができない。

「お前の言っていることは、正しい。確かに、いつまでもこの街に留まるわけにはいかない。だが俺では今のお前を連れては歩けない。解るだろう?」

シセはルカの肩を支え、再びベッドに横たえる。だが、ルカはまだ目を閉じない。

「金はどうする」

ルカは、ちらりと自分の右腕に視線を送る。切られた右腕は医者が消毒して薬を塗り、包帯が巻かれている。

「奪われただろう。この腕の状態を見る限り、医者にも見せたはずだ。それに宿代もある。どうするつもりだ」

「それはどうにでもなる」

シセは即答した。

ルカに、余計な心配をさせるわけにはいかない。それに本当にどうにもならなくなれば、手段が全くないわけではない。

この街で、多くの娼婦を見た。老若男女関係なく、そういう商売がこの街では成り立つのだろう。恐らく、宿の亭主もそれを見込んで「すぐに稼げる」と言っていた。でなければ、無一文のシセ達をいつまでも泊める理由はない。

綺麗事は言っていられないし、今更自分の貞操云々を言うつもりはない。

「アテもある。お前は余計な心配はしないで、早く回復することだけを考えろ」

ルカに毛布を掛け直し、シセは部屋を出る準備をする。目を覚ましたのなら食事を調達しなければならないし、そのために宿の主人に頭を下げなければならない。

「あんな頼りにならない医者の言葉を借りるのは癪だが、最後はお前の体力がものを言う。とにかく寝ろ」

「シセ」

部屋を出ようとしたシセは、しかしルカに呼び止められた。

扉に手を掛けたまま、シセは振り返る。

「何だ」

「馬鹿なことはするなよ」

ルカは何処にそんな体力が残っていたのか、鋭い目でシセを睨み付ける。

「俺が言えた立場じゃないが……馬鹿なことはするな」

「馬鹿なこと？」

「この宿に向かう途中、いろんな連中を見ただろう。お前が盗みを働くような人間だとは思わない。だが、娼婦の真似事はするな。誰も喜ばない」

シセは口を噤む。

まるで心を読まれたような気がして、シセは言葉が出てこなかった。だがルカは、シセが返事をするまでは許さないつもりなのだろう。熱に呼吸を荒くしながらも、シセを睨み続ける。

「わかった」

シセは諦め、ひとつ息をつく。

「身体は売らない。約束する」

「当たり前だ」

「だが、俺はいつもお前に助けられてきた。だからこういう時くらい、俺がお前を支えてやりたい。世間知らずの馬鹿王子で頼りないかもしれないが、少しは俺を頼ってくれ」

ルカは少し驚いた顔をしてから、ふっと笑う。

「馬鹿王子だなんて、思ってない」

「知ってる」

シセは肩を竦め、再び「寝てろ」と釘を刺して部屋を出る。

こういう時だからこそ、ルカを自分が守ってやらなければならない。たとえできることも知っていることも限られていても、ルカを救えるのは自分しかいない。


シセは仕事を探し、近くの宿に雇ってもらえることになった。

宿の仕事と言っても、単純なベッドメイクなどではない。重い荷運びや長く放置されていた物置の整理、それに汚水の溜まっている庭の清掃などである。

人がやりたがらない仕事ばかりで、しかも低賃金。それでも、背に腹はかえられなかった。

「そんな重労働をしなくても、もっと簡単に稼げる仕事を紹介できるんですけどねぇ」

シセが働いていることを知った亭主は、「別の仕事」をシセに仄(ほの)めかす。だが楽をして稼げる仕事などあるはずがなく、いやらしい笑みを浮かべる亭主の提案を「ではありがたく」と受け入れることはできない。

「いえ、暫くは今の仕事を続けるつもりです」

「そうですか？　まぁ借金が嵩(かさ)んできましたらね、紹介させていただきますよ。色々ね、伝手(つて)がありますから」

最後の台詞を言った亭主の目は、笑っていなかった。

折を見て、シセを売り飛ばすつもりなのかもしれない。今すぐそうしないのは、シセが納得した上でなくては逃げ出す懸念があるからだろう。

亭主の思惑はともかく、宿に置いてくれている点はありがたい。だがこれ以上借金が嵩み滞在が長引けば、いつ追い出されても売りに出されてもおかしくない。

三日後、ルカは回復してきたように見えたが、夜になってまた熱が上がった。医者を呼び、再び薬を処方してもらう。効くのかどうかは解らないが、気休めにはなる。

ルカのいる前で金の話はしなかったが、宿を出て医者を送る際、「薬代はこちらで」と想定していた倍の金額が書かれた紙を渡された。

苦い顔はしても、シセは文句を言わない。この医者に文句を言うよりは、医者を変えた方が話が早い。

翌日も、ルカの熱は下がらなかった。

（本格的に金が要る）

まずは医者を変えなくては、どうにもならない。だが良い医者を紹介してもらうには、まずは金の肩代わりをしてもらっている宿の主人に金をチラつかせる必要がある。

シセは、金策に走ることにした。と言っても、シセができることは限られている。昼間は宿で働いており、他の仕事を入れる時間がない。

結局、シセは夜の時間を別の仕事に充てることにした。夜になっても、この街は賑わっている。それは正常な賑わい方ではないが、人通りがないよりはましだった。

細い裏通りを歩くと、物乞いの老人が一定間隔で座っている。その通りを抜けると、バイオリンの音が聞こえてきた。

決して、良い音色ではない。以前シセが通っていた酒場で弾いていた男の方が、多少いいものを使っていた。女が黒い髪を振り乱し、無心にバイオリンを弾いている。

女の前に人だかりはないが、街を歩く人々が時折小銭を投げていた。シセは地面に光る硬貨をちらりと見てから、自分の左腕に視線を向ける。

ルカが作ってくれた花の輪は、もうすっかり枯れている。予定ではこの花が枯れる前に、隣国に着くはずだった。

シセは大きく息を吸って吐く。目を閉じると、バイオリンの音色がすっと頭に流れた。その音に合わせるように、ステップを踏む。

自分の舞が金になるかどうかは解らないが、シセにはこれしか手段が残されていない。

身体が、少し重い。まともな生活をしていないせいで、疲労が溜まっている。だがスカーフを指先で挟み指先をゆっくり宙に向かって伸ばすと、少し身体が自由になった気がした。くるりと一回転すると、スカーフが円を描く。

ゆっくりしたバイオリンの音に合わせて身体を動かし、一度しゃがみ込むとスカーフを宙に投げた。

高く舞ったスカーフは、空中で開いて蝶のように舞う。その動きは街を歩いていた人間の視線を一瞬で集め、シセの手に落ちると同時に視線はシセに留まった。

一瞬、シセは動きを止める。

だが通行人の視線が自分に向いたところを見計らい、酒場で踊っていた時のように舞った。腰を揺らし、立ち止まった男を誘うように近寄り、触れる前に元の場所に戻る。男が一瞬見惚れて立ち止まると、同じように足を止める人間が増えた。

回転するときにちらりと見ると、バイオリンを弾いていた女がじっとこちらを見ていた。視線が合ったのは一瞬で、しかしその瞬間から女は音を変えた。シセの動きに合わせるように、音楽をテンポのいいものに変える。シセは、動きやすくなった。

女は適度な距離でシセに近付き、自分もリズムに合わせるように身体を揺する。シセは髪を振り乱して踊り、足の指先まで神経を行き渡らせ、足先を客に近付け、誘うように引き戻す。

女の弾く曲を、シセは知らない。だが不思議と、クライマックスが解った。周囲の客たちも立ち止まり、手拍子をして盛り上がる。一際高く早い弦の音が響き、同時に音楽は止まった。

シセは、持っていたスカーフを再び宙に投げる。それを掴むと同時に、周囲から拍手が湧き起こった。

チャリンチャリンと、小銭が石畳に当たる音が聞こえる。隣を見ると女が深く頭を下げていたため、シセも頭を下げた。

顔を上げると、集まっていた者たちはすでにその場を離れ、通りは再び薄暗く静かな状態に戻っている。

シセは、落ちている小銭を拾った。

高価な紙幣は落ちていない。だが少しでも手元に金があることが、シセには重要だった。一回の薬代くらいにはなるだろう硬貨を拾い上げ、シセはその場を後にしようとする。

だが立ち去ろうとするシセに、掌を差し出す者がいた。

先ほどの、バイオリン奏者である。

「少し、アンタの分も寄越しな。その報酬は、アタシの協力あってのものだろ？」

確かにその通りだが、僅かな金ですら今のシセには貴重で、正直なところ渡したくなかった。シセは無言のまま小銭を握る。

「ほら、寄越しなって。全部寄越せとは言ってない。アンタのお陰でアタシもいつもより実入りが良かったから」

女に再び手を伸ばされ、シセは仕方なく拾った硬貨を三枚渡す。変なことで、揉め事を起こすよりは良いだろう。

「アンタ、訳アリなんだろ？」

早くルカのもとに戻ろうと女に背を向けたが、女はまだシセを引き止める。

「アタシも金が必要なんだ。明日は、西の通りで弾いてる。気が向いたら来てよ」

女はそれだけ言うと、バイオリンを脇に抱え帰路に着く。

名前は、名乗らなかった。シセは名前くらいはと思ったが、女は無意味だと言った。

女の姿が見えなくなってから、シセは深く息をつく。ひとまず、手元に金はできた。この金を亭主に渡し、別の医者を呼んでもらう必要がある。


だが、話はそう簡単にいかなかった。

金を見た亭主は喜んだが、医者を紹介することは了承しなかった。

「いやぁ、まだ借金があるでしょう。それなのに新しい医者なんて紹介できませんよ」

亭主は首を横に振り、シセの持ってきた金を受け取っただけで何もしてくれなかった。

ルカの熱が下がらないまま、五日が過ぎている。意識を失っているわけではないが、熱に体力を奪われ起き上がる頻度が減っている。食事をするのも億劫なようで、スプーンをルカの口に運ぶたびに食べ物すら受け入れられなくなったらと恐怖した。これ以上熱が続けば、命すら危うい気がする。

（国境まで逃げるどころじゃない）

そのことも、心配ではあった。恐らく、追手が来ていないということはない。ルカの言う通り、この猥雑な街の中にいれば、簡単に見つかることはないだろう。だがもし全ての宿を探せという話になれば、逃れることはできない。何より亭主は、金になると知ればすぐにルカと揃えてシセを差し出すだろう。

（まずい）

時間がなく、金もない。

自分が何も持っていないことを、これほど悔やんだことはない。

せめて、ルカに飲ませる薬代だけでもいい。金が必要だった。王宮での生活は、蹂躙を繰り返した兄を憎み殺したいとすら願っていたが、金に困ったことは一度もなかった。王宮に未練など何もないが、今は一粒の宝石でも持っていたならと思う。

だが、ないものを願っても仕方がない。

翌日も、その翌日もシセは女のもとに向かった。初日こそそれなりに金を稼げたが、毎日同じようにはいかなかった。だが女は気にした様子もなく、淡々とバイオリンを弾き小銭を拾って帰っている。

変化が訪れたのは、シセが街に出向いて四日目のことだった。

シセはいつものように、女に指示された場所に向かった。着くと女は既にバイオリンを弾いており、僅かながら小銭を投げてもらっている。

その横に行こうとして、シセは足を止めた。女から少し離れた場所に、見たことのある影がある。

シセは、思わず身を隠した。通りをひとつ折れ、壁に身を潜めるようにして息をつく。

（あれは、確か――）

ネスタ。

そう、ルカは弟の名前を呼んでいた。

（この街にいたのか）

誰かが、自分たちを追ってくるとは思っていた。だがまさか、ルカの義弟本人が来るとは思っていなかった。

（まずいな）

ネスタ以外の人間であれば、シセの顔もルカの顔もまともに知らない可能性がある。だがネスタは、両方の顔をしっかり認識している。僅かでも視界に入れば、すぐにネスタは気づくだろう。

まずは、宿に戻ってルカに報告をすべきか。

考えて、しかしシセは思い止まった。

ルカに報告をする意味があるかと言われれば、恐らくない。ルカは今高熱に魘されていて、起き上がることもままならない。知ったところで何ができるわけでもないし、余計な心労を与えるだけだろう。

だが、もし逆にネスタにルカの現状を伝えればどうなるか。

（ネスタは、ルカを助けるだろう）

反王政軍にとって、ルカは罪人である。

漸く願い叶って王族を全てひっ捕らえたのに、ルカはシセを逃した。ネスタの仲間は、恐らくルカを許さないだろう。

だが、ネスタ自身はそうではない。

ルカを止めようとはしたものの、結局ネスタは意図的にルカを見逃している。ルカは、ネスタを大切に思っている。ネスタもそれを知っているだろう。シセと兄とは違い、ルカとネスタの間には義理の兄弟ながらも絆がある。

（ネスタなら、ルカを救える）

金もあるし、権力もある。おそらく馬も持っているだろう。王都に連れて戻れば正しい治療ができるし、ルカも回復するに違いない。

「一緒に生きてほしい」

ルカの言葉を、ふと思い出した。

考えたこともなかったが、ルカとなら一緒に生きたいと思った。だがそれがもう叶わないことは、シセも解っている。それなら、今シセがすべきことはひとつしかない。

シセは、隠れていた通りから姿を現した。

最初にシセに気づいたのは、バイオリン弾きの女だった。

「ちょっと、アンタ遅いじゃないか」

女は眉を寄せ、不満げな表情を向ける。

「ほら、始めるよ」

「悪いが、今日でチームは解散だ」

ちらりと女を見て、シセは一言謝罪する。

ネスタがこちらを振り向いたのは、女が「おい！」と不服そうな声を上げた時である。

ネスタの視線はまず声の主である女に向いたが、すぐにシセを捉えた。

同時に、目を大きく見開く。

「お前――」

「ネスタだな」

ネスタが叫ぶ前に、シセは彼を制する。

「抵抗するつもりはない。大人しく投降する。だから、少しだけ話を聞いてくれ。ルカを助けたい」

ルカの名前を出して、ネスタが一瞬でも反応すれば成功すると思った。

ネスタは、ルカを殺すつもりはない。

シセの確信は、間違っていなかった。

「どういう意味だ」

ネスタはシセとの距離を詰め、話を聞く態勢を取ったのである。


シセは、すぐにネスタを宿に案内した。

「少し待っていてくれ」

ネスタを部屋の前の廊下で待たせ、そっと扉を開ける。

中は暗い。シセが僅かに火を入れたランタンで照らすと、やや苦しそうな息をして眠るルカの姿があった。シセは視線で合図をして、ネスタに中に入るよう促す。ルカは明らかに苦痛を伴う呼吸をしており、ネスタは見るなり顔を歪めた。

「これは――」

シーッとシセは人差し指を立て、ネスタの言葉を止める。

「熱が下がらないまま、七日が過ぎてる。体力的に限界だ。とにかく、眠れるのなら寝かせてやりたい」

シセがランタンを持ち廊下に出ると、ネスタは素直に続いた。

ルカの顔だけを確認させ、すぐに宿の外に出る。もし宿の主人に話を聞かれれば、また面倒なことになる。

「あれは、どういうことなんだ」

「毒だ」

裏路地まで来るや否や、眉を寄せて詰め寄ってきたネスタにシセは説明した。

「この街に着いてすぐ、あの宿で夜盗に襲われた。ナイフに毒が塗られてると気づかず、ルカが斬られた。以来、熱が下がらない」

「医者に診せていないのか」

「診せた。だがこの街にはヤブ医者しかいないし、何より金がない。お手上げだ」

「お手上げだと？」

ネスタは、シセの胸ぐらを掴んで壁に押し付ける。

「ふざけるな！　そもそもお前のせいで、兄貴はこんなことに——」

「ああ、解ってる」

シセは抵抗しない。

「その通りだ、反論するつもりはない。俺がいなければ、ルカは王都を出ようなんて思わなかった。俺と出会わなければ、ルカはこんな目にも遭わなかっただろう。まぁ、ルカが俺と出会わなければ、お前たちが王宮を落とせたかどうかは解らないが」

「何だと——」

「まぁ、それはどうでもいい」

ネスタに締め上げられながら、シセは深く息をつく。

「わざわざお前の前に顔を出したのは、何もお前と罵り合いをしたかったからじゃない。ルカを、助けてほしい。そのために必要なら、俺の首を持って行って構わない。それを伝えるためだ」

「お前の首を……？」

「必要だろう。ルカを王都に戻すんだ。土産がいる」

ネスタは、胸ぐらを掴む手の力を緩める。だが、シセの意図は理解していないようだった。

「お前は、命が惜しくないのか」

「そうだな」

やんわりネスタの手を掴み、シセは服から離させる。

「どうせ、ルカがいなければ処刑される身だったんだ。流石にルカを見殺しにしてまで、生きようとは思わない」

今も、生に対する執着が特別強いわけではない。

ルカがいたから、生きようと思った。

ルカが共に生きてほしいと言ったから、生きたいと思った。

だがこのままでは、当のルカをシセが殺してしまう。

「お前には悪いが、このままルカと遠くで、静かに暮らすことができればと思ってた」

野宿の傍ら、ルカと未来を語ったことをふと思い出す。

「そんな幸福な生き方ができるとは思ってなかったが、ルカとならできる気がした。ルカとなら、多少の苦労も楽しそうだとすら思った。だがもう、そんな夢を見る時期じゃない。このまま俺と逃亡を続ければ、ルカは死ぬ。逃亡の末の情死は物語なら悲劇的で美しいだろうが、それは俺の本意じゃない。だからネスタ、お前に助けてほしい」

ネスタは息を呑み、じっとシセを見る。

「俺では、もう助けられない。もう、ルカと生きることはできない。それなら、この価値があるかも解らない王族の最後の命を、好きなように使ってほしい。ルカを生かしたいとは思うが、裏切り者として不遇な人生を歩ませたいわけじゃないんだ。だから少し知恵を働かせて、俺の首を上手く使ってくれると助かるんだが」

どう使うかは任せる。

シセが言い終えると同時に、ネスタは腰に付けていたナイフをシセの首に突き付ける。

シセは動かなかった。

不思議と、牢に閉じ込められていた時より恐怖がない。ただネスタの手が人を殺し慣れているとは思えず、それだけが心配だった。

「お前を殺したら」

手を震わせもせず、ネスタは刃を突き付けたまま口を開く。

「今度こそ、兄貴は俺を許さないだろう」

ネスタの声は、先ほどより落ち着いている。

「でも、きっと俺より自分自身を許さない。兄貴はお前を守れなかったことを後悔する。一生自分が許せなくなる。兄貴はそういう奴だ」

ネスタの表情は、とても人を殺めようとしている人間のものには見えない。

何かを懐かしむような、後悔しているような、複雑な表情をしている。

「俺は兄貴から、お前を助けてほしいと二度も言われていた。二度とも断ったがな」

ネスタはシセの知らなかった事実を語った。

「二度?」

「一度目は、王宮に攻め入る前。鍵を手に入れたばかりの頃、兄貴はお前を逃してほしいと俺に懇願した。だが、俺は聞き入れたふりをして兄貴を騙した。そんなこと、仲間に言える状況じゃなかった。それに兄貴はお前に唆(そそのか)されてるだけだと思った。だから兄貴に黙って、お前を捕まえて牢にぶち込んだ」

目を細め、ネスタは視線を逸らす。

「けど、兄貴は納得しなかった。話が違うと、俺に詰め寄った。だがその時も俺は聞き入れなかった。頼る相手が俺しかいなくて、兄貴は俺に二度も頼ってきたのに。俺は拒絶し続けた。その結果がこれだ」

ネスタは苦い表情で、視線をシセに向ける。

暫く、ネスタは無言のまま動かなかった。だがやがてゆっくりと、手にしていたナイフを下ろした。

「三度も、兄貴を裏切りたくない」

元の場所に、ネスタはナイフを収める。

シセとの距離を一歩取り、人々が行き交いざわつく道に視線を送る。

「ネスタ……」

「俺は元々、お前を殺すためにこの街に来たわけじゃない」

小さく息をついて、ネスタは続ける。

「お前たちを追っていたのは、兄貴を連れ戻すためだ。お前の生死は、正直なところどうでもよかった。兄貴さえ取り戻せれば。どうせ、お前は処刑されたことになっている」

「何……？」

「当たり前だ。捕まえた王族に逃げられましたなんて、言えるはずがないだろう。別の貴族を、お前に見立てて殺した。王族の顔を知っている人間は多くない。王子シセは、世間ではもう亡き者だ」

シセは驚いた。

だが言われてみれば、当然だろう。そんな間抜けな事実を知られれば、新政府の手腕が知れてしまう。時間を掛けて本物を探して殺すより、まずは街を鎮め民衆の心を掌握する方が大切に決まっている。

追手がネスタだけだったのも、そのためだろう。大掛かりに追手を出す必要が、そもそもなかったのである。

「お前はもう、逃亡する必要はない。王都に戻られても困るが、此処より西に向かうのなら、俺はもう関与しない。もちろん、王として帰還するつもりなら容赦はしないが、お前にそんなつもりはないんだろう。もちろん、兄貴もだ」

ルカは二度と、あの地を踏むつもりがない。

そういう覚悟で街を出たのだと、ネスタは知っている。

「だから、兄貴はお前に託す」

ネスタは、懐から皮の巾着を取り出しシセに差し出す。

シセは手を出せずにいたが、ネスタが受け取れとばかりに腕を伸ばしたため、両手で受け取った。

袋は、重かった。開かずとも、それなりの金が入っていることがシセにも解る。

「この街は、行商で何度も立ち寄った。いい医者も知ってる。北の通りにいるジルという女がまともだ。馬が必要なら、アルムという男を頼るといいだろう。その金があれば、立派な馬を一頭は出してくれる。この先の通りを、まっすぐ行ったところだ。すぐに解る」

「お前は、ルカを連れ戻しに来たんじゃないのか」

「言っただろう。兄貴は優しい」

ネスタはもう、シセの前から立ち去ろうとしている。

「そういう人間は、新しい国では生き残れない。これから、俺たちは新しい国を作るんだ。汚いことだってする。そんな中で、兄貴みたいな奴は邪魔になる」

ネスタは別れの挨拶もなく、シセに背を向ける。

「ありがとう」

騒音塗れの大通りに向かうネスタに向かって、シセは声を上げた。

「お前はルカと血の繋がりはないと聞いたが、紛れもなくルカの弟だな」

「俺は明日の朝にはこの街を発つ」

背を向けたまま、ネスタは少しだけ振り返る。

「だが、挨拶はしないつもりだ。長生きしろとだけ伝えてくれ」

長く生きていればいつか会うことがあるかもしれない。

ネスタは言わなかったが、シセはそう言っている気がした。

＊　＊　＊

間も無く、ルカは回復した。

宿の主人には一切話さずネスタに言われた医者を頼ると、老医師とはまったく別の薬を出され、それで三日も経たずにルカの熱は完全に下がった。

ただ長く動かなかったせいで、身体がだるそうではある。

「もう少し此処にいた方がいいんじゃないのか」

体力が戻るまでとシセは言ったが、ルカが拒否したため街を出た。

馬を調達し、二人で乗る。後ろからシセを抱くようにルカが手綱を引き、平原を歩いた。

国境までは、二日かかる。途中、川を見つけ、近くで野宿をすることにした。

以前より、食事がいい。アルカジは汚く荒んだ街だったが、交易商が行き交うため、探せばまともな食材があった。ネスタに渡された金で食料を買い込んだおかげで、野宿は豪華なキャンプになった。

焚き火を燃やし、地面に座って星を眺める。数日前の野宿と同じ空なのに、以前より星が綺麗な気がする。あと一日馬で進めば、国境の街に着く。追手もいない。心配事がなくなったせいで、同じ空が違って見えているのかもしれない。

焚き火の光で顔を橙色に染め、どちらからともなくキスをした。触れるだけだったそれはすぐに舌を絡めるものに変わり、ルカは噛み付くようなキスをしながらシセを原っぱに押し倒す。草木が顔に触れて、くすぐったかった。だがキスが気持ち良くて、すぐに気にならなくなる。

ルカはシャツの裾から手を差し入れ、乳首を捏ねる。もう一方の手でシセの頭を抱え、キスを続けた。

「ン……っ」

此処には誰もいないし、聞いているのはルカしかいない。だが何となく恥ずかしくて、声を飲み込む。

ルカは胸元から腹に手を這わせ、そのままパンツを引き下ろした。焦らすように何度も太腿を撫で、ルカが性器に触れる頃にはシセのそれは反応していた。裏筋をゆるく指先で愛撫されると、もっと欲しくなってシセは身を捩った。

ルカの手はかさついていたが、大きなそれで擦られると気持ちいい。久しぶりのルカをもっと感じたくて、手を伸ばし背に抱き付く。

「はぁ……っ、ああ……っ」

強請るようにキスをして、唇を離した瞬間だけ甘い声が漏れる。

ルカの手は、意地悪く緩くシセのものを扱いている。そのせいで決定的な刺激にならず、シセはもどかしさに自ら腰を揺すってしまう。

深く口づけ舌を絡めながら、ルカは徐々に手淫の動きを早くする。ルカの熱い吐息にすら感じ入り、やがてルカに抱き付きながらシセは射精した。

ルカの手が、シセの精液に汚れる。ルカはそれが目的だったかのように、そのままシセの後孔に手を伸ばす。

シセはルカに抱えられるままに足を曲げて広げ、ルカの指を受け入れる。挿入の瞬間だけひくりと震えたが、節くれだった指が気持ち良くて、無意識に後孔を収縮させてしまった。

ルカの指はすぐに二本になり、三本目が挿入される頃にはシセはまた性器を勃たせていた。ルカはシセの気持ちいい場所を熟知しており、何度もそこを押し潰されるものだからたまらない。

「んあっ、はっ……、ああああっ」

射精したばかりなのに、性器がひくついて先走りを溢す。指だけで気持ち良くて、でも物足りなくて、何より早くルカにも気持ち良くなってほしい。

シセは足を開きルカの指を受け入れたまま、右足を未だ服を乱していないルカの股間に押し付けた。

「ルカ、お前もそろそろ限界なんじゃないのか？」

解りやすく反応しているそこを、シセはぐいと押してルカを促す。回復したばかりだが元気そうな様子にほっとして、嬉しくて、早く受け入れたくなる。

「はやく、お前がほしい」

欲求が抑えられず唇を舐めてルカを誘うと、ルカはふっと笑った。

指を引き抜き、ルカはシセの足を抱えながらパンツを下ろす。軽く扱きながら後孔に勃起したそれを押し当てると、そのまま腰を押し進めた。

「んぅっ」

何度受け入れても、挿入される一瞬は苦しい。

だがすぐに馴染み、もっとルカを感じたくて内壁を収縮させる。それが気持ちいいのか、ルカが「はぁ」と息を吐いて目を細めた。ルカが自分で気持ち良くなっていることに、シセは興奮する。嬉しくて頬を緩めたが、微笑みは長くは続かなかった。

「ンああっ」

がしりとシセの腰を掴み、ルカが腰を打ち付ける。奥までルカの性器を感じて、快楽に目の前がチカチカする。

だが、ルカはそのまま動かなかった。背中の下が固い地面だということを気にしたのか、シセの背中に手を回す。セックスは獣のように激しいのに、こういう気配りと優しさがルカらしい。気持ち良さそうに目を細め熱い息を漏らすルカが愛しくて、シセは手を伸ばしルカに抱きつく。

胸が、ぴたりと密着する。

「ルカ、はやく」

熱い吐息が掛かる距離で強請ると、ルカは律動を始めた。

「シセ……ッ」

「はぁ、あっ、あああっ」

背を反らすと、鎖骨を強く噛まれた。痛みと舌の生暖かさが心地よくて、シセはルカを抱きしめる力を強くする。

やがてルカの動きが一際激しくなり、腹の奥にルカの精が放たれるのを感じた。ルカは出し切るように腰を揺すりながら、片手でシセを支え、もう片方の手でシセの性器を扱き上げる。

シセは、ルカの手の中で射精した。

射精の快楽とルカに抱きしめられる幸福で後孔を締め付けてしまい、ルカのものが反応する。だがルカはそれ以上求めず、シセを抱えたまま横になった。

身体が、互いの汗と精で汚れている。だが土の上で抱き合ったのだから、今更だろう。

深く息をついて空を眺めると、星が流れている。

「ネスタはいい弟だな」

呼吸が整ったところで、シセは口を開く。

「お前の弟、と言う感じがした。いい奴だ」

「そうか」

「お前もああいう家族といた方が、平穏で幸せな人生になっただろう」

シセは天を見上げたままだったが、ルカはごそりと動いてシセを見る。

「いい家族だ。いい嫁を見つけて、またいい家庭を作る。お前にはそういう未来があったはずだ。だからそれを奪ったのが、少し申し訳ない」

「シセ、何度も言うが俺は――」

「いいから、最後まで聞け」

むくりと起き上がり、反論しようとするルカの鼻を摘む。

「だからその分、俺がしっかりお前を幸せにしてやる。そう思った」

ルカは一瞬鳩が豆鉄砲を喰らったような顔をして、しかしすぐにシセを抱きしめる。

「シセ……」

「ああ、幸せにしてくれ」

再びルカも横になり、指先だけを繋ぐ。

ぱちぱちと、薪が燃える音がする。その音を子守唄に、気が付けば眠ってしまっていた。


翌朝は、陽が昇り始めた頃に目覚めた。

出立の前に汚れた身体をどうにかしようと、服を脱いで川で水浴びをした。少しさっぱりした身体にまた汚れた服を着て、馬に乗り目的地に向かう。

平原を抜け草木も生えない荒野に入り、それから間もなくして大きな崖が見えた。崖と崖の間に、細い隙間がある。そこを抜けたところに、国境門があるらしい。

門と言っても、検問をしているわけではない。大軍に攻め込まれないよう崖を活用して作られた門で、旅人や行商人は自由に通行ができるようになっている。

門を潜ると、中は立派な都市だった。スワルドの王都と遜色ないどころか、より賑わっている。

何処からともなく、いい匂いがする。羊肉の焼ける匂いや、トマトをスパイスで煮込んだような酸っぱい匂い。嗅いだことのない花の香りもある。

「何か食べて、身なりを整えよう。もう少しまともな格好をした方がいい。こういう格好だと相手に舐められる」

ルカはこの先は不要だと馬を売り、手にした金で食事をして服を買った。

全ての準備を整えてから、二人は街を歩いた。目的地の隣街までは、馬車で運んでもらうことになっている。まだ出立までは時間があり、街を歩くのは時間潰しに丁度いい。

花を売る店、食べ物を売る店、珍しい生地を売る店もある。スワルドとは少し違う色合いのテントが店先に掛けられ、たまに見たこともないカエルのような肉を売っていて驚いた。

シセは並ぶ店を興味深く眺め、立ち寄った一軒の貴金属店で細いネックレスを買った。

貴金属の店ではあるが、シセが買ったのは金メッキを施された安物である。とても高価なものを買うほどの金はないが、例の街で踊って稼いだ小銭を持っている。

「何か、気に入ったものでもあったのか？」

買い物をしているシセが、珍しかったのだろう。

覗きに来たルカに、シセは買ったものをそのまま着けてやった。首に手を回しチェーンを留めてから、少し離れてルカの頭の先から胸元までを見る。想像した通り、なかなか悪くない。

「お前に似合うと思ったんだ。安物だが、今はそれで許してくれ」

「俺に……？」

「いつか、稼いだ金でお前に何か贈りたいと言っただろう」

シセは、少し得意になって笑う。そういえば、路上で踊って金を恵んでもらっていたことをルカに話していない。

「実は、お前が寝てる間に働いてたんだ。その時の金だ」

「そういえば、何をしていたんだ？　聞いてない」

「それは秘密だ。まぁ、端金(はしたがね)ではあるが。すぐにもっと稼ぐ。楽しみにしていてくれ」

ルカの首に掛けたネックレスを軽く引き寄せ、キスをする。ルカは一瞬目を丸くしたが、すぐに表情を崩した。

「それは嬉しいな。だがそれなら、俺も改めて腕輪を贈らなければならないな」

「え……？」

「左腕だ。何もないのはやはり寂しい」

すぐに贈る、とルカはシセの額にキスをする。

そういえば、花が枯れて気が付けば腕から落ちていた。ルカの看病に必死になって忘れていたが、腕に何もないのは確かに寂しい。

額のキスだけでは物足りなくて、シセはルカの服を掴んで引き寄せ再び口づける。だが一部始終を見ていたらしき店主が店内で固まっていることに気づいて、申し訳なくなってすぐに店を離れた。


夕方になり、馬車が出る時間になって隣町に移動した。馬車と言っても、ほとんど荷車のようなものである。六人ほどが乗り合い、二時間ほどで目的地についた。

先ほどの都市より、落ち着いた町である。黄土色の石畳が続き、同じ色の石で作られた建物が並んでいる。所々に街灯が立っており、恐らく夜になっても真っ暗闇になることはないのだろう。家の窓からは鉢植えの花が引っ掛けられており、洗濯物のロープが伸びている。

確かに生活をするには、先ほどの街より静かで暮らしやすそうである。それに追手がもういないとは言え、国境すぐの街よりは安心感もある。

「綺麗な町だ。知ってる町なのか？」

「ああ。義父が布の買い付けをしていた時、立ち寄ったことがあった」

すれ違う人が、知り合いでもないのに挨拶の声を掛けてくる。ルカが手を上げて応じているため、シセもそれに倣う。

「一度しか来たことはないが、静かで、暮らしやすそうな町だと思った。少し思い出補正もあるかもしれないが、お前を連れて行き着く先は、この町がいいんじゃないかと思ったんだ。気に入ったか？」

「ああ、いい場所だ」

青い空を背景に、教会の鐘が見える。遠くからは子供の声が聞こえ、耳を傾けていると背後から別の子供が駆け抜けていく。

ふと、アイシスのことを思い出した。

王都は、忌々しいことの多い街だった。煩わしいことばかりで、あの街に希望を抱いたことは一度もなかった。だが思い返せば、悪いことばかりではない。

悪い人間もいたが、善い人間もいた。だが恐らくそのどちらの者たちとも、再び会うことはないだろう。

「まずは、住む場所を探そう」

遠くを眺めていたシセを引き戻すように、ルカが声を掛ける。

「町は広い。空いてる部屋もあるだろう。生活できる環境が整ったら、次は店だ」

「店？」

「言っただろう。姉のような店を持ちたいと」

そういえばそんなことを話したと、シセは思い出す。

「お前が飯を作って、俺が踊る？」

「そうだ」

「なるほど、楽しそうだ」

「だろう？　まぁ、それまでは木材運びでも屋根の修理でも何でもやるさ。何事も資本と準備が必要だ。だが、いずれ店を持つ。異論は？」

「ない」

「よし」

教会の鐘の近くを、白い鳥が飛んでいく。何処までも広く青い空は、スワルドの王都までも続いているのだろう。

それから一年後、二人は小さな酒場を始めることになる。

■あとがき■

こんにちは、はじめましての方ははじめまして。片岡と申します。

このたびは数ある本の中から『善き王子のための裏切りのフーガ』をお手に取っていただきまして、まことにありがとうございました。このたび二冊目の書籍となったのですが、こうして発行いただけたのも応援してくださった読者様のお陰です。本当にありがとうございます。

今回は此処ではない何処かのお話となりました。乾きと寂れと混沌の中にある、美しい何か……を感じていただけましたでしょうか。感じていただけるといいなぁ。

個人的なお気に入りは、シセが指輪を口で拾うシーンでした。自分ではない誰かのために膝を折るというのは、いつなんどきでもぐっときます。あと、どんなに穢されても輝きを失わない受けもぐっときます。

ところで、この話はタイトルが決まるまでに三ヶ月くらい掛かりました。最初に仮で付けていたものは担当さんに「ハードボイルドすぎる」と言われ、確かにアル・パチーノさんが出てきそうだなぁと思ったので、綺麗なタイトルに落ち着けて良かったです。

　ということで、今回も担当さんにたくさん負んぶに抱っこして頂いた感がすごいので、こんな重たい人間を最後まで担いでくださってありがとうございましたという気持ちです。大人なのに……大人って難しい。

　また、お話に華を添えてくださったみずかね先生にも感謝しかありません。本当に美しい世界を作ってくださってありがとうございます。実は話を考えていた時からみずかね先生の描かれる美しい世界をイメージしていたので、とても嬉しかったです。

　最後までお読みいただきまして、ありがとうございました。ご感想など、ひとことでもいただけると大変嬉しいです。

　またどこかでお会いできますように。

騎士は王宮の花を支配する
—Dom/Subユニバース—

TSUKIKO YUE
夕映月子

CHOCOLAT BUNKO

ILLUSTRATION Ciel

CONTENTS

Dom/Subユニバースとは？

人間にはダイナミクスと呼ばれる支配力の優劣による力関係が
存在するという海外のFan fictionから発祥した特殊設定のこと。
作品ごとにオリジナルの解釈がある。

D/Sの分類と特徴

Dom
ドム

Subを支配したい
本能を持つ
SMにおけるS

＊Domの主な欲求＊

◆躾&お仕置きしたい
◆褒めてあげたい
◆世話したい
◆独占したい etc...

Swich
スイッチ

Dom/Sub
両方の本能を持つ

＊Swichの特徴＊

両方の欲求を満たしつつ生活する必要がある。Dom/Subの欲求傾向は人によって変わる。

Sub
サブ

Domに支配されたい
本能を持つ
SMにおけるM

＊Subの主な欲求＊

◆躾＆お仕置きされたい
◆褒められたい
◆尽くしたい
◆かまわれたい etc...

Neutral
ニュートラル

Dom/Subどちらの本能も持たない
大多数の人がこれに当てはまる

D/Sは相手を支配・被支配されることにより強い精神的・性的充足が得られる。D/Sの本能には強弱があり、相性もある。どんな欲求を持つかは人によって異なる。

D/Sの欲求は趣味嗜好ではなく、生得的な本能であり、定期的に“プレイ”をして発散する必要がある。欲求が満たされない場合は、心身に異変をきたし死に至るケースもある。

D/Sのプレイは相互関係であり、どちらかが満たされなければもう一方も満たされない。

プレイ
Play

DomとSubの間で行われるSMに類似した特殊なコミュニケーションのこと。必ずしも性行為を伴うものではない。

プレイをコントロールするのはDomであり、Domの“命令”にSubが従うことでお互いの欲求を満たすことができる。

命令
コマンド

DomがSubに対してする命令や指示のこと。
代表的なものに「跪け」や「おいで」などがある。
当人同士が認識していれば動作のみでも命令になる。
どの命令がご褒美になり、お仕置きになるのかはSubによる。

セーフワード
Safe word

プレイに耐えられないと感じた時にSubが発する合言葉のこと。
Domは行為を中断しなければならない。

グレア
Glare

Dom特有の能力で視線による威圧のこと。
Sub相手にはお仕置きになり、Dom相手には威嚇になる。

ケア
Care

DomがSubを褒めたり、スキンシップをとり肯定すること。ケアを怠るとサブドロップに陥りやすくなる。

サブスペース
Sub space

主にSubがプレイ中に体験するトリップ状態のこと。サブにとって至高の法悦だと言われている。

サブドロップ
Sub drop

Subが強いグレアを浴びたり、プレイを強要された場合などに陥るバッドトリップ状態のこと。

パートナー
Partner

DomとSubが、互いを束縛しあうための契約。
Domは自分以外がパートナーのSubを支配することを決して許さない。
Subはパートナーができると、
パートナー以外のDomの支配を受けにくくなる。

1

よく晴れた日だった。春のうららかな陽光が高い窓から差し込んで、白と金を基調としたクレイバーンの王宮の廊下をキラキラと満たしている。

行き交う宮廷人たちの足音と話し声が、高い天井に響いていた。廊下の突き当たりで、若い官吏二人が立ち話をしている。宰相補佐室の同僚だ。ちょうどいい。メルは半歩前を歩いていた宰相モーリス・スタンレーに声をかけた。

「恐れ入ります。彼らにこの書類を頼んで参りますので、お先にいらっしゃってください」

宰相がうなずくのを確かめてから、同僚たちのほうへ足を向ける。

「きみたち」

メルが呼びかけると、同僚たちはビクッと肩を震わせた。

「ななんでしょうか、メルヴィル補佐官……っ」

どもる声。緊張した顔。姿勢を正してくれるのはいいが、いくらメルが堅物でも、就業時間中に立ち話したくらいでとがめはしない。

だが、相手はそうは思っていないらしかった。たった二、三歳年下なだけなのに、彼ら

とメルのあいだには身分の差以上に深い溝が横たわっている。

内心でため息をつきつつ、メルは手に持っていた紙束を差し出した。

「すまないが、この資料を執務室のわたしの机に置いておいてくれないか。これから急ぎで外務省へ行かなくてはならないんだ」

「承知しました！」

廊下中に響き渡る大声で二人は答えた。宮廷マナーとしてはいただけない。が、彼らにそういう態度をとらせているのは自分だという自覚があるので、メルはやはりとがめなかった。「頼む」とだけ告げ、足早に宰相の後を追う。追いついてみると、メルの上司であり父でもあるモーリスは、くつくつと声を殺して笑っていた。

「あいかわらず恐れられているねぇ、メルヴィル補佐官」

緻密に編み込んだ長いシルバーヘアと同じ色の眉。目元、口元の皺さえ知的に見える整った顔立ち。「白雪の宰相」の二つ名は、もうすぐ六十になろうかという年齢には似合わないようにも感じられるが、彼を知る人から異論が出たことはない。

彼の半歩後ろについて歩幅をそろえながら、メルは顔をしかめた。

「閣下が叱り役を全部わたしに押しつけるからでしょう」

「おまえがいつも難しい顔をしているからだよ。せっかくシャーロットが美人に産んでく

れたのにもったいない」

人を食った笑みを浮かべ、モーリスは歌うように口ずさんだ。

――メルヴィル・スタンレーは王宮の花。白雪の肌に蜂蜜(はちみつ)の髪、すみれの瞳とばらの唇。

眉間の皺が深くなる。

「なんですかそれは」

「隣国カーライルでも、そううわさされているらしいね」

「……さようで」

「うれしくないのかい？」

たずねてくる声音は、あからさまに揶揄(やゆ)交じりだ。メルは「まったく」と突っぱねた。

透きとおるような白い肌は父譲り。それ以外は、齢五十を数えてなお圧倒的な美貌をもって「花の宰相夫人」と称されている母にうり二つだ。クレイバーンの王宮でも、メルは「花の補佐官」と呼ばれている。メルとしては不本意な呼び名だった。

「二十七にもなる男に対して『王宮の花』などと、バカにしているとしか思えませんね。どうせなら仕事の手腕(しゅわん)で評価していただきたいものです」

だが、そういったメルの忸怩(じくじ)たる思いを理解した上で、この父は言うのだった。

「来月のシルヴェスタ国王来訪の際には、おまえにも是非臨席(りんせき)をと、内々に打診があった」

「……は」と、メルは一瞬首をかしげた。

隣国カーライルでは、数ヶ月前に新国王が即位したばかりだ。クレイバーンにとっても、新国王シルヴェスタの来訪は近年最大級の外交案件だった。宰相も、彼を支えるメルたち補佐官も、最近はその準備に忙殺(ぼうさつ)されている。だが、この流れで言われるということは、これは仕事の話ではなかった。

(どうやら隣の新国王はバカらしいな)

こみ上げる怒りとため息を、メルは細い息に逃がした。なぜどいつもこいつも、他人の見てくればかり気にするのか。それとも、メルの仕事ぶりなど、評価するにも値しないということか?

シルヴェスタ国王が傲慢(ごうまん)で好色(こうしょく)だという話は既に耳に入っている。それにしても、初外交でわざわざ隣国の宰相の息子の顔を見てみたいなどと言って寄越すとは、メルも父もこの国も、ずいぶん侮(あなど)られたものだった。

「怖い怖い。気持ちはわかるが、ちょっと顔に出すぎだよ」

モーリスがヘラヘラと笑ってメルの眉間の皺をつついた。イラッとして払いのける。

「閣下は腹が立たないのですか。わたしへの侮辱はもちろんですが、王や閣下、ひいてはこの国への侮辱でもあるでしょう」

「誰も怒っていないとは言っていないさ。だが、感情が顔に出てしまううちはまだまだだ」

そう言う宰相は、口調も声音も表情もごく穏やかだ。それにもかかわらず、メルの背中にヒヤッとしたものが走った。なるほど、怒るならこう怒れという見本らしい。

（……まあ、暗愚な王ならば与しやすいとも言えるか）

気持ちを切り替え、うなずいた。

「承知しました。宰相補佐として同席させていただきます」

「晩餐会のほうも頼むぞ」

「……それは」

とっさに出かかった断りの言葉を、メルは呑み込んだ。

メルの現在の職位は宰相第一補佐官に過ぎないが、身分はクレイバーンの四宰相家でも筆頭格であり現在当主が宰相を務めるスタンレー公爵家の嫡子だ。未来の宰相を嘱望される上流貴族の跡継ぎとしては、晩餐会への出席はもはや義務。感情で突っぱねるより、隣国の王と顔をつなげておくほうが、どう考えても得策だった。

プライドと打算を天秤にかけ、メルは「承知しました」とうなずいた。これも仕事。業務

だと割り切ろう。

「まだ顔に出ているぞ」

笑いながら眉間をつついてくる父が鬱陶しい。不機嫌の半分くらいは、他ならぬ父のせいだった。

クレイバーンは大陸の中央にあり、隣接する五国の中でもっとも広い国土と豊かな経済力、軍事力を誇る大国である。

北の山脈からは金と鉄が豊富に採れ、山から海へと流れ出る三本の川のあいだには肥沃な農地が広がっている。国民性は善良で温厚。とくにここ百年ほどは内政が安定し、周辺国家との関係もおおむね良好とあって、安穏とした日々が続いていた。

この恵まれた大国に四つある宰相の家系の一つ、スタンレー家の嫡子として、メルヴィル・スタンレーは生を受けた。父は宰相、母は前国王の姪。家柄、財力ともに抜きん出た名家に生まれ、母から美貌までもゆずり受けたメルは、宮廷の貴公子たちの中心的存在だ。メル自身も、宰相補佐としての充実した日々には満足していた。些細な——だが、やっかいな一つの問題を除いては。

「いい子だ。よく飲めたね」

乱れた息の下から囁いて、メルは自分の両脚のあいだにひざまずく青年の頬を撫でた。

甘い声音に、甘い褒め言葉。それだけでも感じたのか、青年がふるりと肩を震わせる。自分が吐き出した白濁に汚れた彼の口元を、メルはハンカチでぬぐってやった。

「ありがとう。今日はこれで終わりにしよう」

やさしく頭を撫でてやると、とろんととろけた琥珀(こはく)色の目がメルを見上げてくる。「アンバー」という名前は、この瞳の色からつけた仕事用の名前だと思われた。国の認可を受けた高級プレイクラブから派遣されてきているのだから二十歳にはなっているはずだが、顔立ちはまだ幼く、少年のように細く伸びやかな肢体をしている。

彼は、被支配本能をもつ特別なプレイメイトだった。

この世界には、稀に特殊な体質をもって生まれる人間がいる。支配本能をもち、体格や能力に優れた者が多い「Ｄ(ドム)」、被支配本能をもち、華奢で美しい者が多い「Ｓ(サブ)」、両方を兼ね備えた「ＳＷ(スイッチ)」だ。これらの人々とその特質は、「Ｄ／Ｓ(ドムサブ)」と総称される。世のほとんどはいずれでもない「Ｎ(ニュートラル)」で、ドムとサブはそれぞれ人口の一割程度、スイッチについてはさらに稀少だと言われていた。ゆえに、彼らはマイノリティであるがための無理解と不自由を強いられることが多い。ドムのメルも例外ではなく、早婚の傾向にある宮廷において引く

手あまたの出世頭でありながら、二十七歳の今に至るまで伴侶にめぐり会えないでいる。

D／Sのパートナーに対する希求は、趣味嗜好ではなく、生得的な本能だ。彼らの欲求は、ドムとサブとのプレイ以外では完全には解消されない。満たされなければ心身に変調をきたし、最悪の場合は死に至る。加えて、支配／被支配の本能はどうしても性的欲求と切り離せない。やや潔癖のきらいのあるメルでさえ、サブとのプレイでは性的な興奮を抑えられないのだ。

D／Sの中には、本能を満たすためのプレイと、恋愛・結婚を分けて考える向きも少なくないが、メルはそこまで割り切ることができなかった。妻とパートナーとを、うまく愛し分ける自信がない。心から愛せるサブを妻とするのが理想だが、残念ながらそんな相手はまだ見つからなかった。

そんなわけで二十七歳になった今でも、メルはクラブのプレイメイトを相手に、必要最低限、欲求を発散するにとどめている。

「終わりにしよう」というメルの言葉は聞こえたはずだが、アンバーは言葉の意味を理解できないというように、うるんだ目でぼんやりとメルを見上げてきた。

「アンバー？　どうかしたか？」

「あの……最後までしなくてよろしいのでしょうか？」

たずねられ、メルは「ああ」とうなずいた。メルは、プレイメイトとのプレイで挿入行為をしたことはない。フェラチオまではさせているので、なにもかもまっさらというわけでもないが、清い身である。

琥珀の瞳にさっと差した落胆の色に、メルは穏やかに目を細め、首を横に振った。

「きみが気に入らなかったからではないよ。きみはとても素敵だった。ただ、最初に言ったとおり、わたしはプレイとセックスは極力分けたいと思っているんだ。わかってくれるかい？」

視線を合わせ、落ち着いた声で説明すると、アンバーはようやくほっとした表情になった。それでもまだ少し名残惜しそうに、小さく熱い息をつく。立ち上がる気配はなかった。

（気持ちよくなりすぎているのか）

察して、メルは目を細めた。

D／Sのプレイにおける快楽は、射精や絶頂による肉体的なものだけではない。とくに「サブスペース」と呼ばれるサブの精神的絶頂は、肉体のそれをはるかにしのぐと言われている。心を通わせた恋人ではなくとも、プレイ相手のサブを満足させられたという実感は、ドムであるメルもまた心地よく満たしてくれた。

メルはあえて強めに「立ちなさい」と命じた。プレイは終わっているにもかかわらず、ア

ンバーは歓びに震えながら立ち上がる。ふわふわとおぼつかない足取りの彼を抱き上げ、ベッドにそっと横たえてやった。

彼の頬にキスを一つ。

「いい子で楽しませてくれて偉かったね。ありがとう。わたしは自分の部屋に戻るが、朝までこの部屋で休んでいきなさい。ご褒美だ」

メルが口にした「ご褒美」という単語に、アンバーは再び頬を紅潮させた。「あ……」と体を震わせながら、うっとりとうなずく。また軽く、精神的に達したらしい。

彼のやわらかな髪をもう一度撫で、メルはプレイのための部屋を出た。プレイを終えたばかりなので、気分も体調もすっきりしている。

一方で、胸の奥底にもやもやとした感情がただようのもいつものことだった。欲求不満にも似ているが、自分はいったい何が不満なのか、メル自身にもわからない。肉体が挿入行為を望んでいるのかもしれないが、そんな即物的な欲求ではない気がする。なにより本能に溺れすぎることは、メルの望むところではなかった。

自室に戻ると客がいた。従僕が淹れた紅茶を片手に、「邪魔している」と、あいさつして

くる。

「ジェラルド」

ジェラルド・バトラー。クレイバーンの四将軍家の一つ、バトラー伯爵家の次男だった。逆巻く炎のような赤毛に、野性味のただよう精悍な顔立ち。座っていてもなお迫力のある巨躯(きょく)は、代々体術を伝えるバトラー家の男らしく、服の上からもわかる肉体美を誇っている。

上流貴族らしからぬ風貌だが、紅茶のカップを持ち上げる手つきはスマートだった。実際、普段の彼はきわめて紳士的で温厚だ。メルより二歳年下だが、彼の父親であるウィルフレッド・バトラー将軍にメルが幼少から師事していたこと、貴族の子弟が通う寄宿制の中等・高等学校時代は寄宿舎で同室だったことなどもあり、今も親交が続いていた。

「こんな夜更けにどうした?」

確かに親しい間柄ではあるが、友人を訪ねる時刻ではない。ましてやプレイ後——挿入行為はないにしても、気分としては事後と変わらない。正直なところ、友人の相手をする気分ではなかった。

一応の礼儀としてたずねたメルに、ジェラルドは「メアリーがビスケットを焼いたので持ってきた」と答えた。彼の元乳母(うば)である老齢のメイドが焼くビスケットは二人の好物だ

が、もちろん方便に過ぎない。きまり悪そうに視線をそらす表情にピンときた。

「またお父上と揉めたのかい、ゲイリー」

子供を甘やかす声音でわざと愛称を呼ぶと、ジェラルドはいやそうに顔をしかめた。

「『また』とか言うな」

他の人前ではまず見せない、子供っぽい表情に、思わず笑いだしそうになる。

衣服をくつろげながら、メルはやわらかく目を細めた。

「そうは言うが、きみが断りもなしにわたしのところへ逃げ込んでくるのは、だいたいお父上と揉めたときじゃないか。縁談だとか、出世しろとか」

「それはそうだが、今回はいつも以上にひどいぞ」

「どんなふうに？」

「俺に近衛師団に入れと言いだした」

「近衛師団？」

思いがけない言葉に、従僕に上布と長衣を渡す手が止まった。

近衛師団——言わずと知れた武官の花だ。貴族の子弟の中でも容姿端麗な者しか選ばれない、王と城を守る兵。確かにバトラー家の令息とあらば、家格的には何ら問題はないだろうが——。

「……ご冗談だろう？」

ついそう返してしまった。我ながらひどい言いぐさだが、ジェラルドは憤慨するでもなく、「そうだったらよかったんだが」とうなずいている。

断っておくが、彼はけっして不器量というわけではない。彫刻のように凹凸のはっきりしたシャープな輪郭。凛々しい眉。知性と炎の激しさを同居させた瞳。野性味と気品が奇跡のバランスで共存する風貌には、宮廷の男ならば一度はあこがれたことがあるはずだ。

だが、彼の美しさは実戦向き——喩えて言うなら、鍛え上げた剣の輝きのようなものだった。美々しい制服に身を包み、祝典や行事に花を添えるのが仕事の近衛兵とは、あまりにも性質が異なっている。武官として己の肉体を鍛えることを第一にしているジェラルドと、剣の腕よりも房事の技を磨くことに熱心だともっぱらのうわさの近衛兵。相容れないのは明白だった。

「それは、将軍もご無理をおっしゃる」

「本当にな。俺から剣と拳を取り上げたら何も残らないぞ」

ふてくされた口調がおかしい。これでも、若手の騎士たちからはカリスマ的な人気を誇る騎士団長様なのだが、メルに対しては今さら取り繕ってもしかたがないと思っているのか、妙に子供っぽいところを残したままだ。

（まったく。しょうがないな）

非常識な時刻の突然の訪問、しかもプレイ後という間の悪さだが、今夜は目を瞑ってやろう。気の毒な幼馴染みの愚痴につきあうつもりで、彼の正面の椅子に腰を下ろす。従僕の差し出す紅茶を受け取るついでに、「あちらだが」と、先ほどまでいたプレイのための部屋を視線で示した。

「動けないようだから、明日の朝まで休ませてやってくれ。帰る際には礼金を忘れないように頼む」

従僕は何もかも承知の顔で、「かしこまりました」とうなずいた。

二人のやりとりを黙って見ていたジェラルドにたずねる。

「酒は飲むかい？」

「いや。……いや、やっぱりいただこう」

「では、ホットラムとバターを」

寝酒に定番のバタード・ラムを従僕に申しつけ、メルは髪を束ねていたリボンをほどいた。

クレイバーン王家と貴族には、それぞれの家に伝わる髪の結い方がある。バトラー家のような武官の家はあまりこだわらないが、四宰相家など文官の家では今でも厳格にその慣

習が守られていた。

緻密に編み込まれていたブロンドを、うなじからざっくりとかき上げる。絹糸のように細くつややかな蜂蜜色の髪は、手櫛を通すだけでするするとほどけていった。

じっと見つめてくる視線の強さに、メルはちょっと眉を寄せた。

「何だ？」

「……いや」

ジェラルドが瞬きをする。スカーレットの瞳は、今は蝋燭（ろうそく）の炎のように穏やかに揺らめいている。

彼はごく自然な口調で続けた。

「美しいなと思って」

「何を今さら」

「美しいものは、いつ何度見ようとも美しいさ」

ジェラルドは真剣なまなざしでメルを見つめ、テーブル越しに逞（たくま）しい腕を伸ばしてきた。

「触れても？」

それこそ、「何を今さら」である。自他の距離を考慮しない幼少期に出会ったからか、ジェラルドは、メルに対しては常に距離が近かった。とくにメルの髪は彼のお気に入りで、

気づくと触れられていることも多い。彼を拒む理由はなかった。

「好きにしたらいい」

「ありがとう」

ジェラルドは小さく笑い、メルの肩にかかっていた髪を手に取った。太く無骨(ぶこつ)な指が、似合わぬやさしさで自分の髪をもてあそぶ。そのようすを、メルはなんとなく落ち着かない気分で見下ろした。

高等学校卒業後、すぐに宮廷に上がったメルとは異なり、ジェラルドは卒業後五年、一兵卒として辺境警備に従事していた。ジェラルドが第三騎士団長を務める聖騎士団は、クレイバーン国軍の中でも特殊な位置づけだ。主な任務は魔物退治。魔物はこの世界のどこにでもいるが、とくに人里離れた場所には多く出没するため、聖騎士団も各地の辺境に派遣されることが多い。

もっとも、ジェラルドの場合は、家格の高さを鑑みれば、彼が望めば最初から王宮で指揮を執ることが許されたはずだった。だが、彼はそれを望まず、志願して僻地(へきち)に赴(おもむ)いた。今も強力な魔物や、魔物の群れが出たときには自ら出陣し、陣頭(じんとう)に立って指揮を執る。「騎士の剣と拳は振るうためにある」というのが彼の持論だ。

見送ったときにはまだ少年っぽさを残していたジェラルドが、二年前、若き兵士たちか

ら圧倒的な支持を誇る「赤獅子の騎士団長」として凱旋(がいせん)したときから、メルは彼との距離に戸惑うことがあった。

よく知っている彼のはずなのに、ふとした折に彼が見せるメルの知らない大人の顔や、騎士団長としての凜々しい姿に、どう接していいかわからなくなる。でも、不快というわけではない。我ながらどういう心情なのか、メルにはよくわからなかった。

がっしりと骨張った指に、蜂蜜のような金糸を絡ませながら、ジェラルドはぽつりと言った。

「プレイ中だったんだな」

「ああ」

「そんなときに押しかけて申し訳なかった」

今さらながらに非礼を詫びる。それから続けてたずねてきた。

「相手はどんな子だ？　もしかしてパートナーなのか？」

（……おや）

メルはすみれ色の瞳を瞬いた。めずらしいこともあるものだ。

ジェラルドは、学生時代から猥談(わいだん)が苦手だった。見上げるような巨躯に、サブだけでなく誰もに「従いたい」と思わせるカリスマ性。一目でドムとわかる外見とはうらはらに、彼

の基本的な人となりは穏やかで、性的なことにはからっきしだ。普段は一日も二日もおかれている彼が、嘘か誠かわからない過激な話をいちいち真に受けてまごつく。それが小気味（こきみ）よかったらしく、彼は上級生ばかりか下級生にまで面白がられ、からかわれてばかりだった。今も、年嵩（としかさ）の貴族たちの品のない武勇伝（ぶゆうでん）は、聞いているふりで聞き流し、避けている。そんな彼が、自分のプレイに興味を示すとは思っていなかった。

「どうした？　めずらしいな」

　メルの言葉に、ジェラルドは苦笑した。

「俺がプレイに興味を持ったらおかしいか？」

「……いや」

　互いに決まったパートナーをもたないドム同士だ。話したいことがあるのかもしれない。こうして頼られると、まるで寄宿学校時代に戻ったようだった。彼のほうが二歳年少だということを強く意識する。メル自身も経験豊富とは言いがたいが、こういう話題を振られるということ自体が、彼から寄せられる自分への信頼の証のようにも感じられた。

「しかたがないな」という体で、メルは彼に向き直った。こうなったらとことんつきあってやろうじゃないか。従僕が運んできた熱いラム酒に湯を注ぎ、角砂糖とバターを落としてかき混ぜる。トロリと甘く濃厚な香りの酒を一口。

「パートナーじゃない。プレイメイトだよ。クラブジェムズの」

教えてやると、ジェラルドはどことなくほっとした表情になった。自分もバタード・ラムを作りながらうなずく。

「プレイクラブのサブか」

「ああ。命令(コマンド)に素直に従える、いい子だった。わたしとは相性がよかったよ。男の子でもよかったら紹介しようか？」

気安い言葉に、ジェラルドは顔をしかめた。

「やめてくれ。きみが抱いた相手だろう」

彼らしい反応に、思わず噴き出す。

「それを気にしてるなら問題ないぞ。わたしはプレイメイトと挿入行為はしない」

「そうなのか」

「ということは、きみのプレイは挿入込みなんだな」

メルが目を細めて言うと、ジェラルドは一瞬虚を突かれた表情になり、気まずげに視線を泳がせた。まるで浮気を見つかった男みたいだ。口を開き、何事か言いかけたが、次の一言がなかなか出てこない。

急かさずに待っていると、彼は手元のバタード・ラムに視線を逃がし、思い切ったよう

に沈黙を破った。

「……実は、少し悩んでいることがある」

「プレイについて？」

「ああ。きみはドムとしても優秀そうだから……」

メルはちょっと苦笑した。ドム同士なので、当然メルとジェラルドはプレイをしたことはない。普通の友人同士がそうであるように、彼がどんなプレイをするのかは知らないし、彼もまた同様だ。そういう相手に「ドムとして優秀」と言われるのは、果たして褒め言葉だろうか。「おまえは常日頃から高圧的だ」と言われているようなものなのだが——まあ、二十七歳にして宰相第一補佐として辣腕をふるうメルを、「生意気だ」、「高飛車だ」と煙たがり、「プレイもさぞかし冷酷で横暴なのだろう」と揶揄する向きがあるのは知っている。

「それで？」

続きをうながすと、彼はききづらそうにたずねてきた。

「きみは、どうやってサブを悦ばせている？」

「どうやって、って……」

メルはいささか面食らった。

彼ら貴族の子弟は皆、成人前に閨房での振る舞いの手ほどきを受けている。ドムやサブ

であれば、そのプレイについてもだ。それを今さら、サブの悦ばせ方がわからないとは。

「ドムのきみが命令を与えて、サブが上手に従えたら褒める。それだけだろう？」

「それで、きみのサブは満足するのか？　きみも？」

こちらを見つめるどこか昏い瞳に、深淵を覗き込んでいるような感覚に襲われ、メルは内心ドキッとした。

——おまえは、今のプレイに満足しているのか？

うっすらと胸に抱いていた違和感を見透かされたように感じる。

それは先ほど、アンバーとのプレイでも感じたことだった。支配される快感に、精神がとろけてしまうほど溺れていたアンバー。「サブスペース」と呼ばれるその状態は、サブにとって至高の法悦だと言われている。プレイ相手のサブをサブスペースに入れることは、ドムであるメルにとっても大きな悦びだ。だから、プレイ後は一時的に満たされる。——が、それだけだった。未だかつてプレイにおいて、メルはアンバーのような恍惚忘我の境地に至ったことがない。

内心で狼狽するメルをよそに、ジェラルドはバタード・ラムをかき混ぜながら鬱々と呟いた。

「俺はどうも、ドムとしてはできそこないらしい」

その言葉に、メルはハッと我に返った。今のクレイバーンで、ジェラルド以上にドムらしいドムなどいないだろう。それが言うに事欠いて「できそこない」とは。

「なぜそう思うんだ？　わたしの知るかぎり、きみほど強いドムはいない」

メルが気持ちを込めてそう言うと、ジェラルドは紅茶に落とした角砂糖が溶けてくずれるように笑った。悩みを打ち明けて安心したのか、口調が少しなめらかになる。

「俺は見てくれがこうだろう」

「自慢か？」

「からかうな」

「冗談だ」

自慢に足る容姿だとメルは本気で思っているが、本人はそう思っていないらしい。いいのだ。彼の美しさは、理解できる人間が理解していればいい。優越感に似た何かを胸の裡で転がしながら続きをうながす。

「それで？」

「それで、プレイ相手のサブたちも、俺にそういう……その、過激なプレイを期待してくるんだが……」

「ああ、想像はつくな。『鬼の第三騎士団長様にぐちゃぐちゃにされたい』ってやつだ」

「からかうなって」

メルを軽く睨んでから、彼は落ち込んだように視線を落とした。

「……やはりそう見えるんだろうか。俺は、プレイの相手をいじめたいとか、痛めつけたいという欲求がほとんどないんだが」

「そうなのか」

意外な気もする――が、それ以上に納得もできた。メルに対しては子供っぽい態度も見せるが、ジェラルド・バトラーは基本的に心優しい紳士だ。恵まれた体格と無敵の体術がなければ、むしろ軽んじられていたのではないかと心配になるほどに。

(……ああ、なるほど)

つまり、いかつい見た目と「赤獅子」の二つ名にふさわしく強力な――やや過激なくらいの支配をサブに望まれるにもかかわらず、その要求に応えられないのがつらいということらしい。

「それはきついな」

サブを満足させられなければ、ドムもまた満足できない。D／Sのプレイとはそういうものだ。彼が「できそこない」と卑下したくなるのもわかった。

(きみのご立派すぎる逸物で少し乱暴にしてやれば、皆泣いて悦ぶんじゃないのか)

喉元まで出かかったが、品がなさすぎる。何食わぬ顔で呑み込んだ。

「ちなみに、きみはどういうプレイが好みなんだ？」

参考までにたずねると、ジェラルドはちらりとメルを見て、再び視線をそらした。

「一般的なドム並みには支配欲はあると思う。だが、嗜虐的なプレイは好きじゃない。相手をとことん甘やかしたり、尽くして褒めて信頼を得るようなやり方のほうが俺は好きだ」

「心を支配したいタイプなんだな」

それはそれでたちが悪い。

ジェラルドが言うそれは、やさしいようにも聞こえるが、プレイと割り切れる肉体の支配より、彼が好む心の支配のほうが、サブに及ぼす影響は深く大きい。

「だが、そういうやり方だと、いつの間にか相手のサブにズブズブに依存されていたり、しつこくつきまとわれたり、パートナーになってくれないと死んでやると刃物を持ち出されたり……まあ、いろいろあった」

「……ああ……」

典型的な、サブをスポイルするタイプのドムだった。長いつきあいでも知らないことはあるものだ。驚き、戸惑いながら相槌をうつ。

「それで、ついプレイにブレーキをかけてしまうようになったんだが、それはそれでサブ

には物足りなく感じられるようで……」

その結果、双方満足できないということらしい。同情はするが、ある意味やむを得ないことでもあった。

「それはしかたない側面もあるだろう。きみが本気でコマンドを使ったら、並みのサブでは正気を失う」

Ｄ／Ｓの本能には強弱があるし、相性もある。実際にジェラルドのプレイを見たことはなくとも、彼が相当に強いドムだということはあきらかだ。ならば、彼がサブを気遣いつつプレイするのは義務のようなものだった。

Ｄ／Ｓのプレイは、一般的には、主導するドムがサブの反応を見つつ、バランスを取って行うのがマナーだ。究極的には、サブがセーフワードを口にすればプレイを停止することができるが、大抵はそこまで追い詰める前に、ドムが双方が満足できる落としどころをさぐる。

強力な支配力をもつジェラルドと対等にプレイするには、サブの側にも、被支配を享受しつつ自分を見失わない強い自立心が必要だ。そんなサブは滅多にいない。それゆえ、ジェラルドはプレイにブレーキをかけてしまう。その彼の気遣いを「物足りない」などと評するのは、サブのマナー違反だった。

「気にすることはないさ」

——と言ったところで、気休めにもならないだろうが。

(思っていたよりも根深いな)

メルは、知らないうちに皺を寄せていた眉間を指で揉んだ。

D／Sのプレイは相互関係だ。サブはドムに尽くし、支配され、褒められることを至上の悦びとする。ドムは、サブを支配しながらも、サブを悦ばせることによって自分も満たされる。ドムが満足すれば、サブもまた満足する。どちらかが満たされなければ、もう一方も満たされない。ジェラルドが、自分で自分を「できそこない」と言いたくなる気持ちもわからないではなかった。だが、この弟のような親友に、暗い表情は似合わない。彼を傷つけ、落ち込ませたサブたちに怒りを覚えた。

「きみは、きみに合うサブに出会えていないというだけじゃないのか」

メルが励ますように言うと、ジェラルドはじっとメルを見つめてきた。「何だ？」と、できるだけやさしくきいてやる。弟を甘やかす兄のような声音と口調に、ジェラルドは弱ったようにほほ笑んだ。

「きみは、さぞかし上手にサブを悦ばせてやれるのだろうな」

悩み深き口調だった。まるで、彼だけがうまく本能とつきあえず孤独だと言わんばかり

だ。メルもまた、自分のプレイに満足しきれないことがあるなどと、想像してもいないのだろう。

　メルはわざとあきれた口調で言った。

「きみは忘れているようだが、わたしだってパートナーはいないんだぞ」

「そうだな。きみほど素晴らしい人でも、パートナー探しは難しいということだ」

「そうだ。心と本能の両方をあずけられる相手なんか、そうそう簡単に見つかるものじゃない。なのに、父上は『表向き妻を立てておけば問題ない』などと結婚をせっついてくるし……」

「結婚!?」

　突然ジェラルドが大声をあげて立ち上がったので、メルは目を丸くした。

「どうした？　いきなり」

「結婚するのか、メル!?」

「しない。なんで今の流れでそうなるんだ」

「……そうか……」

　ジェラルドは拍子抜けしたように呟き、再び椅子に腰を下ろした。幼い頃はともかく、彼がこれほど取り乱すのはめずらしい。

メルはちらりと苦笑してから、冷めてしまったバタード・ラムを飲み干した。

「きみにならば理解してもらえると思うが、パートナーと妻とをうまく両立させろなどと、D／Sの本能のままならなさを知らないから言えるんだ。もし仮にこれからパートナーにしたいと思うようなサブに出逢ってしまったら、妻を愛せなくなるだろう。あれは父上がニュートラルであるがゆえの無神経だ」

「だが、出逢わず、奥方と幸せに一生を添い遂げる可能性だってあるんじゃないのか？」

ジェラルドの示したやさしい可能性に、メルは首を横に振った。

「女性を一人不幸にする可能性を犯してまで、結婚したいとは思えないな。それなら一生独身でかまわない」

「家督はどうする？」

「イレーナのところに甥が二人いる。父上はいろいろと欲張りすぎだ」

宰相家の嫡子として、いずれ宰相に昇ることを目指してはいるが、家督そのものは妹の息子に譲ればいいと考えている。

メルが肩をすくめると、ジェラルドは小さく笑った。苦笑のような、どこか安堵したような表情だった。

「お互い難しいものだな」

ようやく視線を合わせてきた彼の顔は、先ほどよりも少し明るい。彼の見事な赤色の瞳には、やはり笑顔のほうが似合う。

「いつか、きみの気持ちやコマンドをうまく受け止めてくれる相手が現れるさ」

「そうだといいが……」

そこまで言って言葉を切り、ジェラルドはバタード・ラムを飲み干した。彼の巨躯を酔わせるにはあまりにもささやかすぎる量だったが、その目尻はほんのりと赤い。

「メル」と呼ばれた。

「何だ？」

「きみがサブなら、俺のコマンドに昏倒（こんとう）することも、依存することもなく、すべてを受け止めてくれただろうにな」

「――」

ジェラルドの言葉に、メルは息を呑んだ。ざわっと胸を騒がせたのは、ドムとしての自尊心か、それとも他の感情か。炎揺らめく親友の瞳から火の粉が舞い込んできたかのように、メルの心は落ち着かなくなる。

さりげなく視線をそらした。

「残念だったな。わたしはドムだ」

「わかっている」

噛みしめるようにジェラルドは言った。

「わかっている。メルヴィル・スタンレー。きみは立派なドムで、俺の親友だ」

2

「メル。メル！　頼む、ちゃんと話を聞いてくれ！」

「くどい。何度言っても無駄だ。式典を欠席するつもりはない」

王宮の廊下に、言い争う声が響いていた。

足早に歩く花の補佐官を、赤獅子の第三騎士団長が追いかけている。つんけんと不機嫌を隠さないメルに、追いすがるジェラルド。二人を知る人々にとっては見慣れた光景だが、そうではない人間の目には奇異に映るらしい。ある者はぎょっと振り返り、ある者はチラチラと遠巻きに二人の攻防を見守っている。

「メル！」

聞く耳をもたないメルに業を煮やし、ジェラルドがとうとう実力行使に出た。メルの手首を摑んで引き寄せる。

野次馬たちはハッと息を呑んだ。がっしりと無骨なジェラルドの手と、メルのほっそりとした手首の対比は、彼らを一様に見てはいけないものを見ている気分にさせる。メルもけっして貧相ではないのだが、いかんせんジェラルドが屈強すぎるのだ。

ジェラルドの手を振り払おうとして失敗し、メルは腹立たしげに彼を睨み付けた。

「ゲイリー、放せ！」

「いいから聞け！　シルヴェスタ王は危険だ。嗜虐傾向の強いドムで、プレイでサブを死なせたこともあると聞いた。おまけに、平定した豪族の姫君を片っ端から後宮に召し上げている好き者だ！」

「それもあの国の内政の手段の一つなんだろう。だいたい、わたしはドムで男だ。姫君扱いするんじゃない！」

「だが、シルヴェスタ王はきみの美貌のうわさを聞きつけ、顔が見たいと言って寄越したそうじゃないか！」

「……っ」

メルの花のかんばせが、一瞬にして怒りに染まった。

見ていた者たちは全員、「ああ……」と納得したが、賢明にも面には出さなかった。皆、メルのプライドの高さと、美貌へのコンプレックスをよく知っていたからだ。事情を察して、ある者は視線をそらし、ある者はそそくさとその場を立ち去った。

「シルヴェスタ王のご意向は関係ない。宰相補佐官として、会見の場には出席が決まっている。晩餐会だって――」

「晩餐会だって!?　出る気か、メル！」

「うるさい！　わたしは宰相家の嫡男だぞ。その程度の外交ができなくてどうする！」

ジェラルドの横っ面を正論でひっぱたき、メルは踵をかえした。

「メル！　なら、せめて護衛を付けさせてくれ……！」

とうとう懇願の声音になったジェラルドに、メルは「必要ない！」と怒鳴る。

「きみはなんでそう時々突然過保護になるんだ！」

――それは補佐官が心配だからです。

その場に居合わせた全員の心の声だったが、誰も口には出さなかった。ただでさえ近寄りがたい辣腕の宰相補佐だが、今は「怒れる美人」というオプションが上乗せされている。彼の怒りに真正面から立ち向かえる人間など、赤獅子の騎士団長をおいては、彼が敬愛してやまないアルバート王と、彼の父親であるモーリスくらいしかいない。

二人の声が遠ざかっていくのを聞きながら、誰かがぽつりと呟いた。

「ジェラルド騎士団長にあんな声を出させるのは、メルヴィル補佐官くらいのものだな」

ほんとそれ、と、その場にいた全員が心の中で同意した。

そんな一悶着があった数日後、隣国カーライルの新国王シルヴェスタは、クレイバーンの王都メレディスに入った。

花々で飾られた歓迎ムードの街を、異国の隊列が行進していく。華やかな騎士の装いではあるものの、シルヴェスタ王に付き従うのは武装した兵士たちだ。その異様なさまを城の窓から見下ろしながら、メルは内心舌打ちした。

従者の人数はあらかじめ知らされてはいたものの、仮にも友好国の新王が、戴冠のあいさつに百を超える兵を伴ってくるとは想像していない。国境からの報せで、急遽兵士たちを街の警護に当たらせることになった。王宮の警備も近衛兵だけでは心許ないということで、王都にいた聖騎士団が動員されている。

国の豊かさに比例して、クレイバーン軍は大陸一の強さを誇る。カーライル側も、あの人数、しかもシルヴェスタ王のいるところで武力行使に及ぶほど愚かではあるまい——が、平和ボケぎみのクレイバーンにとっては胆の冷える光景に違いなかった。

（まったく、やってくれる）

宰相第一補佐官として会見の式典に臨みつつ、メルはひそかにシルヴェスタ王をうかがい見た。

クレイバーン国王アルバートらが待つ謁見の間に入ってきたかの王は、聞きしに勝る押

し出しの強さだった。うねりのある黒髪に漆黒の瞳。四十がらみの顔立ちはくっきりと濃く、その鋭いまなざしはクレイバーン国王や宮廷人たちを値踏みしているのを隠しもしない。ジェラルドに勝るとも劣らない巨躯にまとった衣装は豪奢な漆黒の武官服で、威圧感をいや増している。

「傲慢王」の二つ名はだてではなさそうだというのが、メルの第一印象だった。

一豪族の庶子から兵を起こし、長く内紛状態にあったカーライルの国内を平定、即位したばかりのシルヴェスタ王に関する情報は少ない。だが、「傲慢王」の二つ名だけは、彼が国土の半分を押さえたあたりから漏れ聞こえてきていた。

国内の情勢不安を理由に、戴冠式に近隣諸国の王族を招くこともせず、自国主導で各国歴訪を決めたやり方も強引だった。一方的に訪問の日時を通達されたときには、驚きを通り越してあきれたものだ。

「ようこそおいでくださいました。クレイバーン国王アルバート・クレイバーンです」

にこやかに差し出されたアルバート王の手を握り返し、シルヴェスタ王は不遜な笑みを浮かべた。

「カーライル国王シルヴェスタ・アーロンだ」

言うだけ言って、頭を下げることもしない。クレイバーンとカーライルは対等な友好国

ではあるが、普通は訪問者側が礼を尽くすものである。

メルを不快にさせたのは、クレイバーン国王に対する傲岸不遜な態度だけではなかった。立ち位置で――あるいは容姿から、「王宮の花」と評されている「メルヴィル・スタンレー」が誰かを察したのだろう。シルヴェスタ王は、会見の最中にもかかわらず、不躾な視線で舐め回すようにメルを見てきた。

（気色の悪い目で見やがって……！）

心の内で罵倒する。

同性愛に抵抗はない。ドムであるメルにとっては、男女の性よりD／Sの本能のほうが優先される。だが、一方的に性の対象として――とりわけ、組み敷かれる側として好色な目で見られることには、嫌悪と屈辱を禁じ得なかった。

身長が伸び、護身術を会得し、宰相補佐として辣腕をふるう今のメルに手を出そうというつわものは、クレイバーン王宮には存在しない。だが、顔貌も体格も今よりずっと幼くなよやかだった寄宿学校時代までは、同性から好色な目で見られるのが茶飯事だった。卑猥なからかいの言葉を投げつけられ、上級生に尻や股間を触られたり、危うく茂みや空き教室に連れ込まれそうになったり――表沙汰になっていないだけで、誘拐未遂も何度かある。

初等学校に入って間もなく、頻発（ひんぱつ）する被害に危機感を抱いたモーリスが、ジェラルドの父であるバトラー将軍に、メルに体術を教えてくれるよう頼んだのが、ジェラルドとメルの親交の始まりだった。メルが文官でありながらバトラー式体術の師範であることは、クレイバーン宮廷では知れ渡っており、不届き者から身を守るのに一役買っている。

そういう過去があるもので、シルヴェスタ王の視線がどういう意図のものかはすぐにわかった。あのねばつく視線。思い出すだに腹が立つ。会見が終わり、執務室に戻った後も、メルは怒りを収めるのに苦労した。

本当は、ジェラルドに言われるまでもなく、晩餐会など出たくない。なぜあんな不快な男のために、着飾って愛想笑いなどしなくてはならないのか。

「メル」

遅れて戻ってきたモーリスに名を呼ばれ、顔を上げた。宰相はめずらしく父の顔でこちらを見ている。言葉には出さないが、メルの心情を慮（おもんぱか）ってくれているのは伝わった。――ということは、やはりシルヴェスタ王の視線にいやらしさを感じたのは、自意識過剰ではなかったということだ。

大丈夫ですと言う代わりに、メルはため息をついて腰を上げた。

「晩餐会は六時からでしたね。そろそろ支度に戻りましょう」

「ああ」

父がほっとした表情になる。

折しも、外は嵐だった。低く垂れ込めた黒雲から落ちてくる大粒の雨を、荒れくるう風が窓に叩きつけている。着替えのために一度屋敷へ戻らなければならなかったが、これでは馬車での移動にも苦労しそうだ。ますます晩餐会が億劫になる。

父の半歩後ろに付き従い、廊下を歩いているときだった。

「おや。スタンレー宰相」

背後から声をかけられ、ギクリとした。

（この声は……）

振り返りたくない。だが、無視して通り過ぎるわけにはいかない。相手は国賓だ。

「シルヴェスタ王。こんなところでどうなさったのですか？　お部屋でおくつろぎだったのでは？」

モーリスが宰相の顔でにこやかに対応する。メルは黙って父の背後に控えた。

傲慢王は傲然と応じた。

「塔からメレディスの街を見ていたのだ。華やかに栄えた都だな。さすがにクレイバーンの首都だけある。これがわが国の首都であればよいのだが」

メレディスを欲しがっているとも取れる言葉を、モーリスは「恐れ入ります」と受け流した。

「そちらにいらっしゃるのはご子息か？」

（——来た）

やはり、見逃してはもらえないらしい。

メルは視線を落とし控えめに頭を下げた。モーリスが「息子のメルヴィル・スタンレーでございます」と紹介する。

「『メルヴィル・スタンレーは王宮の花』……」

揶揄るように、シルヴェスタ王はその一節を口ずさんだ。

「ご子息のうるわしさは、わが国でもそう人口に膾炙している」

「畏れ多いことでございます」

「謙遜はよい。白雪の肌に蜂蜜の髪、すみれの瞳とばらの唇……うわさのとおり、男にしておくのがもったいない美しさだな」

一歩こちらへ踏み出したシルヴェスタ王の靴が視界に入る——と、ぐいと顎を持ち上げられた。

「!?」

予想外の非礼に唖然とする。間近に視線が交わった瞬間、

「！」

黒鉄の瞳から何かが放たれた。精神を直接殴られたような衝撃が襲い来る。

（グレア……！）

吐き戻しそうになりながらも、すんでのところで踏みとどまった。

グレアは、ドムによる威圧だ。同じドムに向ければ威嚇になり、サブに浴びせればお仕置きになる。クレイバーン、とくに宮廷では、グレアそのものが野蛮で非礼な振る舞いとして禁じられている。こんなに不躾に浴びせてくる相手はいない。

だが、メルは過去に何度か、公ではない場でグレアを向けられたことがあった。それらもまた不快ではあったが、シルヴェスタ王のグレアは、一般的なドムのそれとはくらべものにならない強さだ。異次元的なドムの威圧は、ギリギリと容赦なくメルを上から押さえつけてくる。

「……っ」

頭を下げろと要求されている。屈したくない。絶対に。メルは歯を食いしばって抵抗した。視線をそらさずにいるだけで、激しい吐き気がこみ上げてくる。全身から脂汗が噴き出した。

シルヴェスタ王が興ざめしたように呟いた。

「ドムか」

「王」

たしなめる声音で宰相が制止する。だが、シルヴェスタ王はどこ吹く風だ。

「惜しいな。サブならば、男でも公妾として迎えたものを」

(公妾だと⁉)

かっと頭に血が上った。友好国の宰相令息にグレアを浴びせたばかりか、妾呼ばわりとは、もはや「好色」「無礼」で済む問題ではない。遠巻きに見守っていた人々も顔色を変えている。

顎を摑まれたまま、メルは薄い笑みを浮かべた。

「ご冗談を」

今なら冗談にしてやる、という意味だ。その反抗的な態度が気に障ったのか、シルヴェスタ王は獰猛(どうもう)な表情を浮かべ、メルの目を覗き込んできた。

「気が強い美人は好きだ。ドムでも膝をつかせたくなる」

そううそぶいた口元が、悪質な笑みにゆがんだ。

「〝ひざまずけ〟」

「――ッ!?」

その瞬間、ガクッと体が沈むのを感じた。気がつくと、シルヴェスタ王の靴が目の前に迫っている。

「メル!?」

モーリスがうろたえた声で名を呼んだ。自分でも何が起こっているのかわからない。メルは混乱した。

(何!?)

何が起こっている? なぜ自分は無様にひざまずいているのか。グレアに昏倒させられるならわかる。だが、ドムのコマンドになすすべなく従わされる、これではまるで――。

「まるでサブだな」

はるか頭上から嘲笑(ちょうしょう)が降ってきた。

「――!」

屈辱だ。メルの心はそう受け止めているにもかかわらず、傲慢王の愚弄(ぐろう)はメルの精神を直撃した。かなしくもないのに体が震える。

(何だ……何だ、何だこれは……っ!?)

息が上がる。胸が苦しい。涙が滲み、許しを請いたい衝動が突き上げてくる。それこそ、

プレイ中にお仕置きを受けるサブのように――。

「わたしはドムだ……！」

血反吐（ちへど）を吐くように、メルは喉を震わせた。だが、思考は服従の衝動に塗りつぶされかけている。

シルヴェスタ王は、「面白い」と唇をゆがませた。

「王。どうか、そこまでに」

モーリスの制止を無視し、二つ目のコマンドを下す。

「〝靴を舐めろ〟」

「っ!!」

目の前にある彼の靴が、凄まじい誘惑となってメルの精神を揺さぶってきた。

舐めろ。舐めて、主人（ドム）に許しを請え。それがおまえのすべきことだ。そうすれば楽になる。

（いやだいやだいやだ……!!）

絶対にそんなことはしたくない！

拒絶する精神と、屈服したがる衝動。二つがメルの内で激しくぶつかった。息が乱れ、脂汗がこめかみを、首筋を、背筋を伝う。

「……っ」

床に突いた手を握りしめる。爪を立てた手のひらの皮膚が破れ、血が滲んだ。編み込んだ蜂蜜の髪が床を打ち、細く白いうなじがあらわになる。体が勝手に前に傾ぐ。目の前の靴に口づけたくてたまらない。

(――違う‼)

「いやだ……っ!」

全身全霊であらがった。

その瞬間、強烈な吐き気がこみ上げてくる。頭部を殴られたときのように、目の前が明滅した。耐えられない。

「……ぐ、……っ」

「メル!」

「メル……!」

焦りを含んだ父の声に重ねて、遠くから聞き慣れた声がした。

(……ゲイリー……)

クレイバーン王との会見の場には、ジェラルドも護衛として列席していた。来るのが遅い。だが、彼がいるなら大丈夫だ。そう思った瞬間、全身から力が抜ける。

「メル！　メル……ッ!!」

駆けつけてくるゲイリーの声を聞きながら、メルはその場に昏倒した。

メルの中には、ドムとして、常にうっすらとした不満と違和感がただよっている。

それに気づいたのは、中等学校三年のときだった。学校の健康診断でドムの判定が下りてから、一月ほどがたった頃だ。

どこから漏れたのか、メルはドムであるというウワサが学校中に広がった。いずれ宰相として国を導く人物としては適性だと肯定する者。高嶺の花にはお似合いだと羨望のまなざしを向ける者。あの高飛車はそのせいかと陰口をたたく者。メルのパートナーに選ばれたいと切望する者……。メルの周りはざわついていた。その中で事件は起こった。

ちょうど今くらいの時期だった。放課後、メルは人けの少ない図書館裏に呼び出された。いつの間にか机に入っていた手紙の差出人はサブだといううわさの後輩で、てっきりパートナーになってほしいと頼まれるのだと思い込んでいた。

油断していたのだ。その頃には、バトラー式体術も上達し、以前のようにメルに手を出そうとする人間は少なくなっていた。まさか呼び出された先に、ドムの高等学校生が何人

も待ち構えているなんて思ってもみない。

「メル。きみもドムなんだって？」

彼らはニヤニヤと笑いながら、メルを取り囲んだ。

「きみに上手なプレイのしかたを教えてあげるよ」

「上手なコマンドのしかたもね」

メルは内心舌打ちして、「結構です」と突っぱねた。

「いずれふさわしい相手から教わりますので。あなたがたのような人間に教わることなど一つもない」

「生意気な……っ」

「上級生に対する態度も教育し直さないとな」

彼らはそう言うと、一斉にグレアを放ってきた。

体術での勝負なら負けなかっただろう。だが、そのときのメルは、ドムとして未成熟だった。成熟したドムたちのグレアを一身に食らって、ひざまずきたい衝動に駆られる。ドム同士のグレアに、そんなはたらきがあっただろうか——ふと疑問が脳裡をかすめたが、考えている余裕はなかった。昏倒しなかったのは、ただただ、こんな卑劣なやつらに膝をついてたまるかというプライドのためだ。

だが、人数にあかせて押さえ込まれ、とうとう膝をつきそうになったとき、

「メル!?　おい、そこで何をしている!?」

駆けつけてくれたのは、二歳年下のジェラルドだった。

「メル！」

人一倍成長が早く、体格に恵まれた彼は、中等学校に入ってすぐの健康診断で、ドムと判定されていた。

上級生たちの放つグレアに、ジェラルドは自らのグレアで対抗した。驚くことに、彼は四、五人はいた上級生たちのグレアに競り勝ち、メルを危機から救い出したのだ。

本物のドムとはジェラルドのような人を言うのだと、そのとき悟った。メルもドムではあるけれど、彼と同じにはなれない。

大柄で屈強な鋼の体。父であるバトラー将軍にも引けをとらない体術の強さ。メルではかなわなかった上級生たちに一人で勝利してしまう圧倒的なドム性。

ジェラルドの強さを――彼我(ひが)の差をはっきりと思い知らされ、メルは苦い気持ちを抑えきれなかった。もちろん、助けてくれたことには感謝している。彼を嫌いになったわけでもない。親友だと思っている。だが、それまで弟のようにしか思っていなかった彼を、対等な――自分よりも強い男だと認めざるを得なくなり、メルは複雑な気持ちに駆られた。

彼に弱いと思われたくない。彼と対等な男でありたい。だから、今でもつい先輩風を吹かせたくなる。

だがそれ以後、メルは時折うっとりとジェラルドに見惚れている自分に気づくことがあった。

例えば、騎士団の訓練で、部下たちに檄を飛ばす彼の厳しい声を耳にしたとき。あるいは、体術のトレーニングにつきあわせた彼に、完膚なきまでに負かされて、床から彼を見上げたとき。脳の奥がぼうっと痺れ、魅入られたように彼を見つめてしまう。

メルはそれを、同じドムとしてジェラルドにあこがれているのだと思っていた。自分より強い男を前に、彼のようなドムになりたいと思う気持ちが、心をざわつかせているのだと――。

ドムとしてのプレイにいまいち没頭しきれない自分を知っている。プレイで得られる充足感はそれなりで、相手のサブたちのように法悦に我を忘れることもない。だが、それは自分がジェラルドのような強いドムではないからだと思っていた。原因は自分にあるのだからしかたがない。ドムとしての自分は、おそらくこれが限界なのだ。

そうして、メルは自分の中にある違和感に蓋をした。これからも、見て見ぬふりして生きていくのだと思っていた。

ドムとして。スタンレー公爵令息として。未来の宰相候補として——。

嵐のような不快感が体中で渦巻いている。急速に膨れ上がったそれが、脳や皮膚を突き破ってあふれ出すような錯覚を覚え、メルははじかれるように起き上がった。

「——ッ。……っ、……っぐ……っ」

「メルヴィル様！」

枕元に控えていた医師が、あわてて金盥を差し出してくる。胃の中のものを洗いざらいぶちまけた。だが、不快感はいっこうに治まる気配がない。

「……、は……っ、……っ、……」

めまい。頻脈。発汗。嘔吐感。おおよそあらゆる不調が体の中でとぐろを巻いている。

原因はあきらかだった。シルヴェスタ王から至近距離で浴びせられた激烈なグレア。彼のコマンドを拒絶したことも影響しているかもしれない。

（いや……だが、わたしはドムだ）

朦朧とする意識の中で考える。

ドムがグレアを浴びたことでここまで不調をきたすという話は聞いたことがなかった。

ましてや、コマンドを突っぱねたところで、こんなにひどいダメージを食らうはずがないのだ——ドムならば。

(これではまるでサブドロップだ——)

「……っ」

考えた瞬間、再び猛烈な吐き気がこみ上げた。金盥を抱え込む。だが、もう吐き出すものがない。

苦しい。苦しさが後悔をかき立てる。あのとき素直にあの男の——シルヴェスタ王の命令に従っておけば、こんな思いはせずに済んだかもしれない。命令を聞けなかったことが大きな罪悪感となってメルを苛む。苦しい。苦しい。コマンドに従って、ひざまずいて靴を舐めていれば、もしかしたら褒めてもらえたかもしれないのに——。

激しく自分を責めたてる心の声にぞっとする。押し寄せる後悔も期待も、ドムのメルにはありえないものだ。

こんなのはおかしい。自分はドムだ。なのに、この衝動は何なのだ。まるでサブのような後悔に混乱する。シルヴェスタ王には嫌悪しかないのに、あるまじき期待が気持ち悪い。混乱が苦しさに拍車をかける。

(苦しい……っ)

涙があふれて止まらない。自分はダメだ。ダメな――。

「あ、あ、あ、ああああっ」

「メル！」

「メル、どうした！」

メルの声を聞きつけた母とジェラルドが部屋に飛び込んできた。取り乱すメルの姿に母もまたうろたえている。ジェラルドは医師を押しのけるようにメルに近付き、強引に両手を取って振り向かせた。

「メル、落ち着け。俺を見ろ」

「――」

じんと、脳髄（のうずい）を痺れさせるような強い声音に、メルは涙に濡れたすみれの瞳をいっぱいに見開いた。

言われたとおり、ジェラルドを見る。目の前で炎が揺れている。緊迫の表情を浮かべながらも、まっすぐにメルを射貫く瞳。メルの冷えた両手を握る、温かく力強い手。

褒めるようにうなずき、彼はまた強い声で命じた。

「メル。俺から目をそらさずに、俺をしっかり見て、俺の名前を言うんだ」

「……ゲイリー……」

震える唇が、勝手に声を発する。いつものように愛称を呼んだメルの胸に、ふしぎな違和感が湧き起こった。どうしてだか、彼を愛称で呼ぶのはいけないことのような気がする。精神の指示に従って、正しく呼び直した。

「ジェラルド・バトラー」

「そうだ。きみの親友のゲイリーだ。いつもどおり、『ゲイリー』でいい。その愛称を許すのは、家族以外ではきみだけだ」

「……ゲイリー……」

再び呼び直すと、ジェラルドは目を細め、「よく言えたな」とメルを抱き締めた。

「──っ」

心臓が止まるかと思った。

うれしい。彼の命令を聞けて、とてもうれしい。ちゃんと言われたとおりにできてうれしい。彼に褒めてもらえてうれしい。うれしい。うれしい──。

体が浮かび上がりそうなほどの喜びがこみ上げる。

メルは再び混乱した。不快ではない。ただうれしいだけ。だが、この感情の乱高下(らんこうげ)はあきらかにおかしかった。

ジェラルドに対するメルの気持ちは複雑だ。少なくともこんなふうに、彼に抱き締めら

れ褒められただけで身も心も舞い上がりそうになってしまうのはメル本来の情動ではない。

――そう思うのに、戸惑うメルを置き去りに、心は歓喜に打ち震えている。

だが、とにもかくにも、彼の抱擁と褒め言葉の効果はてきめんだった。

精神(こころ)も身体(からだ)も壊さんばかりに暴れ回っていた自己嫌悪が、みるみる落ち着いていく。周囲の景色や人の表情が認識できるようになってきて、メルは自分がいるのがスタンレーの屋敷の自室だと気づいた。昏倒したメルを、誰かが――たぶんジェラルドが、ここまで連れ帰ってくれたのだ。

彼はベッドの縁に腰掛けてメルを軽く抱き、ゆっくりと背を撫でながら囁いた。

「メル。よく聞いてくれ。きみは今、心も体も正常な状態ではないように見える。つらいかもしれないが、今の体調と気持ちを、できるだけ詳しく話してくれないか」

請われて、メルは小さくうなずいた。自分の身に何が起きているのか、知りたいような、知りたくないような気持ちで、こわごわと口を開く。

「気持ち悪い……あの男のことなど思い返したくもないのに、命令に従えなかったことがとてもつらく感じられる……。わたしはけっしてそんなことを望んでいないのに、ひざまずいて、あの靴を舐めればよかったと後悔しているんだ……それがたまらなく気持ち悪い。だが、それを気持ち悪いと感じることも悪いことのように感じられる。したいこととした

くないことがぐちゃぐちゃで、つらくて、苦しくて、吐き気がする……っ」

言葉にするうちに再び吐き気がこみ上げてきた。口に手をあてて嘔吐くと、「メル」とまた強い声音で名前を呼ばれる。

「他の男のことを考えるな。俺を見ろ」

「……っ」

まるで声に顎を摑まれて上向かされたようだった。諾々と顔を上げ、炎の揺れる瞳を覗き込む。その目がやわらかな笑みに細められ、「よくできた」と褒められると、先ほどの歓喜が戻ってきた。

うれしい。褒められた。もっと、もっと命令がほしい。ちゃんと従ってみせるから、全部上手にできたら褒めてほしい――。

（……なんだこれは）

愕然とする。自分の中から湧き上がってくる欲求は、どう考えてもサブのものだ。

――まるでサブだな。

嘲り笑う不快な声がよみがえった。

――まさか。

（まさか、わたしはサブになってしまったのか……？）

ありえない。即座に否定する。ドムがサブになるなんて聞いたことがなかった。ドムもサブも生得的な性質で、選んだり変えたりできるものではないはずだ。

けれども、十数年ドムとしてサブに接してきたメルは、直感的にそれが正解だと感じていた。ぞっとするような恐れが背筋を這い上がってくる。疑ったこともないアイデンティティが根底からくつがえされようとしている。怖い――。

「メル？　どうした？」

直接的な命令でなくとも、ジェラルドにうながされると逆らえない。従うことが心地いいとすら感じてしまう。震える唇が、勝手に言葉を吐き出した。

「……わたしは、どうしてしまったんだ……」

「うん？」

「きみに命令してほしくてたまらない」

「……っ」

見開かれたスカーレットの瞳に、大きな炎が立ちのぼった。

ジェラルドは何かに耐えるように眉根を寄せ、目を伏せると、ゆっくりと深く息をついた。自分を落ち着かせようとするように。

目を開くと、「メル」と、言い聞かせる口調で名前を呼んだ。

「きみに何が起こっているのか、正確なことはわからない。……だが、俺の見たかぎり、きみの今の状態はサブドロップに近い気がする」

「……ああ」

やはりそうか。未だに信じられないが、いやでも納得させられてしまう。ジェラルドの目から見てもそうなのか、と。

（だが、なぜ……）

メルの疑問をすくい取って答えるように、ジェラルドは続けた。

「ドムであるきみがなぜそうなっているのかはわからない。だが、きみは強力なドムから強制的にプレイをしかけられ、無理やりコマンドを使われた。アフターケアもないままだ。すぐにでもケアをしないと、精神に異常をきたす可能性がある」

わかるか？　とたずねられ、うなずいた。思い出したくもない男の名前に不安と嫌悪が呼び起こされる。ジェラルドが背中を撫でてくれたおかげで、なんとか不快感をやり過ごすことができた。

メルの背をなだめるように撫で続けながら、ジェラルドは切り出した。

「メル。俺にまかせてくれないか」

「まかせる……？」

何を？　ときこうとして、口をつぐんだ。たずねるまでもない。ケア――今もメルの内側を蝕んでいるグロテスクな不快感を取り除き、抑えがたい被支配欲求を満たすためのプレイだ。

「……わたしはドムだ。ケアされる側じゃない」

理性がそう反発した。

確かに、今自分の身に起きている現象はサブドロップによく似ている。ならば、ジェラルドの申し出を受けるべきなのだろう。だが、思春期から十三年、ドムとして生きてきた自己認識を打ち壊されるのは怖かった。

自分がサブの被支配欲求をもっているなんて信じられない。信じたくない。ましてや、それをジェラルドに――ずっと弟のように接してきた親友にケアしてなだめてもらうなんて、いたたまれない。恥ずかしい。

だが、抵抗を感じているのは理性だけのようだった。ジェラルドに対して抱いた不安と反発は、メルの中に耐えがたい罪悪感を呼び起こした。自分に命令してくれるドムに抵抗したからだ。急激に自己嫌悪が膨れ上がり、たちまちメルの精神を占拠する。

「ぐ……っ」

苦しさに嘔吐き、体をよじらせた。

「メル」

ジェラルドがぎゅっと抱き締めてくる。がっしりと逞しい体が、メルの苦痛を受け止める。

　メルの背中を撫でながら、ジェラルドは言葉でメルの思考を丁寧になぞった。

「きみはドムだ。サブの立場でプレイに臨むのは不安だろうし、抵抗もあるだろう。すぐに受け入れがたいのは当然だ」

　不安と反発を肯定され、メルの苦痛が少しやわらぐ。

「……ゲイリー……」

「だが、強制的なプレイで引き出されたきみの苦痛を取り除くには、新たなプレイで上書きするしかないと思う。きみのサブ性が満たされるまで、俺とのプレイでなだめるんだ。メル。どうか俺にまかせてくれ。俺ならきっときみを楽にしてやれる」

「……できるのか？　ドムとしてはできそこないだと言っていたくせに」

「楽にしてやれる」とはまた大きく出たものだ。

　メルの厭味(いやみ)に、ジェラルドは小さく苦笑した。

「確かにそうだ。だが、きみなら、俺のコマンドに昏倒することも、依存することもなく、すべて受け止めてくれるだろう？」

「……は……」

今度はメルが笑う番だった。

そういえば、そんなことも言っていた。あのときは、言ってもしかたのないタラレバの話だったのに。

「メル、お願いだ」

ジェラルドが懇願の声音で決断をうながす。今のメルにとっては、このうえなく強烈な誘惑だった。

正直なところ、自分では制御できない感情の乱高下に、メルは激しく疲弊(ひへい)していた。もうなんでもいいから楽にしてほしい。ふとしたきっかけでぶり返す罪悪感と自己嫌悪、そこから生じる苦痛から解放されたい。弱みを突かれて心が揺らぐ。サブとしてドムとプレイしなければこの苦痛を取り除けないというのなら、せめて相手はメルが服従することに納得できる、強いドムでなければいやだ。そんな人間、ジェラルド以外に考えられない。彼がどれほど強いドムであっても、自分に対してはひどいことはできないはずだ。そんな打算と油断が、メルの心をプレイに傾ける。

そして、それを証明するように、ジェラルドは紳士的だった。

「俺はきみに安心をあげたいだけだ。俺たちは今までと変わらない。これからも親友だ」

（……そうだ）

誰よりメルが一番よく知っているではないか。ジェラルド・バトラーは、きわめて穏やかで心やさしく、信頼に足る親友（とも）である。

「ゲイリー」

メルはとうとう彼の背に手を回した。

「なんとかしろ。耐えられない」

「メル」

「でも、痛いのはいやだ。挿入も絶対許さない。どうせなら、とびきり気持ちよくさせろ」

おおよそサブとしてはありえない居丈高（いたけだか）な注文に、ジェラルドは目を丸くして噴き出した。「わかったよ」とうなずく。

「俺を信じてくれてありがとう、メル」

そんな礼の言葉さえ、今のメルには甘い睦言（むつごと）のようだった。

「まずはセーフワードを決めよう」と、ジェラルドは言った。

セーフワードは、D／Sのプレイの際、ブレーキとして決めておく言葉だ。サブが本気

でドムを止めたいときに使う言葉。まともなプレイであれば出番はない。が、万一に備え、最初に決めておくのもまたマナーである。

「何か希望の言葉はないか？」

メルは首を横に振った。既に頭はプレイへの期待でいっぱいで、たったそれだけを考えるのも億劫だった。

「なんでもかまわないから、きみが決めろ」

だが、ジェラルドは「メル」と再考をうながした。セーフワードはサブのための保険だ。できればメルに決めさせたいのだろう。

うっかり口にするような日常的な言葉ではなく、それでいて、いざというときとっさに口にできる言葉――。

「じゃあ、『親友(バディ)』で」

メルが言うと、ジェラルドは一瞬息を呑んだ。

(何だ？)

何か問題があっただろうか。

だが、メルが疑問を口にする前に、ジェラルドは「わかった」とうなずいた。

「俺たちにはこれ以上ない言葉だな。セーフワードは『親友』だ。きみの親友として、きみ

の信頼を裏切らないと誓う」

そう言って、ジェラルドはメルの手を取り、指先に口づけた。

「……っ」

キスされた指先から何かが体の中を駆け巡り、脳髄をじんと痺れさせる。メルは胸を高鳴らせ、声もなくあえいだ。膨らみすぎた期待で爆発しそうだ。いい加減、焦らすのはやめてほしい。

だが、ジェラルドは慎重に慎重を重ねた。

「メル。もう一つ約束してほしい。俺もできるだけ気をつけるが、セーフワードを使うほどでなくとも、メルがいやなこと、耐えられないこと、してほしいことがあったら、隠さずに言ってほしい。俺がそう望んでいる。約束できるか？」

サブにとって、プレイ中に自らの希望を口にすること――とりわけ、ドムの命令を拒むことは、非常につらく、心苦しく、精神の負担になる。その負担をあらかじめ取り除いておこうとしてくれている。彼のやさしさに、心のこわばりがふっと溶けた。

「わかった。でも、きみもきみで気遣えよ。なにしろ初めてなんだ」

いつもの調子でメルが言うと、ジェラルドもまたいつものようにほがらかに笑った。

「偉いな、メル。では、最初のコマンドは〝言え〟だ。約束だぞ」

言いながら頭を撫でられる。その感触に、メルは自分でも驚くほど素直にうなずいた。そう今までなら自分が撫でてやる側だったのに――そう思う気恥ずかしささえ心地いい。そう受け止めてしまう自分に戸惑う。

「始めようか」

ゆったりと、リラックスさせるようにメルの頬を撫でながら、ジェラルドが命令する。

「〝座って〟」

言い方はやわらかいが、シルヴェスタ王が命じた〝ひざまずけ〟と同じ意味だ。D／Sのプレイでは、基本中の基本のコマンド。二人の相性を確かめる試金石と言ってもいい。

反射的に反発しそうになるドムとしてのプライドをなだめながら、メルはそろそろとベッドから下りた。ぺたりと床に尻を付けて座る。

（……できるものだな）

思わず安堵のため息が漏れた。やってみれば簡単だ。自分でもふしぎなほど抵抗感はない。シルヴェスタ王に膝をつかされたときには屈辱しか感じなかったのに、今メルの心にあるのは、ジェラルドのコマンドに従えてうれしいという気持ちだけだ。

少し得意な気分になり、どうだとばかりにジェラルドを見上げる。

「よくできた。上手だな、メル」

彼はメルの期待どおり、目を細めてメルを褒め、頭を撫でた。

（うれしい）

心がしゅわっと軽くはじける。

簡単なコマンドなのに、彼が喜んで、褒めてくれることがとてもうれしい。うれしいと感じられる自分が誇らしくなる。自分でも信じられない心の動きに理性はまだ戸惑っているが、心と体は高揚していく。

喜びに頬を染めたメルの頭を撫でながら、ジェラルドが顔を覗き込んできた。

「うれしいのか？」

「ああ……」

こくりとうなずく。気恥ずかしい気持ちもあったが、それでもドムに嘘をつくなどありえない。

ジェラルドは顔をほころばせ、「素直だな」とまた褒めてくれた。

「髪が乱れてしまっている。ほどいてもかまわないだろうか？」

きかずとも、〝ほどかせろ〟と命じればいいのに。そう思いながら、黙ってうなずく。

「〝あちらを向きなさい〟」

今度は期待したとおりに命令された。床の上で向きを変え、ジェラルドに背を向ける。

「よくできたな」

また頭を撫でられて、もう一度しゅわっと心がはじけた。

ジェラルドはとても丁寧にメルを褒めてくれる。サブドロップのアフターケアをしているのだから、サブが満たされて落ち着くまで褒めて褒めて褒めまくるのは当然だ。頭では理解しているが、胸に湧き上がる悦びはどうしようもなかった。

「〝動くな〟。じっとして」

乱れた編み込みを、ジェラルドの指がほどいていく。時折くんと地肌を引っ張られる小さな痛みさえ心地よく、メルは黙ってその感触を追った。

「きれいな髪だ」と、ジェラルドが言った。

「春の日の朝に、すみれの上で躍る陽光のような……」

「……ずいぶん詩的な表現をするな」

「いつもは思っても口に出さないだけだ」

「……」

普段の彼からは聞いたことのない美辞麗句(びじれいく)にむず痒い気分になり、メルはじわりとうつむいた。シルヴェスタ王に「美しい」と言われたときには屈辱に感じたのに、今は頬が熱くなる。相手が変われば、受け取り方も変わるものだ。だが、ジェラルドのこんな言葉で喜

ぶなんて、自分が自分でなくなったようでいたたまれない。

「終わったぞ。じっとできて偉かったな」

手櫛でメルの髪を梳かし終えると、ジェラルドはご褒美のように、手に取った髪に口づけた。うっかり目の端でその光景をとらえてしまい、あまりの甘やかされぶりに赤面する。

色づいたメルの頬に手を添えて振り向かせ、親指で口の端を撫でながら、ジェラルドは次のコマンドを口にした。

「メル、〝キスしてくれ〟」

「どこに？」

たずねると、彼は驚いたように目を瞠（みは）った。なぜだろう。自分はそんなにおかしなことをきいただろうか？

首をかしげたメルに、つっかえながら彼は答えた。

「そうだな。ひとまず、指に」

「わかった」

ちゅ、ちゅ……と、指の腹に口づける。

「かわいいキスだ」

彼はくすぐったそうにほほ笑んで、空いているほうの手でメルの手を取り、お返しのよ

うに指先に口づけた。

「……っ」

このプレイは、メルをサブドロップから救うための緊急措置だ。そこに友情はあっても恋愛感情は存在しない。頭では理解しているけれども、これほど甘やかなしぐさばかりされていると、気持ちの通じ合った恋人とのプレイと錯覚しそうになる。

「……きみ、ちょっと、わたしを甘やかしすぎじゃないか？」

メルのささやかな抵抗に、ジェラルドは喉の奥でやわらかに笑った。

「きみが甘やかされてくれるのがうれしいんだ」

「恥ずかしいやつめ」

口ではそう言いながらも、メルの心はしゅわしゅわとはじけ、少しずつ浮かび上がっていくような心地になる。

ドムがうれしいなら、サブもうれしい。サブの精神的な充足と高揚を、メルは身をもって知ろうとしていた。いよいよドムの自分がどこかに行ってしまいそうで空恐（そらおそ）ろしい。けれどもその一方で、はちきれそうな期待に胸を膨らませている。

ジェラルドが、太い親指の腹でなぞるようにメルの唇を撫でた。爪先をわずかに差し込み、唇と内側の粘膜との境をやわやわとくすぐる。

メルの表情を注意深く見つめながら、彼はくっきりとした声で命じた。

「〝舐めなさい〟」

「……」

メルは従順に口を開き、彼の親指と人差し指を口内に迎え入れた。まるい指先を唇で食み、舌先で指の腹に触れる。舌の表面を爪でくすぐられるのが気持ちよく、くぐもった声が出た。

「ん……っ」

「……メル」

ジェラルドが親指を抜き、代わりに中指を差し入れてきた。

角度を変え、口蓋をくすぐられる。触れるか触れないかの淡い感触。それがかえってそわそわする。今まで存在を知りもしなかった何かが掘り起こされてしまいそうな予感が、メルの背筋を震わせた。

「……ふ、……ン、ぁ……っ」

「メル。いやじゃないか？」

確認されて、ハッとする。確かに、これはもはや友人同士の触れ方ではなかった。支配するドムと、その支配に溺れるサブ。見慣れた光景だが、自分の立場はいつもと真逆だ。

（何をうっとりしているんだ、わたしは……っ）

こんな自分は自分じゃない。理性が首を横に振ろうとする。けれども、メルはうなずいた。だって、本当は、いやではないのだ。

「メル……」

大胆になった指が抜き差しされる。人差し指と中指で舌の上下を挟んでしごかれると、ちゅくちゅくと淫靡(いんび)な水音が立ち、唇の端から唾液がこぼれた。

「ん、ん……っ」

恥ずかしい。だが、気持ちいい――そう、確かに気持ちよかった。羞恥(しゅうち)に耐えてジェラルドの指を受け入れる、サブとしての精神的な悦び。それに、口腔をまさぐられる性的な快感が上乗せされている。気持ちいい。メルは小さく眉を寄せた。

（こんな……）

こんなこと、相手がジェラルドでなければ、到底許されることではなかった。彼だから許せるのだ。だが、彼が相手だからこそ、みっともない姿を見られたくないという意地もまだ頭の隅には残っている。

支配されたい本能と、いつもの自分を保っていたい理性。二つがメルの中でせめぎ合う。苦しい――だが、この甘苦しさを乗り越えてドムのコマンドに従うことが、サブの至上の

悦びなのだと、感覚で理解した。

「メル。メル……とても素敵だ。きみはいつだって素敵だが、素直なきみはとびきりかわいい」

とろけるような声音でジェラルドが言う。彼はベッドに上がって上掛けをはぎ、シーツに座ってメルを呼んだ。

「〝おいで〟」

メルもためらいなく立ち上がり、ベッドに上がった。向き合うようにシーツに座る――と、ジェラルドは軽く自分の太腿を叩いた。

「こちらだ、メル」

（恥ずかしい）

反射的にそう思う理性を、命令に従いたい本能が突きくずす。

おずおずと近寄り、丸太のように太い脚を跨いで腰を下ろした。固い脚の筋肉が布越しにもわかる。手をついた肩から胸にかけての厚みは、メルの倍ほどもありそうだった。

「重くないか？」

「全然」

平然と答えられ、メルは羨望とも嫉妬ともつかないため息をついた。

彼の体格のよさは、頭では理解しているつもりだった。だが、こうして密着すると、その逞しさをあらためて意識せずにはいられない。まるで子供のようにメルを膝に座らせてびくともしない――彼が辺境に赴くのを見送ったときだって、ここまでの差はなかった気がする。自分が今向き合っているのは成熟した大人の男なのだと思い知らされた。プレイとはまた別の部分で落ち着かない。

「よくできたな」

褒めながら抱き寄せられ、ドキドキと鼓動が早まった。これはサブとしての高揚だろうか？

ジェラルドは、スカーレットの瞳をとろ火のように揺らめかせながらメルを見上げ、囁いた。

「メル、きみは想像していたより何倍も素敵だ。きみはいつだって正しく美しいが、俺とこうしてくれているきみは、本当に素直で、かわいくて、たまらない」

「……」

絶え間なく髪を梳き、頭を撫でてくれる指がやさしくて、うれしくて、ふわふわする。彼が与えてくれる甘すぎる言葉も雰囲気も、もっともっと欲しくなる。

そのためにはどうすればいいか、メルは知っていた。

「……ゲイリー」

次のコマンドがほしい。名前を呼んで、先をうながす。それだけでもメルにとっては精一杯だったのだが、ジェラルドはふといたずらっぽく瞳をきらめかせた。

「メル。最初の約束を覚えているか？　して欲しいことはちゃんと〝言え〟だ」

「……っ」

意地が悪い。恥ずかしくて自分からはねだれないメルの性格を、誰よりよく知っているくせに。

恨みがましく睨んだが、ジェラルドはほほ笑むばかりだ。

「……言わせたいのか」

「そうだ。きみに言ってほしい」

メルにおねだりの言葉を言わせたい――彼がそう望んでいると認識すると、メルもそれに応えたくてたまらなくなった。ドムのために尽くしたい。サブの服従本能が、メルの唇を震わせる。

「……ゲイリー……」

羞恥に頬を染めてうつむき、メルは小さな声で囁いた。

「……お願いだ。次のコマンドがほしい」

「ああ……」と感嘆の声をあげ、ジェラルドは両手でメルの頭を撫で回した。髪がもつれるのもおかまいなしのしぐさには、彼の激情が表れている。サブのメルが彼に尽くしたいと思うように、ドムの彼もまたメルに求められたくてたまらないのだ。

キスせんばかりに額をすり付け、彼は熱のこもった声で囁いた。

「ちゃんと言えて偉いな、メル。〝抱き締めてくれ〟」

「……ああ……」

初めて自分からねだったコマンドだ。ハグなんて、子供の頃から数え切れないほどしたというのに、自分でもびっくりするほどドキドキする。

おずおずと彼の首筋に手を回し、抱き締めた。やさしくて、簡単で、うれしいコマンド。

（ゲイリー）

コマンドにちゃんと従えたこと。布越しに感じる彼のぬくもり。メルはジェラルドの肩に顔をうずめ、圧倒的な安堵にうっとりと息を吐いた。ぎゅっと強く、抱き締め返される。

「ありがとう。とても気持ちよくて幸せだ」

太い声が、まるで自分の体の中から聞こえるように響いてきた。少し涙の気配の交じった声。

（そんなに？）

たったこれだけのハグでと、笑ってしまいそうになる。けれども、彼もまた満たされているのだと確信した瞬間、メルは押し寄せる愉悦に溺れそうになった。

相手をとことん甘やかし、尽くして褒めて信頼を得るようなプレイが好きだと聞いてはいた。だが、ジェラルドのプレイスタイルは、メルが想像していたよりもずっとずっと甘い。蜜のような言葉にとっぷりと沈められ、幸福感が精神のすみずみまで染み渡る。心の輪郭がじゅわりと溶ける。その、恐ろしいほどの快美。

「ゲイリー……」

メルは吐息を震わせた。

恥ずかしい。だが、これだけは言ってやらなければ。

彼はサブとの関係がうまくいかず、ドムとしての自分を「できそこない」だと言っていた。だが、そんなことはけっしてない。

「きみは素敵だ。……素敵なドムだよ」

メルが言うと、ジェラルドは目を見開いて、メルの顔を覗き込んできた。スカーレットの炎が燃え上がり、感情の嵐に吹かれて揺れる。

「メル……ッ」

ぎゅうっと、再び抱き締められた。骨が折れそうなほど強く。

「……っ」

ジェラルドの歓喜は、新たな幸福となってメルに還ってきた。ドムとサブの快感は、どこまでも相乗効果だ。けっして一方的な支配／被支配の関係ではない。

二人はしばらくじっと幸福に浸っていた。

だが、ふと身じろいだ拍子に、ジェラルドの股間が兆していることに気づき、メルはハッと目を瞠った。

（え？　え……っ!?）

まさか、彼は自分に欲情しているのか？　あのジェラルド・バトラーが？

信じられない気持ちでいっぱいになる。だが、硬直した自分の体もまたわずかに兆していることに気づき、メルは今度こそ叫び出したい気分になった。

（嘘だろう……!?　どうするんだ！）

硬直したメルが何に気づいたのか、ジェラルドもまた気づいたらしい。そっと上半身を離し、背中を撫でながらたずねられた。

「そろそろ落ち着いたか？」

そういえば、あんなにメルを苦しめていた自己嫌悪と不快感は、すっかりどこかへ吹き飛んでしまっていた。ジェラルドのケアのおかげで、サブドロップからは抜け出せたらし

い。

　だが、メルの本能は今、新たな欲求に駆られていた。ジェラルドとのあいだにできた、ほんの少しの距離がさみしい。「もう大丈夫だ」とうなずけば、ジェラルドはここでやめてくれる。やめるなら今しかない――わかっているのに反応できない。

「メル……？」

　返事のできないメルの顔を覗き込んで、ジェラルドは思い切ったように囁いた。

「メル……きみさえよかったら、もう少しだけ、プレイを続けさせてくれないか？」

「――！」

　ハッとして見返した彼は、興奮に目のふちを赤く染めていた。スカーレットの瞳は情欲に燃えさかっている。初めて見る彼の欲情した表情に、メルはごくりと喉を鳴らした。

「……だ……、……」

　だめだ。「ここでやめよう」と言わなくてはならない。これは「セックスしたい」と言われているのも同然だ。そんな要求には応えられない。

　頭ではそう思うのに、精神と肉体はメルの理性を裏切った。

　全身がかっと熱くなる。わずかに反応していたメルのペニスは、ジェラルドと同じくらいに勃ち上がった。ドムの心からの要求を、サブが拒否できるわけがないのだ。彼の求め

に応えたい。満たしてあげたい。従いたい。それで頭がいっぱいになる。ああ、いっそ、〝抱かせろ〟とコマンドを与えてくれたら――。

命令することもできるのに、メルに選ばせてくれるのは、ジェラルドのやさしさだ。けれども、メルにとっては命令されるほうがましだった。自分から彼を許し、求めなければならない羞恥が、メルの心を焼き尽くす。

ぎゅっと強く目を瞑り、震える声をなんとか喉から押し出した。

「……もう少し、だけなら……」

「――!」

ジェラルドは目を瞠り、どこか悩ましげに、だが、歓喜を隠しきれないようすで、「あ……」と、感嘆のため息を漏らした。

「ありがとう、メル」

一拍のためらいののち、彼は命じた。

「では――〝服を脱ぎなさい〟」

ここまでとはあきらかに違う、一歩踏み込んだコマンドだ。

ジェラルドの目は、注意深くメルの表情を観察していた。彼の緊張が伝わって、肌がひりつく。メルがほんの少しでも抵抗を示そうものなら、すぐさまコマンドは取り下げられ

るだろう。

「メル、いやなら――」

言いかけた彼の唇を、メルは震える人差し指で塞いだ。首を横に振る。あえぐように声を押し出した。

「ゲイリー。きみが、軽蔑しないと、約束してくれるなら……」

「あたりまえだ」

かぶせるように言い切って、ジェラルドはメルの両手を握った。

「俺が望んで、命令した。きみは、俺を軽蔑しているか？」

そんなわけはない。首を横に振る。ジェラルドはほっとした表情でほほ笑んだ。

「俺も同じだ。きみを軽蔑することなど絶対にない」

「……わかった」

先のコマンドと矛盾するので、「下りても？」と許しを求めた。

「ああ」

ジェラルドがうなずくのを待って、彼の太腿から下りる。シーツの上に座り、ブラウスのボタンに手をかけた。

「……」

ブラウスを脱ぎ、ボトムスも下げて、下穿き一枚になる。恥ずかしい。心臓が爆発しそうだ。興奮のためか、緊張のためか、自分でもよくわからなかった。

寄宿舎で同室だったときにも、ジェラルドの目を意識したことなんかない。夏場など、室内ではお互い半裸で過ごしていたくらいだ。だが今、自分を見つめてくる彼の視線は、やけどしそうなほど熱かった。彼の視線が舐めたところから、チリチリと肌が焦げていく。ここでためらったら動けなくなる気がする。下穿きに手をかけ、ひと思いに脚を抜いた。

「……」

恥ずかしい。どうしても耐えられず、膝を傾けて股間を隠す。ジェラルドの顔を見られない。恥ずかしい。恥ずかしい。見られている。すべてジェラルドに見られている――。

「メル」

にじり寄ってきたジェラルドが、メルの顔にかかっていた髪をかき上げた。

「メル。〝俺を見ろ〟」

今のメルにとってコマンドは絶対だ。炎の揺れる瞳に視線を合わせる。その瞬間、ジェラルドはこらえきれないというようにメルを抱き締めた。

「よくできた。いい子だ、メル」

口先だけではない、心からの賛辞だ。――そう感じた瞬間、じゅわっと心の輪郭が崩壊

した。歓喜が羞恥を、本能が理性を凌駕する。

うれしい。うれしい。もっと命令して。もっと褒めて。なんでもする。なんでもきみの言うことをきくから――。

とろとろと、舌にからむ声で彼を呼んだ。

「ゲイリー」

「メル。今度は〝俺を脱がせてくれ〟」

従順にうなずき、メルは手を持ち上げた。ふわふわしているのに、腕はひどく重く感じる。蜂蜜の中でもがいているみたいだった。体が全然言うことを聞かない。まるで肉体がメルの意思を離れ、ジェラルドの命令で動かされているようだ。

シャツを脱がし、リネンの肌着を首から抜くと、鍛え上げられた上体が現れた。過去何度も見たことはあるのに、今のメルの目にはたまらなく魅惑的に映る。メルはうっとりと見惚れ、熱いため息を漏らした。

「きみは……何て言えばいいんだろう。……最高だな」

「ありがとう」

メルの賛辞をさらりと受け止め、ジェラルドはほほ笑んだ。

「さあ、メル。下もだ」

「ああ」

緊張と高揚で心臓が破れそうだ。

ジェラルドのボトムスの前をくつろげる。蒸れた男の匂いがした。まだ半勃ちにもかかわらず、彼のそこは下穿きをじっとりと濡らし、先端は既にはみ出しそうになっている。

「大丈夫か？」

遠慮がちにジェラルドがきく。メルは小さくうなずいた。

下穿きに手をかけて下ろす——と、途中で我慢しきれなくなったように、彼のペニスがまろび出た。

「……巨(おお)きい」

考えるより先に、口から言葉が転がり出ていた。そのくらい驚いた。寄宿生活で目撃した平常時でも立派だったが、勃起すると、巨きさも、太さも、形も、何もかもが圧倒的だ。おまけにメルの視線を感じてか、先端の孔からは白濁混じりの先走りがじわじわと止めどなくあふれてくる。

耐えられず、メルは顔を背けた。

ジェラルドのプレイは挿入行為込みだと聞いている。プレイ前に挿入は絶対しないと告げたし、一般的に考えて、「少しだけ」の中に挿入行為は入らないだろう。だが、男の欲望

の前に、そんな口約束は何の役にも立たないことは、メルにもよくわかっていた。

（無理だ）

あんな巨きなものが入るわけがない。

だが、プレイ中のドムへの拒絶は、いかなる理由であろうとサブの心を責め苛む。抑えきれない恐怖と、それをとがめるサブ性で、メルの体は一気に冷えた。

「メル？　どうした？」

血の気の引いたメルの顔色に、ジェラルドがうろたえた声でたずねる。メルは黙って首を横に振った。ジェラルドが両手でメルの両肩を押さえ、顔を覗き込んでくる。

「〝言ってくれ〟、メル」

「わ、わたしは……」

コマンドに、メルは唇を震わせた。怖い。言うのが怖い。だけど、これは約束だ。

――いやなこと、耐えられないこと、してほしいことがあったら、隠さずに言ってほしい。俺がそう望んでいる。

ジェラルドの言葉に助けられるようにして、メルは喉から声を振り絞った。

「きみのそれを挿入（いれ）るのは、こ……怖い……」

とうとう言った。言ってしまった。彼は不快に思っていないだろうか。落胆していない

だろうか。確かめるのが怖くて目をつむる。

「メル」と、ジェラルドが甘やかな声音で名を呼んだ。おそるおそる視線を戻す。ジェラルドはうれしそうに目を細め、メルを見ていた。

「言ってくれてありがとう。俺を信頼してくれていないとできないことだ。とてもうれしい」

ベタベタに甘やかす声音でメルを褒め、ジェラルドはメルの頭を抱き寄せた。

「……ゲイリー……」

安堵と幸福と高揚に押し上げられ、心も体も達しそうになる。そんなメルの後ろ頭を撫でながら、ジェラルドはたずねた。

「挿入はしない。きみと約束したからな。……触っていかせるくらいは、いいだろうか？」

「ああ……、きみも」

できれば、一緒にいってほしい。

言葉少なにメルが望むと、ジェラルドは幸福が滲むような笑みを浮かべた。自らの膝を指し、「〝おいで〟」と命じる。

「ん……」

もう一度、彼の逞しい膝を跨いだ。一度力を失っていた白分のペニスもまた勃ち上がっ

ていることに気づいたが、今さら隠しようがない。

「もっと近くへ」

「あ……」

二の腕を引かれ、彼の太腿に乗ると、ジェラルドの剛直がメルの屹立の先を撫でた。固い。勃起してもややややわらかなメルのペニスにくらべ、彼のそれは色が濃く、皮膚がピンと張り詰めている。おまけに、彼の二の腕のように血管がボコボコと浮き出していた。

「すごいな……」

口走ると、それは独立した生きもののようにビクンと跳ねた。先走りがどんどんあふれてくる。

ジェラルドは、大きな手で二人のペニスを握り込んだ。

「ああ……っ」

彼の力強い脈動が、直接メルに響いてくる。「メルも」と請われ、反対側から手を添えた。あふれる先走りが混じり合い、こすり上げる手のすべりをよくする。互いに手が止まらない。

「……っ、……う……っ、ん……っ」

必死で声を抑えようとするのだが、どうしても漏れてしまう。追い打ちをかけるように、

ジェラルドが命じた。

「メル、〝声を我慢するな〟。気持ちよかったら、〝『気持ちいい』と言いなさい〟」

「うん、あっ、あ……っ、いい、いいっ……ゲイリー、すごい、気持ちいい……っ」

恥ずかしい。けれど、もう意地なんて張っていられない。素直に口にすることで、押し込められていた快感が、ぶわっと全身を包み込んだ。爆発的な愉悦に、体が一気に上りつめる。

「素敵だメル。とてもかわいい」

そう言うジェラルドの声もうわずっている。

空いているほうの手で抱き締められ、唇にキスを贈られた。びっくりする。だけど、うれしい。これ以上なく甘い好意を差し出され、歓喜が心も体も押し上げた。

（あ、あ、あ——）

大きすぎる喜悦に、たがが一気にはずれてしまう。

「いい、いい……、ゲイリー、怖い……っ」

「怖い？」

「怖い、くらい、気持ちいい……っ」

精神まで官能に犯される。いきたい。もう長くはもたない。だけど。

「ゲイリー……ッ、ゲイリー、もう……っ」

身も世もなく彼の肩口に額をすり付けて甘えたが、彼は許してくれなかった。

「メル。お願いのしかたは知っているだろう?」

無慈悲(むじひ)な言葉に心が震える。屈辱ではない。これは歓喜だ。それでも一筋残った羞恥のため、メルは小さな、震える声で懇願した。

「お願い、いかせて……っ」

「いい子だ、メル。〝いっていい〟」

「……ッ」

許可を得た瞬間、目の前が白く爆発した。瞠目する。体の奥、存在も知らなかったところから、ざわざわとしたものが湧き上がり、背筋を這い上がってくる。

「～～～ッ」

ヒュッと小さく喉を鳴らして、メルは絶頂した。ペニスが白濁を噴き上げる。背をよじり、大きすぎる快感から逃れようとしたが無駄だった。内腿が痙攣(けいれん)する。くりかえし、波のように押し寄せる快美に押し出されるように精を吐く。

だが、肉体の射精など、めくるめく精神の法悦にくらべれば、単なる現象に過ぎなかった。自分を取り巻く世界のすべてがたまらなく心地よく、甘美な世界と自分との境目さえ

わからなくなる。ただ、その中心に自分のドムが――ジェラルドがいた。

「メル、きみは最高だ」

彼が与えてくれる賛辞が、メルの精神を心地よく犯す。彼はメルを膝に乗せたまま、二、三度、逞しい動きで腰を突き上げた。

「……っ」

ジェラルドが息を詰める。おびただしい量の白濁が噴き上げ、メルの腹から胸、頬までをねっとりと汚した。

「ゲイリー」

彼が感じてくれている。メルの体を愛撫して、一緒に達してくれた。それがうれしくて、しあわせで、しあわせでたまらない。

「メル……」

「あ……」

ぎゅっと強く抱き締められ、また軽く達した。高みに上った精神も体もなかなか下りてこられない。

めくるめく恍惚と官能にたゆたうメルを、ジェラルドはずっと抱き締めてくれていた。

メルが幸福な眠りに落ちるまで。

3

——気分が悪い。

「〝ひざまずけ〟」

プレイメイトのコマンドに、メルは優美な眉をひそめた。一人がけのソファに身を沈め、肘掛けに頬杖をついて、命令してくるドムを見返す。「ジェイド」と名乗った翡翠(ひすい)色の目をした男は、従うようすを見せないメルに、苛立たしげに舌打ちした。客相手にひどい態度だ。

シルヴェスタ王にグレアを浴びせられ、ジェラルドのケアを受けた一件から二週間がたっていた。あれ以来、メルはサブ寄りになったままだ。その欲求を満たすためにドムのプレイメイトを呼んだのだが、残念なことに、メルは彼のコマンドにまったく従う気になれなかった。

「メル、〝ひざまずけ〟！」

苛立った口調でジェイドがくりかえす。メルはため息をつき、ソファから立ち上がった。

「メル、戻れ！　〝ひざまずくんだ〟！」

むきになってくりかえされるコマンドに眉をひそめる。反発心ばかりをかき立てる命令も、なれなれしく愛称で呼ばれるのも、もうたくさんだった。

「〝ストップ〟」

セーフワードを淡々と告げる。服従すべきドムに対してセーフワードを告げる忌避感さえほとんど感じない。彼とメルとではD／Sとしてのバランスがまったく釣り合っていないという、この上ない証左だった。

「え……？」

あっけにとられているジェイドに、メルは冷たく言い放った。

「もういい。プレイはこれで終わりだ。帰ってもらって結構」

ひらりと片手を振って終了を告げる。座っていたソファから、ジェイドは唖然としてメルを見上げてきた。

「いや、あんた、何を勝手に……」

「失礼だが、きみが相手では従いたいという気持ちになれない。わたしに命令するには、きみはドムとして弱すぎる」

「なんだって……っ」

気色ばむジェイドを見下ろし、メルは声に力を込めた。命令とは、威圧とはこうするの

だと言うように。

「〝止まれ〟」

「……っ」

ぐっと彼の動きが止まる。彼は信じられないものを見る顔でメルを見た。

「あんた、なんでコマンドを……、サブのくせにっ」

「正しくはスイッチだ」

訂正し、メルは彼を見下ろす視線をいっそう冷ややかなものにした。

「きみは弱いだけでなく、サブに対する敬意もないのだな。それではわたしだけでなく、どんなサブも満足させられないだろう」

D／Sのプレイは、相互の信頼関係の上に成り立つものだ。支配されることを求めずにいられないサブを見下す向きは、ドムにもニュートラルにも見られるが、D／Sは生まれ持っての性質であり、人間の優劣を決定づけるものではない。サブを見下すような人間に、サブを心底気持ちよくしてやることができるはずがないのだった。

「不愉快だ。代金は払う。帰ってくれ」

振り返らず、メルはプレイのための部屋を出た。重い足取りで自室に戻る。用を聞きにやってきた従僕に、ため息交じりに命じた。

「冷たい水をくれ」

「承知いたしました」

仕事で簡単な命令をもらえる従僕が羨ましい。メルも王と国、直接的には宰相に仕える身ではあるが、職場では指示する場面のほうが多い。もっと命令してほしいのに――ぼんやりと考えた内容の異様さに気づいて、メルは愕然とした。誰彼かまわず従いたいわけではないと、たった今思い知らされたばかりなのに。

「欲求不満も限界だな」

自嘲的にぼやき、荒っぽく髪をほどく。長衣、ブラウス、ズボン……脱いだ端から投げやりに椅子の背にあずけ、寝間着に着替えた。ふらつく体をベッドに投げ出す。放り出したドムに対する罪悪感は微塵も感じなかったが、サブとしての欲求不満はプレイ前よりもひどかった。そのうえ、サブとしてのプレイ中にドムのコマンドを使ったことで、精神と神経が混乱している。

(気持ち悪い……)

従僕が持ってきたグラスを口へ運んだ。冷たい水が喉をすべり落ちる一瞬だけ不快感がやわらぐが、それも長続きしなかった。

(くそ……っ)

胸の中で悪態(あくたい)をつく。

(スイッチなのはしかたがないが、なぜ今になって目覚めるんだ)

あの嵐の一夜の翌朝、医師に告げられた言葉が耳によみがえった。

『昨日のご不調は、やはりサブドロップによるものと推測されます。メルヴィル様は今までドムとして過ごしていらっしゃいましたが、初期診断に誤りがあったと考えるのが妥当(だとう)でしょう。正しくはスイッチでいらっしゃったということです』

『スイッチ……』

メルは呆然と呟いた。

聞いたことはある。ドムとサブ、両方の性質をもつ人間のことだった。D/Sの発現のしかたは個人によって異なり、名のとおりD/Sの切り替えが自在(じざい)な者から、意識的な切り替えはできない者、ドム寄りの者、サブ寄りの者、さまざまだという。

『今までご自身でそのようにお感じになったことはありませんか?』

そう医師からたずねられ、メルはとっさに答えられなかった。

長年ドムとしてのプレイに抱き続けてきた違和感と欲求不満。圧倒的に強いドム、ジェラルドへの憧憬(どうけい)。王の御前にひざまずくときに感じる、奇妙なほどの充足と高揚感。官吏として国のため、民のために尽くすことに感じる、不自然なほど大きな喜び。——思い当

たることが多すぎる。

『おそらく、シルヴェスタ王のグレアを浴びたことによって、眠っていたサブとしての性質が目覚めたのでしょう。今後はドムとサブ、両方の欲求を満たしつつ生活していかねばなりません』

医師はそう言っていたのだが、蓋を開けてみると、実際は少し異なっていた。今まで自覚していたドムとしての支配欲求はなりをひそめ、今までメルの内側で抑制されてきたサブとしての被支配欲求が表面化したのだ。

メルは焦った。このままサブ寄りで定着してしまったら、仕事や出世に影響が出かねない。D／Sは人間の優劣を決定づけるものではないが、実際問題、サブはドムの命令には逆らえない。仮に今後も今の状態のままだとしたら、ドムのパートナーを得て他のドムの影響を排除しないかぎり、メルが宰相としてシルヴェスタ王と対峙するのは難しくなるだろう。

ドムの欲求がほとんどなくなってしまったことを医師に伝え、原因と対処についてたずねたが、はかばかしい解答は得られなかった。そもそもスイッチの絶対数が少ないうえ、メルのように途中でスイッチに目覚める人間はさらに少ないのだ。ただ、D／Sの欲求が安定し、意識的に切り替えやバランス調節ができるようになるにしても、おそらく時間が

かかるだろうとのことだった。その間は、ドムとサブ、いずれとしてもプレイで欲求を解消できるよう、備えておかなければならないらしい。

ドムとしてはこれまでどおり、プレイメイト相手でなんとかなるが、問題はサブとしてのプレイ相手だった。今まで二度、ドムのプレイメイトを呼んでみたが、いずれもほとんどコマンドがきかないまま終わってしまったのだ。

彼らも、おそらく生粋のサブ相手なら問題なくプレイできるのだろう。だが、メルは違う。メルには長らくドムとしてプレイしてきた経験があり、今もドムとしての性質を失ったわけではない。加えて、性格的にもプライドが高いせいか、並みのドムのコマンドではメルを支配することができず、まったくプレイできずに終わっていた。正直なところ、欲求不満はドムとしてプレイしていたとき以上だ。

一人、ジェラルドという格好のドムはいる。シルヴェスタ王によって無理やり引きずり出されたメルのサブ欲求を、ジェラルドはごく穏やかに、メルのプライドを傷つけることなく満たし、なだめてくれた。

――相手をとことん甘やかしたり、尽くして褒めて信頼を得るようなやり方のほうが、俺は好きだ。

そう語っていたジェラルドの甘すぎるほど甘いやり方は、メルにはこれ以上ないほど

合っていた。だが——だからこそ、彼ともう一度プレイするのはどうしても気が進まない。まずもって、メルはジェラルドを親友だと思っているし、メルにとって彼は格好をつけていたい相手でもある。ドムとしてかなわないと感じながらも、対等な友としてつきあってきた。ジェラルドにとっても、メルは親友以外の何者でもないだろう。

そんな彼に、サブとしてぐずぐずにとろけている姿を見せてしまった。乱れて「気持ちいい」と嬌声をあげ、「いかせて」と懇願し、「〝いっていい〟」と許されて絶頂した。思い出すだけで発狂しそうだ。恥ずかしい。どんな顔をして彼の前に立てばいいのかわからない。

だから、政務に復帰してからもずっと、メルはジェラルドを避け続けていた。彼が嫌いになったわけではけっしてない。親友として好ましく思っているからこそ、あの夜の出来事をどう処理していいか、わからなかったのだ。

なのに。

「……っ」

もう何度脳内でくりかえしたかわからないプレイの記憶が、性懲りもなくまた呼び起こされる。メルは片腕で目元を覆い、熱い息を細く吐き出した。

サブスペースに入ったときのあの官能。肉体も精神も輪郭をなくす、恍惚と忘我の境地。思い出すだけで体の奥から情欲が滲み出してくる。メルは唇を噛みしめた。

（だめだ）

溺れてしまう。ジェラルド・バトラーは、今やメルにとって麻薬のようなものだ。緊急措置のプレイ相手としては最高だったが、D／Sとしての相性がよすぎるあまり、深入りすれば自分を見失う予感がする。メルはひそかに、自分が著しくサブ寄りになった原因は、ジェラルドとのプレイが快すぎたせいかもしれないと感じていた。

（だめだ。やめろ）

そう思うそばから、そろりと手が下肢に伸びる。

――メル。

自分を呼ぶ、低く甘い声が脳裡に響いた。

かわいらしすぎる愛称が、メルは好きではなかった。ジェラルドが愛称で呼んでも許せるのは彼だから――ジェラルド・バトラーだからこそだ。

――メル。〝服を脱ぎなさい〟。

あらがいがたいその命令に屈し、メルは震える指で寝間着の前をくつろげた。

勃ち上がったペニスを手で慰める。

「……っ、……、……っ」

――メル、〝声を我慢するな〟。気持ちよかったら、〝『気持ちいい』と言いなさい〟。

「あ、ああっ……だめ、だめだ……っ」

シーツの上、首を振ってメルは悶えた。こんなこと、ジェラルドに申し訳ない。あの夜、彼はサブドロップに陥ったメルを助けてくれたに過ぎない。あのプレイは、善意によるボランティアのようなものだったのに……。

――素敵だメル。とてもかわいい。

「あ……、ああ、ああ、ゲイリー、もういきたい、いかせろ……っ」

――いい子だ、メル。〝いっていい〟。

「――――ッ」

手に白濁を吐き出した。

肉体は一時的に快感を得るが、むなしさと罪悪感に凍える心とのギャップがひどい。嵐の海のようにうねり渦巻く不快感が、気持ちよくなっていたはずの体まで冷やしていく。プレイでうまく本能をなだめられないことによる影響は、サブドロップがあるサブのほうが深刻だ。乱れる息を押し込めるように、メルはシーツに顔を埋めた。


「第四エリア第三大隊前進。攻撃！」

広々とした武道館に、進撃の号令が高らかに響く。

雨上がりの初夏の今日、メレディス城の武道館では、毎年恒例の戦略シミュレーション大会が盛大に催されていた。

一階アリーナに、分隊や小隊に見立てた若い兵士たちを駒として配置して、巨大な盤面が展開されている。その戦局を文官と武官、二人一組の指揮官が二階から見下ろして指揮を執り、勝利を争うのだ。

軍にも戦略指揮を専門とする部門はあるが、有事の際に中央で全体の指揮を執るのは国王以下文官だ。現場の指揮は軍に任されるといっても、文官も戦略指揮を学んでおく必要がある――という建前で、この交流イベントには毎年若手の文官、武官と兵士たちが駆り出されているのだった。

（暢気なものだな）

二階観覧席の端でアリーナを見下ろしながら、メルは心の裡で呟いた。

この百年、内憂外患から遠ざかっているクレイバーンでは、このイベントもレクリエーションと化している。指揮官や駒たちの家族まで応援に来て、観覧席はすっかり物見遊山の様相だ。どの組が優勝するか、非公式な賭けも横行している。先だってのシルヴェスタ王来訪で感じた脅威を、皆もう忘れてしまったのか。あまり暢気すぎるのもどうかと思う

が……。

「どちらが勝つと思う？」

ふいに隣から聞き慣れた声が話しかけてきて、メルの意識を盤面から引き戻した。

振り返らなくても誰だかわかる。しくじった。あの夜から今日まで、それとなく避けていたのに、つい戦局に夢中になり、ジェラルドが隣に来たことに気づけなかった。

視線は盤面に固定したまま、メルは「第九師団」と短く答えた。

「きみは？」

「同じだ。賭けにならないな」

内心、今までと変わらないやりとりにほっとする。と同時に、互いの肌を知ってしまって、何かが決定的に変わってしまうのではないかと緊張していた自分に気づいた。

「メルはどこの指揮官だ？」

「第六師団だ。きみは？」

「第二師団。さっき負けた」

「文官は……ああ、彼か」

寄宿学校時代、メルにグレアをぶつけてきた上級生の一人だ。あの一件は、結局、子供同士の喧嘩（けんか）として処理されたため、彼らは今でも王宮内にいる。年齢差だけでも先輩面が

できたあの頃とは、立場はすっかり変わってしまっているが。

「アドバイスしてやらなかったのか？」

「聞く耳持たずさ」

「宝の持ち腐れだな。実践でもそうやって負ける気か」

「実践になる予定でも？」

「させるわけがない」

そうならないよう国の舵(かじ)をとるのが、宰相モーリス・スタンレーと彼に仕えるメルたち文官の仕事だ。

その誇りを胸に振り返り――やさしく穏やかなまなざしとぶつかった。瞳の炎は今は凪ぎ、愛おしい相手を温かく包み込むような光をたたえている。

息を呑んだ。今までも、彼はこんな目で自分を見ていただろうか？　思い出そうとするのだが、思い出せない。

ドキリと跳ねた心を隠すように、メルは視線を眼下の盤面に戻した。沈黙が気まずい。

彼と出会ってから今までずっと、そんなふうに感じたことはなかったのに――。

「……っ」

不意に軽いめまいを覚え、額に手を当てる。「メル？」とジェラルドが名を呼んだ。

「大丈夫、ちょっとめまいがしただけだ」

「体調が悪いのか？」

「大丈夫だ」と、メルはくりかえした。アリーナの戦局は進み、二人の予想どおり第九師団が優勢になりつつある。

「次が出番だ。そろそろ行く」

さりげなくその場を離れようとすると、くんっと後ろへ頭が引っ張られた。

一瞬、何が起こったのか理解できなかった。が、振り返れば目の前に正解がある。ジェラルドがメルの編み込んだ髪を摑んだのだ。

「ゲイリー？」

あきれた。初等学校の子供でも、こんなことはしないだろう。

メルが睨むと、彼は髪から手を放し、悪びれずに笑ってみせた。

「メル。俺と賭けをしないか」

「賭け？」

「そうだ。きみの第六師団が優勝したらきみの勝ち。そうでなかったら俺の勝ちだ」

「ずいぶんと不公平な賭けだな」

「負けるつもりはないんだろう？」

メルの負けず嫌いとプライドの高さを熟知した顔で、ジェラルドはこちらを見下ろしている。こんな安い挑発に乗るのは癪だが、負けたところでせいぜい食事をおごらされるくらいのものだ。メルが戦略指揮を執る第六師団は、優勝まで残すところあと二戦。武官とはうまくやっている。ジェラルドが言うとおり、負けるつもりはない。メルは完全に油断していた。

「いいだろう。何を賭ける？」

「プレイだ」

「――――は？」

思わず、まじまじと彼を見つめた。

今彼は何と言った？　プレイを賭ける？

（正気か？）

だが、ジェラルドは堂々とくりかえした。

「俺が勝ったら、もう一度きみとプレイがしたい」

「バ……ッ」

あわててジェラルドの口をふさぎ、周囲を見回す。メルがスイッチだったことは、まだごくかぎられた者にしか伝えていなかった。

為政者の頂点を目指すメルにとって、サブでもあることはハンディキャップだ。スイッチであるメルのD／Sが今後どのように顕現し、どの程度コントロール可能かわかるまでは公表しないほうがいいというのが父モーリスの判断であり、メル自身の希望でもあった。だから、宮廷内ではメルはまだドムのままで通っている。シルヴェスタ王のグレアで昏倒した一件は、ドムとして力負けしたことにされていた。そういった諸々をジェラルドも知っているのに、不用心にもほどがある。

さいわい、近くにいるご婦人方は戦局に夢中だ。こちらの会話を聞いていたようすはない。胸を撫で下ろしながら、メルはジェラルドの胸板を叩いた。

「きみらしくもない……こんな誰が聞いているかもわからないところで、変な冗談を言うのはよせ」

「冗談ではないな。真面目にきみを誘っている」

「さっきから何を言ってるんだ！」

思わず声を荒らげると、ご婦人方の視線を感じた。あわてて声量を落とす。

「わたしはそんな賭けには乗らないぞ」

「自信がないのか？」

「ある。だが……」

「それならいいじゃないか。賭けよう。きみが勝ったら、俺もきみの言うことをなんでも一つきく」

ずるい言い方だ。メルの負けず嫌いを突いてくる。うまくのせられていることには気づいていたが、メルはうなずいた。

「いいだろう。こてんぱんに伸してやる」

「きみの相手は俺じゃないぞ」

「言われなくてもわかっている！」

愉快そうに笑うジェラルドを、メルはきつく睨み付けた。

（あとで吠え面かくなよ）

胸中で悪態をつき、メルは指揮官席へと向かっていった。

不本意な賭けをすることになったが、メルが戦略の指揮を執る第六師団は危なげなくトーナメントを勝ち上った。

準決勝を経ての決勝戦。

「第八エリア第七小隊、第八小隊後進。同時に第六エリア右翼から援軍。第七エリアの敵

軍を包囲。攻撃」

　メルは観覧席のふちに立ち、眼下のアリーナを見下ろしながら、淡々と次の戦略を口にした。

「これで第七エリアの敵軍は士気崩壊、攻撃不能。勝敗はほぼ決まりです」

「さすがだな」

「では、それでよろしいですか？」

「花の補佐官殿のおっしゃるとおりにしよう」

　メルと組んでいる第六師団代表のブラッドリー中尉が、にやりと唇の端を引き上げる。メルより五歳年上の気さくな子爵令息だった。

　万一に備え、このあとのシミュレーションも脳内で続けているメルの横で、ブラッドリーがアリーナの駒に号令した。

「第八エリア第七小隊、第八小隊後進。同時に第六エリア右翼から援軍。第七エリアの敵軍を包囲。攻撃！」

　盤面が動く。かすかなどよめきののち、向かいの観覧席から白旗が揚がった。降参の合図だ。

「勝者、第六師団！」

アリーナに響く宣言に、観客がわっと沸いた。

（勝った）

メルは小さく息をついた。

やっと終わった。安堵して、椅子に腰を下ろす。ジェラルドと話したときに感じた体の不調が、ごまかしきれないところまできていた。周囲に気取られぬよう振る舞ってはいたが、最後のほうは立っているのもつらかったのだ。

もう一つ、細く長く息をつく。

（らしくない戦い方をしたな……）

レクリエーション化しているとはいえ、シミュレーションでの勝敗は、各師団の士気にも影響する。普段のメルであれば、敵軍にも花を持たせるような勝ち方を模索するのだが、今はその余力がなかった。

「ありがとう、メルヴィル補佐官。きみのおかげで優勝できた。次回もきみと組めるといいな」

ブラッドリー中尉が手を差し出してくる。握手に応じ、メルは弱々しくほほ笑み返した。

「ありがとうございます。すみません。体調がすぐれないので、表彰式は中尉におまかせしたいのですが……」

「それはいけない。表彰式は引き受けるが、打ち上げにも出ないのか？」

このあと、アリーナを使っての表彰式と、無礼講（ぶれいこう）の立食までが一連の行事だ。とくに軍からの参加者は、タダ酒につられて出る者が少なくない。例年はメルも参加しているが、

「申し訳ありません」と断った。

「おいおい、大丈夫か？　迎えを呼ぼう」

「いえ、一人で帰れますので」

「そうか……？　じゃあ、気をつけて」

「ありがとうございます。失礼します」

うなずいて、観覧席から通路に出る。あたりに人影がないことを確かめて、メルは大きく息をついた。激しいめまいにふらつく体を、壁に手をついてなんとか支える。この体調不良は、おそらくサブの被支配欲求を満たせていない影響だった。大勢を相手に命令を続け、戦場の支配権を奪い合う、きわめてドム的な行為が決定打になったらしい。

昨夜、メルは四人目のドムのプレイメイトを呼んだ。ドムとしてなるべく強く、かつ、サブに対して紳士的なドムをと希望したのだが、そんな都合のいい人材が簡単に見つかるわけもない。派遣されてきたのは粗野な男で、会った瞬間から、メルの心が彼に膝を折ることを拒絶した。〝ひざまずけ〟のコマンドを拒否したメルに男は腹を立て、メルにグレア

を放ってきた。

サブにとって、プレイ相手のドムからグレアを浴びせられるのは、躾やお仕置きどころではない暴力だ。男は早々に追い出したが、メルの精神と肉体が負ったダメージは深かった。

（……さすがにつらいな……）

D／Sの欲求は本能だ。この胸をかきむしりたくなるような飢餓(きが)を満たさなければ、いずれ心身を病んで死に至る。この際、弱いドムでもいい、メルのプライドに障らない相手を選び、おざなりにでもプレイをこなさないと限界が近い。他に考えられるのは――。

――俺が勝ったら、もう一度きみとプレイがしたい。

年下の親友が思い浮かんだ。腹をくくって彼に頼むか。だが――だめだ。体調が悪すぎて考えがまとまらない。とりあえずは屋敷へ帰ろうと、壁伝いに階段を下りていると、「メル」と声をかけられた。

ハッとして顔を上げる。ジェラルドが階段を上がってくるところだった。

「見事な戦略勝ちだったな。あそこで右翼から援軍が出てくるとは誰も予想していなかった。だが、あれほど完膚なきまでに叩きのめすと後々……メル？」

メルの前まで来て、彼はメルの異変に気づいた。すぐそばにある強いドムの存在に、メ

ルのサブ欲求が膨れ上がる。欲しい。彼が。彼の命令が。本能の要求に体も心も呑み込まれる。

「……っ」

「メル！」

傾いだ体を太い腕がしっかりと支える。ほっとしたら、もう立っていられなかった。

「メル、どうした。具合が悪いのか」

「すまない、医務室まで……」

連れていってくれと言うのも無理だ。めまいからくる嘔吐感を、口をふさいでなんとかこらえる。

「失礼」

短く断ったジェラルドが、メルを横抱きに抱き上げた。

「うわっ……おい、ゲイリー！」

突然の暴挙(ぼうきょ)に驚く。こんな人の目のあるところで何をするのか。だが、彼は強い口調でメルの抗議を封じた。

「おとなしく抱かれていろ」

「――！」

脊髄を電撃が走る。一瞬呼吸さえも忘れた。脳髄が甘く痺れ、法悦の記憶とあさましい期待がメルの肌を震わせる。本能が全力でこの強いドムに従いたがっている。

「……」

メルはおとなしく口をつぐみ、彼の太い首に手を回した。コマンドを与えられたわけではなかったが、とにもかくにもジェラルドの命令に従ったことで、気持ち悪さはいくらかやわらいでいる。顔を隠すように彼の肩に鼻先をつけると、彼は大事そうにメルの体を抱え直した。目の前で火焔の髪が揺れ、彼の匂いがメルを包む。

（あ……、あ………）

だめだ。だめだと思うのに、本能が全力で彼を欲していた。彼に命令されたい。言うことを聞いて褒められたい。ドロドロに甘やかされて支配されたい――。

ジェラルドは、揺るぎない足取りでメルを医務室まで運んだ。体格はともかく身長はそう変わらないのに、目を瞠るような屈強さだ。

「すまない。緊急事態だ。奥の部屋を借りる。出てくるまで誰も近寄るな」

「は、はい、承知しました……っ」

王宮付の医師に断って、ジェラルドはメルを個室に運んだ。メルをベッドに下ろすと、体を丸めて顔を覗き込んでくる。

「メル。その不調は欲求不満のせいか？」

率直すぎる問いに顔をしかめ、メルは「ああ」と返事をした。

「どちらの欲求だ？」

メルは首を振って返事を拒んだ。わずかな動きなのにめまいがして吐きそうになる。

「……サブのほうか」

ジェラルドがため息交じりに言い当てた。

「つらいんだろう。なぜ俺に言ってくれない？」

まるでそうするのが当然のような言い方だ。人の気も知らないで。体調不良も手伝って、メルはつんけんと言い返した。

「なぜきみに言わなければならないんだ」

「プレイ相手のドムが必要だろう」

「それは、きみじゃなくてもいい。きみとわたしとは、パートナーでもなんでもない」

メルの言葉に、ジェラルドは一瞬なんとも言えない表情を見せた。怯(ひる)んだようにも、怒っているようにも見える。だが、その感情を小さなため息に逃がし、彼は食い下がった。

「……だが、実際に満足できていないんだろう？　メル。変な意地を張るのはよせ。きみには、きみのサブの被支配欲求を満足させてくれるドムが必要だ」

そして、ジェラルドであればメルを満足させられる――それは先日のプレイで証明されていた。

メルは強く唇を噛んだ。そんなふうに誘惑しないでほしい。

彼に迷惑をかけたくない。彼に弱い姿を見せたくない。彼に精神まで犯されるようなプレイが怖い――そのどれもが本心だ。だが今、強いドムを前にして、メルのサブとしての本能は、理性の手綱を振り切らんばかりに暴れている。

ジェラルドが、憂いと焦りの濃い声で言った。

「メル。俺では不満だときみが言うなら、誰かドムを呼んでくる。当てはあるのか?」

再び首を横に振る。

「だが、プレイをしなければ、きみは……」

続く言葉が現実になるのを恐れるように、ジェラルドは言葉を呑んだ。横になっているメルの脇に膝をつく。固く握り締められていたメルの手を取り、白くこわばった指先に口づけた。

「メル。お願いだ。今だけでもいい。もう一度、俺をきみのドムとして受け入れてくれ」

「――」

信じられない思いで、メルは彼を見た。床にひざまずくのはサブの役目だ。ドムがサブ

にひざまずき、許しを請うなど、普通ならありえない。だが、ジェラルドは本気だった。心からメルを案じ、本気でメルに受け入れてほしいと強く願っていながらも、コマンドとして命じるのでなく、メルに選択させてくれようとしている。ドムでもあるメルには、彼の行動がどれほどドムの本能に反するかがよくわかる。だからこそ、彼の誠実さ、真摯(しんし)さが、メルの心を揺さぶった。

　彼の「お願い」を聞いてあげたい。彼の求めに応えたい――サブとしての本能の希求が、メルの心を後押しする。

　ぐらぐらするめまいをこらえ、「……きみは」と、重い口を開いた。

「きみは、わたしの親友だ」

「そうだ」

「親友のきみのコマンドに溺れて、みっともない振る舞いをするのは、あの一度でたくさんだ……」

「きみがそう思っているのは知っている。だが、俺はそれを望んでいる。きみのそんな姿を見たがる俺が悪い」

　どこまでもやさしく、彼はメルを甘やかす。心が傾く。肉体は本能にとっくに支配されていた。

「メル、頼む。俺を役に立たない男にしないでくれ。きみが『親友』と呼びかけてくれたら、俺はかならず踏みとどまる」

そうだ。彼はメルの親友だ。メルにひどいことはしない。セーフワードを発すれば、彼はかならずやめてくれる。

その信頼が、メルの最後のためらいを取り払った。

「……賭けに勝ったら、なんでも言うことを聞くんだったな」

「ああ」

「なら、軽蔑しないと約束しろ」

前回と同じことを頼んだ。言葉こそ高圧的だが懇願に近い。とどのつまり、メルが一番恐れているのはそれなのだった。ジェラルドに軽蔑され、嫌われるのは耐えがたい。

ジェラルドもまた、前回と同じように肯定した。

「当然だ。言われるまでもない」

落ち着いた声で確認を続ける。

「プレイ中に避けたいことは？」

「このあいだしたくらいの……ハグやキスや体に触るくらいは大丈夫だ。だが、きみのペニスをわたしに挿入するのはやめてくれ」

「わかった」

ジェラルドは再びメルの手に口づけた。上目遣いにメルをうかがう。

「メル。きみに命令（コマンド）してもいいだろうか？」

「ああ」

うなずき、「許す」と言い添えた。

「ありがとう。きみの親友として、きみに恥じないドムであると誓う」

それがプレイを始める合図だった。

立ち上がったジェラルドが、メルに命じる。

「メル。〝床に座りなさい〟」

コマンドの声がメルの脳に染み込んでくる。それだけで幸福を感じた。サブとしての本能が歓喜している。プレイメイトのドムに同じことを命じられても、ちっとも従いたいと思えなかったのに。メルは陶然としてベッドから下り、床に尻をつけてぺたりと座った。

「よくできたな」

褒めてくれる声、撫でてくれる指、そのどちらもがたまらなく気持ちいい。飢餓感が急速に遠のいていく。

「よし。では、〝立って〟。〝ドアの鍵を閉めてきなさい〟」

ハッとして、命じられるまま、ドアに鍵をかけにいった。人払いはしているが、万一がないともかぎらない。メルもサブとしてジェラルドのコマンドに骨抜きになっている姿は、他の誰にも見られたくなかった。

「おかえり。よくできたな」

戻ってくると、ジェラルドは満足そうにほほ笑み、メルの頬を撫でてくれた。あいかわらず、丁寧に褒めてくれる。軽いハグを甘受（かんじゅ）しながら、メルはたずねた。

「這って行かなくてよかったのか?」

やや屈辱的ではあるものの、〝床に這え〟は、D／Sのプレイとしては、〝ひざまずけ〟と同じくらい基本的なコマンドだ。

だが、ジェラルドは首を横に振った。

「高潔な親友（とも）が地面に這いつくばるのを見たいとは思わない」

「……きみは……」

メルはため息のように呟いて、視線を落とした。

サブとしてだけでなく、人間として大事にされている。そう感じられることが、サブとしての悦びも与えてくれる。それでも、「できないことはないぞ」と口走ってしまうのは、メル本来のプライドか、それともサブ本能の誘惑か。

「わかっている」

ジェラルドは笑い、ベッドに上がって、「〝おいで〟」と命じた。ジェラルドはメルを軽く抱き寄せ、もう片方の手で頭を撫でてくれた。

前回のことを思い出し、彼の太腿を跨いで座る。

「よく覚えていたな。偉いぞ」

「……忘れられるわけがない」

憎まれ口がこぼれるが、歓喜する心は止められない。

ジェラルドは怒るでもなくほほ笑んで、メルの背に回した手で髪を束ねるリボンに触れた。

「〝ほどかせてくれ〟」

「ああ」

しゅるりとリボンがほどかれる。ジェラルドは撫でるように手櫛でメルの髪をほどき、続けて命じた。

「メル。〝こちらを向きなさい〟。きみの顔をよく見せてくれ」

言われたとおり、彼を見つめた。スカーレットの瞳が、熱く甘く、まっすぐにメルを見つめてくる。サブとして支配されることを期待している、あさましい自分を見透かされて

しまいそうだ。そんなにじっと見ないでほしい。そう感じる理性の抵抗を、本能がねじ伏せていく。葛藤に瞳を揺らしていると、ジェラルドが「メル」とうながす声音で名前を呼んだ。

「〝思っていることを言いなさい〟」

思わず眉間に皺が寄る。そのくらい察しろと思うが、プレイでは言わせることに意味があるのだ。メルはためらいがちに口を開いた。

「……困っている」

「なぜだ？」

「きみに……」と言いかけ、唇を噛む。

「メル？」

「……きみに、あまり見つめられると、あさましい自分を見透かされてしまいそうで……」

とがめず、ジェラルドはごくやさしげな表情で提案した。

「そうか」

「メル。挿入が怖いと言っていたな。きみが性的な接触に抵抗があるなら、今日はプレイが終わるまで、これ以上きみに触れずにいようか？」

それでプレイになるのだろうか。疑問に思ったが、うなずいた。

「きみにまかせる」

「それでは、メル。〝服を脱ぎなさい〟」

命じられ、服に手をかける。今日は戦略シミュレーション大会があったので、長衣の上に上布と飾り帯も締めていた。それらを一つひとつはずしていく。

人払いはしてあるが、それでも隣の医務室に人の気配はある。そもそも王城、二人にとっては仕事場だ。こんなところで、まだ夜も浅いうちからプレイに耽るだなんて……。

後ろ暗い気持ちがあるにもかかわらず、体はジェラルドの視線に興奮していく。立てた両脚で前を隠すと、ジェラルドがすかさず命令した。

「メル。〝見せなさい〟」

「……」

メルは吐息を震わせた。胸元にかかっていた髪をかき上げ、肩から背中へと流す。おずおずと脚を開いた。

ジェラルドの燃えるような視線が、目元から頬を伝い、首筋を下りていく。メルは目をつむった。鎖骨をたどり、胸の尖りへ……見えずとも、彼の視線が肌を舐めていくのがわかる。胸から脇腹をたどり、腰骨のカーブに沿って草叢（くさむら）へ――。

「……、……っ」

鼓動が速くなり、呼吸が乱れる。

（こんな、自分から見せつけて……）

猛烈に恥ずかしい。羞恥で死ねるなら、とっくに死んでいる。けれども、恥ずかしいと思えば思うほど、体は熱を上げていくのだ。ジェラルドの視線を感じて、ペニスの角度が鋭くなり、先端から先走りがあふれてくる。

（……どうして……）

自分の反応が信じられなかった。これではまるで辱められて喜んでいるようだ。

（恥ずかしいのが好きだなんて、まるきりサブそのものじゃないか）

理性が抵抗を感じる一方で、本能はジェラルドが自分をあまさず見てくれることに悦びを感じている。羞恥と幸福で頭がおかしくなりそうだった。

「ゲイリー、助けてくれ……わたしはおかしい」

思わず泣き言を漏らしてしまう。なさけない。でも今、メルがすがることができるのは、自分を支配しているジェラルドを置いて他にはいない。

「メル。〝目を開けて俺を見ろ〟」

やさしく、だが、容赦なく、命令された。ごくりと唾を飲み込み、おずおずと目を開く。彼と視線が結ばれた瞬間、逆巻く炎が視線を伝って流れ込んできたように感じた。脳と心

臓が揺さぶられ、全身の肌が粟立つ。恐れとも歓喜ともつかない感情がこみ上げ、涙になって目からあふれた。

「ゲイリー」

「いい子だ、メル。泣かないでいい。きみは本当に素敵だよ」

ジェラルドはとろけそうな表情で目を細め、メルの濡れた頬を何度も撫でた。

「こんなことを言ったらきみは怒るかもしれないが、羞じらうきみは、いつにも増して魅力的だ。朝露に濡れたようなすみれの瞳も、震えるばらの唇も、赤く染まった目元や頬も、本当に美しい。きみが恥ずかしいのをこらえて俺のコマンドに応えてくれることが、俺を天にも昇る気持ちにさせる。どうか、もっと見せてくれ」

「……ゲイリー……」

恋人のように甘い全肯定の言葉が、耳からメルを深く犯した。

こんな恥ずかしい自分でも、彼はまるごと引き受けてくれる。このドムは自分をけっして拒絶しない。その絶対的な安堵が心に染み渡る。爆発的な歓喜が羞恥心を凌駕した。舞い上がる心に引きずられるように、メルのペニスは今にもはじけてしまいそうなほど膨らんで、とろとろと白濁混じりの蜜をこぼしている。

（いきたい）

彼に見てもらいながら、思いっきりいきたい。欲望で頭がいっぱいになる。

「ゲイリー」

せつない声で彼を呼んだ。彼は「うん」とうなずいた。メルの言いたいことは、たぶんわかっている。でも、彼から許してくれるつもりはなさそうだった。言葉にすることを求められている。いやだ。恥ずかしい。でも、いきたい。いきたい。いきたい――。

唇をわななかせ、喉から声を押し出した。

「……さ……触っても、いいだろうか……？」

「きみが上手におねだりできたら」

ジェラルドはやさしげにうなずいた。

「おねだりのしかたは知っているだろう？」

メルがサブの本能を抑えられなくなっているのと同様に、ジェラルドもまたドムの本能が昂ぶっているのだろう。傲然とした一面が顔を出す。どんなにやさしく紳士的でも、この支配者の顔もまた確かに彼の一面なのだ。

反発は覚えなかった。陶然と、メルはおねだりを口にした。

「触りたい……、触らせてください」

「何に？」

「わたしのペニスに……」

「いいだろう」

許可を得て、性器に指を伸ばす。親友の目の前でこんな慎みのないことを、と、一筋だけ残った理性が羞恥に悶える。だが、それすらも心と体の快感を増幅させるスパイスに過ぎなかった。

「……っ」

欲望にまかせて、茎に触れる。それだけで達してしまいそうなほど気持ちいい。一度触れてしまうと、もう止まらなかった。体を丸めながら夢中でしごく。

「メル、〝見せろ〟」

「……、うん……」

子供のように幼くうなずき、メルは無意識に閉じていた膝を開いた。

「カリの下が弱いだろう？　親指でもっと〝いじめなさい〟」

「……っ、……あ……っ」

自分の手が勝手に動く。確かに腰が砕けそうなほど気持ちよかった。彼の言うことを聞けば気持ちよくなれる——頭にそう擦り込まれる。

「もっと……」

「もっと？」

「もっと、命令して……っ」

ジェラルドがふっと笑ったような気がした。でも、見ている余裕はない。

彼はメルの耳に唇を寄せて囁いた。

「ならば、もっと〝いやらしくいじめろ〟。右の手のひらで先端を丸く撫でながら、左手で茎をしごくんだ」

「んっ……、は……っ、あっ、あぁァ、いい……っ」

声に犯される。今メルのペニスに触れているのはメルの手でも、動かしているのはジェラルドだった。ドムの命令に服従するサブとしての精神的快美と、体で感じる直接的な快感。両者が混ざり合い、メルの心身を犯していく。気持ちよくて気持ちよくて、夢中で快感だけを追う。

「あ、いい……っ、気持ちいい……っ、いく……いく……っ」

「だめだ」

突如傲然とした声にさえぎられ、メルは「え……っ」と目を見開いた。それでも、ジェラルドに支配された体は反射的に動き、手で性器の根本を押さえ込んでいる。堰き止められた快感が腰の奥で渦を巻く。メルは呆然とジェラルドを見上げた。

「どうして……、いきたい、もういかせて……っ」

「勝手にいくのはだめだ」

厳しい声で言い、ジェラルドはコマンドを出した。

「〝俺を見て答えろ〟、メル。今きみを支配しているのは誰だ？　きみは、誰にお願いしている？」

「――――」

メルはすみれの瞳をいっぱいに見開いて、ジェラルドを見つめた。震える唇が勝手に答える。

「ジェラルド・バトラー」

――そうだ。自分はたった今、弟のように接してきた親友の支配に溺れ、「いかせて」とねだったのだ。

はっきり認識すると同時に、かーっと顔に朱が上った。首筋まで熱くなる。荒れくるう羞恥がメルの心をめちゃくちゃにする。だが、それすらも今のメルの中では快感に置き換わった。

「……ゲイリー」

恍惚と愛称を呼ぶと、ジェラルドは満足げに目を細めた。大きな手が、褒めるようにメ

ルの頬を撫でる。

「そうだ。〝よく覚えておけ〟、メル。ジェラルド・バトラーは、きみを支配するにふさわしい男だ」

メルは従順にこくりとうなずいた。

常に紳士的な親友が隠し持っていた傲慢な姿――だが、やはり反発は覚えなかった。どころか、今自分を支配するドムの素晴らしさに感動するような心持ちになる。

メルが己の支配をゆだねられる、圧倒的に強く、サブに対して紳士的なドム――彼こそがメルの求めていたドムだと思った。

「いきたい……、ゲイリー、お願いだ。いかせてください」

「いいよ、メル」

恐ろしいほどやさしい声音で、ジェラルドは許した。

「ただし、きみは俺を見ていくんだ。〝こちらを見なさい〟」

「あ……！」

交わった視線から、精神を、肉体を犯される。快感が爆発した。精巣よりもっと奥、メルにもどこだかわからない場所から、とんでもない法悦がせり上がってくる。押し上げられるように高まる射精感に、メルは翻弄された。

「う……っ、あっ、んん……っ、ゲイリー、ゲイリー……怖い、手を……っ」

握って、と、言葉にできなかった言葉を掬い上げるように、ジェラルドがメルの手を握る。

「いくときは〝言いなさい〟、メル」

「あ、いく……、もういく……っ、いくっ、イクッ、イかせて……っ」

「OK、メル。〝いきたまえ〟」

「〜〜〜〜ッ！」

ジェラルドの許可と同時にメルは達した。指一本触れられていないのに、射精までジェラルドにコントロールされている。それがいい。気持ちいい。激しすぎる絶頂に、視界がホワイトアウトする。

「よくできたな、メル。とてもかわいかった」

甘い声でジェラルドが褒めてくれた。耳からとろけてしまいそうだ。

「きみを抱き締めても？」

「ああ……」

撫でてほしい。もっともっと褒めてほしい。

メルの願望のままに、ジェラルドはメルを抱き寄せ、こめかみにキスを落とした。

「かわいい、メル。今日もとても素敵だった」

囁いて、ぎゅっと抱き締めてくれる。じゅわあと溶けたバターがパンに染みこむように広がった充足感が脳を痺れさせ、多幸感でいっぱいになる。

サブの自分がこれだけ気持ちよくなっているのだ。ジェラルドもまた、ドムとしての満足感を得ているに違いない。視線を落とすと、案の定、彼の股間は大きく盛り上がっていた。

「ゲイリー、きみのそれは……？」

言いながら、視線で示す。ジェラルドはメルに触れないと言っていたが、メルが奉仕するのはまた別だろう。求められれば応じるつもりでたずねたが、ジェラルドは小さく苦笑しただけだった。

「気にしなくていい」

そっと体を離したジェラルドがプレイを終えようとしているのを察し、メルは思わず彼の二の腕を掴んだ。

「その……よかったら、わたしがしようか？」

口からまろび出た言葉にうろたえる。

（何を言っているんだ、わたしは）

だがもう、引っ込みがつかない。彼の股間に触れようと伸ばしたメルの手を、ジェラルドがやんわりと摑んで押しとどめた。

「本当にいいんだ」

念を押すように首を横に振る。

「どうして……？」

「今日は、プレイできみに触れないと約束した」

「……それは……」

反故にしてくれてかまわない。自分だけこんなに気持ちよくしてもらって、彼に何もしてあげられないのは申し訳ない。勢いだけだったが、せっかく自分から誘ったのに、受け入れてもらえなかったことがかなしい。つらい。なさけない。メル自身の気持ちとサブの本能が混ざり合う。サブの気落ちはコントロールが難しい。

「メール」

とろとろに甘やかす声音で、ジェラルドがメルを呼んだ。やさしい手つきで頭を撫でられる。

「そんな顔をしないでくれ。今日も、きみはとても素晴らしいサブだった。そんなふうに言ってもらえるほど、きみを満足させてあげられたなら俺も満足だ。ただ、ここで、これ

以上はやめておこう。俺も我慢できなくなる」

言われて、メルはようやく自分たちのいる場所を思い出した。王城内、誰がやってくるともかぎらない医務室の個室だ。ジェラルドがこれ以上したがらないのも当然だった。

正気を取り戻すと同時に、顔に朱が上る。メルは視線をさまよわせた。

「メル。体調は?」

「……大丈夫だ。すっかり落ち着いた。ありがとう」

だが、まだジェラルドから離れがたい。どうしようと思ったが、彼も今以上にメルを離すつもりはないらしく、メルの乱れた髪を指で梳きながらほほ笑んだ。

こうしていると、いつもの彼だ。プレイ中の傲岸な姿が嘘のように思えてくる。メルは自分から彼に手を伸ばし、頬に触れた。なめし革のような張りのある肌が、メルの指の下でくすぐったそうに微笑にたわむ。よく知る親友の顔に、メルはほっとした。ドムの彼は、サブのメルにとっては至高の男だが、正気のときにはどう対峙していいかわからない。それでも、メルを救ってくれたのは、他でもない、目の前の彼なのだ。

「ゲイリー、ありがとう。これで二度もきみに救われた。こんなふうに言っては身勝手に聞こえるだろうが、きみがドムでいてくれて、わたしは本当に助かっている」

「……メル」

彼は微笑を浮かべたまま、かすかに眉を寄せた。それから、改まった口調で切り出す。

「メル。きみがスイッチの自分に戸惑っているのを知っている」

「そうだな……どちらかというと、まだ信じられなくて、夢じゃないかと時々思うよ」

ジェラルドはメルの言葉をうなずきながら聞いてくれたが、「だが、」と逆接であとを引き取った。

「きみがどんなに戸惑っても、きみはスイッチだ。しかも、今はサブ寄りになっている。これからは、サブの自分とも向き合っていかなくてはならない」

「ああ……」

つい落としてしまった視線を掬い上げるように、ジェラルドは両手でメルの頬を包んだ。

「メル。俺のパートナーになってくれないか」

「――」

メルはすみれの瞳を見開いて、親友を見上げた。

D／Sにとっての「パートナー」は、婚姻によって結ばれる伴侶とはまったく別の次元のものだ。本能に突き動かされてのプレイを唯一共にする相手――もちろんそれが伴侶を兼ねるのが理想的ではあるけれど。

「きみと……？」

正直、考えたこともなかった。当然だ。メルの自己認識は、今までずっとドムだった。同じドムのジェラルドは、無二の親友（とも）にも、弟のような存在にもなり得たが、パートナーにはけっしてなり得ない存在だったのだ。

「どうだろうか？」

答えを求められて、たじろぐ。確かにプレイ中、彼こそがメルの求めていたドムだと思った。だが、今すぐ結論が出せるわけがない。

「いや……、……いや、待て。待ってくれ。きみがだめだというわけじゃないんだ。ただちょっと、考えたこともなかったから……」

「なら、今からでも考えてほしい」

いつになく強引なジェラルドに、プレイ中のドムの片鱗（へんりん）を見る。

メルは「わかった」と答えることしかできなかった。

4

時計の針が終業時刻を回った直後、執務室の入り口で小さなざわめきが起こった。奥の机で書類を捌いていたメルも気づいて目を上げる。と、燃えるような赤毛が視界に飛び込んできた。クレイバーンでは赤毛は特別めずらしいものではないが、あれほど見事な赤毛をもつ者は、王宮には一人しかいない。

(ゲイリー?)

視線が合った瞬間、精悍な顔に子供のように屈託のない笑みが浮かんだ。どうやら彼の目的は自分だったらしい。

(またか)

メルは眉を寄せ、視線をはずした。

メルのパートナーに名乗りをあげてから、ジェラルドは以前にも増して頻繁にメルを誘うようになった。狩り、遠乗り、最近人気だというレストラン……友人としても一緒に行っていた場所ばかりだが、会うたびに花を贈られたり、甘い言葉を囁かれたり。プレイのパートナーというだけでなく、まるで自分を口説き落とそうとするかのように接されて

困惑している。

　ジェラルドの人となりは大変に好ましく、友人としてはこの上ない存在だ。けれども、ついこのあいだまでドムの男性同士――パートナーとしても結婚相手としても、もっとも遠い存在だったのだ。少なくともメルの側には恋愛感情はなかった。

　なのに、メルがスイッチだとわかったとたん、ジェラルドの態度は変わってしまった。確かに、事後の雰囲気と真剣さに呑まれ、「パートナーになることを考えてほしい」という要望に、「わかった」と答えてしまったが、これでは考える余裕がない――というか、悩みの種が増えている。自分がスイッチだということもまだ受け入れがたいのに、親友だと思っていた相手にぐいぐい迫られ、「ちょっと待て」と言いたくなった。彼にしても、「ドムだと思っていた親友がスイッチだった」ということに驚きや戸惑いはないのだろうか？

（なんでそんなに切り替えが早いんだ。親友なら、わたしの気持ちももっと気遣え！）

　やつあたりじみた気分で机の書類に向かっていると、隣まで来たジェラルドが声をかけてきた。

「メル。仕事はまだかかるだろうか？」

「見ればわかるだろう。忙しいんだ」

　本当のところ、今日やらなければならない仕事は終わっているが、顔も上げずにそう返

す。誘いにのるつもりはないという意思は伝わったようで、ジェラルドはやや気落ちした声になった。

「そうか……コンサートにつきあってもらえないかと思ったんだが」

「コンサート?」

思いがけない単語に、つい反応してしまう。書類から上げた視線が、スカーレットの瞳に捕まった。にっこりとほほ笑みかけられ、メルは内心舌打ちした。つきあいが長いせいで、何だったら相手の興味を引けるのか、互いにわかりすぎるほどわかっている。

「リースの森の野外コンサートだ。バートランド国立管弦楽団が招かれている。きみ、確か、チケットが取れなかったと言っていただろう」

「ああ……」

ジェラルドの言葉に、メルはためらいがちに相槌をうった。

クレイバーンでは、日が長くなる初夏から夏にかけて、野外劇場での演劇やコンサートが盛んに行われる。貴族も庶民も着飾って劇場に繰り出し、葡萄酒(ぶどうしゅ)やエールを片手に長い夏の夜を楽しむのだ。仕事が忙しすぎてチケットを取るタイミングを逃がしたのだが、そういえばバートランド国立管弦楽団による野外コンサートは今日と明日のはずだった。

メルは思わず黙り込んだ。正直、心惹かれる誘いである。芸術では管弦楽が一番好きだ

し、大陸一と名高い楽団の演奏だ。ジェラルドと距離を取りたいと思っていたが、「行きたい」ほうに心は振れた。だが、一度「忙しい」と断った手前、「やっぱり行きたい」とは言い出しづらい。

　そういうメルの性格を熟知している親友は、あくまでへりくだった言葉を選んだ。

「行けなくなったという知り合いに頼んで、チケットを譲ってもらったんだ。きみが多忙なのは重々承知しているが、今夜は俺の顔を立てて、少しだけ時間をくれないか？」

　逡巡ののち、メルはしぶしぶという素振りでうなずいた。

「……きみがそうまで言うなら、しかたない。せっかくのコンサートで、座席に穴を開けるのはしのびないしな」

「ありがとう、メル」

　ジェラルドの顔が喜色（きしょく）に輝く。その顔を見ると、上手いことのせられてしまったと感じる一方で、そこまで喜ぶならまあいいかとも思った。

「開演は十九時だ。十八時過ぎに迎えにいく」

「まったく、こういう誘いは早めに言ってほしいものだな。身支度にかける時間がないじゃないか」

　文句を言いながらもメルはペンを置き、書類をそろえて机の引き出しにしまって席を

立った。

（……何だ？）

視線を感じ、メルは室内を見回した。こちらを見ていた同僚たちと目が合うが、なぜだかパッとそらされる。急ぎの仕事でもあっただろうかと記憶をさらったが思いつかない。

「それじゃあ、お先に」

そう言って、赤獅子の騎士団長と連れ立って出ていく自分の後ろ姿を、同僚たちが好奇心いっぱいにうかがっていることに、メルが気づくことはなかった。


一度スタンレーの屋敷に戻り、宮廷服から私服に着替えた。

蜂蜜色の髪にすみれの瞳、白大理石のごとく透きとおる肌。体にまとう色合いが淡いので、似合う服も白か青、あとは淡い寒色系ばかりだ。

王都メレディス近郊は、からりと冷涼な気候で、夜には冷え込むことも多い。野外劇場は貴族にとっては社交の場でもあるが、庶民もいる気軽な場ということを考慮して、薄物のブラウスとサックスブルーの上下を選んだ。ジャケットの襟元や袖口に銀糸の縫い取りがあり、華やかで遊び心がある。

軽くサンドイッチをつまんでいると、バトラー家の馬車が迎えに来た。盛装したジェラルドが下りてきて、従者よろしくメルに手を差し伸べる。「姫君扱いするな」と、喉元まで出かかった言葉を呑み込み、メルは彼の手を取った。一度は諦めていたコンサートだ。チケットの礼に、このくらいは応じてやってもいい。

走り出した馬車の向かいの座席で、ジェラルドが目を細めた。

「メル。今夜のきみもとても素敵だ。月夜に遊ぶ妖精のようだな」

「やめてくれ。わたしは姫君じゃないぞ」

今度こそ苦情を口にするが、彼はくすりと笑っただけだった。

「俺の知るどの姫君より、きみのほうが美しい」

メルは小さくため息をついた。彼が本気で言っているのがわかってしまうから困る。プレイ中にメルをべた褒めしてから、彼はメルの容姿を褒めることを自重しなくなった。

「きみも……」

話題をそらそうと無難な褒め言葉を探すのだが、上手い言葉が見つからない。

今夜のジェラルドは、黒のビーズをあしらった漆黒の上下に、深いボルドーのブラウスを合わせていた。シックで、大人びて、夜遊び向きの装いで、彼の赤毛とスカーレットの瞳によく似合う。

心の中ではいくらでも褒められるのだが、口にするのは気恥ずかしかった。「素敵だ」も、「格好いい」も、友人同士で贈り合う言葉ではない気がする。こんなとき以前の自分はどう言っていたのか、ふしぎなくらい思い出せなかった。

「……日が長くなったな」

馬車の窓に視線を逃がして話題を変える。

クレイバーンの夏は、十八時過ぎでもまだほんのりと空が明るい。白から群青へグラデーションを描く空に、一つ大きな星が光っている。

「そろそろ予算折衝の時期か」

ジェラルドの言葉に、メルは顔をしかめた。

初夏は夜遊びの時期の始まりであると同時に、予算折衝の時期でもある。多忙な一年の中でもっとも過酷な日々が目の前に迫っていた。

「今それを思い出させるな」

例年の激務を思い起こしただけで、ぐったりした気分になってしまう。そんなメルに、ジェラルドは「すまん」と笑った。

リースの森は、王都メレディスの東に広がる、明るい広葉樹の森である。馬車は三十分ほど走って、コンサートの会場である野外劇場に到着した。開演まで約十五分。メルはグ

ラスに入った白葡萄酒を、ジェラルドは木製のジョッキに入ったエールを買い、すり鉢状に造られた石造りの劇場で座席をさがした。区切られたエリアの中ならどこに座ってもいいとのことだったので、なんとなく他の人々から距離を取り、後ろのほうに腰を下ろす。松明（たいまつ）の明かりが揺れ、通り過ぎる夜風が気持ちよかった。

「そういえば、チケット代は？」

メルの質問に、ジェラルドは「いらない」と首を振った。

「そんなわけにはいかない」

「いいんだ。きみも知ってのとおり、俺は音楽には明るくない。でも、きみが好きなものなら知りたいと思うんだ。俺の勉強につきあってもらっているのだから、チケットは受け取ってほしい」

今まで興味がなかったものでも、きみの好きなものには興味がある――やはり口説かれているような気がしてしまう。これもメルの自意識過剰なのだろうか？　それとも、彼は本気で自分のことが好きなのだろうか？

何度も頭の中でくりかえしてきた疑問がまた湧き上がってきた。メルがいくら考えたところで答えは出ない。だが、隣にいる親友は、その正解を知っている。自分一人思い悩んでいるのが急にばからしく思えてきて、メルは単刀直入にたずねてみた。

「きみは、わたしのことが好きなのか?」

唐突な質問にジェラルドは目を丸くし、一拍ののちに噴き出した。

「ああ、そうだな。きみが好きだ」

ためらいもせず、堂々と答える。

(ずいぶん余裕だな)

自分はあんなに悩んでいたのに。

ムッとしつつも、メルは念を入れて確認した。

「それは恋愛感情か?」

「兄のような年上の親友として。相性最高のプレイのパートナーとして。それから恋愛感情でも」

「……」

今度はメルが声を失う。やはりためらいのない言葉からは、ジェラルドもまた思い悩んで、考えて、その結論に達したのだという、覚悟のようなものが感じられた。

「……いつから?」

ジェラルドはほんのりと苦い笑みを浮かべた。

「こうなった今だから言うが、許してほしい。たぶん初等学校のころからだ。最初は、美

しく聡明なきみが親友であることが誇らしいだけだった。だが、中等学校できみもドムだと聞いたとき、パートナーになれないことにショックを受けた。それで、きみへの気持ちを自覚した」

「そんなに前か」

つまり、ドムの判定とほぼ同時にメルへの気持ちを自覚していたということだ。メルはさらに困惑を深めた。

「……わたしはずっと、きみを親友だと思っていた」

「俺もそう思っている。ただそこに、きみのパートナーにも、恋人にもなりたいという欲がくっついているだけだ」

「ドム同士だったのに？」

「だから、きみには言わないつもりでいた。恋心は一生心の裡に秘めたまま、親友として側にいるつもりだった」

ほんの少し声がうわずり、ジェラルドはエールを一口含んだ。

「だが、きみがサブでもあるなら話は別だ。俺はきみの親友だが、きみのパートナーにも、恋人にも、伴侶にもなりたい」

「…………」

メルは再び沈黙した。口説き文句どころか、熱烈で貪欲なプロポーズだ。雑談でするには重たすぎる。眉を寄せ、舞台で音合わせを始めた楽団員のほうへ視線を逃がした。

ドムとサブとして「相性最高」というジェラルドの言葉にはメルも同意だ。今まで試した他のどのドムも、メルを従わせることはできなかった。現状では、メルのサブ欲求を満たすことができるのは彼だけだ。これから先、サブとしての被支配欲求から逃れられないというのなら、パートナーになってほしいという彼の申し出は、メルにとっても悪くない話だった。

（だが、それだけで受け入れていいのか？）

そもそもスイッチである自分は、ドムとサブのいずれをパートナーにすればいいのだろう。それさえまだよくわからない。もしジェラルドをパートナーに選んだあとで、メルのドム性が強く現れてきたら？　プレイメイトのサブを相手にプレイするのは、浮気にはあたらないのか？　パートナーだけならまだしも、恋人や伴侶にまでなった上でプレイメイトを呼ぶのは完全に浮気だと思う自分の頭が固いのか？

メルが何も言えないでいると、ジェラルドはそっとメルの手に手を重ねてきた。無骨な、だが、温かい手だ。拒む気持ちは生まれなかった。

「メル。きみには俺の気持ちを知っておいてほしいからすべて話したが、今すぐに同じ感

情を求めているわけではないんだ。いずれ同じ感情を返してくれたらうれしいが、答えを急がせるつもりはない」

「……そうなのか?」

「ああ。今はプレイのパートナーとして受け入れてくれたら十分だ。きみがプレイの相手に不自由して、心身を病んでいくのは見ていられない。きみの力になりたいんだ」

そう言うジェラルドの声音は、本当に痛ましそうだった。すでに二回もみっともない姿を見せている。そのたびに彼は心を痛めてくれたのだろう。

「……ゲイリー……」

メルは彼を見返した。揺れる松明の炎のように、スカーレットの瞳が揺れている。

「……きみの気持ちはうれしいが、きみを都合よく利用したくないんだ」

「きみとパートナーになるのは、きみにとって都合がいいだけじゃない。俺にとってもメリットがある」

「たとえば?」

「きみなら、俺に過度な身体的被虐を求めたりはしないだろう。きみならドムの俺にかしずかれるのもいやがらない」

「それはそうだな」

メル自身も最初から感じていたことだが、あらためて聞くほどサブらしさがない。だが、そういうメルだから都合がいいのだとジェラルドは言う。

重ねていたメルの手を取り上げてそっと口づけ、彼は誓うように囁いた。

「プレイで命令（コマンド）することはあっても、俺はきみからけっして搾取しない。軽蔑など絶対にしない。きみを傷つけず、きみの欲求を満たしてあげられることで、俺もまた充分に満たされる」

きゅっと胸が痛むようで、メルは知らず、眉を寄せた。

「……きみはわたしの大切な親友だ」

メルがしがみついているこだわりを、ジェラルドは「ああ」と受け止めた。

「俺たちは今までと変わらない。これからも親友だよ」

「そんなことが可能なのか？」

「きみと俺で可能にするんだ、メル」

自信と希望に満ちた声だった。

息を呑む。圧倒的なドムの誘惑に、サブ寄りになっている今のメルはどうしても惹かれてしまう。意思決定を本能にゆだねるのはいやだ。だが、サブとしてのメルには彼が必要なのだと思う。

「……この先、わたしがずっとサブ寄りだとはかぎらない。もしかしたら、いつかドムとしてサブのパートナーを必要とするときが来るかもしれない。きみの気持ちにも、親友以上の感情を返せないままかもしれない。そういった可能性がわかっていて、パートナーになるのは、きみに対して不実じゃないか？」

「それでもいい。お願いだ。イエスとだけ言ってくれ」

ジェラルドの懇願に、メルは眉を寄せて苦笑した。プレイ中でもないのに、メルの中のサブ性はドムの「お願い」に応えたがっている。だがそれ以上にメルの心を動かしたのは、長年培ってきた関係性だった。

「きみ、ずるいぞ。わたしがきみの『お願い』に弱いのをわかってやっているだろう」

「きみがうなずいてくれるなら、どんなみっともないことだって、ずるいことだってする」

「……しかたがないな」

とうとうメルはうなずいた。決めたのは、メルの心だった。

「いいぞ。パートナーになってやる。きみのコマンドに昏倒せず、依存せず、対等でいられるサブなど、わたし以外にいないだろうからな」

「メル！」と、ジェラルドが歓喜の声をあげる。

「うわ……っ」

重ねた手を強く引かれ、体勢をくずした。抱き留められ、強く抱き締められる。

「落ち着け。パートナーだけだぞ。それ以外は保留だからな」

「わかっている。十分だ！」

そう言いながら、全身で喜びを表す彼の広い背に手を回した。なんだかんだと言いつつ、自分は彼に弱い。諦めの気分で、ポンポンと軽く叩いて体を離す。

指揮者が舞台に登場し、会場から拍手が起こった。初夏の夜のコンサートを、二人は並んで楽しんだ。


さて、予算折衝の時期である。

国の大まかな年度予算は、各省からの概算要求を財務省が査定して、宰相と各省大臣で構成される会議に提出される。が、それですんなり収まるはずもなく、認められなかった予算の復活を求める各省からの復活折衝には、宰相補佐官と各大臣補佐官が複数名であたることになっていた。折衝の量が膨大で、とても宰相と各大臣だけでは捌ききれないためだ。

「ですから、これは必要経費と申しますか……」

額に汗を滲ませて食い下がる軍人に、メルは書類を突き返した。

「であるならば、過去数年の支出明細書とその分析、提言を提出してください。その上で検討が必要な案件かと存じます」

「……っ、クソッ」

やり込められた軍人が、辛抱(しんぼう)ならないというように、椅子を蹴立てて机を叩いた。

「わからん若造だな！　とにかく要るんだ！　財務省の査定は通過しているのに、なぜ会議を通らない！」

メルはすみれ色の瞳をすうっと細めた。

「査定に問題があったからです。あなたの前任者はそれが原因で処分されたのですが、あなたもあちらと癒着(ゆちゃく)なさっているので？」

「やかましい！　おまえじゃ話にならん！　宰相を呼べ！」

「閣下は本日外務省との会議にご出席です。この場はわたしが一任されております」

壁際の時計に視線を投げ、メルは慇懃(いんぎん)に告げた。

「お時間です。お引き取りを」

「待て！　出すまで儂(わし)は帰らんぞ！」

彼が腰の剣に手を掛けるのを見て、メルはとっさにコマンドを放った。

「〝お引き取りを〟」

「……っ」

びくりと肩を震わせた軍人は、くやしげにメルを睨み付けてきた。下から冷ややかに睨み返す。軍人はギリッと奥歯を噛んだ。頭の血管がぶち切れるのではないかという形相だ。だが、彼は一言「クソッ」と悪態をついて部屋から出ていった。

バタン！　と大きな音を立てて閉まったドアを見やり、隣に座っていた産業大臣補佐官が眉をひそめた。

「ひどい態度ですね」

「あそこは、前任者が財務大臣補佐官の一人と癒着していてね。昨年会議の事前確認でたまたま気づいたわたしを恨んでいるのさ。昨年までと同じようにいくわけがないのだが、まだご理解いただけていないようだな」

メルのため息に、同席していた財務大臣補佐官はだんまりだ。汚職に手を染めていた元同僚の末路はよく知っているのだろう。

「お疲れ様でした。次は五分後ね。また長引きそうだから、皆お手洗いは済ませといて」

この場の責任者である文部次官が言い、短い休憩に入った。

次の折衝の資料を整理しながら、メルは細くため息をついた。やれやれだ。剣を抜かれ

そうになり、コマンドを使ってしまった。

ニュートラル相手にコマンドを使っても、サブ相手のときのように強制的に従わせることはできない。が、威圧は伝わる。グレアのように禁じられてはいないにしても、宮廷マナーとしてはいただけない行為だ。とがめられはしなかったが、褒められたものではないという自覚はあった。あまり高圧的な態度でいると、いらぬ反発を招くことも理解してはいるのだが……。

（わたしのドムとしての欲求は、こうして無意識に発散されていたのかもしれないな）

無意識ゆえに満足感もなかったが、自分がドムだと信じていたころ、プレイの欲求があまり強くなかったのはそのせいかもしれない。

いやなことに気づいてしまい、メルは眉間に寄った皺を隠すように額に手をあてた。人の上に立ち命令する立場を、支配欲求の発散に利用していたなど、スタンレー家の人間として恥ずべきことだ。

「どうぞ」

「ああ、ありがとう」

紅茶のカップを差し出してくれた事務官のほほ笑みにほっとする。眼鏡をかけた実直そうな女性だった。

「きみは、この次の折衝も担当か？」

「いえ、これで交代ですが……？」

「部署違いですまないが、頼まれてくれないか」

メモ用紙に走り書きをし、メルはそれを彼女に手渡した。

「第三騎士団のバトラー団長に渡してくれ」

「わかりました」

彼女は感じよくうなずいた。


「聞いたぞ。ダリル少尉をやり込めたって？」

顔を合わせたジェラルドの第一声に、メルは回れ右して執務室に戻りたくなった。

ジェラルドは愉快そうに笑っている。メルは額に手を当ててたずねた。

「どこからそれを？」

「少尉が省内で大荒れだった」

実際に見たという口調だ。頭が痛い。ジェラルドとメルが刎頸(ふんけい)の友であることは、宮廷内の誰もが知っている。少尉と顔を合わせたなら、厭味の一つや二つは言われたかもしれ

ない。

ジェラルドと並んで廊下を歩きながら謝罪した。

「わたしのせいで苦労をかけてすまないな」

「きみが気にすることはない」

さらりと流し、ジェラルドは提案した。

「風が涼しい。久しぶりに馬に乗って帰らないか」

「いいね。気持ちよさそうだ」

二つ返事で承諾し、厩舎で馬を一頭借り受けた。ジェラルドは元々自分の馬で屋敷から城まで通っている。

「少し遠回りしていこう」

誘われて、森の中の小径（こみち）を、轡（くつわ）を並べて進んだ。夏の夕暮れ時、空はまだ明るいが、森にはすでに薄闇が宿りつつある。

「美しいな」

ふと隣の友が言い、メルは彼のほうを見た。てっきり花でも咲いていたかと思ったが、違ったらしい。

「きみのことだ。薄闇の森に白く浮かび上がるきみは本当に妖精のようだ」

不意打ちに、つい赤面する。

メルにとって、容姿を褒められることは、幼少期からの茶飯事だった。それらの言葉には、時にメルへの執着や嫉妬、侮蔑が込められていることもあったので、警戒こそすれ、感情を動かされたことはない。なのに、今さらジェラルドに言われただけで鼓動が早まる。最近の自分はちょっとおかしい。

ジェラルドとパートナー関係を結んでから約一月。彼とのつきあいは、彼がメルに誓ったとおり、以前とほぼ変わっていなかった。七日から十日に一度くらいの頻度でプレイをするようにはなったが、それもごく健全なプレイだ。

ジェラルドは基本的に、サブのプライドをへし折り踏みつけにするようなプレイを好まない。多少性的な命令をすることはあるが、それは彼が性行為を望んでいるというよりも、メルが羞恥に大きな悦楽を感じるからのように見受けられる。

メルはジェラルドに大切にされていた。プレイ中は支配する者とされる者だが、それ以外の場では、親友として、そして愛を乞う相手として、これ以上ないほど尊重されている。彼の言葉を疑っていたわけではないが、こんなに心地いい関係が続いているのが未だに信じられなかった。そして、それはジェラルドがメルのために、さりげなく心を砕いてくれているからこそだ。

馬の手綱を繰りながら、メルはじわりとうつむいた。

（まったく変わらないわけではない……わたしは以前よりずっと彼が大切だ）

良き友に恵まれてよかったと心から思う。そして、彼に対するこの好意が、果たして友情に収まるものかと少し迷う。まだ、彼にはっきり告げるつもりはないけれど――。

バトラー邸に着くと、二人は邸内の武道場に向かった。

メルが今日、彼と共に帰ってきたのはこれが目的だ。予算折衝でたまった鬱憤を体を動かして発散したい。ついては、きみの家の武道場をお借りしたいが、今夜の都合はどうだろうか――メルが書いて送ったメモに、ジェラルドは「もちろん来てくれ」と返事を寄越した。

バトラー式体術は、殴る蹴るの打撃に、投げる絞めるの組技を合わせた総合格闘術だ。元々は近接戦において敵を制圧するための実戦武術として興ったそうだが、現在では護身術としての意味合いが大きくなり、近衛兵や各都市に配置される警邏隊では制圧術として修められている。

遅い時間帯だったが、道場では数人が稽古中だった。皆、ジェラルドを見ると姿勢を正し、あいさつしてくる。ジェラルドは今や師である父、バトラー将軍をもしのぐ、バトラー式体術最強の男だ。弟子たちの敬意に、彼もまた姿勢を正して応えていた。

（見られているな）

メルが弟子として頻繁に通ってきていたのは寄宿学校時代までで、その後は体を動かしたいときに寄るくらいだ。弟子たちも入れ替わっているので、メルがここに通っていたことを知らない者もいるだろう。ジェラルドが連れてきた優男が何者なのか、皆気になるのだ。

板張りの道場の隅で、メルは身につけていた上布と飾り帯をはずし、髪を簡単にまとめ上げた。元が実戦武術なので、稽古も試合も普段着が基本だ。

「せっかくだから何か賭けないか」

ジェラルドがそんなことを言い出し、軽く汗を流す程度のつもりだったメルは顔をしかめた。

「断る。きみに敵うわけないだろう」

「そう言わずに。俺に一撃でも入れられたら、きみの勝ちでどうだ？」

そのハンディキャップにカチンときた。片や現役の騎士でバトラー式体術最強の男、片やろくにトレーニングもしていない文官だ。彼に勝てるとはこれっぽっちも思っていないが、一撃も入れられないと思われているのはくやしい。折衝で積もり積もったストレスもあり、負けず嫌いが顔を出した。

「いいだろう。何を賭ける？」

メルが承諾すると、ジェラルドは子供のようにニヤッと笑った。

「きみとのプレイだ」

「は……!?」

ギョッとする。次の瞬間、メルは真っ赤になっていた。

「きみはまた、こんなところで……！」

戦略シミュレーション大会の日にも似たような会話をした。あのときは、メルはまだ彼をパートナーとして受け入れていなかったが、今は状況が違う。いつもメルの都合でしてもらっているのだ。彼がプレイしたいと言うなら、メルは拒むつもりはなかった。

「そんなもの、今さら賭けるまでもないだろう」

「いいじゃないか。きみにとって賭けるまでもないことなら、きみが失うものはないのだから」

完全にメルの負けを前提にした言いぐさだ。そっちのほうが癪に障る。メルはすっと目を細めた。

「わかった。賭けよう。その代わり、もし一撃でも入れられたら、きみは『負けました』と頭を下げろ」

今度はジェラルドが目を丸くする。かと思うと、豪快に声を立てて笑いだした。

「わかった。約束する」

愉快そうに請け合う彼は、自分が負けるとは露ほども思っていない顔だ。

(絶対に一発お見舞いしてやるからな!)

居合わせた師範の一人に審判を頼み、距離を空けて向かいあった。こうしてあらためて対峙すると、ジェラルドは本当に、ばかみたいに大きい。彼の圧を跳ね返すように睨み付ける。

「はじめ!」

かけ声と同時に、メルは仕掛けた。

ウェイトでもスタミナでも、メルはジェラルドに敵わない。勝機があるとすれば、身の軽さとスピードだ。

全速力で間合いを詰め、彼の眼前ですっと体を沈ませる。伸ばした右足で脚払い——と見せかけ、顎を狙ったが、ギリギリのところで避けられてしまった。

半歩下がった隙を逃さず胸元に飛び込む。肘。拳。鋼のように固い体が、やすやすと打撃を受け止める。今度こそ脚を払おうとしたが、彼は巨体をひるがえして飛び退いた。

「避けるな!」

「無茶言うな」

ジェラルドが苦笑する。ヘラヘラしているのにイラッとして、メルは攻勢をかけた。

拳をかわし、胸ぐらを掴みに来る手を、半身を返して素早く避ける。勢いのまま脇に肘をお見舞いしようとしたが、手のひらで防がれてしまった。

（しまった……っ）

肘を掴んで捻られる。世界が反転した。胸に重い打撃がくる。拳でなく上腕だったのはジェラルドの手心だ。彼に本気で殴られたら、気絶だけでは済まないだろう。体重をかけて押し倒される。

「――ッ」

落ちる。衝撃を覚悟し、受け身をとった。

だが、床に背が叩き付けられる寸前、メルの背に腕が回った。ふわっと受け止め、トン、と床に下ろされる。

「――……」

メルは呆然として、間近にある親友の顔を見つめた。のしかかる――だがこれでも、メルに気を遣って、押しつぶさないようにしているはずの、体の重み。汗の匂い。彼の体臭。

胸が爆発しそうに騒いでいる。久々のトレーニングでいきなり動き回ったからか、痛みを

覚悟したからか、それとも――。

審判役の師範の「勝負ありましたな」の声を聞きながら、ジェラルドが笑った。

「俺の勝ちだ」

ひどくやさしい顔と言葉が噛み合わない。胸の奥をぎゅっと掴まれたように感じた。戦闘に昂ぶった体と心。圧倒的に強い男への憧憬。その男に甘やかされている自覚――。

「メル。そんな顔を他の人間に見せてはだめだ」

苦笑を浮かべ、ジェラルドが手のひらでメルの顔を覆う。それから、床に押し倒した体勢から易々とメルを抱き上げた。とんでもない膂力(りょりょく)だ。あわてて彼の肩にしがみつく。

「ちょ……、やめろ、ゲイリー、下ろせ！」

「暴れるな。おとなしくしていろ」

「……っ」

コマンドではなかったが、無防備な状態で命令されるとくるものがある。メルは口を閉じた。褒めるように背を撫でられる。ぞわぞわとした快感に耐えかね、メルはジェラルドの肩口に顔を埋めた。

「邪魔をしたな」

師範に断り、赤くなったメルを抱いたまま道場をあとにする赤獅子の背を、弟子たちは

呆然と見送った。

ジェラルドとはもう何度もプレイしているが、彼の部屋でプレイに臨むのはこれが初めてだった。しかも、手合わせの勝敗でプレイを賭けた結果、負けたのだ。内心何を命じられるのかと緊張していたが、その答えは予想だにしないものだった。

「ゲイリー」

バスルームで湯に浸かり、バスタブのふちに頭をあずけて、メルは親友を呼んだ。

「何だ？」

答える男は、メルの頭上、湯船の外に置いた椅子に座っている――はずだ。両目に蒸したタオルをのせられているメルからは見えないけれども。

声の聞こえたほうに意識を向け、メルはややあきれた声でたずねた。

「こんなことをして、きみは楽しいのか？」

メルを自室に連れ込んだジェラルドが命じたのは入浴だった。彼はというと、メルの頭髪の手入れをしている。そのために取り寄せたという、すみれの香りの石鹸で二度洗い、すみれの香りのクリームを塗り込んだ。今は温めたタオルで包み、クリームの成分が髪に

浸透するのを待ちながら、地肌をマッサージしているところだ。このあと、もう一度湯で髪を洗い流すのだという。メルが自分でケアするよりよほど丁寧だった。

メルの疑問に、ジェラルドはごく機嫌のいい声で、「とても」と答えた。彼が楽しんでいるのは本当らしい。安心すると、ふわっとうれしくなってしまう。

「きみが満足なら、それでいいんだが……」

自分たちのプレイが一般的なD／Sの型にはまらないのは今さらだが、本来なら、サブであるメルがドムである彼に尽くす関係だ。それが、こんなふうに世話を焼かれて、そのうえプレイとしても満足させてもらえるなんて。自分もドムの一面をもつからこそ、本当にこれでいいのかと心配になる。

（だが、わざわざ石鹸やクリームを用意していたくらいだから、前からやりたかったんだろうな）

そう考えていたら、メルの思考を読んだように、ジェラルドが囁いた。

「本当は、髪だけでなく、きみのすべてを手入れしたい。爪も、肌も、下の毛も……。きみの服も選びたい。きみが口にする食べ物も……」

声音こそ抑制的ではあるものの、言っている内容はなかなかだ。

それはもはや手入れというより管理もしくは飼育では――と思ったが、メルは指摘しな

かった。メルが許可を出さなければ、彼は無理強いはしないだろう。代わりに、譲歩できる範囲を示した。

「肌の手入れは今からでもすればいい。爪は今度削ってくれ。服と食べ物は全部まかせるわけにはいかないが、きみがわたしに与えたいものは、くれれば着るし、食べる」

「いいのか？」

「きみがしたいなら」

「ありがとう、メル」

歓喜の声音が鼓膜を震わす。うれしい気持ちが胸ではじける。うれしい。うれしく感じる自分が気恥ずかしい。メルは鼻先まで湯に沈んだ。

「メル。〝顔を仰向けにして〟」

命じられ、それに従う。「上手だな」と褒めてくれたジェラルドが、手桶の湯でヘアクリームを洗い流す。

「終わったぞ」

「ありがとう。気持ちよかった」

礼を言いながら振り返ると、ひどくしあわせそうな顔で自分を見下ろしている男と目が合った。

「……きみ……」

奉仕されて、喜ばれて……これでは本当にどちらがサブやらわからない。そう思う一方で、こんな満たされた表情を彼にさせているのはわたしだと、うれしくなってしまう自分もいるのだけれど……。

苦笑して、メルは思わず彼の頬を撫でた。こんな関係になった今でも、彼を弟のように愛おしく思う気持ちは残っている。今なら何でも「お願い」を聞いてやりたい。

「それで？　次はどうしたらいい？」

たずねると、彼は少しきまり悪そうに視線をさまよわせ、願望を口にした。

「きみの体を洗わせてくれないだろうか。きみの体に触れることになってしまうが……」

それが罪であるかのような口調と表情に、メルは苦笑を深くした。

そもそも、メルはジェラルドに「触るな」と言ったことはない。挿入行為はなしにしてほしいと頼んだだけだ。だが、あれ以来、彼はプレイ中に指一本、メルの体に触れようとはしないのだった。視線と声だけでメルに射精させ、自分は射精どころか服を脱ぐことすらしない。てっきり、そういったプレイが好きなのかと思っていたが、ただただメルに気を遣ってくれていただけらしい。

「どうぞ」と許可を出したが、なんとなくそれだけでは足りない気がして、もう一度唇を

開いた。小さな声を喉から押し出す。

「……よかったら命令してほしい」

彼にこんなことを頼むのは、今でもやっぱり葛藤があった。だが、彼の「お願い」を聞いてやりたい、彼の求めに応じたい、満たしてあげたいと思う気持ちもまた、メルの本心なのだ。

メルの言葉に、ジェラルドは「そうだった」とほほ笑んだ。スカーレットの瞳が燃え上がる。彼の支配本能に火が着いたのがはっきりとわかった。

「メル、〝立ちなさい〟」

コマンドに従い、湯船の中で立ち上がる。

「〝おいで〟」

呼ばれて、バスタブから外に出た。

ジェラルドの前に立つと、彼はスポンジを使ってすみれの香りの石鹸を泡立て、大きな手のひらにたっぷりと取った。スポンジは使わず、手で洗うつもりらしい。羞恥の予感に、メルは肌を震わせた。

メルの反応を確かめるように、まずは右手をそっと取られる。指先から手のひら、手首、前腕から上腕へ……泡を塗り広げるようにして、丁寧に洗われた。

右手が終わると、次は左手。それから、耳の周り、首、肩……。

「……っ」

左の胸の尖りを彼の指がかすめた瞬間、メルは小さく息を呑んだ。

ジェラルドにそんなつもりはなかったのだろう。今までのプレイでも触れられたことはもちろん、自分でいじらされたこともない。だが、石鹸の滑りをまとった指に撫でられ、メルの乳首は確かに快感を拾ってしまった。

(どうして……)

男でも慣れれば感じるのは知っている。だが、自分の乳首など、今まで性感帯として意識もしていなかったのに。

自分の体が突然いやらしいものになってしまったように感じた。緊張が余計に肌を敏感にする。右の乳首を撫でられた拍子に「ン……ッ」と声を出してしまい、あわてて片手で口を押さえた。

ジェラルドがふっと笑ったような気がした。けれども、彼の顔をうかがっている余裕はない。彼がまた右の乳首を撫でた。小指の爪が引っかかる。

「――ッ」

肌が火照り、息が乱れる。すべり落ちた快感に腰が砕けてしまいそうで、壁に背をあず

けた。

「メル。〝ちゃんと立ちなさい〟」

ジェラルドが穏やかに命じた。メルが感じているのに気づいていないはずはないのに、それについては何も言わない。

（くそ……っ）

メルは悩ましく眉をひそめた。自分ばかりがいやらしいみたいでいたたまれない。

メルがなんとか両脚で立ち直すと、ジェラルドは「いい子だ」と目を細めてうなずいた。

もう一度スポンジから泡を掬い取り、抱き締めるようにメルの脇から背後に手を回す。肩甲骨から脇腹を伝って腰骨へ、背骨を撫で下ろして双丘のあわいへ……。

「……っ」

自分でも洗うときくらいしか触れない場所を撫でられ、メルは目を見開いた。

（嘘だろう）

少しの抵抗もないのか、ジェラルドの手は止まらない。メルはうつむき、唇を噛んだ。

吐息が熱い。勃ち上がってしまった前を片手で隠す。だが、すぐに「〝手をどけなさい〟」と命じられてしまった。

「それでは洗えない、メル」

「……っ」

唇をきつく噛みしめ、手をどける。恥ずかしさに涙がこぼれた。蜂蜜色の淡い草叢から勃ち上がったメルのペニスも、震えながら透明な蜜をこぼしている。

ジェラルドがほほ笑んだ。

「洗われただけでこんなにしているのか？」

「きみがいやらしく触るからだろう……！」

「俺は体を洗っているだけだ」

白々しい。だが、責める言葉とはうらはらに、彼はひどくうれしそうだ。

「今からここも洗うからな。これ以上汚さないように、〝我慢しなさい〟」

そうコマンドを出すと、ジェラルドはメルの屹立に泡をのせた。石鹸を塗り広げるようにこすられる。

「ア……ッ！」

あえかな声がこぼれ落ちた。とっさに片手で口元を、もう片手で根本を押さえる。

双袋から太腿、膝、ふくらはぎから足の裏までどこに触れられても感じてしまい、ジェラルドが下肢を洗っているあいだ、メルはペニスの根本を押さえていた。

最後に湯で泡を流される。

「メル。〝手をどけて、見せなさい〟」

「……」

おずおずと手を放すと、メルの屹立はトロリと先走りをこぼした。

（どうしよう）

止められない。恥ずかしい。羞恥に震えるメルの全身を、ジェラルドは自分の作品の出来を確かめる芸術家のように眺め回した。

「全身真っ赤になって、とてもかわいいよ、メル。だが、そこはいけない子だな。せっかくきれいにしたのに、また汚れてしまっている」

「だからそれは……っ」

思わず反論が口を突きかけたが、途中で呑み込んだ。このプレイでは、メルはサブだ。なのに、ジェラルドの言いつけを守れなかった。コマンドに従えなかったサブがどうすべきかは、メルの本能が知っている。――謝りたい。彼に許してもらいたい。

「……すまない」

本能に突き動かされるまま、謝罪を口にする。ジェラルドは喉の奥で小さく笑った。

「上手に謝れて偉いぞ。だが、もう少し、かわいらしく言ってごらん」

「…………ごめんなさい…………」

幼い言葉でくりかえす。まるで自分がか弱い存在になったようでいたたまれない。だが、その恥ずかしさも、謝らされていることすらも、サブの本能には快美に感じられるのだ。

トロトロと屹立から蜜をしたたらせているメルを、ジェラルドは視線で撫でるように見つめた。

「また汚している」

「……ごめんなさい」

「止められない？」

「ごめんなさい」

「しかたがない。少しだけお仕置きしようか」

「……っ」

「お仕置き」の言葉に、メルは小さく肩を震わせた。D／Sのプレイにお仕置きはつきものだが、ジェラルドがそれを口にするのはこれが初めてだった。

怖い——ジェラルドが自分にひどいことをするとは思わないが、ドムに「お仕置き」をされるほど悪いことをしたのだと思うと不安になる。その一方で、彼に責められ、いつもよりさらに強く服従させられることへの期待も抑えきれなかった。

初めての「お仕置き」にも、それに対する自分の心の動きにも動揺し、メルは視線をさま

よわせた。ジェラルドがどろどろに甘やかす声で名前を呼ぶ。

「メール。〝こっちを見ろ〟」

「……っ」

コマンドに、とっさに顔を上げる。視線が合う。甘くほほ笑みかけられると、どうしようもなく胸が高鳴った。

「よくできた、メル。そんな顔をしなくていい。きみは素敵なサブだから、きっとお仕置きもちゃんとできる」

「……わかった。何をすればいい？」

「〝乳首でいって見せろ〟」

「え……っ」

思いがけないコマンドに、メルは目を見開いた。

（乳首で？）

「そんな……」

無理だ。メルは男だ。元々そこで感じる体ではない。さっき少し気持ちよくなったからといって、そんな、乳首でいくなんて――。

「〝やりなさい〟。俺も手伝う」

ジェラルドの言葉の圧が少し増した。胸がきゅっと甘く痛み、コマンドで頭がいっぱいになる。乳首でいく。乳首をいじって絶頂する……具体的にどうしたらいいかわからない。メルはすがるようにジェラルドを見た。

「ゲイリー……どうしたらいいか、教えてくれ」

メルの潤んだ目に見つめられ、彼はごくりと喉を鳴らした。一段低い声で命令する。

「メル。ではまず、〝床に座れ〟」

喜んでコマンドに従い、彼を見上げた。

「よくできたな。では、〝乳首を手のひらで撫でなさい〟」

命じながら、ジェラルドは腕を組み、浴室の壁に背をあずけた。その視線はじっとメルに注がれている。

メルはそろそろと両手を持ち上げて乳首を撫でた。

「やさしく、丸く、円を描くように……さっき、俺がきみの体を洗ったときを思い出して」

「……っ」

彼の声を聞くだけで、先ほどの快感がよみがえる。ジェラルドに触られたときほどではなかったが、確かに少し、気持ちよかった。

「そう、乳首をころがすように丸く……そう、上手だ」

「……っ、……ふ……っ」

「今度は、〝両手でよく揉んであげなさい〟。周りから大きく揉み込んで、全体がやわらかくなるまで」

「……っ、……、……っ」

「やわらかくなったか？」

「うん……」

「では、もう一度手のひらで転がして」

もどかしい。気持ちいいような気はするのに物足りない。じれったさに負け、さっきジェラルドがしたようにさりげなく小指の爪をひっかけてみた。

「んっ……！」

甘酸っぱいような刺激が乳首から広がる。声を上げると、ジェラルドが「メール」と甘くとがめた。

「許可なくいたずらをしたな？」

「ごめ……っ、あ、ん……っ」

謝りながらも、乳首を引っかけるのを止められない。ジェラルドが喉の奥でくつくつと笑った。

「どんな感じだ？　〝言いなさい〟」

「……少し、膨らんできた……」

素直に「気持ちいい」と言えないメルに、ジェラルドが「感じるのか？」と逃げ道をふさぐ質問をする。どうしようもなくて、メルは小さくうなずいた。

「感じる……気持ちいい……！」

口にすると、快感が一気に膨らんだ。「くすぐったい」と「気持ちいい」のあいだくらいだったのに、あっという間に気持ちよくてたまらなくなる。でも足りない。もっと、もっと、気持ちよくなりたい——だめだ。恥ずかしい。みっともない。でも。

「……っ、……ゲイリー、……っ……、つまんでもいい……？」

「つまみたいのか？」

「うん、つまんでいじりたい……っ」

「いいよ、メル。つまんでいい」

許可を得て、メルは両方の乳首をつまんだ。

「あん……っ」

じん、と、甘い快感が乳首から広がり、腰の奥へと落ちていく。たまらず、太腿を擦り合わせた。

「感じている乳首も顔もよく見える。かわいいよ、メル。乳首が赤くなってきたな。つまんで、指で揉んで、先端をひっかいて……ああ、そうだ、上手だな」

「うっ、ん……っ、……あっ、やっ、ア……ッ！」

淫らな声が浴室に響いた。我慢しようとしているのに我慢できない。手も声も止められない。

「メル。〝我慢しようとするな〟。素直になるほうが気持ちいいぞ」

「ああっ、……あ、あ、やっ、……んん……っ、だめ……っ、ああ……っ」

「そう。とても素直でかわいい。人差し指で引っ掻くんだ。そう、両方」

「やっ、だめ、あっ、だめ、強い……っ、あぁっ」

「激しすぎるようなら少し緩めて……やさしく撫でてあげなさい。撫でられるのは好きだろう、メル？」

「好き……。すき。すき……気持ちいい……っ」

とろりと、屹立からまた蜜があふれた。ペニスはあふれた先走りで根本の草叢までぐっしょりと濡れそぼっている。

「前を汚しているぞ、メル」

「ごめんなさい……、……んっ、アッ、ごめんっ、だって、だって……っ」

だって、いじり続けた乳首はもう真っ赤で、どんなふうに触っても恐ろしく気持ちいい。快感がペニスの奥まで響くと、前から蜜があふれて汚してしまう。だけど、乳首に触らなければならない。乳首を触れと言われている。でも、触るとどうしても気持ちいい。汚してしまう。だけど……。思考が同じところをぐるぐる回る。メルは泣きそうになって、「ゲイリー」と助けを求めた。

「ゲイリー、いきたい……っ」

「そのままいけばいい」

無慈悲な言葉に目を見開く。無理だ。だけど、「無理」も「いや」も言えなくて首を横に振る。かなしいのと、せつないのと、いきたいのと……惑乱に涙を滲ませるメルに、ジェラルドは「かわいそうに」と困ったようにほほ笑んだ。

「大丈夫だ。きみはとても感じやすい。乳首だけで上手にいける」

「ゲイリー、ゲイリー……もう、助けて……」

彼は自分に甘いから、頼めばきっと聞いてくれる。メルの期待どおり、ジェラルドは「しかたないな」と苦笑した。

「メル。〝こちらを向きなさい〟」

「……っ」

肩を震わせ、彼を見上げる。視線が結ばれた瞬間、脳を犯されるような衝撃を感じた。脳に直接ジェラルドの支配が届く。後頭部がじんと痺れた。

「胸をこちらに突き出して。そう。親指と人差し指と中指で、強く乳首をつまみなさい」

「アッ……ヒッ、ああっ……！」

言われたとおりに体が動く。先ほどまでとはまったく違う、痛いほどの刺激に、乳首から凄まじい快感が走った。背筋を駆け下りた快感が腰の奥深くに溜まっていく。じゅわりと最奥を濡らすように広がる官能に、メルは喉を引き攣らせた。

「引っ張って。くびり出した先を人差し指の爪で引っ掻く……そうだ。もっといじめなさい」

「あっ、あ、ああ……っ、や……、だめ、ダメ、怖い……っ」

「メル。〝いくときは、『いく』と言え〟」

「いいっ、いい、いい……これいい、気持ちいい……っ、いくっ、いくぅ……っ」

胸を突き出し、真っ赤に膨らんだ乳首を見せつけながら、メルは身も世もなく喘いだ。きつく爪を立てた乳首からとどめの一撃が走り、膨らみきった快感が爆発する。

「〜〜〜〜ッ」

メルの喉がヒュッと鳴った。じゅわっと奥が潤んで蠢（うごめ）く。気がつくと、ペニスがはじけ

ていた。奥で爆発が起こるたび、少量の白濁がびゅくびゅくと吐き出される。ペニスをこすって射精するより、はるかに深い官能だった。

「上手にいけたな」

感動したような声で、ジェラルドが呟いた。床にくずれ落ちたメルの肩に手をかけてくる。だが、今は触られるだけでだめだった。全身が性感帯になったかのように、どこに触られても感じてしまう。おまけに距離が近づいたことで、ジェラルドの体臭がメルを包んだ。強く逞しい雄の匂い。さっき武道場での手合わせで押し倒されたときの胸の高鳴りを思い出してしまう。

この男に征服されたい。屈服したい。支配されたい。奥の奥まで、心も、体も――。

「ゲイリー……。ゲイリー、もっと褒めろ……」

逞しい首筋にぎゅっと抱きつく。ジェラルドはすぐに強くメルを抱き返してくれた。

「ああ……、素晴らしかったよ、メル。お仕置きにちゃんと耐えられて、乳首でいけて、偉かった。きみは本当に素敵なサブだ」

囁きながら、額に、頬に、口づけられる。メルは薄く唇を開き、うっとりとキスを受け入れた。気持ちよくて、しあわせで、心も体も溶けてなくなってしまいそうだ。

「ゲイリー」

自分から彼にキスを贈ろうとして——だが、直前でメルは動きを止めた。

——お仕置きにちゃんと耐えられて、乳首でいけて、偉かった。

たった今、ジェラルドに言われた褒め言葉がよみがえる。

——きみは本当に素敵なサブだ。

いいのか、それで？　本当に？　お仕置きを喜び、乳首でいって、褒められて、トロトロになっているサブの姿——これが自分なのか？　ジェラルドのパートナーになることを受け入れたのは、彼とプレイしても依存せず、彼のすべてを受け止められるのは自分しかいないと自負していたからだったのに……！

理性の叫びが口を突く。

「違う、こんなのわたしじゃない……っ！」

「メル？」

魂の抵抗に、体は急激に冷えていった。血の気が下がり、呼吸が乱れる。サブの至高の法悦から、一息に谷底へ突き落とされる。苦しい。息が上手くできない。視界に帳(とばり)が下りてくる。

「メル！」

異変に気づいたジェラルドが矢継ぎ早に命令した。

「〝落ち着け〟！　〝深く息を吸え〟！」

「……っ、……っ、……は……っ」

体が勝手に従った。肺の奥深くまで呼吸が行き届く。朦朧とする視界で、ジェラルドが泣きそうな顔をしているのが、ぼんやりと見えた。

「メル。すまない。無理をさせた。大丈夫だ。何も怖がらなくていい。俺は、きみにサブであることを強いたいわけじゃない。きみから何も奪わない」

「……」

ゆる、と、小さく首を横に振る。ドムに――いや、大切な親友にこんな顔をさせている、自分のほうこそ謝らなければならない。そう思うのに、声が出ない。

「メル……〝少し眠りなさい〟」

やさしい命令と一緒に、ぎゅっと強く抱き締められた。今度こそ、意識が遠のいていく。

そのまま眠りに落ちるまで、メルは一言も発せなかった。

5

メルはジェラルドを避けるようになった。

ジェラルドは、ドムの中のドムだ。普段の物腰がやわらかく、紳士的に振る舞うから、つい忘れそうになってしまうが、ニュートラルさえも従いたい気分にさせる強力なドムなのだ。

彼の深すぎる支配が怖かった。とろけるように甘く、やさしく、メルの心を取り込んで、真綿でくるんで抱き締めるように支配する。心地よすぎて離れられない。もっとしてほしくなる。心も体も明け渡し、彼に服従したくなる。

（あんなのは、わたしじゃない……！）

先だってのプレイを思い出すたび、メルは頭をかきむしりたい衝動に駆られた。彼の声に、命令に、支配に、身体(からだ)も精神(こころ)も犯されて歓喜した。あんなのは自分じゃない——そう言えたら、どんなに楽か。だが、自分が自ら望んで支配されたことを、メルの明晰(めいせき)な頭脳は理解し、克明(こくめい)に記憶している。

あれ以来、ふと気づくと、そろそろと自分の胸をいじっていることがあった。ぼんやり

とプレイを思い出し、支配される悦びをなぞっていることも――。耐えられない。離れるなら、きっと今が最後のチャンスだ。もう一度、ジェラルドとプレイをしたら、今度こそ彼の支配なしでは生きていけなくなりそうだった。

さいわいにも、折からの予算折衝で残業続きだ。彼の訪問を断りさえすれば、意外に簡単に会わずに済んだ。広いようで狭い宮廷内のことなので、偶然顔を合わせることもあるにはあるが、何度かメルが二人きりになることを拒むと、無理に話しかけてくることもなくなった。彼は分別ある大人なので、人目もはばからず問い詰めるようなことはしない。

プレイから一週間が過ぎ、体の中の至るところで熾火のようにくすぶっていた官能と支配の名残がようやく収まると、やっと仕事に集中し、ジェラルドのことを冷静に考える余裕も出てきた。

「メル?」

予算折衝最終日。午後の二つの立ち会いを終え、サロンのソファでぐったりしていると、頭の上から知り合いの声が降ってきた。

「シドニー」

シドニー・サイラス。二十八歳。四宰相家の一つ、サイラス家の長子だが、わけあって家からは勘当され、今は国史編纂室の平官吏として働いている。宗教画に描かれる天使の

ようにゴージャスな黄金の巻き毛と、重そうなほど密度の濃い睫毛。愛嬌（あいきょう）のある大きなエメラルドの瞳。メルと同学年にしては童顔（どうがん）だが、婀娜（あだ）やかな顔立ちと気さくな人柄は男女問わず人気があった。

彼はメルの隣に腰を下ろし、寄ってきた従僕に「紅茶を」と命じた。

「なんでこんな廊下際にいるのさ。せっかくいい天気なんだ。もっと日当たりのいい席に移ったら？」

彼の言うとおり、天井まである掃き出し窓近くのソファには、燦々（さんさん）と陽光が降りそそいでいる。真夏の庭園では、噴水脇にたたずむ白花サルスベリがあふれるように花を咲かせ、その木陰ではブルーサルビアが揺れていた。サロンにいる人々のほとんどは、窓際の席でつかの間の夏を楽しんでいるが、今のメルはとてもそのまばゆさの中に入っていける気分ではなかった。真夏の陽光は、否応（いやおう）なしに、赤毛の彼を思い出させる。

「眩しいのがつらいんだ」

「お疲れだね、メル」

「まあね」

ソファの肘掛けに肘をあずけ、おざなりに返事をする。彼も寄宿学校時代からの友人の一人ではあるが、正直、自分から近寄りたい相手ではなかった。理由は明白。

「昨夜のプレイが激しかったの？」

——こういうことを、慎みもなく口にするからだ。

「仕事だ。折衝がこじれたんだよ」

肘をついた手を額にあてて答えると、シドニーは軽く笑った。

「まあまあ、そんな怖い顔をしないで。きみが会見以来カーライルのシルヴェスタ王を虜にしてるとか、それに嫉妬心を燃やした赤獅子の騎士団長殿がきみにご執心だとか、そうかと思ったら、きみがやたら色っぽくなって困るとか、きみのうわさが耐えないから気になってたんだよね」

「どこのバカの世迷い言だ」

「おー、辛辣」

シドニーはケラケラと笑い続けている。メルは胡乱な目でシドニーを見やった。

「きみは元気そうでなによりだ」

彼はテーブルに置かれていたクッキーをつまみながら、「そりゃあね」と意味ありげにメルを流し見た。

「昨夜のプレイがもうすっごい快くってさぁ」

「ああそう。そりゃ良かった」

寄宿学校時代、彼から散々この手の話を聞かされてきたメルは、うんざりと受け流した。
自(おの)ずとドムの割合が高くなる支配階級において、シドニーはめずらしくもサブである。彼は同時期に寄宿舎で過ごしたドムたちを、ちぎっては投げちぎっては投げの様相で食い尽くした。彼と同世代で関係をもたなかったドムといえば、ジェラルドとメルくらいのものだろう。当時彼から散々誘われ、断るごとに罵(ののし)られたが、今となってはそれが奇妙な信頼につながっているようにも感じる。

そんなシドニーだが、一年ほど前、バートランド国から大使として遣わされてきた末の王子とD／Sのパートナー契約を結び、サイラス家を出てからは、火遊びはすっかりなりを潜めていた——はずなのだが。

「メルは、あいかわらずプレイメイト相手にいい子ちゃんなプレイをしてるの？　退屈じゃない？　僕が刺激的なやつ、教えてあげようか？」

「結構だ。間に合っている」

にじり寄ってくるシドニーをぞんざいに押しのけ、メルはため息をついた。ジェラルドとする以上に刺激的なプレイなど、そうそうあってたまるか、だ。

メルの返事に、シドニーは「へぇ？」と笑った。エメラルドの瞳が好奇心にキラキラと輝いている。しまったと思っても後の祭りだった。

「な―に、やっぱり恋人できたの？　ジェラルド？　シルヴェスタ王？　それとも別人？」

うざったいにもほどがある。メルは再度にじり寄ってくるシドニーを押しのけた。

「なんでその選択肢なんだ。きみ、わたしがドムだということを忘れてないか？」

正しくはスイッチだが、宮廷内ではメルは今もドムのままで通っている。メルの言葉に、シドニーは「あ―、そっか」とうなずいた。

「じゃあ、ジェラルドでもシルヴェスタ王でもないのか。誰？」

「きみに言う必要はない」

「え―、つまんない」

口ではそう言いながらも、メルが口を割らないのは織り込み済みなのだろう。問い詰めることはせず、シドニーは「それにしても、あのメルがねぇ」とニヤニヤと笑った。

「ジェラルドがさぞかし荒れたんじゃないの。寄宿学校時代から、独占欲と威嚇がすごかったもんね。中等学校に入ってすぐ、メルにちょっかいかけてきた高等学校生を撃退してからは、すっかりきみ専属の騎士みたいになっちゃってさ。ドム同士じゃパートナーにも恋人にもなりようがないのに健気だよねぇ」

「……そんなにわかりやすかったか？」

自分が気づかなかった彼の恋心を、さも当然のことのように言われ、メルは思わず呟い

た。

「当たり前だろ。メル以外皆知ってた」

「……そうか」

自分ではそんなに鈍いほうではないと思っていたのだが、こうもきっぱり言い切られると自信がなくなる。

ため息をつき、メルはふと疑問に思ったことを口にした。

「しかし、きみでもD／Sと恋愛関係を結びつけて考えるのだな」

シドニーほど破天荒（はてんこう）なら、そんなこと気にしないのかと思ったが。

「そりゃそうだよ。メル、もしかして、恋人とパートナーを分けて考えようとか、都合のいいこと考えてる？　刺されるよ」

めずらしくまともなことを言った彼に、「そうだな」と相槌をうった。

ジェラルドとプレイするようになってから、プレイの認識が大きく変わった。あの、自分を見失いそうな没入感――あれがパートナー同士の普通のプレイだとするならば、ドムとして振る舞っていたときのメルのプレイなど、お遊びに等しい。あんなふうに心も体も、自己決定権もすべて明け渡し、互いに溶けて溺れるようなプレイをして、パートナーに惹かれるなというほうが無理がある。ジェラルドと距離を置いている今でさえ、もし彼に恋

人がいると聞いたらメルは嫉妬せずにはいられないだろう。

　だが、果たして、世の中のＤ／Ｓは皆あんなプレイをしているのか？　個人差があるのは当然のこととして、パートナー同士のプレイのことをメルはあまりにも知らなすぎる。

シドニーならばわかるだろうと思い、メルはたずねた。

「シドニー。きみは、プレイに没入しすぎて怖いということはないか？」

「んん……？」

シドニーは再び、深緑の木々を思わせるエメラルドの瞳を輝かせた。

「えっ、何？　メルったら、そんな激しいプレイしてんの？」

「いや、違う！」

メルはとっさに否定した。

「知り合い！　知り合いの話だ」

「へー、知り合い」

再びニヤニヤ笑いを浮かべながら、シドニーはこちらを見ている。相談する相手を間違えたと悟ったが、今さら口から出た言葉は取り消せない。

「プレイやコマンドが特別激しいというわけではないんだ。むしろ甘やかしすぎなくらい甘いんだが……やさしすぎて、気持ちよすぎて、自分がどんな人間だったかも見失いそう

で、怖い」

自分の心をさぐりながら、訥々と言葉を並べたあと、「……と、知り合いのサブが」と、メルは付け加えた。

「はぁ、知り合いのサブが」

シドニーはいかにも不審げな顔をしている。耐えられず、視線をそらした。

ジェラルドが怖い――そう感じるのは、彼に支配されるのが怖いからだ。

ジェラルドは、甘美なコマンドとあふれるほどの賛辞で、メルのプライドを跡形もなく溶かしつくし、心まで犯していく。比喩ではなく、自分自身の支配権を完全に他人にゆだねてしまうのが、こんなに怖いとは知らなかった。どんなに気持ちよくても、自分自身の支配権を完全に手放してまで手に入れなければならないものではない。あんな被支配の恍惚を教え込まれるくらいなら、いっそ何も知らずに欲求不満を抱えていた頃のほうがましだったとすら思う。

ジェラルドに依存したくない。彼と対等な男でいたい。彼と親友のままでいたい。傑出したドムであるジェラルドを相手にそうできるのは、自分だけだと信じていた。なのに、彼とプレイすると、心身の快美に我を失いそうになる。今のままでは、ジェラルドに溺れ、依存していたサブたちと同じになってしまう。それが怖い。彼のことが嫌いなわけでは

けっしてないのだ。ずっと避け続けたいわけじゃない。

そもそも現実問題として、メルにはジェラルド以外に心身を許せるドムがいない。避けたところで、いずれ彼とプレイせざるを得なくなる。わかっていても怖いものは怖い。せめてしばらく距離をおくことで、どっぷりと溺れそうになっている心を立て直したかった。その間に、なんとか彼と共にい続けられるあり方を探さなくてはならない。

「まあ、個人差が大きいけど……」とシドニーが口を開き、メルは物思いから我に返った。

めずらしくまじめな顔で、彼はメルを見ている。

「きみもご存じのとおり、そこそこ経験したサブとして言うけどさ、そこまでドロッドロにぶっ飛ぶほど気持ちいいプレイって滅多にないよ。もしそれがメルとパートナーの話なら、そのパートナーは手放しちゃだめだ。絶対に」

彼の真剣さに、メルは思わず呑まれた。

「……そういうものだろうか」

「メルだって、今まで経験がないわけじゃないだろ。だったらわかるんじゃない？」

「……」

返す言葉が見つからなかった。ドムとサブ、立場は違えど、自分がドムとしてプレイメイトのサブたちに、あれほど深い快感を与えられていたかといえば否だ。

「別に、体が気持ちいいってだけじゃなくてさ。D／Sのプレイって信頼の上に成り立つものだろ。じゃなきゃ、怖くて、命令なんかさせられない。サブがそこまで気持ちよく支配されてくれるなら、普段からよっぽどいい関係が築けてるってことだ。そんな人間は、たとえプレイをしなくても大事にしないとね」

「……シドニー、きみ、ずいぶんまともになったな」

「失礼だなー。まあ、言いたいことはわかるけど、俺もおとなしく首輪（カラー）をつけるくらいには、パートナーが大事だからね」

へへとはにかんだ笑いを浮かべる彼の首には、ベルベットのカラーがつけられている。カラーは、正式にパートナー関係を結んだドムがサブに贈る所有／被所有の証だ。ドムにとっては、サブを自分のものだと主張して他のドムを遠ざけるためのもの。サブにとっては、常にドムの支配を感じられる心のよりどころ。どちらにとっても特別なアイテムである。

（ゲイリーも、わたしにつけさせたいと思うんだろうか）

考えて、ゾクッとする。なんとも言えない気分だった。カラーをつけ、自己決定権を喜んで他者に明け渡す人間なのだと他人にアピールするのはいやだ。仮にも未来の宰相候補がサブ性をアピールするのはリスクが高いという計算もあるが、なにより、そんなことは

本人たちだけが知っていればいいと思う。だが、心のどこかにほんの少し、シドニーの首につけられたそれを、羨ましく思う気持ちがないわけではないのだ――。

「……」

そこまで考えて我にかえり、メルは額に手をあてて天を仰いだ。

本当は、そんな控えめなものではない。ジェラルドの所有の証をつけてみたい。自分は彼のものだと、最高のドムに愛されているのだと主張してみたい――想像するだけでうっとりとした心地になるのを自覚したからだ。

「メルは？　カラーつけないの？」

「無理」

反射的に否定する。動揺していて、シドニーの不自然な言い回しにも気づかなかった。

「なんで？　カラーって、ドムにとってもサブにとってもうれしいものだろ？」

「相手がつけたいと思っていない」

そう。そんな話をジェラルドにされたことはなかった。つまり、彼はカラーでメルを縛り付けたいと思うほどには、メルに執着していない――そう考えて落ち込む自分に、さらに深いダメージを負う。目元を手の甲で隠したまま、細くため息をついた。

「サブがドムのカラーを拒むはずないんだけどなー」

面白がるシドニーの声にハッとする。見ると、彼は口元に手をあてて、ひやかすような笑みでこちらを見ていた。

「なんかアレだね。メルの話を聞いてると、メルがドムっていうよりサブみたいに聞こえる」

「――!」

核心のさらにド真ん中を突かれ、メルは顔色を変えた。いつの間にか「知人のサブの話」の体裁が頭からすっぽ抜けていた。そうなるように、シドニーが話を運んだのだ。ぞっとした。家族とジェラルド以外に、サブ寄りのスイッチだと知られるのはまだ怖い。

ドムとして生きてきたプライド。ジェラルド以外のドムに言い寄られることへの嫌悪感。サブ性をもっていることで宰相の道が閉ざされるのではないかという恐れ。すべてが一気に膨らんで爆発した。

「そんなわけないだろう……っ。わたしはサブじゃない！　誰かに支配されることなど求めていない！」

突然叫んだメルに、シドニーが目を見開いた。

「え、ちょっと、どうしたの……」

言いかけ、ハッとメルの背後を見る。彼が一気に青ざめたことに、メルは取り乱してい

て気づけなかった。

「わたしは……っ」

「うん、わかった。わかったから、ちょっと落ち着きなよ。やばいって」

「どうしたんだ、メル。大きな声を出すなんてめずらしいな」

「――」

ふいに背後からよく聞き慣れた声がして、メルは思わず息を詰めた。ジェラルドの口調はいつもと変わらず穏やかだが、声は低く、どことなくぬめっている。振り返れない。首筋を撫でる冷ややかな圧に、背筋に冷たいものが走った。

「あー……ジェラルド、どうしたの。サロンに来るなんてめずらしいね」

シドニーはだらだらと冷や汗をかきながら、あからさまな愛想笑いを彼に向けた。

「仕事だ」

「そうなんだ。悪いけど、僕はもう失礼するよ」

「あ、ああ、なら、わたしも……」

逃げだそうとしたが、「メル」と二の腕を掴まれた。力を入れているようには見えないのに、腕を引こうとしてもびくともしない。

「何だ？」

「話がある。ちょっと来い」

強引に腕を引かれた。彼の全身から発される圧が肌を刺す。彼に引きずられるようにサロンを出るメルの気分は、処刑台に連行される罪人のそれだった。

——わたしはサブじゃない！　誰かに支配されることなど求めていない！

あの言葉は、タイミング的にジェラルドの耳にも届いていたに違いない。確かにメルはサブではないし、「誰か」に支配されることなど求めていない。けれども、それをジェラルドには聞かれたくなかった。

ドムのプライドにしがみつき、サブ性を認められない矮小さ。ジェラルドに支配され尽くすことへの恐れ。それを悟られたくない見栄っ張りな姿……それらのどれをも、ジェラルドには知られたくはなかった。

メルの腕を引いたまましばらく歩き、ジェラルドはメルを外に連れ出した。木漏れ日揺れる庭園の端。周囲に人の姿はない。

やっと腕を放してもらえたものの、メルはうつむいたまま身じろぎもできなかった。

「メル。なぜこちらを見ない？」

冷ややかな声に、そろそろと彼の顔を見返した。視線が合う。グレアを放っているわけではないのに、彼から感じる圧は相当なものだ。メルは奥歯を噛みしめた。

「これでいいだろう」

「メル」

たしなめる声音と口調で、ジェラルドが言った。

「目を合わせれば問題が解決するわけではないのは、きみが一番よくわかっているだろう。きみはあの日から俺を避けている。そうだな？」

「……」

肯定も否定もできずに沈黙する。だが、即答できなかった時点で答えは明白だった。

「問題は、きみが俺と目を合わせてくれないことでも、俺を避けていることでもなく、そうしなければならない理由だ。俺に非があるならあらためる。話してくれないか」

親友の誠実さに応えたい。メルは口を開いたが、メルの中でせめぎ合う気持ちは、何一つ明確な言葉にはならなかった。

「……、……」

唇をわななかせ、眉を寄せて口をつぐむ。もう一度開いた口からこぼれたのは、自分でも思いがけない言葉だった。

「……命令(コマンド)してくれ」

言ってすぐに愕然とする。

「いや違う……、わたしは……っ」

自分の支配権を明け渡すのが怖くてジェラルドを拒んでいるくせに、肝心のところで、彼に決定をゆだねている。ドムの彼に命令されたら、メルは拒絶できない。見栄やプライドなど関係なく、この口は勝手に真実を話すだろう。そうしてくれたら、「彼に命令されたから逆らえなかった」と言い訳ができる——そう考えた自分の姑息さがいやになる。

「メル。そんな顔をしないでくれ。俺はきみを責めたいわけでも、追い詰めたいわけでもない。きみが話したくないのに、命令して無理やり言わせることに意味はないんだ。そんなことをして、きみにこれ以上嫌われるのは耐えられない」

「ちが……っ、嫌ってなどいない……！」

いっそ、嫌いになれたらどんなに楽かとは思う。けれども、メルはジェラルドが好きだ。親友として、人間として——最近の自分が彼に向ける好意は、それらの枠には収まりきらず、恋愛感情との境界さえも越えつつあるのではないかと思うほどに。

このままサブ性に押し流され、ジェラルドの支配に溺れてしまえば、彼と対等な親友ではいられなくなってしまうのではないか。いつか彼に「きみは変わってしまった」と軽蔑されてしまうのではないか。想像するだけでつらい。彼とは対等に並んでいられる唯一無二の相手でいたいのだ。それは、メルにとっては本能よりも尊重すべき、人間としての尊厳

だった。

「すまない、ゲイリー。わたしはきみが怖いんだ……」

絞り出した声が震え、勝手に涙が滲んでくる。今すぐ「嘘です」と取り消したくなる。「ごめんなさい」と謝りたくなる。ただ彼に正直な気持ちを伝えるだけで、こんなふうになってしまう自分自身が一番怖い。

「……」

メルの悲愴な告白に、ゲイリーはしばし沈黙した。やがて、重い声でたずねる。

「きみは、なぜ俺を怖いと思うんだ？」

「きみに完全に支配されてしまうのが怖い。きみの支配に溺れて、今までの自分を完全に失ってしまいそうなことが怖い。きみと対等な人間としてつきあえなくなってしまうのが怖い。そうなったらきみに見放されてしまうのではないかと怖くてたまらない……」

口を開くと止まらなくなった。すべてを吐露（とろ）したメルを、ジェラルドはくっきりとした声で呼んだ。

「メル」

ともすれば地面に落ちてしまいそうな視線を、メルは必死で持ち上げた。わずかに見上げる位置にあるジェラルドの顔には、忸怩たる思いが浮かんでいた。

「メル。俺はきみから何も奪わないと誓い、そうしてきたつもりだ。きみはわたしの大切な親友だ。そして心底きみに惚れている。プレイ中にどんな姿を見たとしても、見放すなどありえない。そういった気持ちは、まだきみには届かないのか？」

「わかっている！　きみを信じ切れないわたしが悪い！　でも、生まれつき最高のドムのきみに、いきなりドムじゃなくなったわたしの気持ちなどわからないだろう……っ」

叫んでから、ハッとした。ジェラルドの顔からは、すべての感情が抜け落ちていた。

「よくわかった」と、彼は平坦な声で言った。

「お互い頭を冷やす時間が必要だ。しばらく二人きりで会うのはやめよう」

息を呑んだ。信じられない思いで彼を見つめる。自分から彼を拒絶したにもかかわらず、彼から距離を取られるなど、想像すらしていなかったのだ。自分の傲慢さに今さら気づく。

「……っ」

引き留める声が、喉元まで出かかった。引き留めたかった。怖いのは彼と対等でいられなくなること。ジェラルドを遠ざけたいわけじゃない。

だが、引き留める言葉をもたないまま、メルは深くうなだれた。

予算折衝が終わって数日が過ぎた。宮廷内は平穏で優雅な日常を取り戻している。そして、メルもまた元の平和な日常を取り戻していた――表面上は。

「モーリス」

「おや、ウィル」

雷鳴がとどろくような声があたりに響き、父である宰相モーリス・スタンレーは足を止めた。彼の後ろについて歩いていたメルも歩みを止める。王宮の中庭を臨む回廊の端で宰相を呼び止めたのは、ジェラルドの父、ウィルフレッド・バトラー将軍だった。

ジェラルドにくらべるとくすんだ赤毛の、ヒグマのような巨体が足早にこちらへ向かってくる。武官の衣装をひるがえして進む姿はさながら重戦車、王宮の繊細な床のタイルが砕け散りそうだ。

ガバッと両腕で押しつぶされそうなハグを受け止め、父はバトラー将軍の二の腕を軽く叩いた。

「どうした。今日は訓練はないのか？」

「わたしのような老体（ろうたい）が直々に出ていかずとも、優秀な若手は山といる」

「例えば、ベンジャミンやジェラルドのようにか？」

バトラー家の長子、ベンジャミンと共に出てきたジェラルドの名に、メルは我知らず表

情を固くした。

あれからジェラルドとは何もない――そう、文字どおり何もなかった。

メルは彼を拒絶し、彼はその拒絶を受け入れた。だから、プレイをしないのは当然だ。だが、あれから彼は、とろける声でメルを呼ばなくなった。熱のこもった目でメルを見るどころか、ほほ笑みかけることすらしない。王宮内で働く者同士、たまに出くわすことはあっても、あいさつを交わして通り過ぎるだけだ。そうなって初めて、メルはここしばらくの自分が、彼からいかに特別に扱われていたかに気がついた。

彼の目が自分以外に向けられている。メル以外の人間にやさしく親切に接し、メル以外の人間と笑いあっている。まったくおかしいことではない。それらをとがめる権利はメルにはない。たとえカラーを贈られて身につけていたとしても、伴侶となっても、彼のそれらの行動にメルが口出しできるわけではない。

わかっているのに、そういう光景を目にするたび、メルは満たされない思いでいっぱいになった。

以前のジェラルドは、何かにつけてはメルを誘い、メルだけを見ていてくれた。甘い声で名を呼び、メルの髪に触れたがり、やさしく笑いかけてくれた。そういう「特別」をやめないでほしい。彼の唯一の「特別」でありたい――そういう気持ちを何と呼ぶか。愚かなメ

ルヴィル・スタンレーでも知っている。

（恋だなんて……）

今までずっとあいまいに濁してきておいて、今さら認めたところで遅すぎる。それとも、きちんと詫びれば、ジェラルドは許してくれるだろうか？　まだメルを好きだと言ってくれるだろうか。メルとプレイをしてくれるだろうか――。

話し込む父親たちの横で、メルはうつむき気味にため息をついた。

沈んだ表情に気づいたのか、バトラー将軍がメルにも声をかけてくる。

「どうした、メル？」

「いえ……」

口ごもるメルの横から、モーリスが口を挟んだ。完全に面白がっている口調で。

「そうそう、ウィル、聞いてくれ。この子、シルヴェスタ王から恋文をもらったんだ」

「ちょ……っ、父上！」

思いがけない暴露に、あわてて父を制止する。焦るあまり、職場にもかかわらず「父上」と呼んでしまった。

「シルヴェスタ王というと、あの、メルに乱暴狼藉をはたらいたとかいう、カーライルの傲慢王か？」

バトラー将軍が顔をゆがめた。元々いかつい髭面（ひげづら）がさらに凶悪になる。

メルが彼に弟子入りした経緯が経緯だったので、この将軍は放っておいても生き延びそうな実の息子たちよりメルを気にかけてくれていた。近年ではそういったこともほとんどなくなっていたのだが、先日、隣国の王にちょっかいをかけられたうえ、グレアを浴びせられて昏倒したという醜聞（しゅうぶん）はもちろん彼の耳にも入っただろう。

メルにとっては、スイッチに目覚めたきっかけの事件である。あの王の野蛮な振る舞いがなければ、ジェラルドとこんなにこじれることもなかったという、やつあたりめいた気持ちを押し込め、メルはなだめるようにバトラー将軍に笑いかけた。

「外交のついでのお戯（たわむ）れです。お気になさらず」

「……ということは、恋文をもらったというのは、まことなのだな」

「『ドムだとわかっていても、そなたの美貌が忘れられぬ。やはり後宮に入らないか』とね。まさか息子が隣国の王の妾に請われる日が来るとは、想像したことがなかったよ」

またもやモーリスが笑いながら口を挟み、メルはこめかみに青筋を立てた。

メルがスイッチだと知られれば、正式に妾にと求められかねない。シルヴェスタ王だけでなく、他のドムだってメルをサブ扱いする人間は出てくるだろう。想像するだけでもぞっとする。メルはもうジェラルド以外にひざまずくつもりはないのに。

だが、そういったメルの危機感は、ニュートラルの父にはいまいちピンとこないようだった。

「閣下。面白がって吹聴するのはやめてください。先方にはもうお断りのお返事をしましたし、終わったことです。将軍もどうか本当にお気になさらず」

ジェラルドに、変なかたちで伝わってほしくない。

固い表情で言うメルに、バトラー将軍は「わかった」とうなずいた。

「何かあったら、わたしかゲイリーに相談しなさい」

そこまで言ってから、ふと思い出したように話題を変える。

「そういえば、メル。あいつ最近何かあったのか？」

いきなりそうきかれ、メルは面食らった。「あいつ」はジェラルドのことだろうが。

「何か？　と、おっしゃいますと……？」

「このところ、やたらと浮かれているものだから、いよいよ恋人かパートナーができたのかと期待していたんだが、ここ数日、今度はやたらと機嫌が悪くてな。どこでもいいから魔物退治に行かせろと言うから、ケネスの山奥に送ってやったんだが……」

「……ケネスでございますか」

メルはすみれの目を見開いた。

シルヴェスタ王の治めるカーライルとの国境近く、切り立った岩山が続く痩せた土地だ。岩山の洞窟や岩陰は魔物たちにとって恰好の住処になるらしく、魔物が出るたび、隣国へ通じる街道は封鎖されている。聖騎士団は魔物退治が専門だ。その中でも最強と名高い第三騎士団が辺境へ遠征するのも不自然ではない。が――。

メルは思わず唾を飲み込んだ。

「それは、その、どのくらいの日程で……？」

「さあ、魔物の強さや数にもよるだろうが、いつもどおりなら、おそらく半月から一月くらいじゃないか？」

予想どおりの返事に、頭の中が真っ白になった。半月から一月――その間、サブの被支配欲求に耐えられるだろうか。

（どうして）

その疑問が、真っ先に頭に浮かんだ。

今のメルはまだサブ寄りで、ドムとのプレイなしでは本能のコントロールが難しい。長期間放っておけばどうなるか、ジェラルドはよくわかっている。それなのになぜ、ジェラルドは遠く離れた辺境に自ら赴いたのか。

（わたしは見限られたのか……？）

その可能性に思い当たった瞬間、全身から血の気が引いた。最後に会話したときの、平坦な声が耳によみがえる。

――お互い頭を冷やす時間が必要だ。しばらく二人きりで会うのはやめよう。

彼が「しばらく」と言っていたから、ほとぼりが冷めればやり直せるのだと思い込んでいた。そのうちいつものように彼から折れて、また今までのようにつきあえるのだと――。

――きみがプレイの相手に不自由して、心身を病んでいくのは見ていられない。きみの力になりたいんだ。

そう言ってくれていた彼の気持ちは、本当に自分から離れていってしまったのか？　もうメルから謝ることも、修復もできないのか？

「メル？　どうかしたのか？」

気づくと、顔面蒼白になったメルを、バトラー将軍とモーリスが心配そうに見つめている。メルはあわてて平静を取り繕った。

「いえ……ちょっと、彼と約束があったので……」

言いながら、次の「約束」などないことに思い至る。

仮にもパートナーの彼を拒絶し、尊厳を傷つけた。その結果がこれか。まるでお仕置きのように置き去りにして――。

（……そうか、これは「お仕置き」なのかもしれない）

とっさの思いつきだった。だが、彼に見捨てられたと思いたくないメルの心は、その思いつきに飛びついた。すがるように思い込む——これがジェラルドの「お仕置き」なら、メルは耐えなければならない。

「そうだったのか？　それはすまないことをした」

約束を反故にした息子の代わりか、それとも、知らないこととはいえ息子を辺境の魔物退治に派遣したことをか、詫びを口にするバトラー将軍に、メルは首を横に振った。

「いえ、お気になさらずに。彼が帰ってからで大丈夫ですから」

メルはぎこちなくほほ笑んだ。

——耐えるのだ。彼が王都に戻る日まで。

窓を伝う雨の流れをぼんやりと目で追いながら、メルは細く息をついた。

そんなつもりはなかったのだが、悩ましげなため息になっていたらしい。正面の席に座っていた同僚の補佐官は顔を赤くしてこちらを見ていたが、メルと目が合うと、あわてて手元の書類に視線を逃がした。彼はニュートラルのはずだが——我慢の利かない自分に

も、同僚の反応にも、ため息は深くなるばかりだ。

ジェラルドの遠征を聞かされた日から、一週間がたっていた。メルの被支配欲求は日増しに強くなってきている。おそらく無意識に代替行為にしているのだろう。御前会議でアルバート王に頭を垂れる機会があった日などは、一時的に欲求も緩和されるのだが、当然、根本的な解決にはなっていない。

もう二十日プレイをしていない。ジェラルドとパートナー関係を結んでからは、七日から十日に一度の割合でプレイをしていた。彼の帰還までは、早く見積もってもまだ数日、場合によっては数週間待たなければならない。「お仕置き」だと思って耐えるにも限界があった。

（そもそも、耐えたところで、プレイをしてもらえるのか……）

飢餓感に耐えかね、プレイメイトを呼ぶことも頭をかすめたが、メルの気持ちが無理だった。ジェラルド以外のドムの命令などほしくない。ましてや性行為など、プレイがらみでもできそうになかった。

ジェラルドに自分だけを見ていてほしい。甘い声で「メル」と呼び、メルが笑いそうになるほど甘い睦言を囁いて、必要がなくとも抱き締め、特別やさしく笑いかけてほしい。彼の特別でありたい――そう思わせる彼だけが、メルをひざまずかせられるのだ。

「メルヴィル殿、そろそろ会議に参りましょうか」

同僚に声をかけられ、メルはハッとした。物思いに沈むうちに、仕事の手はすっかり止まってしまっていた。会議までに終わらせようと思っていた、宰相のスピーチ原稿のチェックはまだ途中だ。ふがいなさにまた一つため息をつきつつ、資料を手に席を立った。

同僚と連れだって二階の廊下を歩いていると、ふと、窓の外で何かが動いた気がした。不審に思い、目をこらす。

（……人か？）

それも一人ではなかった。ガラス窓を伝う雨に邪魔されて見えづらいが、少なくとも二人……いや、三人はいる。

メルはぴたりと足を止めた。

「メルヴィル殿？」

同僚がふしぎそうに名前を呼ぶ。だが、メルは人影から目をそらさず、じっと見つめた。雨が激しくて、はっきりとは見えない。だが、鬱蒼（うっそう）とした裏庭の茂み。普段ならば人は立ち入らない場所だ。いやな予感がした。

「……至急近衛兵を呼んでくれ。この下の裏庭だ」

「メルヴィル殿!?」

説明している暇はない。持っていた資料を同僚に押しつけ、階段を駆け下りた。建物の端まで走り、外へ出て折り返す。強い雨が全身を打ち付けた。

（いた……！）

メイド服を着た若い女性が、壁際に追い詰められている。ならず者のほうは男性三名、身なりからして、どこぞの貴族の侍従だろうと思われた。主人に付き従ってここまで入り込んだのだろうが、王宮内で乱暴とは、見逃すわけにはいかない。

両者は何事か言い争っていたが、突然、女性が地面にくずれ落ちた。その細い腕を、男の一人が摑み上げる。

「おいっ、そこで何をしているっ⁉」

メルが叫ぶと、彼らは一斉にこちらを振り返った。男たちは一瞬逃げの体勢に入ったが、駆け寄ってくるのがメル一人と見て取ると態度を変えた。

メイドの手首を握った男が、ぬめるような薄笑いを浮かべて言う。

「何でもございませんよ。ただ話をしてるだけです」

「雨の中、こんな人けのないところでか？」

「あまり人に聞かれたくない話なんで……。若様こそ、こんなところにいらっしゃったら濡れてしまいます」

「かまわない。散歩の途中だ」

言いながら、男たちとの間合いを計る。ちらりと、うずくまるメイドに視線を向けた。

「そちらの女性は、具合が悪いように見えるが？」

「若様がお気になさることではありません」

「失礼。よろしければ、こちらに……」

女性に声をかけ、一歩近付こうとしたときだった。顔を上げた彼女と目が合った。潤んだ目。乱れた呼吸。ぬかるみにスカートが汚れるのもかまわず、ひざまずく体勢。

「た、助けて……っ」

震える声で言ったとたん、耐えられないとばかりに口元を押さえる。

「サブか」

無理やり命令されたのだと一目でわかった。カッと頭に血が上る。自分がサブ寄りになっている今、彼女の恐怖はメルにとっても他人事とは思えなかった。

彼女を隠すように立ちはだかった男たちを睨めつける。正面で強く睨んでくる男が、おそらく主犯格のドムだ。両側の男たちはニュートラルのように見える。

「どけ。彼女と話がしたい」

「若様のお手をわずらわせるまでもありません。俺らが介抱してやっています」

「彼女は『助けて』と言っているが？」

メルがさらに一歩間合いを詰めると、男たちは気色ばんだ。

「必要ないと言っているのがわからねぇのか!?」

「おまえたちこそ、身の程をわきまえろ。わたしは彼女と話をしたいと言っている」

「……っ」

メルはさらに一歩前に踏み出した。声に力を込める。

「〝そこをどけ〟」

命令がコマンドとしてはたらいたのは偶然だった。男たちが気圧(けお)されたように一歩下がる。

「クソ……ッ」

「!?」

突然、目の前で何かが炸裂した。

閃光。衝撃。だが、体は何のダメージも受けていない――にもかかわらず、メルの膝がガクリとくずれた。糸の切れた操り人形のように、その場にうずくまる。

（しまった……！）

グレアだ。男が悔しまぎれに放ったグレアを、目の前で浴びてしまった。

相手は見るからに普通のドムだ。今までのメルなら――スイッチに目覚めてからでも、万全の体調であったなら、おそらくこの程度のグレアなら跳ね返せただろう。だが、今はだめだった。グレアに負け、限界まで煮詰まっていたサブの被支配本能が理性を食い破る。

「――……っ」

思わず胸元を握りしめた。目が回る。息が乱れる。脂汗が背中を伝う。苦しい――許しを請わなければ。自分はドムを怒らせてしまった。許しを請い、彼から命令をもらわなければ――そうだ、やっと命令してもらえるかもしれないのだ。

「おい……」

「……ああ」

風向きが変わったことに気づいたらしい。男たちが視線を交わし、メルをうかがっている。ニュートラルの男の一人が、間合いを取りながら疑問を口にした。

「……なんかこいつ、グレアが効いてないか？　サブなのか？」

「でも、さっきコマンドを使っただろ」

もう一人の言葉に、ドムの男がニヤッと笑う。

「確かめてみればいい」

（まずい）

わずかに残った理性が警鐘を鳴らす。だが、サブの本能に屈した体は動こうとしない。

ドムが命じた。

「〝ひざまずけ〟」

（いやだ）

コマンドに歓喜し従おうとする本能に、全力であらがった。

こんな男たちにひざまずくのはいやだ。絶対にいやだ。いやだ。いやだ。いやだ。彼でなければ――。

（ゲイリー）

「……っ、助けろ、ゲイリー！」

自暴自棄に彼を呼んだ。そのときだった。

「メル……！」

雨音をつんざいて、雷鳴のような声がとどろいた。

「!?」

ハッとする。今の声は――。

「メル！」

また聞こえた。

（まさか……）

いや、そんなはずはない。彼がここにいるはずがないのだ。彼はメルを置いて行ってしまった。メルを見捨てて、一人で辺境へ行ってしまったのだから――。

胸の痛みをこらえるように泥濘（でぃねい）を握りしめたとき、背後から強烈なグレアが放たれた。

「……っ」

彼と視線が合ってもいない。攻撃されたのは自分ではない。それなのに、背後から吹きすさぶ怒りの波動に圧倒される。

サブのメルには恐怖でしかないはずのそれを、なぜか心地よいと感じた。これは自分のサブを護ろうとするドムが放つディフェンスだ。振り返らなくてもわかる――やはり彼だ。

「おい……っ」

「ああ、行くぞ……っ」

男たちがあわてて逃げだそうとする。背後から彼が命令（コマンド）した。

「メル！　〝切り替えろ〟！　おまえはドムだ！」

「――」

体の中の細胞が組み変わっていくような感覚だった。ジェラルドの声が自分を変える。

ひざまずくしかないサブから、ひざまずかせるドムへと――。

考えるより先に体が反応した。うずくまった体勢から二人まとめて足を払い、逃げだそうと背を向けた一人の襟首を摑む。もう一方の手で押しつけるようにたたき伏せた。

「……ひっ……」

豹変したメルに、三人が震え上がる。

メルは声に渾身の力を込めて命じた。

「卑怯者ども、〝地に這え〟！」

「……っ!!」

男たちがぬかるみの中に倒れ伏す。顔も上げられず、無様にうごめく男たちを、メルは侮蔑を込めた目で見下ろした。

息をつく。とたんに全身から力が抜ける。倒れる、と思った瞬間、後ろから、がっしりと逞しい腕がメルを支えた。

「メル！」

「……ゲイリー」

帰ってきた。帰ってきたのだ。メルのドムが。

息もできないほど強く抱き締められ、メルは彼の顔を見ようとした。でも、もう、視界がかすんで見えない。

眉を寄せ、呟いた。

「遅いぞ、ゲイリー」

「すまない」と、いっそう強く抱き締められるのを感じながら、メルは意識を手放した。

6

ならず者どもは、ジェラルドと共に駆けつけた近衛兵らに引っ立てられていった。

被害者のメイドは、やはりサブだった。主犯格のドムとしばらく恋人関係にあったが、最近別れたのだそうだ。元恋人の男は嗜虐傾向が強く、プレイ中、彼女にひどい暴力をはたらいていたという。別れられてほっとしていたところに起きた事件だった。

そういったあれこれを、メルはジェラルドの腕の中で聞いた。消耗し、足元もおぼつかないメルを皆心配していたが、ジェラルドは誰一人メルに触れさせようとしなかった。

「お二人とも、泥汚れだけでも拭かれては……」

「必要ない。近寄るな」

「ゲイリー？」

気の立った獅子のように、近付くすべてを威嚇する彼に戸惑い、なだめようとしてみたが、メルの声さえも無視された。

宰相から自宅で休むよう言い渡され、家の馬車に乗り込む際も、ジェラルドはメルを抱きかかえ、一人で歩くことを許さなかった。今も揺れる馬車の中で、メルは彼の膝に抱か

れている。

彼の強引な振る舞いに反発する気持ちは起こらなかった。どころか、強力なドムの庇護に、どうしようもなく安心する。どうやらメルの本能はまたサブ寄りに戻っているらしい。

（……帰ってきてくれた）

見捨てられたのかもしれない、離れていってしまったのかもしれないと思っていたジェラルドが、抱き締めてくれている。さっきはつい「遅い」などと憎まれ口を言ってしまったが、夢を見ているような気分だった。

がっしりと厚みのある体。メルを包み込む彼の匂い……。心臓が痛いほど高鳴っている。

逞しい首筋に腕を回して顔をうずめた。

（どうしよう）

どうしていいかわからないくらい彼が好きだ。

一人で何日も悩んだことがばからしくなるほど、はっきりとそう思った。

「……ゲイリー」

こわごわと名前を呼ぶ。彼が自分をどれほど大事にしてくれているか知っているのに、彼の気持ちを信じ切れずに遠ざけようとした。あの日の暴言を謝りたい。

だが、メルが謝罪の言葉を口にするより先に、彼が言った。

「……すまなかった。きみを一人にしたばかりに、こんな目に遭わせてしまった」

苦しげな声に悔恨(かいこん)が滲む。思いがけない謝罪に、メルは戸惑った。

「それはわたしがきみと距離を取りたがったからだろう。きみは悪くない」

ちゃんと顔を見て話がしたい。謝りたい。そのつもりで、「ちょっと腕を緩めてくれないか」と言った。とたんに痛いほど腕に力を込められる。

「いやだ！　俺から離れるのは絶対に許さない！」

今までギリギリのところで押さえ込んでいたのだろう。感情を爆発させ、ジェラルドが吠えた。

「遠征先で、きみに恋人ができたと聞いた！　相手はあの傲慢王か!?　それとも他のドムがいるのか!?　そいつがいるから、きみは俺を拒むのか!?」

馬車の窓がビリビリと震える。詰問にメルは目を見開いたが、その内容を理解すると、顔をけわしくした。

「恋人って、なんだそれは」

「父とシドニーから聞いた！　シルヴェスタ王は、まだきみに言い寄っているらしいな！」

「そんなもの、とっくに断った！　きみがいるのに、なんで他に恋人なんか――……っ」

そこまで叫んで、口を手でふさぐ。

（しまった……っ）

きちんと謝って、それから気持ちを伝えたいと思っていたのに。自分の迂闊さに固まってしまう。

ジェラルドもまた沈黙した。そろそろと体を離し、メルの顔を覗き込んでくる。

「……メル、それはどういう意味だ？」

「……っ」

つい顔を背けてしまった。固くつぐんだメルの唇を、ジェラルドが太い親指でなぞってくる。

「メル、きみは今、どちらだ？」

低い声が、メルの耳元で囁いた。

「〝切り替えろ〟。今から、きみはサブだ」

「——！」

息を呑む。あの土壇場で使ったコマンドをジェラルドは再現しようとし、それは成功した。サブ寄りに戻っていた本能が、明確にサブへと切り替わる。

「きみ……さっきも今も、何をした？」

呆然とジェラルドを見た。彼は目を細めてメルを見返した。

「遠征先で同僚から聞いたんだが、スイッチのパートナーがドムの場合、コマンドでD／Sを切り替えられることがあるそうだ。どうやら、きみにも当てはまるらしいな」

「……つまり、きみのコマンドで、わたしのD／Sをコントロールできる……？」

「そういうことだ。俺が側にいれば、きみはD／Sの切り替えに困ることも、サブ性によるハンディキャップを心配する必要もなくなる。日常的にはドムで、俺とのプレイのときにはサブというように。……もっとも、きみが俺を信用できればの話だが」

うっそりと、どこか怖いような笑みを浮かべたジェラルドが、もう一度、親指でメルの唇をなぞった。

「さて、メル。〝正直に答えなさい〟。きみは、俺がいたら他に恋人を作る必要は感じないと言ったが、それはなぜだ？」

「……っ、きみ、卑怯だぞ……っ」

自分で言いたかったのに、言わされてしまう。メルは目元を染めてジェラルドを睨んだ。ずるいと思う気持ちの一方で、ずっと我慢させられてきたメルのサブ性は三週間ぶりの命令に歓喜して、勝手に唇を開かせる。

ずるい。恥ずかしい。でも、うれしい。彼の命令に応えたい。

「……きみが……」

馬車の音にかき消されそうな小さな声で、メルは言った。

「きみが、好きだから」

「メル……！」

ジェラルドは一瞬表情を輝かせたが、ふと思いとどまったような顔になった。気持ちを静めるように、細く長く息をつく。

「……ありがとう。〝もう一つ答えてくれ〟。それは、恋愛感情としてか？」

さんざん「親友」にこだわったメルの言動が、彼を不安にさせている。それがわかって、メルはせつなくなった。

自分の支配権をすべて明け渡す怖さがなくなったわけではない。それでもパートナーでいたいと思うほど、自分は彼を好きになった。ならば、彼を信じるしかない。ジェラルドは自分から何も奪わない。彼は自分を尊重してくれる。プレイ中にどんなにみっともない姿をさらしても、自分を好きでいてくれる――そう信じて、彼と一緒にいられるよう努力したい。

メルはジェラルドの頬に手を添えた。揺れる瞳を覗き込む。ひとつ、大きく息を吸うと、野外劇場で告げられた、ジェラルドの告白をなぞった。

「弟のような年下の親友として。相性最高のプレイのパートナーとして。それから恋愛感

情でも」

ジェラルドが好きだ。彼と親友であり続けたい。けれども、恋人にもなりたいと思う。この腕に自分以外の誰も抱き締めてほしくない。彼に甘くとろける声で呼ばれるのは、彼にコマンドを与えられるのは自分だけであってほしい。他の誰にも譲りたくない。

「きみが好きだ」

くりかえすと、今度こそ、ジェラルドは感極まったように顔をゆがませた。メルを抱き締め、頭を撫でて、「ありがとう」と言ってくれる。涙を含んだ声だった。彼が心底喜んでくれていることがうれしくて、でも、それほど待たせてしまったのだと思うと胸が痛くなる。

ジェラルドが甘えた声で言った。

「メル、もう一度聞きたい。お願いだ。〝言ってくれ〟」

コマンドを使ってまで言わせようとするのを、かわいいなと思う。よく見知った年下の親友の姿にほっとして、でも、胸はドキドキして、どんな「お願い」でも叶えてやりたくなる。

「きみが好きだ、ジェラルド・バトラー」

「ありがとう。〝もう一度〟」

「親友として、パートナーとして、恋人として、きみが好きだ」

「ああ、メル……」

大きな手のひらでメルの顔を包み込み、ジェラルドはメルに口づけた。ついばむようなキスをくりかえしながら囁く。

「〝もう一度〟」

「好きだよ」

何度言っても飽き足らず、〝もう一度〟をくりかえされそうな気配に、メルは眉を寄せた。

「きみ、いい加減しつこいぞ。わたしにばかり言わせるな」

「すまない。うれしくてつい……」

とたんにしょげかえった犬のようになる彼に苦笑して、濡れそぼった赤毛を撫でる。

「きみはどうなんだ。わたしを放り出して辺境に行ってしまったから、見捨てられたのかと思っていた」

「見捨てる!?　俺がきみをか!?　あり得ない！」

その剣幕(けんまく)に、メルは目を丸くした。

「……だが、わたしは、ずいぶんひどいことをきみに言った。きみは、ずっとわたしを大事にしてくれていたのに……。すまなかった」

メルの謝罪に、ジェラルドはハッとしたように首を横に振った。

「怒っていない。……まあ、やはり多少はショックだったし、俺がいなくなって、きみがさみしがればいいくらいは思ったが。突然スイッチだと言われたきみの混乱も、他者に完全に支配されるのが怖いという気持ちも想像はできる」

彼はそう共感を示してくれたが、あのときの表情をなくした顔を思い出すと、メルは今でも胸が凍えそうになる。彼の不在を「お仕置き」だと思い込むことでやり過ごした日々が、どれほど不安でせつなかったことか――。

無意識に噛みしめた唇を、ジェラルドは指でなぞってほどかせ、ふんわりと口づけた。唇から安心を吹き込まれたように、ほっとする。

メルの頬を撫でながら、彼は続けた。

「そもそも、俺が最近ずっと王宮にいたのは、きみが心配だったからだ。いつでもきみのサブ欲求に応えられるよう、王都周辺の仕事を回してもらっていたんだが、第二騎士団の団長からいい加減、辺境討伐を交代しろと責められてな。きみの近くにいると追い詰めてしまいそうだったし、お互い、頭を冷やすのにちょうどいいと思ったんだ」

思いがけない告白だった。

「すまない。わたしのせいで、きみの仕事にまで迷惑をかけていたんだな」

ジェラルドは「俺がそうしたかったんだ」と首を横に振った。

「きみが俺以外のドムにひざまずくのは、想像するのも耐えられない。そんなことになるくらいなら、近衛兵になって王宮にいるほうがまだましだ。そうすれば、きみから離れずに済む」

「やめてくれ。必要ない」

挙げ句、あれほどいやがっていた近衛兵になってもいいとまで言い出すので、メルは思わず笑ってしまった。

「……ゲイリー。きみはずいぶんわたしを大切にしてくれているのだな」

「今さらだな」

心外だとばかりに、ジェラルドは顔をしかめた。

「さっきの答えだが、メル。俺の気持ちは変わらない。ずっときみを愛している。いつかきみが自分でD／Sをコントロールできるようになったとき、きみはドムとして生きたいと思うかもしれない。ドムとして、自分のサブを求めるときが来るかもしれない。それでも俺は、きみに一番側にいてほしい。親友で、パートナーで、恋人で、できれば伴侶でありたい。俺の愛は欲張りだ。だが、どうかイエスと言ってくれ」

真摯に愛を乞う言葉。懇願しているようで、ノーとは言わせない気迫。でも、コマンド

ではない。

「命令はしないのか？」

メルがたずねると、ジェラルドは苦笑した。

「きみの身体(からだ)と精神(こころ)は支配できても、感情までは支配できない。……できたら、一生俺に惚れさせておくのにと思わないではないが」

「怖いことを言うな」

「だから、お願いだ。メル。俺の恋人になってくれ」

メルは「きみ、それもずるいぞ」と眉を寄せて微笑した。

「きみの『お願い』には弱いと言っただろう」

「知っている。だから、こうしてお願いしてる」

なりふりかまわない求愛に、メルはうなずいた。

「……いいよ。イエスだ。その代わり、きみもすべてわたしに寄越すんだぞ」

「ああ、もちろん」

うなずいて、ジェラルドは誓いのようにメルにキスした。

「ありがとう。メル。感謝する」

骨も折れんばかりに抱き締めてくる恋人の背を叩き、メルは「苦しいよ」と笑った。

スタンレー邸に着いてからも、ジェラルドはメルを離さなかった。馬車から下りるときも、屋敷で母と家令に迎えられたときも、彼はメルを横抱きにしていた。

彼と恋人になったこと、伴侶として生きていきたいことは、いずれ両親にも話すつもりだったが、これでは両親どころか屋敷中の使用人にまで丸わかりだ。

「下ろせ！　歩ける！」

メルは全力で抵抗したが、「〝じっとしていろ〟」と命令されるとどうしようもない。メルの本能はサブのままだ。羞恥で真っ赤になった顔をジェラルドの逞しい首筋に埋め、自室までの移動をなんとか耐えた。

王宮での一件が、先に家に伝わっていたのだろう。自室では風呂の用意ができていた。人払いをし、浴室に直行する。

泥で汚れた服を脱ぎ、裸になると、「〝座りなさい〟」と命じられた。タイルの床に尻をつけて座るものの、視線も合わさず、ふてくされて口もきかないメルに、ジェラルドが苦笑した。

「メール。機嫌を直してくれ」

「いやだ。わたしは下ろせと言ったのに」

「きみが俺のものになってくれたと、世界中に向かって叫びたい気分なんだ」

悪かったと言いながら、その声は隠しきれないほど浮かれている。最初は腹が立ってしょうがなかったが、髪を洗われ、じわじわと冷えた体が温まっていくのと同時に、憤りはしゅわしゅわと輪郭をくずしていった。しかたがない。今のメルはサブなのだ。本来、ドムに強い独占欲を示されることは、喜び以外の何ものでもない。

くやしい。けれども、うれしいと思ってしまう。ジェラルドのドムの本能がメルへの独占欲をあらわにするように、メルのサブの本能もまた、自分は彼のものだと知ってほしいと思っているのだ。

「――メル」

髪と体を洗い終えると、ジェラルドはメルの腕を引き、湯船の中へ引っ張り込んだ。男二人の体に押し出されて、ざぁっと湯があふれ出し、タイルの床を流れていく。

ジェラルドの太腿に座らされ、メルの体は一回り大きな彼の体に背後からすっぽりと包まれた。ゴリッと彼の凶器が双丘のあわいをこすり上げてきて、思わず体をこわばらせる。ジェラルドは、剛直の巨きさ、固さを教えるように腰を揺らしながら、メルの耳元で囁いた。

「メル。今夜はこれをきみに挿入る」

「……っ」

脳の奥がじんと痺れる。思わずごくりと唾を飲んだ。まだ残っている理性と羞恥がメルの心を揺さぶっている。けれども、今夜は彼が求めるまま、すべて明け渡そうと思った。新しい二人の始まりの今夜に、そうしたい。

「怖いか？」

メルは首を横に振った。羞恥を握りつぶして声を絞る。

「大丈夫だ。きみがわたしに欲情してくれてうれしい……きみのしたいように抱いてくれ」

ジェラルドは一瞬の沈黙ののち、怪訝そうな声でたずねた。

「どうしたんだ？　命令もしていないのに、やけに素直だな」

「きみに覚悟を見せたいだけだ」

「覚悟？」

「逆らわない。拒まない。どんなにみっともない姿を見せても大丈夫だと、きみを信じる。……信じたい」

「くそ……っ」と、ジェラルドが頭を振った。ギリッと歯ぎしりの音が聞こえる。

「頼むから、やさしくさせてくれ」

獰猛な声で言いながら、ジェラルドはメルのうなじに歯を立てた。今にも突き入れそうなほど腰を強く押しつけながら、胸の尖りをキュッと引っ張る。

「アッ……！　あっ、ん……っ、いきなり強い……っ」

「ずっと触ってみたかった。いつもきみばかり触ってずるい」

「きみが勝手に我慢したんだ……っ」

メルの抗議は聞き流され、乳首を親指と人差し指でつまんだまま、こね出すようにいじめられる。自分でするのとは全然違う。「痛い」と「気持ちいい」のちょうど狭間。それがいい。

「少し痛いくらいがいいのか？」

「ん……っ、いい、ゲイリー、もっと触って……っ」

自分は彼に触ってほしかったのだと痛感した。プレイ中、彼はただ燃えるような瞳で見ているだけでさみしかった。せつなかった。彼に触れてほしかった。触ってもらえて、うれしくて、気持ちいい。乳首の鋭い快感と、どろどろに溶けた心の快美が混ざって、ペニスがじんじんする。メルは腰をよじらせた。

「いやらしくて、とてもかわいい。もっと？」

こくこくとうなずくと、少し意地悪く笑った彼が、するりと双丘のあわいに手を伸ばし

た。

「ここも？」

「……っ、ああ……」

　秘孔のふちを撫でられて、未知の感覚に体を震わせる。今まで挿入されたことはおろか、挿入したこともない。忌避感、嫌悪感がないわけではなかった。だが、彼とつながるためには、そこを使うのだ。

「メル。セーフワードは覚えているな？」

　大きな手のひらで両方の尻たぶをわしづかみ、揉みしだきながらきくジェラルドに、うなずいた。覚えてはいるが、絶対に使ってやるものか。覚悟を見くびらないでほしい。

「〝立ちなさい〟」

　命じられるまま、湯船の中で立ち上がった。

「〝向こうを向いて、壁に手をついて〟」

　尻を差し出す格好に、羞恥心が渦巻いた。でも、逆らわないと決めたのだ。唇を噛んで、命令に従う。

「メル、いい子だな」

「……っ」

褒め言葉に、じゅわっと心が溶けていく。

「初めてなのにヒクヒクしている。期待しているのか？」

彼が途中で止めないよう羞恥を煽る言葉にも素直にうなずく。ジェラルドは喉の奥で低く笑い、髪のケアに使うオイルを手に取った。すみれの香りが立ちのぼる。彼は片手でオイルを掬い、ひたりとメルの秘蕾にあてた。

「〝痛かったら言いなさい〟」

あの野太い指のどこにそんな慎重さが隠されていたのかとふしぎになるくらい、繊細な動きでオイルを塗り込めていく。メルは壁についた腕に額をあずけ、声を噛んで違和感をやり過ごした。

「メル、あまり我慢するな」

「……っ」

半ば意地で首を横に振る。

「メル……」

ぴったりとメルの背を抱き込んできたジェラルドが、緊張をなだめるようにメルの耳を軽く食(は)んだ。空いていた手を脇から回し、左の乳首をきゅっとつまむ。

「あっ……！」

キュンと生まれた快感がペニスまで駆け下りた。そちらに気をとられた瞬間、ぬくりと一本、指が秘蕾の中へもぐり込んでくる。

「アッ……！　……っ、……、……んっ……」

痛みはなく、違和感も思っていたほどひどくはなかった。ただ、自分はドムだったのにと、理性だけが抵抗している。その叫びをメルは必死で噛みつぶした。心も体も、ジェラルドのすべてを受け入れると決めたのだ。壁についた手の指を噛み、ひたすら耐える。

全身ガチガチにこわばらせているのがわかったのだろう。ジェラルドが「〝力を抜いて〟」とコマンドを出した。ふっと体の力が抜けると、違和感がいくらかやわらいだ。

「メル、〝触って〟。右の乳首も自分でかわいがってごらん。もっと楽になるはずだ」

やさしい声にうながされ、おずおずと右の乳首に右手を添える。

「あ……、ん！」

一度触ったら止まらなくなった。親指と中指で軽く引っ張り、人差し指の爪を立てて先端をいじめる。一気に性感が高まった。

「あっ、あ、ああ……っ」

メルの体は、乳首をいじるだけで達するように躾けられている。両方の乳首から生まれる鮮烈な快感は、ペニスの表面をこすって得る、わかりやすい快感とは違う。重く、どろ

どろと渦巻くそれに、膝がガクガクする。くずれ落ちそうになったメルの腰を腕一本で引き上げて、ジェラルドは低くかすれた声で命じた。

「メル。〝左の乳首も自分でかわいがってあげなさい〟」

「んっ……！　あ、あっ……、いい……っ」

「感じるのか？」

「感じる、いい……っ、乳首、すごく、気持ちいい……っ」

「上手だ、メル。きみの後ろも、とても気持ちよさそうにしている。熱くて、やわらかくて、うねって吸い付く……」

うっとりとした声と口調で褒められて、ふわぁっと全身が高揚した。肌が粟立つ。秘蕾の中、肉襞が淫らにうごめいて、ジェラルドの言葉どおり、彼の指にからみつく。

「あ、やっ、や……っ、ああっ」

声も、乳首をいじくる手も止められない。ジェラルドが一本増やした指を、メルのそこはたやすく呑み込んだ。

ジェラルドが耳元で熱く囁く。

「かわいい、メル。俺の、メル」

「んうっ……！」

指を三本に増やされた。無意識に逃げようとする腰を引き戻される。体に渦巻く快感を少しでも逃がそうと、メルはタイルの目地に爪を立てた。

「あ、あ、あ、あ……っ、ああっ!?」

少し中が馴染んでくると、三本同時に引き抜かれた。だがすぐに、オイルをたっぷりと絡ませて、再度根本まで押し込まれる。

「ヒッ……!」

どの指かが腹側にあった何かに触れて、すさまじい快感にメルは腰を跳ねさせた。ジェラルドの中指がそこばかりを執拗に撫でこする。気持ちよすぎて怖い。じゅぷじゅぷと耳をふさぎたくなるような水音が自分の腹の中から響いてくる。

「や……っ、ダメ、待って、待って……っ」

無意識に制止を口にしてしまったが、ジェラルドは止めてくれなかった。セーフワードでないかぎり、サブの「いや」「だめ」「待って」はすべて「いい」と同義語だ。

「あ、あ、あああっ!?」

ジュプッと深く突き込まれ、目の前が明滅した。さっきと同じ一点から、電撃のような快感が突き上げる。だがいくと思った瞬間、ジェラルドがメルのペニスを握って堰き止めた。

「あ、あ、なんで……っ？」

目に涙を浮かべて振り返る。ジェラルドは喉を鳴らして目を細め、困ったような声で言った。

「メル。いくときはどう言うか、教えただろう？」

「あっ、あっ、あっ、アアッ……ごめん、ごめんなさい……っ、い……っ、いく、いく、あっ、い……っ」

いかせてくださいと許しを請いたい。なのに、ジェラルドは後ろを責める手を止めてくれない。身も世もなく悶えながら、メルはなんとか言葉を口にした。

「いいっ、いく、いかせて……っ」

「よく言えたな、メル。〝俺の前でいって見せて〟」

「ヒッ……、ア――――ッ」

感じすぎるそこをギュッと握り込むように強く押され、メルのペニスは白濁を噴いた。深すぎる快感に腰から背がいやらしくよじれ、見開く瞳からは涙がこぼれる。ガクリと膝からくずれた体を、ジェラルドの腕ががっしりと支える。乱れた息のあいだにたずねた。

「何……、なんだ、そこ……？」

「前立腺だ。きみが俺の指で感じてくれてうれしい」

ぎゅっと背後からメルを抱き締めて、ジェラルドは甘えるように首筋にキスを落とした。

「メル。お願いだ。上手にきみをいかせた俺にも、ご褒美をくれないか?」

ご褒美。さすがに「何?」ときくほど鈍くはない。メルの腰に当たっている彼の怒張は、すでに先走りでどろどろになっている。メルはこくりとうなずいた。最初からその覚悟はできている。

タオルで包んだメルを抱き上げ、ジェラルドはベッドへ向かった。ごく丁寧な手つきだったが、達したばかりの体には、タオルがこすれるだけでも快感になる。いつかと同じ、全身が性感帯のようだった。

「ん……っ」

メルをそっとシーツに下ろし、メルを包んできたタオルで、自分の体を適当に拭いているジェラルドをぼんやりと見上げる。がっしりと逞しい腰の真ん中で隆々と勃ち上がる剛直に、つい視線が引き寄せられた。太くて、長くて、カリ高の中太り。浮き出た血管が脈打つさまは、それ自体が卑猥な生きもののようだ。

メルの視線に気づくと、ジェラルドはふっと笑った。

「触ってみるか?」

「……」

どう返していいかわからない。そんな、人を物欲しそうだと言わんばかりに……という反発心が湧きあがる。でも、確かに興味はあった。どんな手触り、どんな熱さなのだろう。メルの手でいかせることはできるだろうか？

「上手におねだりできたら、触らせてあげよう」

なぜそんなに上から目線なのかと、理性が猛反発している。だが、思考の大半はすでに欲望に支配されていた。自分ばかり翻弄されて、一方的にいかされるのはなんだかくやしい。自分で彼をいかせてみたい――。

おずおずと唇を開く。

「……ゲイリー。きみの……その、……ペニスに触っても……？」

「残念だが、おねだりにはなっていないな」

「……っ、ちゃんと言っただろう！」

「もっとかわいくおねだりしてくれ」

そう言う彼の目の中に揶揄の色を読み取って、メルはムッと眉を寄せた。このまま引き下がるのはくやしいし、それが彼の望みなら叶えたい。だが、「かわいく」と言われても、どうしていいかわからなかった。元々かわいげなどない性格だ。サブらしいかわいらしさを求められても限界がある。

かなしくなりかけ――ふと「かわいげ」の固まりのような旧友が脳裡に浮かんだ。シドニーは狙った相手を落とすのに、どんなふうに振る舞っていた？

「……メル？」

上目遣いにじっと見つめると、ジェラルドは目に見えてうろたえた。どうやらこれで正解らしい。うれしくなり、唇を舌で湿らせた。少し首をかしげてみる。

「ゲイリー。お願いだ。触らせて……？」

「――メル！　何だそれは!?」

ガシッと両肩を摑まれた。ジェラルドの鬼気迫る表情に気圧される。

「……やっぱり、だめだろうか」

「いや、かわいい！　かわいいが、そんなおねだりのしかた、どこで覚えてきた!?」

「シドニーのまねをしただけだ」

メルが言うと、ジェラルドは目を見開き、ややして大きなため息をついた。

「メル。きみのおねだりはとてもかわいい。降参だ。でも、〝絶対に他ではやるな〟」

「きみ以外におねだりなどするものか」

メルの答えにジェラルドは奇妙な唸り声をあげた。ベッドへ上がると、クッションに背をあずけ、堂々と脚を開いて座る。赤い炎のような草叢から、剛直がそびえている。

「〝おいで〟。触ってくれるんだろう？」

「……」

熱に浮かされたような気分でジェラルドの脚のあいだへ座り、メルはこわごわと彼のペニスに手を伸ばした。

「……あ……」

見た目から想像するほど熱くはない。メルのペニスよりは固いが、骨や筋肉よりはやわらかだった。メルがそっと触れただけで、びくりと震えて先走りをこぼす。それがなんだか愛おしくて、メルはすべすべとした亀頭をやさしく撫でた。あふれ出てきた先走りを指にからめ、太い幹へと塗り広げる。中央部がもっとも太く、メルの指が回らない。おそろしいかたちの幹を、ふんわり握って、ゆっくりとしごく。

「……っ、メル……ッ」

気がつけば、ジェラルドが息を乱している。その表情を見たくて、顔を上げて覗き込んだ。

彼は眉間にうっすらと皺を寄せ、快感に耐えていた。額に浮いた汗。劣情に燃え上がる紅い瞳。熱い息をこぼす唇……壮絶に色っぽい。成熟した雄の色気にくらくらする。この最高の男が自分のパートナーで、恋人なのだ。そう思うだけで胸がいっぱいになってしま

う。

愛するドムを喜ばせたい。舐めたら、もっと喜んでくれるだろうか？　褒めてくれるだろうか？　衝動に突き動かされ、彼のペニスに口づける。

「メル……ッ」

ビクビクと独立した生きもののように跳ねるそれに、メルの目は釘付けになった。グロテスクな色かたちなのに、かわいいと思ってしまう。

「そんなにいい？」

「最高だ」

食いしばった歯のあいだからもれる賛辞に、じゅわっと甘い幸福感が胸を満たした。キスだけでこんな顔をさせられるなら、もっと、もっと気持ちよくしたら、どんな顔を見せてくれるのだろう――？

胸を高鳴らせ、落ちかかる髪をかき上げながら、再度唇を近づけた。キスをして、そのまま唇を開き、一気に呑み込もうとする。

「ん、……ぐ……っ」

喉を突かれてゲホッとむせると、ジェラルドがあわてた声を上げた。

「メル！　無理はするな」

引きはがされて、眉を寄せる。

「したいんだ。……させて？」

上目遣いで黙らせて、再び慎重に口に含んだ。

「……、……っ、……ふ……、……っ」

入るところまでゆっくりと――だが、巨き過ぎて、亀頭を含むだけでも苦しいほどだ。すべて含むことは諦めて、幹は手でしごき、亀頭を丁寧に舌であやす。

ジェラルドの反応が見たくて視線を上げると、燃えさかる瞳と目が合った。とたんに、口の中の剛直が跳ねるように一回り大きくなる。

「ぐ……っ!?」

目を見開いたメルに、獣が低く唸るような声でジェラルドが命じた。

「メル。〝喉を開け〟。苦しかったら、俺の太腿を叩くんだ」

え、と思う間もなく、体は従順に喉を開いた。後頭部に両手を当てられ、グッと強く引き寄せられる。

「ぐっ……！　っぶ、……ンッ、ぐ……っ、ふ……っ」

突然の凶行に目を見開いた。喉奥まで突き入れられた怒張が、やわらかな粘膜を容赦なく犯す。苦しさに涙が浮かんだ。だが、やめてほしいとは思わない。彼のしたいように抱

かれたい――その望みどおりに犯されている。そう思った瞬間に、じわっと湧き出したのは、まぎれもない快感だった。我ながら驚いてしまう。自分はジェラルドに、こんなふうに荒っぽく扱われるのも嫌いではないらしい。どころか、もっとめちゃくちゃにされたい衝動まで芽生えてくる。

「んっ、ンンッ……、ぐ……っ」

「……っ」

息苦しさにボロッと一粒、涙がこぼれる。――と、喉奥を蹂躙（じゅうりん）する動きが止まった。

「メル……すまない。我慢できなかった」

荒い息のあいだで言いながら、ジェラルドがいたわるようにメルの涙をぬぐってくれる。

「待ってくれ……しばらく、このまま……」

何かに耐えるように眉を寄せ、目を伏せている表情から、達しそうなのだと気がついた。

強いドムを翻弄している優越感と、拙（つたな）いフェラチオでも達しそうになるほど好かれているのだという悦びが、メルの心を押し上げる。

（バカだな。気持ちいいなら止めるなよ）

「ん……っ」

喉の粘膜で亀頭を包み、締め付けた。ゆっくりと顔を前後させ、亀頭に粘膜をこすりつ

ける。じんわりと鈍い快感が広がって、メルはせつなく眉を寄せた。

「メル……ッ」

　切羽詰まった声をあげ、ジェラルドがメルを引きはがそうとする。もういくのだ。そう理解した瞬間、メルの頭の中は、「受け止めたい」という淫らな願望でいっぱいになった。ジェラルドの手を払いのけ、膨らんだ亀頭を強めに啜る。

「メル！」

　焦った声で名を呼ばれた直後、口の中で彼がはじけた。無理やり引き離されたせいで、顔にも髪にも精液がかかる。むせかえるほど濃い彼の匂いが脳を痺れさせた。

「メル」

　ジェラルドが、めずらしくうろたえながら、メルの頬や顎に散った白濁をタオルで拭き取る。彼の匂いを取り上げられて寂しくなった。褒めてくれると思ったのに――ああでも、彼の制止を振り切った自分はよくないサブだっただろうか？

「ゲイリー、褒めてはくれないのか……？」

　悄然と呟くと、ジェラルドは、はたと、メルの顔をぬぐう手を止めた。メルの心情を察したらしい。「そんなことはない」と否定する。

「とても満足した。気持ちよかった。……すまない。俺は、きみを支配したいのと同じく

らい、きみを汚したくも傷つけたくもないんだ」

「……ゲイリー……」

大切にされている実感に、じんわりと胸が温かくなった。でも、愛するドムを悦ばせたいのはメルも同じだ。内緒話をするように、ジェラルドの耳に唇を寄せる。

「自分でも信じられないが、わたしはきみに自分勝手されるのも、汚されるのもうれしいらしいぞ」

囁いて、照れ隠しに音を立てて彼の耳に口づける。

ジェラルドは一瞬瞠目したが、すぐに眉間に皺を寄せ、荒っぽくメルをシーツに押し倒した。メルに背後からのしかかりながら、脅しつけるように言う。

「メル。きみは俺を信用しすぎないほうがいい。めちゃくちゃにしたくなる」

肩越しに彼を振り返り、メルは勝ち気にほほ笑んだ。

「きみこそ、わたしの愛を甘く見すぎないほうがいい。めちゃくちゃにしたいならやってみろ」

喉の奥で低く唸り、剛直をメルの太腿にこすりつけながらジェラルドがコマンドを口にした。

「それなら、〝これを挿入(いれ)てほしいところを見せろ〟」

「……っ」

息を呑んだ。なんてことを命令するのか。羞恥と反発が同時に湧き起こったが、メルは唇を噛んでそれらに耐えた。逆らわない。拒まない。どんなにみっともない姿を見せても、彼は自分を愛してくれる。

「……」

ぎゅっと強く目を瞑り、双丘に両側から手をかけて秘蕾をさらした。ジェラルドの視線が突き刺さる。メルからは見えないが、きっとオイルで濡れそぼり、淫らな蜜を流している。被虐の悦びが背筋を這い、メルの屹立が涙をこぼした。

ジェラルドがこらえきれないというように喉を鳴らし、メルの左手に自分の手を重ねてきた。ぐっと割り開いたそこに指を差し入れてくる。前立腺を二本の指で挟んで揺らされ、メルは悩ましく腰をよじらせた。

「ゲイリー。ゲイリー……ッ」

気持ちいい。でも、このままではまた一人でいかされてしまう。ちゃんと言うことを聞いたのに。振り返り、上目遣いに彼にねだった。

「ゲイリー。一人じゃいやだ。中に来て、一緒にいって」

「メル……ッ」

ジェラルドが指を引き抜き、後ろからのしかかってくる。

「ぁ……っ、……っ、――ッ」

押し当てられた熱塊が、じわりと秘蕾を押し広げた。意識して呼吸を深くする。ジリジリと亀頭が進むにつれて、襞が限界まで広げられていく。

(まだか……!?)

さっきまで口に含んでいたのだ。彼の巨きさは重々承知しているが、こうして体で受け止めてみると、あまりにも巨きい。裂けるのではという恐怖でメルが泣きそうになったとき、ジェラルドが両脇から腕を差し入れて、キュッとメルの乳首をつまんだ。

「アぁあ……!」

ひときわ高い声が出る。乳首から走った快感に秘蕾が媚びるようにうごめいた瞬間、ジェラルドが亀頭の一番太い部分を突き込んだ。

「あ、あ……」

熱塊が自分の体の中で脈打っている。つながった。違和感も圧迫感も指の比ではない。だが、いたわるように頭を撫でられ、「メル、ありがとう」と言われると、苦しさも快感へとすり替わった。

「メル、メル……夢みたいだ。きみの中にいる」

「ああ、わたしの中にきみがいる……」

ふわふわした心地でうなずくと、ジェラルドが乳首をあやしていた手を止めて、ぎゅうっと強く抱き締めてきた。

「完勃ちする前に奥まで行きたい」

耳元でねだられて、メルは背筋をふるわせながらうなずいた。

これでまだフルサイズではないのだという衝撃と、わずかな恐怖。完全な巨きさになったらどうなってしまうのだろうという期待がせめぎ合う。

シーツを摑むメルの両手を上から包み込むように握り込んで、ジェラルドはゆっくりと腰を進めてきた。

張り出したカリが奥の隘路を、中太りした幹が秘孔のふちをミチミチと押し広げる。みっしりと中を埋められ、血管の脈動までわかるくらいだ。永遠に終わらないのではないかという長さを、ジェラルドはゆっくり、ゆっくり、じれったいほどゆっくりと押し込んでくる。

「ひ……！　あ、あ、あ……っ」

カリが前立腺を押しつぶす。そのあともずっと、太い幹にこすられる。挙げ句に、トン、と、彼の亀頭が行き止まりの壁を叩いたとき、幹の一番太いところが前立腺の真上だった。

突くとかこするとかじゃない。押しつぶしたまま止まられて、メルは目を見開いた。生理的な涙があふれる。

「メル、息を詰めるな。〝ゆっくり、深く、息をしろ〟」

「は……っ。あ、アッ、あぁ……！」

無意識に詰めていた息を吐き出すと、一緒にあふれた声が止まらなくなった。

ジェラルドが最奥まで埋めたまま、ゆるっと丸く腰を揺らす。さらに前後左右に小さく揺らし、ゆっくり引き抜いて突き入れる。

「あああっ」

「ピストンより、奥まで挿入(いれ)たままかき回されるのが好きだな。気持ちいいか？」

「あっ、いいっ、待って、待って……っ、やだ……っ、あああっ⁉」

「メル……ッ」

身をよじった瞬間、ギュッと強く締め付けてしまい、窮屈そうに中をかき混ぜていたジェラルドがドクッと大きく脈うった。凶器がさらに一回り巨きくなる。一番奥のいいところと前立腺、敏感な入り口を同時にこね回され、メルはいやいやと首を振った。

「いや、だめ、待って、よすぎるから、これ以上、巨きくしないで……っ」

「ああ、メル、すまない」

そう言いながらも、ジェラルドは中をかき混ぜる腰の動きを止めてくれない。メルは目を見開いた。

「あっ……、だめ、くる、何かくる……っ」

「一緒にいってくれるんじゃなかったのか？　一人で気持ちよくなって、悪い子だな」

「ごめん、ごめんなさい……っ」

とっさにペニスの根本を押さえ、なんとかこらえようとした。だが、中から湧き上がる官能は止めようがない。

「ゲイリー、助けて、助けて、いやだ、一人でいきたくない……っ、〜〜〜〜ッ！」

背後から押さえ込まれたまま、メルはガクガクと全身を痙攣させ、上りつめた。

「……っ、すごいな……」

息を詰め、快感をやり過ごしながら、ジェラルドが呟く。止めどない官能と、一緒にとねだっておきながら一人で達してしまった罪悪感で、メルの気持ちはぐちゃぐちゃだった。

振り返り、泣き濡れた顔で許しを請う。

「ゲイリー、ごめん、今度こそちゃんと一緒にいくから……」

「ああ、そうだな。今度は俺もいかせてくれ」

なだめるようなキスをしながら、ジェラルドが甘く囁いた。

「もっときみの中を味わっていたいが、俺ももう限界だ」

名残惜しそうにそう言うと、メルの中をかき混ぜる腰の動きを抽送に変えた。

「ひっ、アッ！　あああ……っ」

メルの腰だけを引き上げて、上から叩き付けるように抜き差しする。彼がいくためのの荒っぽい律動。でも、それが気持ちいい。彼の快感のためにめちゃくちゃにされている。それがいい。

苦しいほどの体の官能。求められている心の悦び。彼が自分でいってくれるというサブの法悦。全部がないまぜになって、メルを高みに押し上げる。

「あ、いいっ、いい……っ、くる、またくる……っ」

「ああ、メル、俺も、とてもいい……っ、このまま、ここで受け止めてくれ……っ」

「いいっ、いい、きて、出して……っ、中でいって……っ」

「……っ、メル……ッ！」

「〜〜〜ッ」

ヒュッと喉の奥が鳴る。最奥まで埋め尽くされて、メルはもう何度目かわからない絶頂をきわめた。腰が淫らに揺れてよじれ、襞がジェラルドを喰い締める。

「……っ」

　ジェラルドの精液が最奥を叩いた。おびただしい量が注がれる。彼自身に堰き止められ、行き場を失った奔流が最奥のさらに奥までさかのぼってくる。

「……ッ、はっ……、はっ……、ぁ……っ、あ、あ、あ、あ……っ」

　詰めていた息を吐き出すと、媚肉もまた弛緩する。肉襞はざわざわと蠢動し、ジェラルドにさらなる射精をねだってからみついた。

　いやらしさに頬が熱くなる。けれども、ジェラルドはきっと喜んでくれる。こんなメルも嫌わないでいてくれる。

「ゲイリー……わたしの、ゲイリー」

　考えたことが、そのまま口からまろび出た。幸福にとろけた甘い声音は、自分でも恥ずかしいほど素直にメルの気持ちを表している。背後のジェラルドが息を詰め、ぎゅうっと強く抱き締めてきた。

「メル……！」

　中にある彼のペニスが再び力を取り戻す。

「えっ、……え……!?　ああ……！」

　みるみる膨らんだ剛直に中を埋め尽くされ、呆然としているメルに愛しげにキスすると、ジェラルドは甘く腰を揺らした。

目が覚めると、薄闇の中だった。

蝋燭の明かりが照らすベッドの上。背後からメルを抱き締めているのは、ジェラルドだろう。振り返って顔を見る気力もない。セックスで汚れた体や寝具はどうしたのか、確かめたかったが、もちろん無理だった。指一本動かすのも億劫だ。

「メル。目が覚めたのか」

身じろぎもしていないのに、ジェラルドは気づいたらしい。上体を起こし、メルを見下ろしてくる。顔にかかっていた髪をかき上げ、額の際にキスを落とした。

「気分はどうだ？」

「……最高だな。体は鉛でできてるみたいだが」

「俺を煽ったメルが悪い」

「本当にめちゃくちゃしてくれたな」

メルの甘い恨み言に、ジェラルドはハハッと軽く笑った。

「体は拭いたし、リネンも取り替えておいた。安心してもう少し眠るといい。なんなら、明日は一日休もう」

「するわけない」

ただでさえ、今日――もう昨日だろうが、会議を欠席してしまったのだ。この上、色疲れで休むなど、メルのプライドが許さない。

ジェラルドは苦笑して、メルの髪の生え際をそろそろと指でかき混ぜた。

「ずいぶん無理をさせてしまった」

「それはいいんだ」と、メルはほほ笑んだ。

「わたしが望んだことしかしていない」

「メル……」

感動に胸が詰まったような表情で、ジェラルドはメルを抱き締めてきた。情事の熾火を残す体が、ふるりと震える。

「俺は、きみから何も奪っていないだろうか」

ジェラルドは、少し自信のなさそうな声と表情だった。彼は何を奪ったと思っているのだろう。メルのプライド？　ドムとして生きること？　プレイ中は確かにいろいろ投げ捨てていたが、メルが自分で決めたことだ。

重たい腕をなんとか持ち上げ、メルはジェラルドの頬に手を添えた。

「わたしが何か失ったように見えるのか？」

ジェラルドは一瞬目を丸くして、相好をくずした。

「全然」

「そうだろう。わたしもそう思う」

落ちてきたキスを受け止めて、「もう寝よう」と囁いた。

ジェラルドの腕に抱き込まれて目を瞑りながら、メルはこれからすべきことを考えた。

明日朝一番に、会議のドタキャンの謝罪。それから、ならず者どもの処分の確認。補佐官としての仕事はいつもどおりだ。

（それから……）

ジェラルドとの関係の再確認。家族にはもはや隠しようがないだろうが、同僚への告白をするかしないか、今後家系の維持をどうするかの相談。

（面倒だな）

場合によっては、修羅場かもしれない。

そうは思ったが、悲観的な気分にはならなかった。どころか、なんとかなるさと思っている。

親友で、恋人で、パートナー。最高の男に心も体も満たされて、不安になることなど一つもない。メルは幸福な気分のまま、眠りの中へ落ちていった。

■あとがき■

このたびは拙作をお手に取ってくださいまして、誠にありがとうございます。拙著では初めてのD／Sユニバースのお話です！

読者の皆様は、D／Sユニバースはご存じなのですかね……？　コミックスでは結構目にするようになってまいりましたが、商業小説ではまだまだめずらしいように思います。D／Sユニバースがお好きな方。ジェラルドがデロデロにサブに甘いドムのため、D／Sとしては食い足りなかったかもしれません。いじめたりなくてすみません！　縛ったり、目隠ししたり、泣かせたり、カラーをつけたり……は、またの機会に持ち越しです。D／Sユニバースに馴染みがない方。設定のご理解からお願いしてしまい、申し訳ありません。担当さん力作の解説ページ(拙著特化バージョン)も是非ご参照ください。

コミックスではふわっと説明されていることも多いD／Sユニバースの設定説明ですが、小説ではどうしても避けられず、説明で物語や感情の流れをぶった切られそうになるわ、本文は果てしなく長くなるわ、熱烈なD／S好きのわたしでも挫けそうになるほど四苦八苦しました。でも、「どうしても書きたいんです！」と懇願して書かせていただいたお話を、こうして上梓させていただけて本当にうれしいです。

さて、そんなわたくしの暑苦しいD／S熱を商業小説として成立させるにあたり、今作はD／Sがある異世界の物語として書かせていただきました。ただでさえD／Sの設定説明が込み入っているので、異世界設定は最低限しか書いていないのですが、それをイラストでもって補ってくださったのがCiel先生です。先生の美麗なラフを拝見した結果、メルは(これでも)当初より少し丸く、ジェラルドはほぼ別人というほどイケメンになりました。本文でどれだけメルがつんけんしていても、あの超絶美人なら許せてしまうし、ジェラルドはもっとご無体をはたらいても許される気がします。Ciel先生、素敵な二人を、本当にありがとうございました！

また、わたくしの懇願を聞き入れてくださり、D／Sの商業小説への取り入れに数々のアドバイスをくださいましたショコラ編集部の皆様、とりわけ担当様に心より御礼申し上げます。わたくしが体調をくずした折も諦めず、刊行までご尽力賜りまして、本当にありがとうございました。この本が書店に並んでいるのは、ひとえに担当様のおかげです。

最後に拙著をお手に取ってくださいました読者の皆様。拙著の良し悪しはさておき、D／Sユニバースという設定自体は、ライトにSMプレイを楽しめる魅力的な世界観だと思います。もしお気に召しましたら、是非編集部宛のお便りやSNSなどでご表明ください。自分が書いたのじゃないD／Sユニバースがもっともっと読みたいです！

令和三年七月吉日　　夕映月子

初出
「騎士は王宮の花を支配する —Dom/Subユニバース—」書き下ろし

この本を読んでのご意見、ご感想をお寄せ下さい。
作者への手紙もお待ちしております。

あて先
〒171-0014東京都豊島区池袋2-41-6
第一シャンボールビル 7階
(株)心交社　ショコラ編集部

騎士は王宮の花を支配する
—Dom/Subユニバース—

2021年8月20日　第1刷

著　者:夕映月子
発行者:林 高弘
発行所:株式会社　心交社
〒171-0014　東京都豊島区池袋2-41-6
第一シャンボールビル 7階
(編集)03-3980-6337 (営業)03-3959-6169
http://www.chocolat_novels.com/
印刷所:図書印刷 株式会社

初出
「善き王子のための裏切りのフーガ」書き下ろし

この本を読んでのご意見、ご感想をお寄せ下さい。
作者への手紙もお待ちしております。

あて先
〒171-0014東京都豊島区池袋2-41-6
第一シャンボールビル 7階
(株)心交社　ショコラ編集部

善き王子のための裏切りのフーガ

2021年4月20日　第1刷

著　者:片岡
発行者:林 高弘
発行所:株式会社　心交社
〒171-0014　東京都豊島区池袋2-41-6
第一シャンボールビル 7階
(編集)03-3980-6337 (営業)03-3959-6169
http://www.chocolat_novels.com/
印刷所:図書印刷 株式会社